KB262199

내 남자라서 미안합니다

내 남자라서 미안합니다 1

초판 1쇄 찍은 날 ㅣ 2012년 6월 25일
초판 1쇄 펴낸 날 ㅣ 2012년 6월 30일

지은이 ㅣ 홍윤정
펴낸이 ㅣ 서경석

편집장 ㅣ 권태완
편집책임 ㅣ 이수민
편집 ㅣ 장미연

펴낸곳 ㅣ 도서출판 청어람
등록번호 ㅣ 제1081-1-89호
등록일자 ㅣ 1999. 5. 31
어람번호 ㅣ 제5-0309호

주소 ㅣ 경기도 부천시 원미구 심곡2동 163-2 서경B/D 3F (우) 420-822
전화 ㅣ 032-656-4452 팩스 ㅣ 032-656-4453
http://www.chungeoram.com
E-mail ㅣ chungeoram@chungeoram.com

ISBN 978-89-251-2919-8 04810
ISBN 978-89-251-2918-1 (SET)

내 남자라서 미안합니다

홍윤정 장편 소설

1

도서출판 청어람

Chungeoram romance novel

ATARI
KORG
N264

목차

프롤로그

국내 최고의 아이돌 셀피쉬(Selfish)의 멤버 한영재가 일 년에
딱 한 번 받는 꿀 같은 휴가를 고작 숙소에서 외로이, 심히 초라하
게 보내게 된 것은 순전히 어머니 윤정희 여사 때문이었다. '자기
할 일은 자기가 알아서, 남에게는 절대 폐 끼치지 말자'가 모토인
분답게 아들과도 선을 딱딱 잘도 그으시는 윤 여사. 오늘 아침, 몸
이 아파 죽겠다고 앓는 소리를 내며 전화를 건 아들에게 그녀는
특유의 사무적인 말투로 왜 자신이 당장 아들에게 달려갈 수 없는
지에 대해 설명했다.

"아들. 지금 내가 스위스로 출장을 떠나야 하거든? 7박 8일
일정인데, 유럽과 아시아 유력 재계인들이 모여서 세계경제에

대해 심도 있게 토론하고 미래 경제를 예측해 보는 일종의 세미나야. 근데 이 세미나가 굉장히 유명하다? 아무나 참석 못해. 회원가입조차 잘 안 받아주는, 까다로운 모임이거든. 그래서 엄만 개인적으로도, 회사대표로서도 정말 영광스러운 자리라고 생각하고 있어. 솔직히 엄마 회사가 올해 급격한 상승세를 타고 있긴 하지만, 아직 국제사회에 당당히 명함을 내밀 정도는 아니잖니. 사실 올해는 세영그룹 최 회장님께서 특별히 주선해 주셔서 참석할 수 있게 된 거야. 해서 난 이번 세미나에 내 사업가적 사활을 다 걸어보기로 했단다. 내년엔 내 힘으로, 내 영향력으로 다시 참석하고 싶어. 그러려면 이번 모임에서 깊은 인상을 남겨야 하겠지? 내 딴엔 굉장히 준비도 많이 했다. 며칠 밤을 샜는지 모를 정도로 심혈을 기울였어. 엄마가 회사에 얼마나 많은 열정을 쏟아붓고 있는지, 영재 너도 잘 알고 있지? 어릴 때부터 엄마 일하는 거, 굉장히 자랑스럽게 생각했잖아. 너도 엄마가 이번 세미나를 훌륭히 잘 치러내고, 한국의 인상 깊은 여류사업가라는 이미지를 남기고 돌아올 수 있기를 바라고 있지 않니?"

"안 오신다는 말씀을 너무 길게 하시는 거 아니에요?"

"으음~ 아니지. 안 가는 게 아니라 못 가는 거지. 엄만 마음만큼은 항상 네 곁에 있단다. 비록 일 때문에 네 옆에 있어주진 못하겠지만 얼른 낫기를 날마다 기도하마. 엄마가 돌아왔을 땐 꼭 나아서 건강한 모습이어야 한다? 엄만 네가 혼자서도 잘 이겨낼 수 있을 거라고 믿어. 아차! 귀국할 때 네 시계 하나 좋은 걸로 골라

올게. 엄마 안목 있는 거 알지?"

"어머니 안목 탁월하신 거야, 하늘이 알고 땅이 알죠."

"그래. 그럼 엄만 지금 공항으로 출발해야겠다. 얼른 몸조리 잘해서 낫고, 나중에 보자?"

딱히 어머니가 아들 걱정에 출장을 취소하고 눈썹 휘날리며 달려와 줄 거라 기대했던 건 아니었다. 어차피 아프다는 말도 거짓이었고, 평소 어머니가 출장 일정을 취소하면서까지 집안일에 신경 쓰는 타입도 아니었으니 별 기대가 없었다는 말이 맞을 것이다. 하지만 마음 한구석으론 그래도 혹시나, 했던 것도 사실이었다. 아무리 워커홀릭 윤 여사라 해도 자식이 아파 죽겠다는데 설마 아무 반응이 없을까, 싶었던 거였다. 손톱만큼의 반응이라도, 그 속에서 아들 건강 걱정하는 어머니의 마음을 느낄 수 있었다면 그는 그것으로 만족했을지도 몰랐다. 하나, 20년 전 남편과 사별한 후 유일한 혈육인 아들을 여인의 몸으로 혼자 키워온 커리어우먼의 전형이자 일벌레인 윤 여사는 너무나도 쿨하게 전화를 끊으셨다. 아파 죽겠다는 아들을 뒤로하고 무정하리만치 깔끔하게 수화기를 내려놓으신 거다.

그녀는 진정 아들을 강하게 키우는 완전무결한 최첨단 현대 여성이었던 것이다.

사실 그는 스파르타식만큼이나 매정하기 짝이 없는 '너는 너, 나는 나' 마인드의 윤정희 훈육법을 절대로 싫어하지 않는다. 그녀는 남편을 잃고 혼자가 된 직후 아들과 자신, 그리고 가정의 안

녕을 위해 용감하게 사회라는 전쟁터로 뛰어든 당찬 여성이었다. 그뿐 아니라 놀랍도록 빠른 속도로 세상을 정복해 나아가 성공 일로를 걸어 여기까지 온 분이다. 그런 그녀라면 당연히 아들을 엄마 치마폭에 안주하여 작은 바람에도 부들부들 떠는 나약한 남자로 키우고 싶지 않았을 것이다. 좀 더 진취적이고 독립적인 개체로, 자신이 없어도 외로워하거나 힘들어하지 않을 정도로 강하게. 그녀는 아들을 그리 키우길 원했을 것이다.

영재는 그러한 어머니의 뜻을 너무나 잘 이해하고 받아들여 왔다.

결코 운명에 굴하지 않았던, 도전의 연속이었던, 쉽지 않은 인생을 잘 넘어오셨던 어머니의 삶을 통째로 존경했기 때문에 단 한 번도 어머니의 훈육방식에 대해 불만을 품지 않았었다. 그러나 가끔은 'If' 라는 걸 생각해 볼 때도 있다. 윤정희 여사가 다른 보통 어머니들 같았다면 어땠을까? 귀찮으리만치 자식 일에 관여하고 신경 쓰고, 핀잔 들으면서도 기어이 뒤따라 다니며 챙기려 드는 한국의 보통 어머니였다면? 자식이 투정 부려도 받아주고, 아프면 며칠 밤낮을 새면서 간호해 주는, 그런 평범한 어머니상이었다면?

만약 그랬다면, 지금쯤 그는 어머니의 간호를 받으며 편하게 누워 있을 것이다. 입술을 적시는 차가운 물 한 모금을 음미하며 안락함과 애정에 파묻혀 행복해하고 있을 테지. 적어도 팀 멤버들이 모두 가족을 만나러 숙소를 비운 지금, 홀로 쓸쓸히 피자나 시켜 먹으며 티비 앞에 앉아 있진 않았을 것이다. 친구의 열애기사로

도배되어 있는 연예뉴스 채널을 보며 부러워하는, 안구에 습기가 찰 상황도 결코 일어나지 않았을 것이고, 스캔들의 주인공인 현수로부터 골칫거리 사건을 대신 떠맡는 일도, 물론 생기지 않았을 터이다.

"동생이라고? 너한테 지수 외에, 다른 동생이 또 있었어?"

〈호기심 천국이냐? 뭘 그렇게 자세히 알려고 들어? 사내 녀석이 좀스럽게. 그냥 경찰서 가서 내 대신 합의만 봐주면 돼. 묻지도 따지지도 말고.〉

"친구가 갑자기 전화해서 생전 듣지도 보지도 못한 애를 동생이랍시고 도와달라는데. 너라면 아무 말 없이 응해줄 수 있겠냐?"

〈어.〉

"대충 넘어갈 생각이라면 넣어둬. 난 이 문제, 확실하게 짚고 넘어갈 거니까."

〈하여간 그놈의 진지병은. 넌 그게 문제야. 항상 일을 너무 복잡하게 생각하는 거. 그냥 나한테 동생이 한 명 더 있다고 생각하면 되잖아. 숨겨놓았던 동생이 하나 더 있어. 그 녀석한테 문제가 생겼는데 도와줄 사람이 나밖에 없고, 난 지금 한국으로 들어갈 수 없는 상황이야. 알다시피 스캔들이 터져서. 그러니까 절친인 네가 날 좀 도와줘야 된단 말이야. 그럼 에브리띵 이즈 오케이. 모든 게 다 제자리로 돌아가는 거야. 끝. 됐지?〉

"했던 말 또 할 필요 없다. 설명을 하지 말고 해명을 해보란 말이야, 해명을. 이상하잖아. 지수 외에 다른 동생이 있다는 게. 대체 무슨 소리야? 그 동생은 대체 지금까지 어디서 뭘 하고 있

다가 이제야 나타난 건데? 숨겨놓은 동생이란 건, 무슨 의미
냐?”

〈짜식, 되게 말 많네. 그냥 아무 말 없이 해주면 뭐 어때서. 나
한테도 숨기고 싶은 비밀이 있다고. 쪽팔리게.〉

“숨기고 싶은 비밀?”

오글거리는 친구 녀석의 말에 영재는 피식, 헛웃음을 흘렸다.
평소였다면 비밀 같은 건 계집애들이나 갖는 거라며 거드름 피웠
을 녀석이 이 무슨 헛소리인지. 정현수가 누군가. 미리 계획하여
실천하는 사람을 소심하다 말하고, 무리하지 않고 돌아가는 걸 두
곤 겁쟁이라 평하는 녀석이 아닌가. 때문에 나한테 늘 ‘허세 좀 그
만’이란 소릴 듣는 녀석이 뭐? 비밀? 너무 어처구니가 없으니까
웃음이 다 나오네.

“좋은 말로 할 때 불어라. 네 동생이 한시라도 빨리 경찰서에서
풀려나길 바란다면, 지금 당장 말해.”

〈아, 이 자식 진짜.〉

“사정이 있었겠지, 물론. 십년지기한테도 비밀로 할 정도면 정
말로 피치 못할 절박한 사정이었겠지. 이해할 수 있어. 난 네 친구
니까. 하지만 그건 어디까지나 내가 몰랐을 때의 얘기이고. 여기
까지 밝혀진 마당에 끝까지 비밀로 묻어두겠다는 건, 네가 날 무
시하는 거다. 내가 너한테 무시당하고 가만있을 사람은 아니잖
아?”

〈별 꼼수를 다 쓰네. 인마, 내가 널 언제 무시했다고?〉

“택해라. 비밀이냐, 우정이냐.”

〈아냐, 유치해서.〉

"그딴 말로 구렁이 담 넘어가듯 넘어가려 하지 마. 평소 아무것도 아닌 걸로 우정 테스트했던 사람은 너였어. 'XX냐, 우정이냐'는 네 전용 멘트잖아."

〈그게 그렇게 알고 싶냐?〉

"그게 그렇게 말하기 싫어?"

〈아, 뭐. 그래. 좋다. 네가 그렇게까지 원한다는데 별수 없지.〉

무덤까지 갖고 갈 비밀인 양 꿋꿋이 사실 밝히기를 거부하던 녀석이 언제 그랬냐 싶게, 무던히도 시크하게 중얼거린다. 워낙 성격이 시원시원해서 한 번 결정한 일은 끝까지 밀고 가는 불도저스타일인 만큼, 안 되는 일 또한 포기가 빠른 녀석이 바로 정현수다.

〈사실은…….〉

사실을 밝히기로 마음은 먹었으나 역시, 흔쾌히 말하기엔 무리였을까. 현수는 잠시 말을 끊었다. 착잡한 마음을 대변하는 듯 말꼬리도 흐지부지 사라지기 일보 직전. 일이 단순하지 않다는 걸 영재가 막 직감할 무렵, 그가 불쑥 단번에 훅, 10년 동안 숨겨놓았던 진실을 털어놓았다.

〈친동생이 따로 있어.〉

"……뭐?"

〈지수는 배다른 동생이야. 아버진 같지만 어머닌 다르지.〉

"지금의 어머니가, 네 친어머니 아니라고?"

처음 듣는 소리에 영재가 착 가라앉은 목소리로 물었다. 놀라면 놀랄수록 침착해지는 영재 특유의 성격이 묻어나는 매우 차분한 음성이었다.

〈아버지가 전처와 이혼하고 지금 어머니와 재혼하셨어. 이혼한 전처가 바로 내 친어머니이시고. 이혼하실 때 아버지는 나를, 어머닌 내 동생을 챙겨가셨어. 각자 한 명씩, 재산 분할하듯 말이야. 덕분에 우린 꽤 오랫동안 이산가족 신세였지. 다시 왕래하기 시작한 지는 얼마 안 돼.〉

"……."

〈아, 진짜 너한테 이런 얘기는 쪽팔려서 안 하려고 했는데. 솔직히 난 네가 많이 부러웠다. 아버지가 돌아가시긴 했지만, 그런 상황 속에서도 네 어머닌 널 버리지 않았잖아.〉

"너 설마, 친어머니가 널 버렸다고 생각하는 거냐?"

〈아주 조금은. 어렸을 땐 아주 많이. 하지만 지금은 아무래도 상관없어졌어. 그런 원망이나 불평이 다 부질없어졌지. 얼마 전에 친어머니가 돌아가셨거든.〉

"뭐?"

〈조만간 내가 따로 모시려고 했는데. 어머닌 돌아가실 때조차 날 비참하게 만드시더라고. 내가 효도할 때까지 좀 기다려 주셨더라면 이렇게 괴롭진 않을 텐데 말이야. 돌아가신 날, 해외공연 중이었어. 기분 좋게 콘서트를 마치고 한껏 즐거워 스텝들이랑 한잔 마시고 있는데 연락이 왔더라. 그때 내 기분이 어땠는지, 말 안 해도 알겠지?〉

"……."

〈아무튼 졸지에 내 동생은 혼자가 됐어. 그래서 그 녀석, 좀 힘들다. 공부도 중도에 그만뒀는지 학교도 안 다니고, 먹고살기 위해 아르바이트를 전전하고 있어. 그런 주제에 내 도움은 절대로 안 받겠대. 어머니 닮아서 어찌나 고집이 센지 도통 남의 도움은 안 받으려고 해. 뭐든 제 힘으로만 하려고 해서, 골치 아파 죽을 지경이야.〉

"그러던 놈이 너한테 도와달라고 요청했다는 거냐?"

〈어지간히 급했던 거지.〉

멍하게 앉아 수화기에서 들려오는 모든 소리에 온 촉각을 곤두세우고 있던 영재는 한숨을 푹 내쉬며 털썩 소파에 몸을 뉘었다. 찬물을 뒤집어쓴 듯 정신이 바짝 차려졌다. 뇌가 핑핑 돌아가 사태 파악이 제대로 되고 있달까. 그러니까 요는, '상처라곤 절대 받지 않을 것처럼 강한 성격의 천상사내 정현수가 실은 눈물 없이는 들을 수 없는 애달픈 사연의 주인공이었다' 가 아닌가. 잘 사는 집안, 엄한 아버지, 완벽하게 단란한 가정에서 자란 것으로 보였던 정현수가 사실은 아버지 집에 얹혀사는 전처소생, 집안의 눈엣가시였다는 뜻이다.

그러면서도 잘도 멀쩡한 척 살아왔었군.

"그나마 해피엔딩이네. 어쨌든 그 녀석이 네게 도움을 청했다는 건 화해하겠다는 뜻일 거 아니야."

〈그랬으면 오죽 좋겠냐만 아마 아닐 거다. 그 녀석이 그렇게 호락호락한 놈이 아니거든.〉

현수가 쓴웃음을 달고 중얼거렸다. 느릿느릿, 언뜻 회의적으로 들리는 말투였으나 영재는 충분히 캐치할 수 있었다. 녀석의 동생에 대한 자부심을. 현수는 동생을 아주, 매우 자랑스러워하고 있는 게 틀림없었다. 혼자의 힘으로 일어서려는 동생이 기특하면서도 사랑스러운 게다. 어지간히도 아끼는 모양. 그런데 어쩌다 그리도 아끼는 동생한테까지 설설 기는 신세가 되었을까? 천하의 정현수께서.

"너, 네 동생이 무섭냐?"

〈뭐라는 거야. 내가 그 녀석을 왜 무서워해?〉

"다른 사람은 속여도 나는 못 속인다. 내가 널 몰라? 척하면 척이지. 뭐, 이해는 한다. 그럴 만도 해. 본의 아니게 어른들 싸움에 끼어서 거의 이산가족, 생이별을 한 채 살아왔으니 생각만 해도 애틋할 거다. 거기다 최근엔 어머님까지 돌아가시고 그 녀석한테는 이젠 의지할 식구도 없을 테니, 형으로서 책임감도 느껴질 테고. 안쓰러워 죽겠는데, 네 도움은 안 받으려고 하니 더 안달하게 되는 거겠지. 그래도 인마, 너무 걱정하진 마. 피는 물보다 진하다고 했어. 언젠간 네 동생도 형을 이해할 날이 오겠지. 형제잖아. 기운 내고……."

〈잠깐만. 너 방금 뭐랬냐?〉

영재가 나름 절친으로서 할 수 있는 충고와 위로의 말을 진지하게 꺼내는 순간이었다. 희미하게 웃음기를 머금은 목소리로 현수가 물어 왔다. 딱히 웃을 타이밍이 아닌데, 웬 웃음? 영재는 한쪽 눈썹을 찡긋 끌어올리며 대답했다.

"기운 내라고."

〈아니, 그전에 말이야. 형제라고 한 거 같은데.〉

“친동생이라며.”
〈친동생이라곤 했지만 남동생이라곤 안 했거든요.〉
“뭐?”
〈우리 서율이. 여자다, 인마.〉
나머지 한쪽 눈썹까지 훌쩍 올라가는 순간이었다.

제1장

드센 억척 아가씨

"지랄! 도와주기로 했으면 끝까지 책임을 져야지. 자기가 보낸 사람이 도착했는지, 안 했는지는 확인해 줘야 하는 거 아니야? 못 하겠으면 처음부터 그 사람 연락처를 넘겨주든지. 연락처까진 알 필요 없다며 딱 잘라 거절했던 주제에, 전화까지 이리 안 받으면 어쩌자는 건데? 미쳐 돌아가시겠네, 진짜. 무슨 이런 시베리아 십장생 같은 경우가 다 있어?"

전화를 받을 수 없어 음성사서함으로 넘어간다는 점잖은 아가씨의 말이 채 끝나기도 전에 서율은 거칠게 잔소리를 쏟아내며 울화통을 터트렸다. 원래부터 다혈질인데다 어머니가 돌아가신 이후부턴 더욱 거칠어져 입만 열었다 하면 욕이 터져 나왔다. 오죽하면 친구가 '욕甲'이란 별명을 지어줬을까. 답답한 마음, 짓누르는 스트레스가 욕을 하면 그나마 풀어졌다. 그래봤자 근본적인 문제가 해소되는 것은 아니었지만.

"그래도 오빠라고, 믿은 내가 바보지. 등신천치지. 그 핏줄이 어디 가? 대한민국 대표 바람둥이 차도남 정현수! 그럴싸하게 꾸며 차도남이지. 이 여자, 저 여자 만나고 다니는 놈이면 개차반 아니야? 그 아비에 그 아들이지, 아주. 그 못된 버릇까지 쏙 빼다 닮았는데 오죽해? 사람 아주 갖고 놀다가 뒤통수치는 덴 도가 텄을 테지. 내가 왜 그 자식을 믿어서……!"

분통이 터질 것 같아 커다랗게 한숨을 내쉬며 서율은 철푸덕 경찰서 입구 계단 위에 걸터앉았다. 아침저녁으로 꽤 쌀쌀한 초봄, 차가운 시멘트바닥 위였지만 그딴 거 신경 쓸 겨를이 없었다.

지금 그녀는 한 시간 내로 동생 정민의 합의금을 마련하지 않으면 안 되는 상황에 놓여 있었다. 하필, 돈을 목적으로 접근한 공갈단 양아치 녀석들한테 걸려 합의금도 기천만 원이다. 말도 안 되는 금액에 항의했지만 어쩌겠나? 그 돈을 내놓지 않으면 절대로 합의를 봐주지 않겠다는데. 무릎 꿇고 고개 숙여 사과라도 하면 깎아주겠다고, 같잖은 선심을 써주기도 했지만. 그깟 양아치 녀석들 앞에서 동생 정민이가 무릎 꿇는 모습은 서율도 원치 않았다. 결국 그 많은 돈을 다 물어줘야 할 판이었다.

돈을 구하려 이리 뛰고 저리 뛰다, 결국엔 현수에게 도움을 청했다. 몇 달 전 대판 싸운 적이 있어서 연락하기는 정말 싫었으나 몇천만 원이나 되는 큰돈을 서율에게 단번에 빌려줄 수 있는 능력자는 주위에 딱 한 명, 현수밖에 없었다.

　이혼해 새 가정을 꾸리고 사는 친아버지 밑에서 편안하게 잘 먹고 잘살아온 정현수는 지금 대한민국 대표 꽃미남 아이돌그룹 '프라이비트(PriBeat)'의 일원으로 잘나가고 계신다. 한국미디어에서 떠들어대고 있는 '아이돌계의 F4'. 즉, 낯바닥 번드르르하고 여자들 잘 후리는 걸로 유명한 4명의 남자 아이돌 멤버들 중, 가장 여자 소문이 지저분한 저질이기도 했다. 아무리 돈이 없다기로, 왜 그딴 자식한테 연락한 거냐고? 그거야…….

"가족이니까."

　몇 달 전 현수가 한 말이 있었기 때문이다. 가족이니까, 가족이기 때문에 함께해야 한다는 말을 현수가 했었다. 남의 도움이 간절한 상황에서 퍼뜩 떠오른 현수의 말은 가뭄의 단비처럼 간절하게 들렸었다. 그 순간, 그의 말이 진심으로 들렸었다. 그가 하는 말을 모두 믿고 싶은 간절함 때문에, 심하게 마음이 흔들렸었다. 서율은 그날의 일을 떠올리며 아랫입술을 질끈 깨물었다.

　한밤중, 현수가 TV 속 화려한 스테이지에서 그대로 걸어나온 듯 으리번쩍한 모습으로 찾아온 것은 어머니가 돌아가신 지 한 달이 지났을 무렵이었다. 아시아투어 때문에 어머니의 임종조차 지키지 못하고, 돌아가셨다는 소식이 전해졌을 텐데도 한달음에 달려오지 않았던 현수가 너무 꼴 보기 싫어 장례식장에 발도 들이밀지 못하게 하느라 대판 싸웠던 한 달 전 이후, 처음 대면한 것이었다.

한 달이 지난 사이, 치밀어 올랐던 분노와 울분, 슬픔이 어느 정도 가라앉아 있었고 미쳐 날뛰던 이성도 잠잠해져 제대로 된 생각이란 걸 할 수 있게 된 서율은 어머니 마지막 가는 길도 못 보게 막았던 자신의 짓이 현수에게 너무 가혹한 처사였음을 인정하고 있었다. 그래도 아들인데, 피붙이였는데, 그를 막을 권리는 누구에게도 없었는데. 그의 가슴에 평생 아픔으로 남을 상처를 주었다는 생각에 그녀는 일말의 죄책감과 미안함을 가지게 되었다.

그래서였다. 한층 누그러진 모습으로 그를 대할 수 있었던 것은.

"어쩐 일이야?"

"잘 지냈냐?"

"그럭저럭."

"얼굴이 많이 야위었다."

"살찌는 게 더 이상한 일이지, 엄마가 돌아가셨는데."

"……."

"엄마 묻힌 곳, 가봤어?"

"왜? 갔다 그럼, 죽이기라도 하려고?"

"미안해, 그때 일은. 내가 제정신이 아니었어. 낳기만 하고 키워주지 않은 엄만 엄마도 아니냐고 소리쳤던 거. 내 잘못이야. 그런 말까지 하려던 건 아니었는데. 성질머리가 거지같아서. 너도 알잖아, 내 성격. 이해해 줘."

"이런 말을 기대하고 온 건 아닌데. 왠지 횡재한 기분이다? 정서율한테 미안하다는 소릴 다 듣고."

핏, 웃으며 현수가 말했다. 하여간 성격 좋은 건 알아줘야 해. 어머니 장례식장 앞에서 쫓겨나는 수모를 다름 아닌 동생에게 당했는데 이리 멀쩡하게 웃다니. 이런 쏘쿨함은 딱 엄마 핏줄이었다.

"내가 성격은 불같아도 사리분별은 제대로 할 줄 아는 사람이거든? 미안한 건 미안한 거지. 근데 여긴 왜 왔어?"

"집에 들어오란 말도 안 하기냐?"

"정민이 올 시간 다 됐어. 서로 마주쳐서 좋을 거 없는 사이잖아. 너도 걔 싫어하고, 정민이도 너 불편해하는데 뭐. 할 얘기 있음 빨리 하고 그냥 가."

"같이 살자."

빨리 말하고 가란 말이 채 끝나기도 전에 현수가 입을 열었다. 말이 떨어지자마자 서율은 미간을 확 찌푸리며 두 눈을 치떴다.

"뭔 소리야? 뜬금없이."

"뜬금없는 소리 아니야. 어머니 돌아가시기 직전에 이미 나왔던 말이었어. 내가 어머니 모시면서 너 책임질 생각이었다."

"엄마랑 날 네가? 엄마가 그걸 허락하셨단 말이야?"

"물론 거절하셨지. 어머닌 정민이 녀석도 함께 살길 원하셨거든. 난 반대했고. 그 생각은 지금도 변함없어. 서정민 그 녀석, 제 앞가림 정도는 할 수 있는 나이잖아. 나도 그 나이에 온갖 아르바이트 다 해가면서 혼자 살았어. 아버지가 음악 하는 거 반대하는 바람에 그런 거였지만, 아무튼 그 녀석도 이젠 충분히 자기 한 몸 책임질 수 있는 나이라고 생각해.”

“지금 나더러 정민일 버리고 널 따라가라는 소리야?”

“당연한 거 아니냐? 걔랑 넌 아무 사이도 아니잖아.”

이제 와서 정민을 버리라니, 이런 말도 안 되는 소리를? 아무리 피 한 방울 안 섞인 아이라지만 8년이나 한 가족처럼 살뜰히 의지하며 살아온 사이였다. 한때 어머니가 결혼까지 하려 했던 서씨 아저씨의 아들이고, 서씨 아저씨가 빚보증을 잘못 서 재혼 직전 사채업자에게 쫓기는 신세가 되지만 않았어도 정식으로 가족의 연을 맺었을 아이였다. 함께 살면서 한 번도 정민을 다른 식구라 생각해 본 적 없었고 어머니 또한 늘 ‘피만 안 섞였지, 아들이나 마찬가지’라 버릇처럼 말씀하셨었는데. 그런 아이한테 어머니가 돌아가셨으니 이젠 바이바이— 헤어지자 말하라니.

“엄마가 걜 거뒀어. 친아들처럼 8년을 키웠다고. 그럼 내 동생인 거지. 피가 섞여야만 동생이야?”

“어머니가 거둬 키웠다고 해도 지금은 상황이 달라졌어. 어머닌 돌아가셨고, 넌 네 한 몸 챙기기도 빠듯한 실정이야. 네가 걜 왜 책임져야 하는데? 너 그렇게 돈 많아? 시간이 남아돌아? 네 인생, 그 자식 뒷바라지하느라 허비해도 좋을 만큼 걔가 그렇게 대단해? 너 돈이 없어서 공부도 중단했잖아. 그런 주제에 그 녀석 먹여 살리기 위해 알바 수십 개씩 뛰어가며 아등바등 사는 게, 말이 된다고 생각해? 넌 오빠인 나한테 그런 꼴 보이는 게 미안하지도 않냐?”

“…….”

"공부 계속해. 하던 공부 그만두고 여기저기 일하러 돌아다니는 거, 나 더 이상 못 봐."

"갑자기 왜 이래? 왜 자꾸 오빠 노릇 하려는 거야? 이제 와서 뭘 어쩌겠다고 이러는데? 나, 지금까지 누구의 도움 없이도 잘살아왔어. 앞으로도 잘살 거야. 네가 도와주지 않아도 내 힘으로 잘 먹고 잘살 거라고. 내가 못할 것 같아? 이대로 주저앉아 인생 망칠 것 같아? 그래서 동정심 생겨? 아님 동생이 이런 바닥인생 살고 있는 게 창피해?"

"그런 게 아니잖아."

"아니긴 뭐가 아니야? 아니면 왜 갑자기 나타나서 이러는 건데? 엄마가 돌아가셔서? 내가 고아가 되니까 불쌍해서 이러는 거야? 아까도 말했잖아. 나, 혼자서도 잘살 거라고. 네 말대로 내 나이면 혼자 충분히 살 수 있는 나이야. 네가 걱정하지 않아도, 나 혼자서 잘살 거란 말이야."

"너 혼자 못 살 것 같아서 내가 이러는 것 같아?"

"그럼 이유가 뭔데? 언제부터 네가 날 챙겼다고 이러는 건데? 이제 와서 이러는 거, 진짜 웃긴다는 거 알아? 그렇게 아들 노릇, 오빠 노릇 하고 싶었으면 진즉 나서지 그랬냐. 엄마 돌아가시기 전에 제대로 아들 노릇 한 번 해보지 그랬어. 아들이라면서, 엄마 고생만 하시다 돌아가시게 해놓고 뭐 잘한 게 있다고 이제 와서 오빠 노릇 하겠다는 거야?"

흥분하니 목소리가 저절로 높아졌다. 돌아가신 어머니 생각이 자꾸 나서 차분히 이성적으로 이야기할 수가 없었다. 돈 많은 아버지 밑에서 편하게 자랐으면서. 엄마가 얼마나 힘들고 고통스럽게 살다 가셨는지 하나도 모르는 주제에. 이제 와서 해결사라도 되는 양 나서서 잘난 척하는 현수의 꼬락서니가 너무도 싫고 미웠다. 착하게 열심히 사셨던 엄마가 이리 억울하게 일찍 돌아가신 게 다 현수 탓, 친부 탓만 같아 분하고 원통하고, 따라 죽고 싶을 만큼 괴로웠다. 그런데 그런 그녀에게 뭐라고? 인생 책임져 주고 공부시켜 주겠다고? 그거 하면 뭐가 달라지는데? 엄마가 살아 돌아오기라도 하나?

"다 필요 없어! 엄마가 돌아가신 지금 나한텐 다 아무 의미 없는 짓이야. 됐으니까, 난 신경 쓰지 말고 너 혼자 잘 먹고 잘살면 돼."

"정서율."

"어차피 너와 나, 엄마 아니었으면 남매인지도 모르고 살았을 거 아니야. 너, 엄마 재혼 소식 들은 이후 쭉 우리 무시했었잖아. 스타가 되어서 엄마 찾아오기 전까지 엽서 한 장, 전화 한 번 안 했던 너 아니냐? 남남으로 살았었잖아! 그러면서도 서로 잘살아왔는데. 뭘 또 새삼스레 책임을 지시겠대? 나는 내가 알아서 책임집니다. 남한테 빈대 붙어서 책임지라 떼쓰는 거, 난 딱 질색인 사람이니까 걱정 붙들어 매시고 각자 제 갈길 갑시다. 예? 알겠습니까, 정현수 씨?"

"우린 가족이야."

당장이라도 혈압으로 쓰러질 것만 같은 모습으로 씩씩거리는 서율을 한참 동안 가만히 내려다보던 현수가 가만히 읊조렸다. 단박에, 이게 무슨 개드립이냐 버럭 소리치며 서율은 현수를 노려보았다.

"네가 날 아무리 원수처럼 대해도 난 네 오빠고, 넌 내 동생이야. 난 널 책임지고 보호해야 할 의무가 있어. 우리가 함께 살아야 할 이유는 그거면 충분하다고 생각한다."

그 순간, 웃기지도 않는 헛소리를 지껄이는 현수에게 따끔하게 한마디 해줬어야 했다. 뼈에 사무치도록 비웃고 침 뱉어줬어야 했다. 절대로 다시는 '가족'이란 말을 입에 올리지 못하도록. 하지만 어처구니없게도 서율은 아무 대꾸도 하지 못하였다. 어딘지 모르게 간절한 그의 눈빛이 그녀를 무장해제, 완전한 무기력상태에 빠지게 했기 때문이었다.

'멍청이.'

떠오른 기억을 차단하며 서율은 속으로 중얼거렸다. 감상적인 말 한마디에 어떻게 그토록 흔들릴 수가 있었는지, 스스로가 한심하고 기막혔다. 말이 되는가? 정현수와 한 가족을 이루며 산다는 게.

아버지란 작자는 부인과 자식을 버리고 새 가정을 이룬 지 벌써 20년이었다. 자식까지 낳고 지금도 떵떵거리며 잘살고 있는 그에게선 일말의 가책조차 느껴지지 않는다. 그에 반해, 남편한테 버림받고 상처받은 몸으로 피눈물을 흘리며 딸을 키워낸 어머니는 호강 한 번 못 해보고 지금껏 고생만 하시다가 돌아가셨다. 죽는 그날까지 일만 하시다가 숨을 거두신 어머니를 생각하면, 서율은 자다가도 벌떡 일어나 통곡하곤 했다. 하고많은 사람 중 왜 우리 엄마냐고, 왜 우리 엄마가 이렇게 일찍 돌아가셔야 하는 거냐고.
그렇게 하루하루가 고통이고 괴로운 게 지금의 현실인데. 이제 와
서 정현수의 도움을 받는다고? 그에게 오빠라 부르며 가족이라 칭
하라고?

말도 안 되는 소리다. 그런 일은 있을 수도 없는 일이었다. 상상
조차 하면 안 되는 일이란 말이다. 그런데도 한순간 그 잡소리에
흔들려 쓸데없는 감상에 젖어 있었다는 사실이 서율은 너무도 부
끄러웠다.

"가족은 개뿔. 태어나기만 한 뱃속에서 났지, 함께 자란 적도 없
는데 무슨 가족이고 남매야? 됐다 그래. 그딴 거 다 필요 없어. 나
한테 가족은 정민이 하나뿐이라고."

분노가 등천한 얼굴을 잔뜩 일그러뜨리며 서율은 이를 아드득
소리 나게 갈곤, 전투적으로 쿡쿡 버튼이 부서져라 휴대폰 숫자를
눌렀다.

"뭐? 사람을 보내? 합의금을 줘? 으이씨, 내가 그딴 소리에 혹
해서 넘어갈 줄 알았냐? 사람 멍청이 취급해? 이런 식으로 들뜨게
해놓고 물 먹이려는 수작, 내가 모를 줄 알아? 오전까지 합의 안
해주면 안 된다고, 꼭 오전 중으로 보내달라고 그렇게~ 신신당부
를 했는데. 내가 이 자식을 그냥……!"

"실례합니다."

서율이 막 현수의 번호를 찍고 뚜르르— 부질없이 신호만 가는
전화기를 귀에 붙인 채 종알종알, 원한이 가득 담긴 어투로 중얼
거리고 있을 때였다. 머리 위로 그늘이 지는가 싶더니 굵고 잔잔

하게 깔리는 남자의 음성이 그윽하게 귓가에 내려앉았다.

조건반사인 것마냥 재빨리 서율은 인상을 팍 썼다. 경찰서 앞 계단에 쭈그리고 있는 자신에게 말을 걸 인간이란 경찰 아님 범죄자뿐일 테니까. 아니, 무슨 경찰 or 범죄자 목소리가 이렇게 쓸데없이 고퀄리티야?

"뭐요?"

팍 쓴 인상 그대로 휙 고개를 들었다. 그리고 안구를 습격하는 호화롭고 화려한 몽타주에 두 눈을 번쩍 떴다. 남자는 경찰이 아니었다. 야구 모자와 선글라스로 얼굴을 가린 걸 보면 범죄자인 것 같기도 했지만, 범죄자라고 하기엔 너무 잘생긴 것 같기도……

'미남자잖아?'

그녀가 제일 혐오하는 날라리 미남계. 즉시 서율이 두 눈을 부릅떠 그를 노려보았다. 잘생긴 남자만 보면 절로 소름이 돋고 적개심이 발동되는, 일명 '방어모드'로 돌입한 것이었다. 덕분에 점점 형편없이 일그러지는 그녀의 얼굴을 가만히 내려다보며, 혐오스러운 미남계 장본인인 그가 가볍게 입술을 꿈틀거렸다.

"혹시 네가 정서율?"

얼마 뒤, 서율은 아무리 봐도 마음에 안 드는 미남 청년의 뒤를 따라 경찰서를 나오고 있었다. 앞뒤 꽉꽉 막혀 도무지 풀릴 기미가 보이지 않던 일이 해결사를 자처하고 나선 이 남자의 도움으로 술술 일사천리로 진행, 깔끔하게 마무리되었기 때문이었다. 사람 일이란 한 치 앞도 장담 못하는 거라더니, 이럴 때 쓰는 말이지 싶었다. 뭐 이런 경우가 다 있는지, 원.

서율은 얼굴과는 전혀 매치가 안 되는 터벅터벅 거친 걸음걸이로 앞장서 걷고 있는 미남자의 뒷모습을 바라보며 다시금 인상을 팍 썼다.

"그쪽에서 위자료 격으로 원하시는 액수가 이천만 원이라고 들었습니다."

"자, 잠깐만요. 혹시 세, 셀피쉬 아니에요? 한영재 닮았는데?"

"아. 예. 그러니까 저희 쪽에서 그 돈을 드리면……."

"맞아요? 진짜? 진, 진짜!? 야! 셀피쉬래. 한영재래!"

그렇다. 서율을 도와주기 위해 정현수의 지령(?)을 받고 여기까지 납시어준 저 잘생긴 남자는 대한민국에서 둘째가라면 서러울 정도로 인기가 많은 아이돌그룹 '셀피쉬'의 멤버, 한영재였다. 한심한 정현수. 옛말 그른 거 하나 없지. 초록은 동색이라더니, 누가 바람둥이 아니랄까 봐 사귀는 친구들도 꼭 저 같아. 죄다 낯바닥만 번드르르한 밥맛들.

어쨌든 아시아를 주름잡는다는 한류 최고그룹 셀피쉬의 한영재가 나선 탓인지, 일은 수월하게 해결이 되었다. 톱스타가 경찰서에 나타난 게 신기하고 놀라운지 위자료 이천만 원 내놓으라며 깽판을 치던 깡패 자식들은 언제 그랬냐는 듯 안면 싹 바꾸더니, 선

심 쓰듯 자진해서 500만 원을 깎아주기까지 했다. 거기다 좋은 게
좋은 거 아니겠냐며 잘 해결 보자고 살살 한영재 비위를 맞추기까
지. 사인까지 받아내는 모습을 보고 있자니, 내 참 더러워서. 순간
확 꼭지가 돌아버릴 뻔했지 뭔가.

"저기요."

생각하면 생각할수록 어이가 없고 분했지만 일단 고마운 건 고
마운 거. 어쨌든 도와주러 여기까지 온 사람한테 고맙단 인사 정
도는 하는 게 예의였다.

"바쁘신 시간 쪼개 여기까지 와주셔서 고맙습니다."

주머니에 두 손을 푹 찔러 넣은 채로 그가 천천히 뒤를 돌았다.

그는 여전히 선글라스와 모자로 얼굴을 거의 가린 채였다. 거리
를 두고 보니, 유난히 하얀 턱 선과 붉고 선정적인 입술이 눈에 확
뜨인다. 한 프레임에 넣고 보니 확실히 연예인은 연예인이다 싶
다. 유난히 잘생긴, 서구적인 외모에 섹시한 미소가 인기 포인트
라고, 어느 연예통신 프로그램에서 봤던 것 같은데. 그 말이 딱 정
답. 어찌나 실물도 잘생겼는지, 그냥 이 자리에서 토가 나올 지경
이시다. 미남자들만 골라가며 '잘생긴 남자들은 가라!'를 모토로
인터넷 안티질을 해왔던 그녀의 전적에 '실물남신 한영재 실제로
보기'가 추가되는 순간.

진짜 더럽게 잘생겼네.

"정현수가 도와줄 사람 보낸다고 하기에, 자기 매니저나 사무
실 사람일 줄 알았거든요. 여기까지 오는 게 쉬운 일은 아니었을
텐데 합의까지 봐주시고, 뭐라 감사의 말씀을 드려야 할지 모르겠

습니다.”

“…….”

한영재는 무슨 생각을 하는지 알 길이 없는 오묘한 표정으로 가만히 서서 서율을 지켜보고 있었다. 뭐 어쩌자는 건지. 뭔가 면구스러운 분위기가 3초가량 지속되자, 서율은 휙 고개를 돌려 자신의 뒤를 묵묵히 따르고 있던 정민을 향해 소리쳤다.

“야, 너 뭐해? 이리 와서 인사드려.”

“…….”

갑작스런 날벼락에 놀라 정민이 움찔하며 눈살을 찌푸린다. 하지만 누나가 시키는 대로 인사할 생각은 전혀 없는 듯, 그는 가만히 서서 꼼짝도 하지 않았다.

하여간 저 녀석 요즘 아주 문제다. 뭐가 그리 불만인 것인지, 요 며칠 계속 저렇게 찌뿌듯하니 시종일관 ‘비뚤어질 테다’의 태도였다. 말을 건네도 불통, 뭘 시켜도 건성. 생전 말썽 한 번 부리지 않던 녀석이 동네 깡패들이랑 싸움을 하지 않나, 합의는 볼 생각도 없는지 경찰서에서도 심히 비협조적이었다. 아무리 질풍노도의 시기라지만, 갑자기 평소 하지 않던 짓들만 골라서 해대는 정민은 아무리 서율이라도 감당이 안 되었다. 어머니의 빈자리가 너무나도 크게 느껴져 힘에 부쳤다.

“저게 진짜. 너 뭐해?! 누나 말 못 들었어?”

“별로 고맙지 않은 모양인데? 그냥 둬.”

새삼 욱한 감정이 들끓어 동생을 향해 두 눈을 부라리며 버럭 소리를 지르고 있자니, 낮고 허스키한 한영재의 음성이 뒤통수를 울려왔다. 찌릿하게. 가슴이 벌렁벌렁하게.

헉. 미쳤냐, 정서율? 찌릿하긴 뭐가 찌릿해?

"아닙니다! 아니에요! 한영재 씨 아니었으면 지금쯤 콩밥 먹고 있을 놈이, 당연히 감사인사 드려야죠. 야! 서정민, 너 누나 말 안 들어? 빨랑 눈썹 휘날리게 달려와서 인사드려. 빨리!"

내밀한 여성의 감정, 본능, 그 어딘가가 건드려졌다는 사실을 황급히 부인하며 서율은 버럭 소리쳤다. 그리곤 무안한 마음에 괜스레 동생 붙들고 열심히 딴소리를 지껄였으나, 믿었던 정민마저 '누나 개무시하기' 스킬을 시전 중. 저 자식이 진짜! 욱하는 성미를 발동시키려니, 한영재는 서율의 뒤통수에 대고 또다시 찌릿찌릿— 야릇한 음성으로 중얼거려 주셨다.

"내가 좀 바쁜데. 동생 인사는 나중에 받는 걸로 하지."

"에? 아, 예……."

참, 알 수가 없는 일이지 말입니다. 한영재 바쁜 거야 당연하고, 바쁘니 인사는 생략하자는 말은 어찌 보면 이쪽을 배려하는 말이니 서율로선 고마운 마음이 들어야 마땅한 일인데. 오히려 기분이 썩을 것 같단 말씀이지. 심사가 말도 안 되게 배배 꼬여 '바빠서 좋으시겠수? 여자들 꼬시러 가느라 바쁘신가?' 하는 마음이 들어 버린다. 미남자한텐 친절함은커녕 정상적인 마인드조차 기대하지 않는 자신이 왜 이런 기분에 휩싸이는 것인지 알 수가 없어, 서율은 인상을 팍 썼다.

"저 근데, 계좌번호는 주셔야……."

"계좌번호?"

“계좌번호를 알아야 돈을 넣어드릴 거 아니에요.”

“돈?”

무슨 소리냐는 듯 그가 되물었다. 뭐야. 거지 적선해? 왜 빌려준 돈, 받을 생각이 전혀 없는 사람처럼 멀뚱한 건데? 이해할 수 없는 그의 반응에 서율은 눈살만 더욱 찌푸렸다. 그리곤 동그랗게 뜬 눈으로 그를 똑똑히, 빤히 바라보며 새침하게 톡 쏘아붙였다.

“돈 안 받으실 거예요?”

“네가 갚겠다는 거냐?”

“그럼 제가 갚지, 누가 갚습니까?”

“난 너한테 받을 생각이 없는데.”

이건 또 무슨 개뼈다귀 같은 소리야? 내가 빌린 돈이고, 내가 갚겠다는데. 왜 그 돈을 나한테 받을 생각이 없다는 건데? 나 아님 대체 누구한테 받으려고? 진짜 누굴 거지로 아나? 적선이라도 할 셈?

“현수한테 받을 거야. 현수가 갚을 거란 가정하에 빌려준 거거든.”

“아~ 그러셨군요. 근데 그거, 제가 정현수한테 도와달라고 청했던 건데. 제가 쓰려고, 저 좀 도와달라고 부탁했던 거예요. 한마디로 제가 빌린 돈이란 말이죠. 그러니 그쪽한테 돈을 갚을 사람은 정현수가 아니라, 접니다.”

“그건 네 입장이고. 난 너한테 돈 빌려준 적 없어.”

“저기요. 그쪽이 정현수의 요청을 받고 저를 찾아오셨잖아요. 그 요청, 제가 한 거라고요. 제 동생이 사고를 쳐서 합의금이 필요

했어요. 누구 하나 도와주는 사람 없는데, 갑자기 2천만 원이라는 큰돈이 필요하게 됐다고요. 생각나는 사람은 그나마 오빠라는 그 인간 하나밖에 없어서 어쩔 수 없이 도와달라고 했네요. 네! 그건 제 잘못입니다. 오빠라고 생전 불러본 적도 없는 주제에, 힘들 때 전화해서 징징 짠 거. 손 내민 거. 징그러울 정도로 낯짝이 뻔뻔한 짓이었다는 거, 진짜 잘 알고 있습니다. 하지만!"

"……."

"저도 어쩔 수가 없었어요. 일단 애는 살리고 봐야 하잖아요. 앞 길 창창한 애, 그깟 일로 호적에 줄 그어지는 걸 어떻게 두고 보겠 어요? 명색이 누난데. 뻔뻔한 거 알지만, 우리 정민이 때문에 어쩔 수 없이 손 내밀었습니다. 그래도 그건 빌려달라는 거였지, 달라 는 뜻이 아니었어요. 그런 요구 할 자격도 없거니와, 전 그렇게 남 한테 빌붙어서 사는 재수 없는 인간 아니거든요. 내 밥벌이 지금 까지 잘하고 살아왔고, 남한테 피해 입힌 적 단 한 번 없는 양심적 이고 바른 인간이거든요?"

"……."

"전 제가 쓴 돈은 제가 갚는 사람이라, 이겁니다."

얘길 하다 보니 이쪽은 점점 열이 뻗쳐오는데, 상대는 잠잠. 평 온하기 짝이 없는 얼굴로 그녀를 가만히 내려다보고만 있었다. 어 찌나 조용하고 평안한지, 혼자 한영재 앞에서 이를 바득바득 갈며 두 눈에서 번쩍번쩍 레이저를 쏘아대고 있는 스스로가 멍청한 원 숭이처럼 느껴져 버렸다. 하지만 싫은 걸 어쩌라고. 싫다, 너무 싫 다. 정현수한테 돈을 받는 건 죽기보다도 더 싫다. 다른 사람은 몰라도, 정현수한테는 절대로 동정 같은 거 받고 싶지 않았다. 그건 서울의 마지막 자존심이었다.

"현수한테 신세 지는 게 그렇게 싫으냐?"

한영재가 마치 그녀의 마음을 꿰뚫어보고 있는 듯 정곡을 찔렀다. 속으로 뜨끔했지만 아무 상관도 없는 한영재한테 속마음까지 드러내 보일 수는 없는 일. 그는 오늘 이후로는 절대 만날 일 없는, 완전 생판 남이었다. 그녀는 두 눈에 힘을 잔뜩 싣고는, 너무 잘생겨서 비호감인 한영재를 향해 조소를 날렸다.

"저 신세 지기 싫어서 이러는 거 아닌데요. 그냥 제 빚은 제가 갚고 싶다는 것뿐이에요. 그러니까 괜한 소리 그만하시고 얼른 계좌번호나 내놓으세요. 바쁘시다면서요. 얼른 가보셔야죠."

"가보려고. 네가 날 놔주면."

"계좌번호를 알려주셔야 놔드리죠. 알려주세요, 지금 당장."

"말했을 텐데. 너한텐 돈 안 받아. 그럴 이유 없어. 난 현수 부탁을 받았고, 그러니 돈도 현수한테 받을 거다."

"설마 제가 그 돈 떼어먹을까 봐 그러세요? 저, 남의 돈 떼어먹고 도망 다니는 그런 사람 아니에요. 제가 이래 봬도 신용 하나는 골드 급이거든요. 카드값 한 번 연체된 적 없는 사람이라고요. 저를 믿지 못한다는 건, 세상 사람 전부 못 믿는다는 거예요. 알아요?"

"……."

"저요, 꼭 갚아드릴 겁니다. 은행 이자까지 쳐서 싹 다 갚아드릴 거예요. 지금은 제가 거의 빈손이라 당장 해드릴 순 없지만, 시일이 걸리더라도 갚긴 갚을 겁니다. 최대한 빨리 갚도록 노력할 것을 약속드릴 수 있어요. 적어도 떼어먹진 않을 거니까 그게 걱정이라면!"

"누나가 그걸 왜 갚아?"

앞뒤 꽉꽉 막혀 도통 말을 들어먹을 기미가 안 보이는 한영재를 향해 열변을 토하고 있는데, 뒤통수로 정민의 목소리가 날아들었다. 내내 침묵으로 일관하던 녀석이 웬일로 입을 여나 싶어 서율은 휙 뒤를 돌아 정민을 보았다.

"그 돈 갚을 사람은 나잖아."

"뭐?"

"내가 갚겠다고."

"너 미쳤냐? 돌았어? 니가 무슨 재주로 그 큰돈을 갚아?"

"나 때문에 벌어진 일이야. 나 아니었으면 현수 형한테 도움을 청할 일도 없었고, 한영재 씨가 여기까지 납실 일도 없었어. 다 내 탓이고 나 때문에 벌어진 일이니까 수습도 내가 해."

누나의 발끈하는 반응에도 아랑곳하지 않고, 정민은 똑바른 시선으로 누나를 바라보며 끝까지 명료하게 제 할 말을 마쳤다. 나름 설득력 있는 주장이다. 자신이 저지른 일이니 자기 스스로 책임지겠다는 것이니. 하지만 겨우 고등학생 주제에 뭘 하겠다고? 뭘 할 수 있는데? 이 나이에 중2병도 아니고, 이 무슨 허세냐? 서율은 쯧, 혀를 차고는 저벅저벅 다가가 녀석의 코앞에서 우뚝 걸음을 멈추어 섰다.

"서정민. 너 쪽팔린 거 아는데. 이런 말하는 게 더 우스워지는 거거든? 웬만하면 어른들 얘기하는 데에 끼지 말고, 입 다물어라. 응?"

"누나 일 아니야. 입 다물고 신경 끌 사람은 누나란 말이야. 이쯤해서 그냥 비켜. 책임은 내가 질 거니까."

"네가 뭘 책임질 수 있는데? 네 까짓 게 뭘 할 수 있는데? 아, 나 진짜. 미성년자 주제에 입만 살아가지고. 왜? 학교 그만두고 막노동이라도 뛸 생각이냐?"

"못할 것도 없지."

"뭐, 인마?!"

무뚝뚝하게 불쑥 내뱉는 정민의 대꾸에 서율이 뻥진 얼굴로 되물었다. 너무 어이가 없으니 아예 Pause버튼을 눌러 버린 화면처럼 딱 정지한 채 입만 떡 벌리고 서 있는 그녀였다. 뼈 빠지게 일해 학교 보내고 학원 보내놨더니 이 자식 말하는 것 좀 봐라. 뭐? 학교를 그만두고 막노동을 뛰어? 이게 진짜 돌았나?

"어차피 우리, 친남매도 아니잖아. 피 한 방울 안 섞인 완벽한 남남 사이에 누가 누굴 책임져?"

"……!"

"누나도 이제 누나 인생 살아. 언제까지 이렇게 살 거야? 하고 싶은 공부도 못하고 허구한 날 아르바이트에, 빚에. 그렇게 찌들어 살다 죽을 거야? 내 뒷바라지 하다가 늙어 죽으면 누가 상 준대?"

"……."

"엄마 돌아가신 직후부터 계속 생각해 봤어. 이대로는 누나나

나나, 서로에게 부담만 될 뿐이야. 이쯤해서 각자 갈 길 가는 게 맞다고 생각해. 난 내 갈 길 가고, 누난 누나 갈 길 가. 빚은 내가 막노동을 하든 아르바이트를 뛰든, 알아서 갚을 거니까 누난 신경 끄고……."

서정민이 채 말을 끝내지도 않았는데, 빡! 하는 둔탁한 마찰음이 따뜻한 봄날 정오의 공기를 갈랐다. 잠시 제삼자가 되어 두 남매의 흥미진진한 대화에 귀를 기울이고 있던 영재마저 일순 놀라 두 눈을 크게 떴을 만큼 아주 큰 소리였다.

영재는 선글라스를 콧대 위로 스윽 끌어올리며, 자신보다 족히 20센티는 더 커 보이는 동생의 뒤통수를 후려갈긴 서율에게 집중했다. 그녀는 헬게이트가 열리기 직전인 듯, 콧김까지 팍팍 내뿜으며 정민을 노려보고 있었다.

"철장 안에서 생각한 게 겨우 이거야? 너 이거밖에 안 돼? 어떻게 네가 나한테 이래? 한창 공부해야 할 나이에 학교 그만두고 막노동을 하겠단 소리가, 말이니? 그게 누나한테 할 소리야? 네 합의금 마련하기 위해 동분서주, 이틀 동안이나 이리 뛰고 저리 뛴 누나한테 할 소리냐고. 완전 대박 똥 투척이네. 와—나."

"누나."

"그래! 내가 네 누나다. 내가 바로, 너 아홉 살 때부터 업어 키우고 지금까지 뼈가 가루가 되도록 살신성인해 가르치고 있는 누나라고. 정신 차려, 이 자식아. 어디다 대고 까불어? 머리에 피도 안 마른 게. 뭐? 서로 부담이 돼? 각자 갈 길을 가? 놀고 있네. 이놈

아! 넌 미성년자고, 난 네 보호자야! 쪼그만 게 어디서 어른 놀이
야? 뭘 잘했다고."

"그런 뜻으로 한 말이 아니잖아."

"아니긴 뭐가 아니야. 아휴— 미쳐, 내가. 누가 내 속을 알겠냐?
이 속 터지는 건 아무도 모르지. 아이구, 내 팔자야. 이 철딱서니
없는 것 같으니라고."

어지간히도 열이 받은 듯 서율은 주먹으로 가슴팍을 쾅쾅 쳐댔
다. 그러더니만 영재를 의식한 듯 슬쩍 곁눈질을 하곤 푹 한숨을
내쉬었다. 딱 그녀의 머리맡에 '아, 쪽팔려'란 단어가 몽실 떠오
르는 것 같아 영재는 씰룩 한쪽 입 언저리를 끌어올렸다. 물론 그
옅은 미소는 그녀가 어색한 동작으로 몸을 돌려 어기적어기적 영
재에게 다가오기 시작할 무렵, 흔적도 없이 사라졌다.

"죄, 죄송합니다."

영재에게 다가온 서율이 엉거주춤한 자세로 꾸벅 인사를 했다.
그리곤 전혀 죄송하지 않은 얼굴로 무뚝뚝하게 중얼거리듯 말했
다.

"제 동생 말, 다 쓸데없는 소리니까 그냥 흘려들어 주세요. 애가
아직 어려서 세상을 잘 몰라요."

그러는 넌, 잘 알고? 영재는 속으로 중얼거리곤 피어오르는 미
소를 꾹 참아 눌렀다.

"그리고 빚은 제가 갚는 걸로 했으면 좋겠는데요. 진짜 부탁드
립니다. 진짜, 진짜요. 저한테는 아주 중요한 문제예요. 솔직히 한
영재 씨는 누구한테 받든 별로 큰 상관은 없잖아요. 정현수한테

받아도 그만, 저한테 받아도 그만이시잖아요. 그럴 거면 제 사정 좀 봐주셔서, 제가 갚을 수 있게 해주셨으면 좋겠습니다. 저, 그 돈 꼭 갚고 싶거든요? 꼭 갚아야 되거든요!"

"요는, 봐달라는 뜻이냐?"

"뭐, 꼭 그런 뜻은 아니지만……."

아니라고 강력하게 부인하고 싶었으나,

"네."

양심상 부인할 수가 없네. 에이씨. 서율은 속으로 투덜거리며 훅, 한숨을 내쉬었다. 그리곤 두 눈을 쫙 내리깔고 뒤통수 꼿꼿이 세운 채로, 그의 공격에 맞받아칠 드립을 열심히 떠올려보고 있었다. 아무리 생각해도 그가 순순히 승낙할 것 같지 않아서였다.

왜 자꾸 부정적인 생각이 드는지 모르겠지만, 한영재는 자신을 좋아하지 않을 것 같았다. 비꼬고 공격하고 못된 소리로 괴롭힐 것만 같다. 쉽게 들어줄 수 있는 문제도 일부러 튕기고 거절해, 상대가 괴로워하는 꼴을 기필코 보고야 말 남자 같았다. 상대방이 괴로워 곧 죽는다고 해도 자신의 즐거움을 위해서는 절대 쉬이 오케이할 것 같지도 않다. 상대를 안달복달 죽기 일보 직전까지 만들어놓고, 목숨줄이 다 타들어가고 나서야 스윽, 너무나도 쉽게 해결해주어 사람을 미치기 일보 직전까지 몰 것 같다. 이런 말도 안 되는 선입견은 단지 그가 정현수의 친구이기 때문에 딸려 오는 이미지겠지만.

어쨌든 그녀는 짧은 순간 수많은 생각들을 했다. 그리고 자신을 무슨 신기한 물건 바라보듯 빤히 내려다보며 대답을 질질 끌고 있는 영재의 태도에 슬슬 짜증이 나기 시작할 무렵, 그녀는 드디어 한영재의 대답을 들을 수 있었다.

"좋다."

제2장

오빠의 친구 VS 친구의 동생

〈수고했다. 고마워. 너밖에 없다, 인마.〉

수화기 너머에서 십년지기 현수 특유의 호쾌한 목소리를 들으며, 영재는 피식 웃음을 터트렸다. 주차장에 세워둔 자동차를 타기 위해 막 도어를 열고 무의식중에 쳐다본 곳에 그녀가 있었기 때문에. 현수의 동생 정서율이. 그녀는 패기 좋게, 1,500만 원이라는 거금을 하룻밤 객기로 홀랑 털어 넣은 것도 모자라 전혀 반성의 기미 없이 '각자 길을 가자'며 억지를 쓰던 동생 녀석의 엉덩이를 퍽 걷어차고 있었다. 종알종알 뭐라 뭐라 속사포처럼 쏘아대는 모양새가 누가 봐도 '철딱서니 없는 동생 나무라는 누나'의 모습이다. 민폐 동생이 아직도 정신 못 차리고 누나 속을 뒤집고 있는 모양이었다.

퍼뜩 10분 전에 있었던 상황이 떠올라 영재는 그녀의 뒷모습을
쭉, 관심 있게, 빤히, 지켜보기 시작했다.

"진짜예요? 진짜 제가 갚도록 해주시는 거예요?"

"그렇다니까."

"정말이죠? 나중에 말 바꾸는 거 아니죠? 정현수가 반대해도
딴 소리 않기예요."

"안 해."

"그럼 약속하신다는 의미에서, 핸드폰에 메시지 하나만 날려주
세요. 나, 한영재는 서정민의 합의금으로 빌려준 1,500만 원을 정
현수가 아닌 정서율로부터 상환받을 것이다. 이렇게요."

"속고만 살았냐?"

"속고 속이고, 먹고 먹히는 게 세상사 이치죠. 머리에 피도 안
마른 게 어디서 인생 운운하나 싶겠지만 제가 나이에 비해 참 굴
곡 있는 인생을 살아와서요. 사람을 무턱대고 믿는 멍청한 짓은
안 합니다. 솔직히 댁을 뭘 보고 믿겠습니까?"

"그 소리, 일 년에 딱 한 번밖에 없는 휴가 망쳐 가면서 여기까
지 달려온 사람한테 할 소린 아닌 것 같다만."

"휴가가 딱 한 번밖에 없어요? 정현수는 만날 노는 것 같던데."

"정현수랑 난 다르니까."

"정현수나 댁이나, 프라이비트이나 셀피쉬나. 거기서 거기 아
니에요? 제 보기엔 그쪽도 뭐 특별히 대단한 것 같지도 않은데요.
뭘."

"빚, 갚고 싶지 않는 모양이지? 아직 메시지 안 날렸는데."

"아아— 아닙니다. 아니에요! 정현수보다 그쪽이 훨~ 씬 바빠요. 니가 제일 잘나가— 됐죠?"

"이자 하루라도 밀리면 바로 취소다. 명심해."

문자메시지를 날리며 으름장 놓는 그를 향해 서율은 방긋 웃으며 말했었다. '걱정 마십쇼' 라고. 일이 원하는 대로 되어서 매우 기꺼워하는 얼굴이었는데, 그래서 그런지 꽤나 인상이 달라 보였다. 생각보다 그녀는 밝고 화사했으며 굉장히 화려한 이목구비를 가지고 있었다. 꾸미면 양귀비 뺨칠 것 같달까. 물론 동생 후려 패고 잔소리 조잘조잘, 귀찮게 태클 걸고 사람 말에 토시 마구마구 다는 정서율이 어디 가지는 않았다. 단지 귀엽고 예쁜 얼굴로 페이스오프되었을 뿐, 사람 진절머리 나게 간섭하고 잔소리해 대는 그 정서율은 그대로였다.

영재는 동생을 끔찍이도 걱정한 나머지 폭포수처럼 잔소리를 쏟아내던 서율을 떠올리며 희미하게 눈살을 찌푸렸다.

"겨우 수고했단 말 한마디? 그걸로 퉁 칠 수 있는 게 아닐 텐데. 다른 데도 아니고 경찰서였잖아. 잘못 드나들었다가 추문에 휩싸일 수도 있는 곳. 내가 휴가 동안 경찰서나 들락날락했다는 걸 알면, 우리 사장님 단번에 뒷목 잡으실 거다."

이제는 동생의 목을 조르기 시작하는 서율의 뒷모습에서 시선을 떼며 영재는 중얼거렸다. 그리고 풀썩 운전석에 자리를 잡자, 공교롭게도 이번엔 사이드미러로 정서율이 보였다. 아직 동생의 목을 조르고 있는 중이었다. 장신인 동생의 머리를 겨드랑이 사이에 끼워 넣고 열심히 흔들고 있는 모습을 보고 있자니, 미간이 절로 잡혀진다. 저런, 저런.

〈너희 사장님 유난 떠시는 거야 나도 잘 알지. 윤우 일 이후로 더 그러시잖아. 그러고 보면 윤우 녀석이 대단해. 과거의 자기이력 때문에 유난히 여론에 민감하신 사장님을 기어코 굴복시킨 거잖아. 그 대단한 신비주의 '셀피쉬'의 리더께서 공개연애까지 하고 있다니 상상도 못했던 일이다.〉

"정현수한텐 상상 못할 일이겠지, 물론. 여자친구를 한 달 이상 사귀어본 적 없는 네가 윤우의 그 대단한 사랑을 이해할 수 있을 리 없잖아. 이번에 스캔들 난 영화배우 L모 양은 대체 언제 만난 거냐? 드라마 찍느라 바쁘다고 얼굴 한 번 제대로 봬주지 않던 녀석이, 여자 사귈 시간은 있었나 봐?"

〈여자들이 날 찾으니까. 바빠도 찾아온 손님은 만나줘야, 예의 아니겠냐?〉

"너 그러다 평생 홀아비로 늙어 죽는다. 지금은 여자들이 네 겉모습에 혹해서 자꾸 찾는 거지. 그게 언제까지 갈 거라고 생각하냐? 늙어서 주글주글해지면 아무도 널 찾지 않게 될 거다."

〈네가 지금 내 걱정해 줄 팔자는 아닌 것 같은데. 너 지난달 '바람 잘 피울 것 같은 남자연예인' 설문조사에서 무려 3위였어, 인마. 나야 이래저래 스포츠신문 일면에 두어 번 나서 당연히 1위했다지만. 넌 인마, 정식으로 스캔들 한 번 난 적 없으면서 무려 3위라는 건 그만큼 네 이미지가 순수하지 않다는 거야.

알아?〉

　"설문조사 얘긴 이제 그만해도 되지 싶은데. 1위 주제에 3위한테 할 충고는 아니잖아. 이러다 진짜 천 번 채우겠다. 3위라는 사실에만 초점 두지 말고, 그 이유도 좀 잘 알아보고 얘기하란 말이야. 너무 잘나서, 주위 여자들이 가만 놔두지 않을 것 같다는 게 3위로 뽑힌 이유라는데. 나더러 어쩌라고? 제발 좀 바람피울 수 있게, 여자친구라도 옆에 있었으면 좋겠다."

　〈바람피운다는 말, 함부로 하지 마라. 너 그런 소리하다 우리 동생한테 걸리면 끝장이야. 내 동생, 보기엔 밤톨 같아서 머리 쓰다듬어 주고 싶을 만큼 귀여운 녀석인데 알고 보면 무서운 애다. 아마 너도 그 녀석이랑 3분 이상 말 섞고 나면 알게 될 거야. 등골에서 식은땀이 주르륵 흐르는 기분.〉

　"등골에 식은땀까진 아니지만, 여간내기가 아닌 것 같긴 하더라. 근데 그거 알고 있냐? 네 동생, 너 엄청 싫어해."

　〈그 녀석이 그런 것도 티내?〉

　"티내는 정도가 아니었지, 아마. 누구라도 느낄 수 있게, 아주 격하게 드러내 주던데."

　〈그래서? 그 돈을 지가 갖기라도 한다더냐?〉

　"일본에서 신내림이라도 받았어? 어떻게 그렇게 족집게야?"

　〈뻔하지 뭐. 그 녀석, 남한테 힘든 내색 못하고 뭐든 지가 짊어지고 가려는 못된 습성이 있걸랑. 내가 함께 살자고, 형편 어려워 중단한 공부 계속 지원해 주겠다고 했는데도 고집 부리면서 반항하고 있는 녀석이야. 그 녀석도 참. 걱정하지 말라며 큰소리 친 지

겨우 한 달 만에 꼬리 팍 내리고 돈 빌려달라 부탁까지 해놓고서, 아직도 자존심이 남아서는. 쯧쯧, 대체 그 녀석을 어떻게 해야 하지?〉

"어떻게 하긴. 원하는 대로 해줘야지."

쿨가이답지 않게 한숨 작렬하는 현수를 향해 영재는 씩 웃으며 시크하게 대답해 주었다. 귀로는 현수 얘길 듣고 있었지만 눈으론 여전히 사이드미러에 어른거리는 서율의 움직임을 좇는 중이었다. 동생 목조르기에 열을 올리고 있던 그녀는 지금 동생 가슴팍을 주먹으로 쳐대고 있었다.

〈그게 무슨 소리야? 너 설마, 그 녀석한테 빚 받을 생각은 아니지?〉

"맞아. 갚으라고 했어, 원대로."

〈미쳤냐, 너? 걔가 무슨 돈이 있어? 등록금이 없어서 학업도 중단한 마당에.〉

"자기가 쓴 돈, 자기가 갚겠다는데 낸들 도리 있나? 너한테 빚 지느니, 차라리 생판 처음 본 나한테 빚지는 게 낫나 보지. 제발 봐달라고 사정하기에 그냥 그러겠다고 했어."

〈그 녀석 돈 없다니까. 그냥 대책도 없이 우겨대고 있는 거야. 그 녀석 말만 믿고 거래했다가 쪽박 차기 딱 좋아, 너. 아니. 돈은 내가 빌려달라고 했는데, 왜 그 녀석한테 돌려받겠대? 아무리 봐 달라고 했다지만 날 쏙 빼고 그 녀석하고만 얘기할 만한 특별한 이유가 있지 않고서야…….〉

"……."

〈가만. 너 혹시?〉

"혹시라니?"

〈너 설마 우리 동생을……?〉

"네 동생을? 네 동생을 뭐?"

〈아, 아니다.〉

"뭐야? 왜 말을 하다 말아?"

수상쩍게 어물쩍 넘어가려는 현수의 태도에 툭 한마디 건네고, 영재는 두 눈을 가늘게 좁혀 떴다. 미러 안에서 점점 멀어져 가던 서율이 걸음을 멈추고 뒤를 돌아보고 있었다. 가던 길을 멈춘 건 서정민도 마찬가지. 손에 들고 있던 책가방을 스르르, 바닥으로 흘러 내리는 모양새가 심상치가 않았다. 저도 모르게 영재는 자동차 밖으로 고개를 내밀었다.

〈아니야, 아니야. 내가 갑자기 흥분해서 말도 안 되는 상상을 했다. 그런 일이 일어날 리 없지. 절대로. 절대로 없지.〉

"대~ 충 무슨 생각을 하고 있는지 알 것도 같은데. 너, 너무 장담하는 거 아니냐? 세상에는 말도 안 되는 일이 실제로 일어나기도 해. 사람 일 아무도 모르는 거란 말이 괜히 나온 게 아니지."

〈아니, 그럴 일은 절대로 없다. 네 눈 높잖아. 내 동생 취향도, 너 아니거든. 두 사람이 눈 맞을 일은 절대로 없다는 소리지.〉

"너 이 자식, 간만에 승부욕 자극하네. 몇 년 동안 교제 없이 솔로로 지냈다고 은근히 무시하는 툰데? 기억해라. 나, 대한민국 대표 꽃미남 한영재야.”

〈물론 그거야 내가 더 잘 알지. 중화권은 인기순위 3위고, 일본 내 한류스타 중에선 단연 1위라는 거, 한류에 관심 있는 사람이라면 대부분 알고 있을 걸? 근데 말이지. 내 동생은 인기 많은 남자, 딱 질색하거든.〉

“그게 무슨 소리?”

〈잘생기고 인기 많은 남자를 가장 싫어해. 특히 너처럼, 예쁘장하게 잘생긴 애들은 대박― 완전 싫어해. 바람둥이 이미지는 거의 혐오하는 수준일 걸? 아마 너 같은 남자는 열 트럭을 갖다 안겨줘도 싫다고 할 거다. 그 녀석 좀 솔직한 편인데, 그런 건 티 안 내든?〉

현수의 히죽 웃는 소리가 수화기를 타고 전해져 왔다. 영재는 서율과 정민이 잔뜩 긴장한 채 서 있는 모습을 주시하며 천천히 자동차 도어를 밀었다.

낯익은 몇몇 남자 무리들이 두 사람을 향해 다가가고 있었다. 영재의 기억이 틀리지 않은 한, 그들은 방금 전까지 영재를 향해 웃으며 ‘좋은 게 좋은 거’라고 잘 합의해 보자던, 바로 그 피해자들이었다. 곱상한 듯한 외모에 묘한 적의가 느껴졌던 피해자들의 인상착의를 떠올리며, 영재는 천천히 서율을 향해 걷기 시작했다. 그리곤 별로 대수롭지 않은 듯 가볍게 수화기에 대고 중얼거렸다.

“별로. 그런 거 못 느꼈어.”

〈그럴 리가 없어, 인마. 서율이 녀석이 속마음을 잘 숨겼든지,

아니면 네 녀석이 나한테 거짓말하는 거든지. 둘 중 하나겠지.〉

"친구를 너무 얕보는 거 아니냐. 너 그렇게 장담하다간 나중에 크게 뒤통수 맞는 수가 있다."

〈내 동생은 내가 안다. 네가 작정하고 유혹해도 절대 안 넘어갈 녀석이, 바로 그 녀석이야. 정현수 동생의 위엄이랄까.〉

현수가 뻐기듯 느릿느릿, 미소에 흠뻑 젖은 음성으로 대꾸해 왔다. 다분히 약 올리는 말투였지만 딱히 화가 나지는 않았다. 평소 현수는 영재의 하늘을 찌르는 인기가 '시대를 넘나드는 세계 3대 미스터리'라며 영재를 깎아 내렸고, 영재 역시 현수의 드라마 인기에 '네 발연기에도 팬이 생기다니, 말도 안 됨'이란 주제로 열심히 공격해 왔으니까. 현수의 이런 디스는 일상이었다. 영재는 코웃음을 치고는 멀리 서율 쪽을 향해 더욱 빠르게 걸었다.

"재미있냐? 쌤통이라는 듯이 말하네."

〈솔직히 내 동생이 자랑스럽긴 하지. 아시아의 프린스 한영재 앞에서 눈 하나 깜짝 안 할 여자가 몇이나 되겠냐. 그만큼 콧대 높은 놈이고 비싼 여자란 뜻이다. 난 그런 자식이 내 동생이라 아주 뿌듯해.〉

"네가 자꾸 그러면, 도전해 보고 싶어진다."

〈아서라. 우리 서율이 꽤 거칠어. 괜히 들이대다가 따귀 맞을라. 천하의 한영재가 그런 굴욕을 당해서야 쓰나.〉

"굴욕을 당할지 환영받을지는 아무도 모르는 거 아니냐? 네 말대로 난 천하의 한영재인데."

〈야, 됐고. 천오백만 원이라고 했지? 일단 내 앞으로 달아놔. 지금은 기자들이 내 귀국일정만 주시하고 있는 상황이라, 당장 못 돌아가. 잠잠해질 때까지 일본에 있다가 들어갈 거니까 그때까지만 기다려.〉

“네 동생한테 받을 거라고 아까 말했을 텐데.”

〈내 동생 돈 없다니까. 못 갚아.〉

“갚는지 못 갚는지는 두고 보면 알겠지. 본인이 기어코 갚겠다는데, 거절하는 것도 이상하잖아. 그리고 네 동생이랑 이미 약속했어. 너한테 안 받고, 네 동생한테 대신 받기로.”

〈다시 가서, 안 된다고 말해.〉

“싫은데.”

〈걔, 안 그래도 돈 없어서 아무것도 못하는 녀석이야. 그 돈까지 갚으려면 알바 두어 개는 더 뛰어야 한다고. 세상을 얼마나 힘들게 사는데, 그런 녀석한테 빚까지 얹어야 되겠냐?〉

“갚을 수 있으니까 갚겠다고 나선 거겠지. 못하겠으면 나중에라도 포기선언할 거고.”

〈야! 한영재!〉

현수의 고함소리가 전화기를 뚫고 터져 나왔다. 성질머리하고는. 성격 괄괄하고 다혈질이라 참을성 부족한 건 두 남매가 아주 똑 닮았다. 얼굴을 찡그리며 쯧, 혀를 차고는 영재는 걸음을 멈추었다. 그리고 막 현수를 향해 한소리 날리려는 순간.

선글라스 렌즈 안으로 서율이 소리치는 광경이 들어왔다. 작은 주먹을 불끈 쥐고 서율이 상대를 노려보고 있었다. 멀리서도 그녀의 자세가 심히 공격적이라는 게 확연히 느껴졌다. 문제가 생긴 게 틀림없었다. 영재는 더욱 빨리 걷기 시작하며, 수화기에 대고 속삭였다.

"너희 정씨 남매들은 대체 왜 이러냐?"

〈갑자기 그게 무슨 소리야?〉

"됐다. 그만하고 끊어라. 이따 통화하자."

〈애기하다 말고 무슨 뚱딴지야? 하던 애기나 마무리 짓든지.〉

"끊으라고. 세상 힘들게 사는 네 동생, 좀 도와줘야 될 거 같으니까."

〈아, 무슨 소리냐고 글쎄. 앞뒤 잘라먹고 몸통만 말하면 내가 어찌 알아듣……?〉

까지 듣고, 영재는 전화를 끊었다. 그리고는 또다시 득달같이 전화해 올 것(평소 정현수라면 그리하고도 남을 것이다)을 대비해 핸드폰 전원을 꺼버렸다. 신호음만 가는 전화를 들고 방방 뛸 친구 녀석을 떠올리며, 영재는 휴대폰을 주머니에 쑤셔 넣었다. 그리고 세 명의 불량배들과 당장 맞장이라도 뜰 듯, 양 주먹을 가슴에 붙이고 상대를 향해 불꽃카리스마를 내뿜고 있는 정서율을 향해 큰 소리로 외쳤다.

"야, 정서율!"

가수답게 우렁차게 퍼져 나가는 그의 목소리에 놀라, 서율이 영재를 돌아보았다. 서율의 뒤에 서 있던 정민도 그를 보았다. 뒤이어 그들 앞에 서 있던 청년들도 뒤를 돌아본다. 영재는 천천히 '허니섹시스마일'이라 별칭 붙여진 특유의 색스러우면서도 섹스럽게 느껴지는 한영재표 천상의 미소를 지으며 한 손을 끌어올렸다.

"안녕, 친구들."

"먹어라."

또다시 시비를 걸어오는 양아치 자식들과의 한판을 막아준 한영재가 서율과 정민을 데리고 온 곳은 다름 아닌 순두부국밥집. 밥 먹으러 가자는 그의 말에, 됐다고, 밥값 정도는 있다고 툴툴대는 그녀에게 그는 이렇게 말했었다.

"내가 산다는 말은 안 했는데. 밥은 네가 사야지. 내가 합의금도 내주고 싸움도 말려줬는데 그 정도는 사는 게 예의 아니야? 안 고마워? 고마우면 밥 사. 나 배고프니까."

어찌나 당당하던지. 어처구니가 없어서 말이 안 나왔다. 아, 물론 하마터면 또다시 귀찮게 양아치들과 엮일 뻔한 걸 짠! 하고 나타나 도와준 건 고마운 일이다. 분명히 그 녀석들은 시비조였으니까. 그땐 흥분해서 채 인식하지 못했지만 정상 혈압을 되찾은 지금엔 확실히 알 것 같았다. 일부러 시비 붙기 위해 의도적으로 싸움을 걸어온 거라는 걸. 집이 어딘지 알고 있다, 너희들을 그냥 둘 것 같으냐, 네 동생 밤길 조심시켜라, 등등의 협박을 일삼았던 것으로 보아 다시 엮였으면 골치깨나 아파질 뻔했다.

아무튼 밥 사달라며 국밥집에 온 한영재는 평소에도 자주 오는 단골집인 듯, 주인아주머니에게 특별히 부탁해 따끈따끈한 생두부를 상에 올렸다. 점심식단을 순두부로 정한 건 나름 정민을 배려한 일이란 걸 그 순간 깨달았다.

"따뜻할 때 먹어둬."

"……."

"어서."

한영재가 재차 권했지만 정민은 꼼짝도, 심지어 고개조차 들지도 않았다. 뭐가 마음에 들지 않아서 계속 저 모양인지, 또 속에서 천불이 끓어오르는 것 같아 서율은 후— 길게 숨을 내쉬었다. 아무리 생각해도 이해가 안 되었다. 어려서부터 총명하고 성격 좋고, 어른스러웠던 정민이 왜 갑자기 이렇게 달라졌는지 알 수가 없다. 녀석은 어디서건 트러블 한 번 일으킨 적이 없었다. 학교에서건 집에서건, 정민은 늘 단정하고 예의 발랐으며 긍정적인 아이였다. 그런 모범생 중의 모범생인 정민이 갑자기 집단패싸움이라니. 게다가 이 삐딱한 자세는 또 뭐며, 학교 그만두고 자기가 돈 벌어서 빚 갚겠다는 말은 또 무엇인지.

서율은 정말로 답답했다.

"내버려 두세요. 또 싸우고 감방 들어가고 싶은가 보죠."

홧김에 툭 싸지르고 서율은 숟가락을 들어 공기밥에 푹 꽂았다. 친절이나 배려 따윈 눈곱만큼도 찾아볼 수 없는 누나의 퉁명스런 말에도 불구하고 정민은 꼼짝하지 않고 앉아 있었다. 마치 시위라도 하는 양. 영재는 아무 말 없이 수저를 들었다.

"진짜로 먹는 거예요?"

그가 국밥 한 술을 막 입안으로 밀어 넣으려는 찰나였다. 불쑥 퉁명한 서율의 목소리가 날아왔다. 그녀를 보니, 그녀조차도 계획에 없던 말을 충동적으로 내뱉은 듯 놀라고 있었다. 냉큼 얼굴을 굳히고 표정 관리에 들어갔지만 내심 그녀도 당황했음을 영재는 눈치챌 수 있었다. 영재는 한쪽 눈썹을 휙 치켜뜨고 그녀의 눈을 빤히 들여다보았다.

"그게 무슨 소리냐?"

"아……. 순두부국밥, 자주 드시나 봐요?"

말끝을 흐리더니 그녀가 급조한 티가 물씬 나는 질문을 던졌다. 안면근육이 일그러지는 게 표정이 아주 우스꽝스럽다. 전혀 아름답지도 매력적이지도 않는 모습이었지만, 어쩐지 동생 족치는 드센 누나의 모습보다는 훨씬 낫다는 생각이 들어 영재는 그녀를 촘촘히 뚫어져라 응시했다.

"단골집이라고 아까 말했을 텐데."

"아, 그랬지. 신경 쓰지 마세요. 그냥 뭔가 한영재 씨 이미지랑 안 어울리는 것 같아서 한 말이니까."

"내 이미지?"

"좀 도시적이잖아요. 아침저녁으로 스테이크만 썰 것 같고, 에스프레소에 와인만 마실 것 같은, 뭐 그런 거요."

"난 청국장 마니아인데. 커피보단 녹차나 허브티를 더 선호하고."

"아—"

무뚝뚝한 얼굴로 자신의 기호를 또렷이 밝히는 영재를 바라
보며 서율은 멍하게 말했다. 그리곤 미간 언저리를 확 접어 인
상을 찌푸렸다. 별명이 걸조라더니, 진짜 걸어다니는 조각일세.
띠띠— 머릿속으로 경보음이 울릴 정도로, 아주 매우 위험한 조
각.

‘거슬려, 거슬려.’

상당히 거슬린다. 흑진주를 연상시키는 새까만 눈동자에 살짝
만 내리떠도 길게 그늘이 지는 아름다운 속눈썹, 그리고 마치 소
녀팬들을 홀리는 듯 야릇한 눈빛까지. 뭐 하나 거슬리지 않는 게
없다. 대체 왜 저런 눈빛으로 날 바라보는 거야? 날 뭐, 꼬시기라
도 하겠다는 거야? 확 마 궁디를 주차삐까.

하여간 잘생긴 것들은, 자기가 잘생긴 걸 너무 잘 알아서 문제
야. 멸종되어야 마땅할 것들. 이 세상에서 가장 쓸모없는 것들! 잘
생긴 것들은 가! 가라고!

‘꺼져!’

“안 받아?”

눈에 힘을 잔뜩 주고 한영재를 노려보고 있는데, 그가 불쑥 물
었다. 서율은 이 세상에서 가장 쓸모없는 Must 멸종 대상 1위에
빛나는 미남자 한영재에게서 눈을 떼지 않은 채 전투적으로 퉁명
스럽게 대꾸했다.

“뭘요?”

“전화.”

“뭐요?”

"전화, 안 받냐고."

우습다는 듯 영재의 눈썹이 위로 휙 올라갔다. 입술꼬리까지 함께. 그제야 서율은 자신의 주머니에서 전화벨이 울리고 있다는 걸 깨달았다. 전화벨이 울리고 있는 것도 모르고 한영재를 쳐다보고 있었다니. 이런 된장!

서율은 두 번 생각하지 않고 벌떡 일어나 도망치듯 그 자리를 벗어났다.

"누나, 애인 있어?"

전화를 받기 위해 음식점을 빠져나가는 서율을 바라보다, 영재는 고개를 돌려 정민을 향해 물었다. 딱히 물어보려고 했던 건 아니었는데 저도 모르게 질문이 불쑥 나왔다. 궁금했으니까. 전화가 울리자마자 쌩하니 후다닥 움직이는 모습이 흡사 기다리고 기다리던 연인의 콜을 받은 모양새라서.

"그건 왜 물으세요?"

"그냥. 당연히 없을 줄 알았는데 있는 것 같아서."

"우리 누나, 인기 많아요."

"인기가 많다는 건 애인이 많다는 뜻이냐?"

"아니요."

"그럼 연애전적이 화려하다는 뜻?"

"아니요."

두 번째의 아니요는, 매우 티꺼운 말투로 표정까지 확 구기며 내놓은 강한 악센트의 말. 눈에 보이지 않은 광선이 정민의 눈에서 뿜어져 나와 가슴팍을 퍽 찌르는 기분이었다.

미움받고 있군.

담담히 영재는 현실을 받아들였다. 남성들로부터의 지지는 이미 포기한 지 오래였기 때문에 상처 따윈 없었다. 오히려 안타까운 마음이 들었다. 아무리 봐도 정민에겐 마음의 휴식이 시급한 것 같아서 말이다.

"그럼 한 가지네. 대시가 많았다는 뜻. 맞지?"

"우리 누나한테 관심 있어요?"

"없진 않지. 현수 동생이니까."

"친구 동생이면 동생이지, 웬 관심?"

"친구 동생이면 내 동생이기도 하니까. 동생한테 관심 갖는 건 당연한 거잖아?"

"됐거든요. 피 한 방울 안 섞인 사이에 무슨."

"네가 그런 말을 하다니 의외인데?"

"뭐가요?"

도전적으로 그가 물었다. 유난히 크고 짙은 눈동자가 길고 고운 속눈썹 아래에서 불안하게 흔들리고 있었다. 겁먹은 것인가. 두려움에 떨고 있는 것인가. 안쓰러울 정도로 강하게 녀석은 떨고 있었다. 잠시 가만히 정민을 응시하다, 영재는 피식 웃으며 중얼거렸다.

"너희 둘 말이야. 피 한 방울도 안 섞인 건 너희 둘 사이도 마찬가지 아니야?"

"……!"

"그래도 내 눈엔, 둘도 없는 남매지간으로 보이는데."

툭. 정민의 손에 들려 있던 숟가락이 나무테이블 위로 떨어졌다. 불안함에 흔들리고 있던 그의 눈동자가 한 곳에 고정되어 불을 뿜었다. 마치 모든 번뇌의 원흉인 양. 모든 문제의 근원인 양. 죽일 듯이 정민은 영재를 노려보고 있었다.

〈왜 이렇게 늦게 받아? 사람 걱정하게.〉

서율이 음식점 밖에서 전화를 받자, 수화기 속에서 주현이 근심 한보따리 짊어진 목소리로 다급하게 다그쳐 왔다. 주현은 서율이 도우미로 일하고 있는 미진 언니의 친척 동생으로, 그녀 역시 그 집에서 아기 봐주는 일을 하다가 알게 된, 서율의 가장 가까운 친구였다. 정민이 일 때문에 종종거리며 돈 구하러 다니느라 끼니도 못 챙겨먹는 서율한테 갖고 있던 비상금을 털어서 무려 삼백만 원이란 거금을 전해주기도 했던, 의리의 오주현. 그녀의 형편이 그다지 넉넉하지 못하단 걸 너무나도 잘 알고 있었던 터라 그녀가 쥐어준 돈봉투에 감동해 울 뻔했던 서율이었다.

"걱정은 무슨. 다 잘 해결됐어."

〈돈 잘 번다는 오빠가 도와주신 거야? 연락됐어? 일본에 있다며.〉

"다행히 늦지 않게 연락이 되었어. 사정 때문에 자기가 직접 오진 못했고, 대신 친구가 와서 돈도 빌려주고 합의도 마무리 지어줬어."

〈천만다행이다. 난 또, 네가 전화 안 받기에 무슨 일 생겼나 했지. 늦게나마 오빠랑 연락이 되어서 망정이지, 안 그랬음 네 동생 어쩔 뻔했어? 생각만 해도 끔찍하다야. 평소 오빠랑 사이가 별로 안 좋다고 해서 내내 걱정했거든, 안 도와준다고 할까 봐. 그래도 힘들 때 도와주는 걸 보니까 네 오빠, 널 아주 남남으로 생각하는 건 아닌가 보다.〉

"고맙게 생각해, 이번 일은."

〈아직도 오빠랑 화해할 마음 없어?〉

"싸운 것도 아닌데 무슨 화해. 그냥 난 지금까지 그랬던 것처럼, 서로 터치하지 않고 각자의 인생에만 집중했으면 좋겠다는 것 뿐 이야."

〈네 마음은 알겠어. 하지만 이렇게까지 도와줬는데 안면몰수 무시할 필욘 없잖아. 난 네가 오빠와 척지고 사는 거 반대야. 잘산 다며. 청년사업가로 잘나간다고 하지 않았어?〉

"어, 뭐……."

하지만 아무리 친한 친구라도 할 수 있는 말이 있고, 없는 말 이 있는 법. 주현에게 정현수에 대한 애긴 차마 하지 못했다. 주 현뿐 아니라 주변 어느 누구에게도 친오빠가 유명한 연예인이란 사실을 말하지 않았다. 어차피 현수와 잘 지내볼 마음도 없는데 괜히 말 퍼져 이래저래 피곤해질까 봐 걱정이 되어서였다. 말 않 기를 참 잘했지. 안 그래도 연예인에 관심 많은 주현인데, 대한 민국 꽃미남 남돌 넘버쓰리 안에 드는 정현수가 서율의 친오빠 라는 걸 알았더라면 얼마나 난리법석을 쳐댔을꼬. 안 봐도 비디 오였다.

〈근데 뭐 하러 사서 고생을 하냐? 대충 화해하고 서로 앙금 풀어지면, 오빠도 너 모른 척하지는 않을 거 아니야. 등록금 그거 부자들한테는 껌이다? 두 학기만 다니면 졸업인데, 오빠가 등록금 대주지 않겠어? 졸업하면 지금처럼 아르바이트만 죽어라 몇 개씩 뛰지 않고도, 정식 회사 들어가서 편하게 돈 벌 수 있잖아.〉

"돈 때문에 하기 싫은데도 억지로 화해하란 말이야?"

〈에이, 그런 뜻은 아니고.〉

"난 오빠 없이 살아왔어. 아빠 얼굴도 모른 채 자랐고, 나한테 같은 피를 나눈 형제가 있다는 것도 겨우 10년 전에 알았어. 그게 얼마나 충격적인 경험인지 너는 몰라. 내 오빠라는 작자가 나와 엄마가 개고생하면서 힘들게 세상을 살아가고 있는 동안, 나와 엄마를 내동댕이친 그 사람 돈으로 잘~ 먹고, 잘~ 살고 있었어. 엄마를 찾은 이후에도 계속 그 사람 돈으로 잘~ 먹고, 잘~ 살았지. 난 오빠도 우릴 버린 그 사람이랑 한 치도 다르지 않다고 생각해."

〈그건 오버지. 아버지 밑에서 아버지 돈으로 살았다는 것만으로 죄가 된다는 건 좀 너무하단 생각 안 들어? 그 상황에서 너희 오빠가 할 수 있는 일이 없었잖아. 경제력 전혀 없는 청소년이었는데, 뭘 어떻게 해야 했을까? 집 나와? 그때도 너희 집 넉넉한 형편은 아니었다며. 안 그래도 힘들게 하루하루 벌어먹고 사는 너희 집에, 입 하나 걸치게 되는 셈이었을 텐데 그런 결정을 쉽게 할 수 있었겠어?〉

"그럼 돈 벌기 시작했을 때라도 우리한테 왔어야지. 이제 와서 합치자느니, 자기가 오빠 노릇 하겠다느니, 그게 다 무슨 소용인데? 엄마는 이미 돌아가셨는데, 이제 와서 자기가 아들 노릇, 오빠 노릇 하겠다는 건 웃기는 소리 아니야?"

〈무슨 말을 그렇게 하니? 그래도 오빠잖아.〉

"됐어. 난 그 인간, 오빠라고 생각하고 싶지도 않아. 그냥 지금처럼 난 우리 정민이 뒷바라지하면서 열심히 혼자 살 거야. 부자 오빠 같은 거 필요 없어."

〈하여간 고집은.〉

한숨을 푹 내쉬면서 주현이 씁쓸하게 입맛을 다셨다. 서율이 마음에 얼마나 깊은 상처를 간직하고 있는지 알고는 있었지만 이렇듯 혈육을 부정할 정도로 심각한 수준이란 건 주현도 처음 깨달은 거다.

그녀는 절친임에도 서율을 전혀 이해 못하고 있었다. 서율의 친아버지에 대한 뿌리 깊은 원망과 증오심이 오빠에게까지 전이된 상태라는 건, 서율 스스로도 자각하지 못하고 있었으니 어쩌면 당연한 것일 수도. 자기의 아픔에만 집중하고 있는 서율로선 현수도 피해자라는 사실을 쉽게 알아챌 수 없었다.

〈그래서? 지금은 어딘데? 밥은 먹었어? 아침부터 밥도 못 먹고 발만 동동 굴렀을 텐데. 꼴이 말이 아니겠다. 지금이라도 든든히 챙겨먹어.〉

"안 그래도 지금 밥 먹으려는 참이야. 대충 끼니 때우고, 언니네 집으로 갈게. 미진 언니한테는 그렇게 전해 드려."

〈오후에 일하려고? 왜 쉬지 않고. 이리저리 돈 꾸러 다니느라 편하게 잠 한숨 제대로 못 잤을 텐데. 피곤하지 않아?〉

"쉴 시간이 어디 있어? 졸지에 빚이 1,500만 원이나 생겼는데. 오는 잠도 쫓아가며 일해야 할 판이구만."

〈오빠가 합의금 마련해 줬다며. 빚은 무슨 빚?〉

"빌렸어. 오빠한테 빚지기 싫어서. 오빠 친구한테."

〈그게 무슨 소리야? 오빠한테 빚지기 싫어서, 오빠 친구한테 돈을 빌렸다니.〉

"말 그대로."

주현이 홀딱 깬 듯 식겁한 투로 묻자 서율은 즉각 빈틈없이 딱딱한 말투로 대답했다. 재고의 여지가 단 한 톨도 느껴지지 않는, 진심 빡빡한 어조. 벽과 대화하는 기분이 들었는지 주현은 수화기 속에서 한숨을 연달아 내쉬었다.

〈너 진짜 독종이다. 어떻게 그렇게 매정할 수 있냐? 아무리 어려서부터 떨어져 살아서 정이 없다지만, 그래도 명색이 오빤데. 오빠한테 어떻게 그래? 너무한 거 아니야?〉

"맘으론 오빠 취급도 안 하면서 필요할 때만 손 벌리는 게 진짜 너무한 거야."

〈그건 그렇지만⋯⋯!〉

또 시작한다, 이놈의 간섭질. 주현인 다 좋은데 이게 문제다. 정 많고 착해서 주변 사람들 죄다 챙겨주려고 하다 보니, 상대가 귀찮아할 정도로 참견하게 되는 거. 결코 나쁜 의도나 저의가 있는 건 아니지만 자기 주관 뚜렷한 사람에겐 불필요해서 짜증나게 만드는 거. 덕분에 엄마에게도 잘 듣지 않던 잔소리를 친구에게서 허구한 날 듣고 있는 서율이었다.

서율은 한숨을 푹 내쉬며, 덥수룩하게 덮은 앞머리를 훌쩍 손으로 긁어 올렸다. 그리곤 주현의 간섭질을 중도에 끊어줄 적당한 소재를 머릿속으로 열심히 떠올리며, 타이밍을 엿보았다. 주현이 겉보기완 달리 나름 쿠크다스심장이라 살살 달래며 이해시켜야지, 안 그랬다간 곧바로 '넌 친구도 아니야!' 소리 듣기 십상이었다.

바로 그때, 갑자기 식당 출입문이 훌쩍 열렸다. 그러더니 안에서 정민이 튀어나와 그녀의 옆을 빠르게 스쳐 지나갔다. 안구를 훅 공격하는 바람. 방금 뭐가 지나갔냐? 할 만큼 순식간에 일어난 일이었다. 난데없는 상황에 놀라 서율은 멍하게 정민을 꺾어 보았다. 녀석은 서율을 본체만체 저만치 걸어가고 있었다.

뭐야, 저 녀석? 밥 먹다가 어딜 가는 거지?

"정민아!"

"……."

"야, 서정민! 야!"

불러보았으나 대답은 감감무소식. 녀석은 묵묵히 식당 앞쪽에 조촐히 마련된 주차장을 가로질러 왔던 길을 거슬러 올라갔다. 단호하고 빠른 걸음걸이가 딱 봐도 화난 것 같았다. 이게 대체 뭔 일이래? 뭐가 또 꼬여서 밥 먹다가 숟가락을 놓고 튀는 건데? 아까까지 분명 뚱해 있었던 건 사실이지만, 밥상머리 앞에서 자리를 박차고 나올 만큼은 아니었는데. 대체 무엇이 정민의 기분을 상하게 한 거야?

서율은 훅— 입으로 바람을 불어 머리카락을 흩날리곤 스윽, 고개를 돌려 식당 쪽을 쏘아보았다.

제3장

내 생활의 작은 균열

"그래서?"

여행에서 막 돌아온 셀피쉬의 리더이자 친구인 정윤우는 자신의 여행담을 털어놓기는커녕 영재가 휴가 내내 무얼 하고 지냈는지, 오늘 하루 무슨 일을 겪었는지에 대해 열심히 추궁하고 있었다. 내참. 이것도 병이지.

윤우는 멤버들을 팀동료가 아니라, 자신이 보호해야 할 존재라고 생각하는 경향이 있었다. 그래서 평소에도 멤버들의 기분, 건강, 스케줄 등등 사소한 것까지 하나하나 체크하고 관리하려 들었다. 마치 아빠처럼. 일찍 아버지를 여의고 '인생은 혼자만의 길을 걸어가는 고독한 것'이라 생각하는 어머니 밑에서 평생을 자라온 영재로서는 다소 적응 안 되는 스타일인 것이다. 물론 관심 가져

주는 것은 고맙고, 가끔 감동받을 때도 있는 것이 사실이지만 늘 항상 그런 것만은 아니었다. 바로 지금처럼, 자상한 윤우가 부담스럽고 불편할 때가 종종 있었다.

"뭐가 그렇게 궁금해? 꼬치꼬치 캐묻는 거 지겹지도 않아?"

"지겹긴. 완전 흥미진진한데. 웬만한 드라마보다 훨씬 재미있다. 내가 아는 김 작가님께 이런 드라마 어떠냐고 소재 제공해 드려도 될 것 같아."

"요새 드라마 다 죽었구나. 이걸 다 재미있다는 걸 보니."

"왜— 오빠는 유명한 톱스탄데 천오백만 원이 없어서 남한테 돈을 빌리는 아가씨. 거기에 오빠 친구인 최고의 아이돌스타. 꽤 산뜻한 소재 아닌가? 거기다 흥행요소인 남녀동거 얘기까지~"

"동거라니."

"그 아가씨가 아주 잘생긴 남학생을 데리고 산다며. 친동생도 아닌 사내애를 데리고 산다는 게, 어딘지 모르게 시청자의 흥미를 끌 것 같지 않아? 그런 거 있잖아. 펫처럼 키워서 꼴깍 잡아먹는 이야기. 그런 이야기라면, 나님도 아주 매우 관심이 가는데."

"너 아무래도 뇌청소 좀 해야겠다. 그 둘은 그런 사이 아니야."

"아니란 걸 네가 어떻게 알아? 함께 살아본 것도 아니면서. 아! 그것도 괜찮겠네. 셋이 동거하는 이야기! 세 사람을 한 집에 살게 하면, 시청률 제대로 오르겠는데?"

"쯧쯧쯧! 안됐다. 벌써 뇌가 썩었네."

"뇌가 썩은 게 아니라 이런 건, 로맨틱하다고 말하는 거야. 앞으로 대만의 로코드라마 들어갈 예비배우로서 이런 걸 이해 못하면 안 되지. 안 그래, 아시아의 프린스?"

소멸 직전의 잘생긴 얼굴을 약 올리듯 들이대며 윤우가 씩 웃었다. 입으로는 영재를 위해 고속도로 휴게소에 일부러 들러 사왔다는 호두과자를 열심히 오물오물 먹고 있었다. 영재 주려고 사왔다는 말을 말든지. 자기가 사온 걸 자기 혼자 다 먹는 모습이라니.

영재는 생긴 것과는 달리 입맛이 토속적이고 촌스러운 편이라 남들은 줘도 안 먹는 호두과자를 매우 좋아했다. 국 종류가 없으면 밥을 못 먹고, 인스턴트 음식을 혐오하며, 청국장은 직접 집에서 띄운 것 아니면 먹질 않는 것은 기본. 사람들과 어울리는 것도 좋아해서 좋은 사람들과 좋은 음식 맛을 갖춘 맛집들을 돌아다니는 것을 즐겼다. 오늘 정민과 서율을 데리고 간 곳 역시 숨겨진 명물 맛집으로, 나름 두 사람을 위해 신경 써서 골라 데리고 갔던 것이었다. 한데…….

"저기요. 혹시 우리 정민이한테 무슨…… 말, 하셨어요?"

시작은 평범했다. 통화를 마치고 돌아온 그녀는 비록 표정은 살짝 굳어 있었으나, 나름 예의 바른 모습에 조심스러운 목소리로 물어왔으니까.

그때까지만 해도 영재는 서율이 자신을 매우 싫어하고 있다는 것을 모르고 있었다. 아니, 인정하지 않고 있다는 표현이 더 적합하다. 그녀가 자신을 썩 좋아하는 것 같진 않았지만, 싫어할 거라고는 단 한 번도 생각해 보질 않았으니 말이다. 그도 그럴 것이, 그는 아시아 전 지역에 걸쳐 가장 많은 여인들의 사랑을 한 몸에 받고 있는 아이돌, 아시아의 프린스 한영재였다. 여인의 미움을 받는 일이란 그에게 아주 생소한 일이란 뜻.

"말? 했지."

"뭐라고…… 하셨는데요?"

"그걸 왜 묻지? 설마, 동생이 자릴 박차고 나간 게 나 때문이라고 생각해서?"

"아, 아니요. 딱히 그렇다고 생각하는 건 아니에요. 하지만……."

"별다른 말은 없었어. 그저 이런저런 이야기하다가, 두 사람 사이에 대해 한마디 한 것뿐. 피 한 방울 안 섞인 사이인데도 친남매 같다고 했는데. 그게 뭐 잘못됐나?"

"피……. 뭐라고요?"

놀란 것 같았다. 아주 잠시 얼이 나간 듯 입술을 동그랗게 벌리고 큰 눈을 더욱 크게 뜬 채, 고개까지 쑥 앞으로 내밀고는 영재를 멍하게 바라보는 모습은 흡사 어벤저스 실사를 코앞에서 목도한 사람 같았다. 어딘가 상처받은 모습, 세파에 찌들어 지친 모습, 파이터처럼 이글거리는 모습 등이 잠시 걷히고 그녀의 본질적인 모습이 맑게 드러난 느낌이었다. 물론 그 순간은 아주 짧았으므로, 곧 정서율 정식 아이콘인 '으르렁 헐크' 표정이 그녀의 안면을 차지하고 말았다.

"당신이 뭔데 우리 정민이한테 그딴 소릴 해요? 우리가 피 안 섞인 남매인 게 당신이랑 무슨 상관인데요? 우리 정민이가 그렇게 만만해 보여요? 아니면 내가 그리 만만해 보였어요? 돈이나 꾸러 다니면서 굽실거리니까 내가 우스웠나요? 돈 잘 벌고 콧대

높으신 잘난 스타님이라, 우리 같은 사람은 사람으로도 안 보이나 봐요? 그깟 천오백만 원도 없어서 사람들한테 욕먹고 손에 쇠고랑 차는, 한심한 쩌리 인생들이니 오죽 덜떨어져 보이겠습니까만. 이러시면 안 되죠. 이렇게 사람 막 대하는 거 몰상식한 거예요. 아무리 우습게 보여도 그런 얘긴 하시면 안 되는 거 아닌가요?"

"……."

"안 그래도 지금 애가 정신 못 차리고 방황하는데, 한영재 씨께서 제대로 기름을 부어주셨네요. 자기 일 아니라고, 이렇게 함부로 입 놀리시는 거 아닙니다. 남의 동생이라고, 그렇게 생각 없이 말하는 거 아니에요. 애잖아요. 아직 아무것도 모르는 철부지 어린애한테, 어떻게 그렇게 잔인한 말을 하세요?"

별거 아닌 얘기에 발끈해 무턱대고 쏘아붙이는 정서율의 태도가 무척이나 황당했지만, 그래도 이때까지는 영재도 나름 그녀의 입장을 이해해 보려고 노력했었다. 동생이 상처받았을지도 모른다고 생각하면, 자신 역시 그쯤 격하게 반응했을지도 모르는 일이니. 물론 17살이나 된 남동생한테 '어린애'나 '철부지'라는 표현을 쓴다거나, 전후사정 제대로 알지도 못하면서 무작정 달려들어 자신을 몰아세우는 그녀가 못마땅하게 느껴지긴 했다. 하나, 그 모든 불쾌감을 상쇄시킬 만큼의 호기심이 풀풀, 그를 자극했다.

뭐랄까. 동생 일에 왈칵 날을 세우고 두 팔 걷어 적극적으로 나서는 모습이, 매우 생소하고 놀라우면서도, 뭉클했달까. 누군가가 자신이 엇나가길 이토록 걱정해 준다면 세상 살맛 날 것 같다는 부질없는 생각이 슬쩍 떠올랐다 사라졌다. 부럽다는 생각도, 아주 잠깐. 어쨌든 그때까지만 해도 그녀한테 독하게 말할 생각은 추호도 없었다. 멀쩡히 자신의 컨디션과 이성을 잘 관장하고 있던 영재가 확 돌아버린 건 정서율이 쏟아낸 수많은 말 중 딱 하나, ‘당신 같은 사람이 뭘 알아요?’ 때문이었다.

“듣자 하니 연예계 엄친아 중 하나라면서요. 집안이 엄청 좋다고, 잘사는 집안이라고 소문이 자자하던데. 그렇게 호의호식, 편하게만 살아오신 양반이 어떻게 우리 정민이의 아픔을 가늠할 수 있겠어요? 모르죠, 단 1퍼센트도 짐작할 수 없겠죠. 정현수 그 자식 친구이니 오죽해. 내가 정현수가 소개해 준다고 할 때부터 불안 불안했어.”

“미안한데.”

딱! 영재는 세차게 숟가락을 테이블에 찍어 내려놓으며 서율의 속사포 잔소리에 제동을 걸었다. 갑작스런 반응에 약간 놀란 듯 서율은 우뚝 하던 말을 멈추었다. 영재는 이마 위로 흘러내린 머리카락을 천천히 쓸어 넘기며, 그녀를 올려다보았다. 서늘하면서도 깊이 있는 영재 특유의 눈동자가 날카로운 빛을 띤 채 자신을 바라보자 서율은 숨마저 멎은 채 얼어붙어 버렸다.

“도저히 못 들어주겠다.”

“……?”

“너 아주 큰 착각을 하고 있는 것 같다? 네 친남매는 서정민이 아니라 정현수야. DNA조직이 말해주고 있잖아. 서정민도 그걸 알고 뛰쳐나갔던 것 같은데. 이제 그만 정신 차리지?”

“뭐, 뭐라고요? 우리 정민이가 뭘 알고 뛰쳐나가요?”

“누나랍시고 어린애 데리고 살면, 남들 눈에 어떻게 비춰질지 설마 모르는 건 아니겠지?”

다음 순간 무슨 일이 벌어졌는지는 두 번 다시 생각하고 싶지도 않았다. 누가 성난 코뿔소처럼 씩씩거리는 얼굴로 성큼 다가와 컵에 든 찬물을 쫘아악— 끼얹었는지. 입에 담기도 민망한, 개와 신발과 자식에 관한 욕설을 얼마나 여과 없이 들어야 했는지. 점심때가 지난 시각이라 음식점에 사람이 별로 없었으니 망정이지, 사람 북적거렸을 때 그런 일을 당했더라면 과연 어땠을지. 생각만 해도 끔찍한 영재였다.

어쨌든 정서율은 내일 당장 무슨 일이 있더라도 돈을 갚겠다고 말하곤, 벼락같이 문을 닫고 나가 버렸다.

“별로. 재미 하나도 없으니까 그만해라.”

불과 몇 시간 전의 일을 떠올리며 영재는 퉁명스럽게 중얼거렸다. 그리곤 잠시 눈살을 찌푸리며 흐르는 식은땀을 손등으로 훔쳤다. 머리가 지끈지끈, 코가 맹맹한 것이 아무래도 감기에 걸린 듯했다.

“근데 난 아무리 생각해도 이해가 안 된다. 너한테 쌍심지를 켜고 소리친 걸 보면, 동생에 대한 애정이 보통은 아니란 소린데. 친혈육은 현수라며. 근데도 사이가 아주 안 좋고. 어떻게 그럴 수가 있냐?”

"자랄 때 친남매처럼 자랐다잖아. 현수와는 아주 어렸을 때 헤어졌었다가 다시 만난 거고."

"아무리 그래도 피가 물보다 진하다는 건 진리야. 친오빠한테 더 끌리고 정이 가는 게 맞지 싶은데. 그게 일반적이잖아."

"세상에 일반적인 경우만 있는 건 아니잖아. 걘 특이케이스인가 보지."

"무슨 사연이 있기에, 현수보다 그 동생을 더 챙기는 거지?"

"그렇게 궁금하면 직접 물어보든지."

툭, 핸드폰을 던지며 영재는 무뚝뚝하게 대꾸하곤 휙 몸을 던져 소파에 누워버렸다. 눈을 감으려니 머리가 세차게 울렸다. 감기 때문에 평소 자주 지끈거리던 두통이 더욱더 기승을 부리는 것이었다. 대체 이게 무슨 꼴인지. 오늘 아침까지만 해도 어머니께 전화로 '아파서 죽을 것 같다' 며 거짓말을 해댔었는데, 지금은 진짜로 아파 골골거리고 있으니. 벌받는 건가? 그 꼬마아가씨한테 헛소리를 지껄여서?

버르르 화를 내며 물을 뿌리는 그녀를 떠올릴 때마다, 이상하게도 가슴 한구석이 욱신거렸다. 왠지는 모르지만 그녀는 보기보다 훨씬 약한 존재일 거란 생각이 들어서. 약자. 겉으론 센 척하고 있지만 조금만 건들어도 쉽게 무너지는 존재. 남들보다 더 여린 마음을 갖고 있어서 일부러 더 겉모습은 튼튼하게 철벽처럼 굳건히 세워 두는 사람. 그런 사람처럼 느껴져서 마음이 불편하고 찜찜했다. 아무리 독설가로 소문이 났다지만 그는 절대 자신보다 여린 사람에겐 악담을 퍼붓지 않는다는 불문율을 갖고 있었다.

“오호— 그 와중에도, 전화번호를 받았어? 마음만 먹으면 연락 가능하겠네.”

“빚쟁이가 빚 받으려면 연락처는 기본이지.”

“그쪽은? 그쪽도 네 번호 알아?”

“당연한 말 좀 묻지 마. 머리 아파.”

“오호라, 그러니까 현수 동생이랑 서로 번호를 주고받으셨다? 예쁘냐?”

“뭐가?”

“현수 동생.”

“그걸 묻는 저의가 뭔지 몹시도 궁금하군.”

“뭐— 그냥, 여자 없이 몇 년 동안이나 바람둥이 이미지 고수하고 있는, 불쌍한 너에게 운명 같은 존재가 나타난 게 아닌가 싶을 뿐. 다른 저의는 전혀 없다.”

“운명 같은 소리한다.”

“걔 이름이 뭐랬지? 정서율이랬지? 아, 이름도 예쁘고. 현수 동생이라니까 얼굴도 괜찮을 거고.”

“너 대체 뭐하는 거냐?”

영재는 어처구니없는 얼굴로 두 눈을 부릅뜨며 물었다. 싱글벙글 여자 여럿 기절시킬 법한 블링블링 미소를 입에 달고 호두과자를 씹어 먹고 있는 정윤우는 영재 얼굴을 아주 그윽하게 들여다본 채로, 두 눈을 반짝반짝 빛내고 있었다. 하지만 저 미소 속에 비친 속내는 전혀 그윽하지 않다는 불편한 진실. 영재는 눈살을 찌푸리며 퉁명스럽게 대꾸했다.

"먹잇감 발견한 하이에나 같은 표정은 집어치워. 네가 생각하는 그런 일은 없었으니까."

"없었지만, 앞으론 있을 수도 있겠지?"

"그만해라."

"잘해봐. 실제로 만나보진 못했지만 난 아주 느낌이 좋다. 그 아가씨, 난 괜찮은 거 같아. 너도 이참에 솔로에서 벗어나야지. 아무리 사장님이 호랑이라도 그렇지. 데뷔하고 몇 년이 지났는데 어떻게 아직까지 변변한 연애 한 번을 제대로 못하냐. 요즘은 어디 토크쇼를 나가도, 자기 과거 연애사 한 가지 공개 못하면 바보 돼. 너처럼 고등학교 연애담 갖고 나오는 연예인들도 없다고."

"그만하라고 했다."

"인기 있으면 뭐하냐? 수많은 여자들이 널 좋아하면 뭐해? 이상형이 너라고 했던 영화배우 김모 양도, 지금은 일반인 남자친구 만나서 알콩달콩 연애하고 가십란에도 오르내리잖아. 그런 거 보면 뭐 깨달은 게 없냐? 남자는 자기가 좋아하는 여자 한 명만 옆에 있으면 되는 거야. 사장님? 몰래 만나, 그냥. 사장님이 네 인생 책임져 주는 것도 아니잖아. 날 봐라. 처음 스캔들 날 땐, 날 아주 죽일 것처럼 화내시더니 지금은 멀쩡하시잖아. 그리고……"

끝도 없는 정윤우 표 잔소리가 시작되는가 싶을 때였다. 양손으로 귀를 막을 준비를 하는 영재의 귓속으로, 나긋나긋 부드러운 여자의 목소리가 살포시 날아와 앉았다. 향긋한 대추차 냄새도 함께.

"그만—"

윤우의 여자친구, 차유림이다. 윤우가 무용담처럼 말하곤 하는 그 '스캔들'의 주인공. 두 사람은 약 3년 전쯤 처음 만나 우여곡절을 겪으면서도 지금까지 별 탈 없이 사귀고 있는 중이었다. 물론 연애 초반 겪었던 파파라치 사건 때문에 두어 번 깨질 위기도 있었다. 사건이 터진 이후 쿨하고 남자답게 '열애사실 인정'이라는 카드를 꺼내든 윤우 때문에 전체적인 여론은 좋아졌지만 팬들의 원성은 극렬해졌고, 덕분에 헤어지길 바란다며 온라인 서명까지 하는 등 강성 팬들의 안티활동에 심한 마음고생을 겪기도 했다. 지금은 비록 웃으면서 얘기할 수 있지만, 당시엔 회사 측에서도 심각하게 고민했던 문제이기도 했다.

그녀와 관련된 일련의 사건들은 영재의 연애불감증에 지대한 영향을 끼쳤다. 강단 있게 버티지 못해 괴로워하는 유림과 그녀를 그저 보고만 있어야 하는 윤우. 모두 영재의 눈엔 불행해 보였다. 덕분에 그는 자신의 여잘 자신 스스로 지키지 못할 바에는, 아예 관계하지 않는 게 맞는 것이라 생각하게 되었다.

"그 문제는 영재 씨가 알아서 하도록 내버려 두자."

윤우의 옆자리에 다소곳이 앉으며 유림이 말한다. 깔끔하고 똑 소리 나는 성격답게 유림은 말투도 정갈하고 깨끗하다. 손에 들고 있던 쟁반을 조심스럽게 내려놓는 모양새도. 영재는 대추차의 향 긋함에 이끌려 몸을 일으켰다. 그리곤 여전히 활짝 편 오지랖을 접을 생각이 전혀 없어 보이는 친구 녀석을 향해 스륵, 눈동자 한 번 굴리곤 심드렁하니 중얼거렸다.

"이 녀석 눈엔 제가 지 아들로 보이나 봐요."

"다 네가 걱정되어서 하는 소리야. 네 나이가 몇이냐? 그 나이 되면 적어도 가슴에 스크래치 남을 만한, 아주 진한 티오피 같은 사랑 한 번쯤은 해봐야 하는 거 아니냐? 너처럼 순백색 남자, 것도 너무 징그러워. 이상한 거라고. 현수 친구면서, 어떻게 넌 여자친구 하나를 제대로 못 사귀냐. 현수 반만큼이라도 좀 만나 봐."

"에이, 그건 완전 오버다. 현수 씨는 좀 심하게 바람둥이거든. 여자 만나기 위해서 일부러 바람둥이가 되라는 건 말이 안 되지."

"현수처럼 문어발식으로 어장관리하라는 게 아니고. 내 말은, 사람을 사귀려면 일단 두루두루 여럿 만나봐야 한다는 거지. 이 사람, 저 사람 만나봐야 어떤 사람이 자신과 맞는지, 누가 내 진실한 짝인지 알아볼 거 아니야. 근데 얘는 아예 여잘 만나보질 않아. 만나더라도 두어 번으로 끝이야. 그게 만나는 거냐? 제대로 서로에 대해 알아볼 시간 정도는 가져야, 만나는 거지. 그래가지고서야 어디 인생의 반쪽을 찾을 수나 있겠어?"

"왜— 운명처럼 서로 짠, 단번에 알아볼 수도 있는 거지. 꼭 여러 여자 만나봐야 하는 건 아니지, 솔직히."

"운명도 운명 나름이지. 아무 노력도 없이 가만히 앉아 있는데, 어떻게 알고 운명이 영재를 딱 집어서 찾아와? 이러다가 강제로 독신주의자 되게 생겼어. 그게 말이 돼? 천하의 한영재가 아픈데 병문안 와줄 여친도 없다는 게 있을 수 있는 일이야?"

"그건 좀…… 그렇긴 하다. 아플 때 옆에 아무도 없으면 진짜 눈물 나오는 법인데."

"그렇다니까. 이 녀석이 워낙 안 그런 척하고 다니니까 사람들이 모르는 거지, 사실은 엄청 애정을 갈구하는 녀석이라고. 사람들한테 관심 없는 척하는 것도 다 눈속임이다? 이 녀석이 엄청 잔정 많은 놈이란 건 아는 사람들만 아는 공공연한 비밀이라고. 생긴 게 워낙 쏘쿨한 차도남, 냉미남에다가 말수가 적어서 다들 깜빡 속아 넘어가는데. 이 녀석 본질은 완전히 달라. 구수한 한국 전형의 남자. 잔정 많고, 속 깊고, 마음 넓고, 의리 있고. 게다가 순정까지 갖춘."

"순정마초!"

"뭐, 마초까진 아니지만. 어쨌든 남자다운 남자."

"우왕. 짱이다."

"나 빼고 제일 짱이지."

"그거야 당연하고."

고춘자 장소팔이 울고 갈 전설의(?) 만담커플, 또 납시었다. 하여튼 틈만 나면 서로 아이컨택하면서 둘만의 닭살스런 대화를 이어가신다. 아무도 동의하지 않을, 자신들만의 의견들인데도 호흡이 딱딱 어찌나 잘 맞는지. 영재는 한숨을 푹 내쉬곤 고개를 살랑살랑 내저으며 탁자에 놓여 있는 대추차를 집어 들었다. 아무래도 저 둘의 닭살플레이가 끝날 때까진 모든 신경을 외부로부터 차단해야 할 거 같다. 뭐, 그딴 거 어렵지~ 않아요~ 친구의 상냥한 콧소리와 하트로 뿅뿅 바뀐 눈, 가끔 무심결에 나오는 스킨

십 장면들을 필터링할 수 있는 무던함만 갖추면 돼요~

"그나저나 넌 언제 집에 갈 거냐?"

잠시 후, 닭살만담을 모두 마친 윤우가 발그레~ 하게 상기된 얼굴로 물었다. 다행히 이성은 남아 있는 모습으로, 영재는 친구가 옆에 있다는 걸 까먹지 않은 그가 아주 대견했다. 대수롭지 않은 얼굴로 홀짝 대추차를 흡입하며 영재는 심드렁하니 중얼거렸다.

"됐어. 그냥 숙소에서 쉴 거야."

"왜? 며칠이라도 쉬었다가 오지."

왜긴 왜겠냐. 집에 가봤자 아무도 없으니까 그렇지. 몸 컨디션이 말이 아닌데, 썰렁하기 짝이 없는 집에 혼자 있으면 아프기밖에 더 하겠나. 차라리 윤우라도 있는 숙소가 낫다. 잔소리는 딱 질색인 그이지만, 그나마 윤우와 함께라면 적어도 방치되고 있다는 느낌은 들지 않을 테니 말이다.

"그냥. 어머니 걱정시켜 드릴 것 같아서."

"그래요, 그냥 숙소에 있어요. 몸 아픈데 괜히 움직이면 더 힘들기만 하죠, 뭐. 윤우 네가 좀 잘 챙겨줘. 대추차도 감기에 좋다고 하니까 수시로 끓여서 바치고."

"아참. 이거 우리 장모님 솜씨다. 알고나 마셔라."

영재 잘 챙기라고 잔소리하는 유림의 말은 싹 무시하고, 윤우는 느릿느릿 능글맞게 장모님 자랑을 늘어놓는다. 하여간 저놈의 팔푼이 기질. 틈만 나면 애인 자랑, 장모님 자랑. 눈꼴사나워서 참을 수가 없다, 아주.

“어머, 엄마한테서 전화 왔었네. 나 가봐야겠다. 지금 안 가면 노발대발 난리 날 것 같아.”

때마침 유림이 자신의 휴대폰을 들여다보며 화들짝 놀랐다. 아직까지 둘 사이를 완전히 허락하지 않은 ‘장모님’의 호출이 있었던 것이다. 이분은 연예인 사위 결사반대라며 둘 사이를 2년 넘도록 허락해 주지 않고 있다고. 그런데도 이렇듯 때 되면 쑥차, 생강차, 유자차, 대추차, 철철이 정성 들여 손수 만들어 보내주시는 참으로 희한한 분이었다.

“멀리 안 나갑니다.”

자리에서 일어나는 두 사람을 향해 영재는 가만히 앉은 자세로, 시크한 인사를 건넸다. 유림은 워낙 숙소에 왔다 갔다, 출입이 잦은 사람이라 딱히 손님 같지도 않아서 일일이 인사하고 챙기지는 않는다. 서로에게 익숙해서 이미 가족 같은 사람이랄까. 가끔은 친구의 여자친구에게 이런 익숙함을 느끼고 있는 자신이 처량하게 느껴지기도 했지만, 딱히 익숙해지고 싶은 여자가 생기지 않는 한 일부러 누군가에게 익숙해지기 위해 애를 쓰고 싶은 생각은 없었다. 그런 귀찮은 작업까지 해야 할 정도로 상황이 급박한 건, 절대 아니라고 영재는 생각했다.

“이제부터 혼자겠네? 괜찮겠냐? 아프다니까 걱정이 된다.”

“내일은 병원에 꼭 가보세요. 오늘은 늦었으니 이만 쉬시고. 아셨죠?”

윤우와 유림이 어린 자식 타이르듯 걱정 어린 충고 한마디씩 건네 왔다. ‘나 홀로 집에’의 소년이 된 기분으로 영재는 일그러진 미소를 지어 올렸다. 그리고 괜찮다 한마디 하려는데, 이번엔 유림이 아주 진지한 얼굴로 단어 하나하나 힘주어 정성스레 당부의 말을 건네 왔다. 마치 마흔넷 철없는 독신주의자 삼촌 다루듯 살근살근한 억양으로.

"그리고 연애, 포기하지 마세요. 연애하는 거 진짜 좋아요. 얼마나 좋은 점이 많은데요. 서로의 모든 것을 함께 공유할 수 있는 유일한 사람. 그런 사람 하나 옆에 두는 것도 나쁘지 않잖아요. 노력하시면 올해 안에 꼭 좋은 사람 만나게 될 거예요. 절대로 포기하시면 안 되요. 아셨죠?"

영재를 연애주의자로 전향시키기 위한 차유림 씨의 설득되시겠다. 단 한 번도, 그 누구에게도, 독신주의자이니 연애는 포기했다느니 하는 발언을 한 적이 없는 영재이건만. 어쩌다 이런 말을, 그것도 친구의 여친에게서 듣는 신세가 되었을까.

영재는 잠시 자신의 꼬인 상황을 풀어볼까, 생각해 보았다. '언제든 하고 싶을 때 하고 싶은 여자가 나타나면, 연애를 마다하지 않을 것이다' 라는 입장 표명이라도 해둬야 이런 시달림과 간섭을 받지 않을 것도 같았으니까. 하지만 이내 그는 포기하고 말았다. 설명하는 것도 귀찮고, 몸도 피곤한데다 옆에 있던 유림의 만담커플 정윤우의 다음 대사가 터졌기 때문이었다.

"포기해라. 내 보기엔 이 녀석, 솔로가 체질적으로 맞는 거 같아. 그러지 않고서야 이렇게 완벽히 몇 년간을 솔로로 지낼 수가 없어. 그동안 이 녀석한테 대시했던 여자들도 꽤 많았거든. 생긴 게 이래서 여자들이 좀 따르는 편이니까. 근데 하나같이 다 싫다는 거야. 처음엔 눈이 높아서겠거니, 했었지.”

“근데 아니야?”

“아니지, 그럼. 몇 년 동안 솔로로만 지낸 게 어디 그 이유뿐이겠냐?”

“에이, 그래도 솔로가 체질인 사람이 어디 있어? 그건 진짜 말이 안 되는 거지. 그리고 영재 씨 같이 페로몬이 줄줄 흐르는 남자는 절대로 독신주의자가 되어선 안 된다고. 그건 세상 모든 여자들을 기만하는 행위란 말이야. 바람직하지 않아. 노노, 절대 안 돼.”

“바람직하지 않으면 뭐하나. 본인이 싫다는데. 그렇다고 사람을 억지로 만나게 할 수도 없잖아.”

“그러지 말고 우리, 한영재 솔로탈출 캠페인이라도 벌일까? 주위에 수소문해서 좋은 친구들 소개해 주는 거야.”

“아서라. 그건 이미 내가 여러 번 시도해 봤다. 내 친구들뿐만 아니라 네 친구들, 하다못해 연예계 동생 누나, 괜찮다 싶은 여자들은 다 소개해 주겠다고 하는데도 이 녀석, 끄떡도 하지 않았다고. 지가 무슨 신부님이라고.”

“정말~?”

“결론은 하나야. 이 녀석은 그냥 연애에 관심 없는 종족이라는 거. 아직 덜 고프나 보지. 죽을 만큼 외로워봐야 ‘아— 내 옆구리를 데워줄 짝이 필요하구나’ 하지.”

“그건 너무 슬프다. 영재 씨가 뭐가 아쉬워서 죽을 만큼 외로울 때까지 솔로로 지내야 하는데?”

"지가 자초한 일인데 누굴 탓해. 아무도 그러라고 등 떠밀지 않았거든."

"하지만……."

이러고 있다. 남은 열이 오르락내리락해 만사가 귀찮아 죽을 판인데, 문 앞에 서서 이런 시덥지 않은 만담이나 나누고 있으니. 영재는 피곤함과 짜증이 섞인 한숨을 꾹 누르며 벌떡 일어나, 두 사람을 향해 저벅저벅 걸어갔다. 그리곤 활짝 현관문을 열고, 그 밖으로 두 사람을 힘껏 떠밀었다. 서로 쳐다보며 이러쿵저러쿵 열심히 대화를 나누던 두 사람은 딱히 피할 새도 없이 순식간에 떠밀려 밖으로 쫓겨나갔다. 쿵!

"아, 젠장."

문이 닫히자 영재는 뜨거운 머리를 손으로 누르며 그제야 긴 한숨을 내쉬었다. 시끌시끌하던 소음이 뚝 끊기며, 지끈거렸던 머릿속도 이내 잠잠해진다. 하지만 열은 이미 눈동자까지 차오르고 잠시 가라앉았던 두통은 다시금 욱신욱신 존재감을 피력하기 시작했다. 영재는 주섬주섬 대추차와 휴대폰을 챙겼다.

병원이고 약국이고, 일단은 좀 피곤한 몸을 뉘여 몇 시간이라도 눈을 붙인 다음 움직여야겠다. 지금은 모든 게 다 귀찮아서 아무것도 하기가 싫었다. 어차피 단순 감기라, 쉬는 것이 치료이긴 하다. 워낙 건강 체질인 그는 평소 감기 치료를 위해 병원보다 사우나를 더 자주 찾곤 했으니. 영재는 무거운 발걸음으로 천천히 이층 계단을 올랐다. 그리고 막 자신의 방문을 열고 들어가려는 순간이었다.

손에 들고 있던 휴대폰이 윙— 울렸다.

♪　　　♬　　　♪

〈병원이라고? 왜? 다쳤어? 누가? 네가?〉

서율이 자초지종을 설명해 주기도 전에 주현은 수화기 안에서 팔딱팔딱 뛰어댔다. 어지간한 일에는 꿈쩍도 하지 않는 쏘쿨녀 오주현이 이럴 정도라니. 놀라긴 엄청 놀란 모양이었다. 미진 언니네에서 일하다 손에 쥐고 있던 걸레를 내팽개치며 헐레벌떡 뛰쳐나간 친구가, 병원에 있다고 하니 당연히 놀랄 수밖에 없었을 것이다. 사실 지금은 이렇듯 착 가라앉아 침착한 모습을 유지하고 있는 서율도 불과 30분 전까지는 두 다리 후들후들, 두 손 바들바들 떨고 있었다. 동생을 수술실 안에 넣어놓고 얼마나 떨었는지. 젊은 나이에 심장마비로 인생 하직하는 줄 알았다.

"정민이가."

〈정민이? 걔가 왜? 또 무슨 일 있었어?〉

"동네 깡패들한테 맞았대. 이마가 찢어졌어."

〈아니, 그놈의 깡패들은 왜 죄다 네 동생한테만 덤빈다니? 며칠 전 일도 깡패들이 시비 걸어서 싸움 난 거였잖아. 그래서 사이도 안 좋은 오빠한테까지 부탁해서 합의금 마련한 거 아니야?〉

"자세한 건 나도 잘 몰라. 경황이 없어서 물어보지도 못했어."

〈수술은 잘 됐고?〉

"흉터는 안 생길 것 같대."

〈그나마 다행이네. 근데 요새 네 동생 왜 그러니? 사춘기야? 왜 자꾸 일을 저질러? 깡패들하고 싸움은 왜 해? 그렇게 제멋대로 굴 거면 친아버지한테 가라고 해. 연락 가끔 된다며. 네 어머니 계실 땐 그런가 보다, 걔네 아버지랑 재혼까지 할 사이였으니까, 그러려니 할 수 있다지만. 이젠 얘기가 달라졌잖니. 그리 다 큰 애 계속 끼고 있어봤자 너만 손해야. 이렇게 하루가 멀다 하고 사고를 치는데 네가 그 뒷감당을 할 수 있을 거 같아? 친동생이어도 손 놓을 판국에.〉

구구절절 그 누가 했던 말의 반복. 딴엔 친구 걱정하는 소리이 겠지만 듣는 서율은 전혀 달갑지 않은 말이다. 서율은 불쾌한 기분을 애써 누르며, 불쑥 화제를 전환했다.

"미진 언닌 별말씀 없어? 자꾸 자리 비운다고 한소리 했지?"

〈알긴 아네. 엄청 짜증난 것 같더라. 얘기 들어보니까 오후에 갑자기 손님이 들이닥쳐서 혼쭐이 났다나 봐. 혼자 애 보는 것도 힘들어 죽을 판이었는데, 네가 일도 안 해놓고 가서 집도 엉망이 었다면서. 나한테 전화해서 아주 난리난리 개난리를 치더라고. 그 언니 성질 나쁜 거 너도 알지?〉

"그 정도였어?"

서율은 시무룩한 어조로 물으며 작게 한숨을 내쉬었다. 미진의 성격이 얼마나 유난스러운지 모르지 않는 바, 상황이 대충 짐작 갔다. 원래 미진은 공주처럼 자란데다 아내 살뜰히 챙기는 남편 만나 고생이 뭔지 전혀 모르고 살아온 전업주부였다. 왕비처럼 고이고이 챙김 잘 받아가며 살아온 인생에 세 쌍둥이가 떡하니 태어났으니 그 고달픔과 피곤함을 제대로 이겨내지 못하는 것이었다. 상황이 그러하니, 예민해지고 힘들어하는 것은 너무나 당연한 일. 이해는 충분히 된다. 돈도 많이 주는데, 그딴 신경질쯤 기꺼이 감수할 수 있는 서율이다. 그런 건, 아부가 주전공인 서율에겐 껌 씹는 것보다도 더 쉬운 일이었다. 문제는 이 집에서 잘리느냐, 마느냐.

미진 언니네 집은 절대로 잘리면 안 되는 일자리였다. 몇 가지 겸하고 있는 알바 중 그나마 보수가 가장 센 곳이고, 그 보수로 정민의 학비를 다 대고 있기 때문이었다. 고등학생 학비, 그거 절대로 만만하게 볼 거 아니다. 보충학습비, 자율학습비, 급식비, 교제비, 학원비. 등록금 이외에 들어가는 잡비가 얼마나 많은 지 모른다. 남들 다 하는 고액과외 한 번 못 시키는데도 매달 정기적으로 들어가는 돈만 생활비의 수 배다.

〈그러니까 내가 잔소리하는 거 아니야. 걔는 네 인생에 하등 도움이 안 되는 애야. 언제까지 남의 집에서 파출부 노릇이나 하면서 살 건데? 너 빨리 돈 벌어서 학교 마쳐야지. 번듯한 학교 졸업하고 나면, 번듯한 직장이 널 기다리고 있을 텐데. 언제까지 이러고 알바나 뛰면서 살 거냐고. 응?〉

"……"

〈네 동생 요즘 계속 반항하는 중이잖아. 자꾸 사고만 치고 다니는데, 앞으로 또 이런 일 만들지 말란 법 있어? 없잖아! 너 감당 못해. 십대 청소년, 것도 남자애. 피 한 방울 안 튄 생판 남. 그런 애를 네가 통제할 수 있을 거 같아?〉

"걱정 마. 앞으로는 그런 일 없을 거야. 내가 알아듣게 잘 얘기했어."

〈말로는 무슨 말을 못하니. 다신 안 그런다고 약속하고 또 약속했겠지, 물론. 하지만 너 장담할 수 있니? 다시는 정민이가 이런 일 안 만든다고 확신할 수 있어?〉

"쓸데없는 소리 그만하고, 미진 언니네 집 전화번호나 알려줘. 핸드폰으로 연락드리는데 전화기를 꺼놓으셨는지, 계속 안 받으셔."

〈언니한테 사정해 보게? 그 언니 지금 엄청 화나 있는데. 전화했다가 무슨 봉변을 당하려고?〉

"어쩔 수 없잖아. 방법이 그것뿐인데."

〈설사 이번엔 어찌저찌 해서 계속 다닐 수 있게 되더라도, 네 동생 그냥 두면 또 이런 일이……!〉

"그만해, 좀!!"

더 이상 참지 못하고 서율은 큰소리로 짜증을 부렸다. 아니, 지금 이 상황에서 그딴 소리가 다 무슨 소용이라고 이 난리야. 어머니가 돌아가시기 전에 남긴 유언이 '정민이 잘 부탁한다'인 걸, 난들 어쩌라고. 엄마 유언도 무시하고 정민이를 쫓아내기라도 하라고? 사채업자들한테 쫓겨 다니느라 수 년째 얼굴 한 번 내비친 적 없는 아버지한테 가라고, 짐 싸서 내보내리?

서정민 겨우 열일곱 살이다. 아직 미성년자이고 성인의 보살

핌이 절실한 사춘기 소년이다. 그런 소년에게 보호자가 없다면, 혼자가 된다면, 과연 어떤 일이 벌어지겠는가. 사람이라면 절대 그런 말 못한다. 보호자 없이 세상에 덩그렇게 남겨진, 불쌍한 아이를 그렇게 버리라 말 못한다. 잔인한 인간들. 정현수나 오주현이나, '핏줄' 소리나 해대는 인간들은 아주 죄다 쓸어버리고 싶다.

지긋지긋해. 핏줄이 뭐라고. 피가 안 섞이면 뭐? 그게 뭐 그리 중해? 난 오히려 그 끔찍한 바람둥이에 자식을 헌신짝처럼 버린 파렴치한의 유전자가 안 섞여서 좋기만 하구만.

〈야, 너 화났어……?〉

"……."

〈뭐 또 화를 내고 그러냐? 다 너 위해서…… 한 충곤데…….〉

"충고고 나발이고, 됐으니까 잔소리 말고 언니네 집 전화번호나 넘겨. 정민이 일은 내가 알아서 할 거니까, 넌 그만 신경 끄라고."

〈어…….〉

이를 악물고 윽박지르듯 말하는 서율의 목소리에서 독기를 느꼈나보다. 오주현이 꼬리를 샥 내린다. 서율이 한 번 끓어 폭발하기 시작하면 걷잡을 수 없다는 걸 알기 때문에 나올 수 있는 반응이다. 서율은 주현이 불러주는 전화번호를 받아 적으며 슬쩍, 침대에 웅크리고 누워 있는 정민을 바라보았다. 수술을 마치고 잠깐 안정을 취하는 중인데, 잠이 들었는지 아까부터 조용했다. 하얀 교복셔츠 위로 흙빛 발자국이 여럿 나 있는 걸 보고 있자니 한숨을 물밀듯이 몰려왔다.

속이 상해서 원. 도대체 얼마나 맞은 거야? 온몸이 발길질자국이고 얼굴은 온통 멍투성이가 되려면 대체 어떻게 얼마나 맞아야 하는 거냐고. 이것들 진짜, 한 번 걸리기만 해. 아주 뽀사 버릴 테니까.

전화번호를 받아 적은 다음 주현과의 통화를 종료하고, 서율은 응급실 밖으로 나왔다. 일단 병원비부터 정산하고 미진과 통화를 해볼 생각이었다. 사정설명을 하고 다시는 조퇴나 무단결근은 하지 않겠다고 약속드리면, 차마 자르지는 못할 것이다. 미진 성격이 개떡 같긴 해도 인성까지 못돼먹은 사람은 아니니까. 동생 다쳐서 병원에 실려 갔다는 소리에 놀라 조퇴한 것이니, 딱히 조퇴 사유로서 욕먹을 일도 아니라고 그녀는 생각했다.

별별 생각으로 복잡한 머리를 손으로 짚으며 병원 안내데스크를 향해 걸어가고 있을 때였다. 분주하지만 대체적으로 고요한 응급실에서 쩌렁쩌렁 촌스런 64화음 벨소리가 울려 퍼졌다. 스마트한 핸드폰의 화려한 원음 벨소리 속에서 이런 2G스러운 벨소리는 레알 신세계. 서율은 전화번호를 확인할 겨를도 없이 황급히 자신의 핸드폰 폴더를 열었다.

"여보세요."

본능적으로 몸을 구석으로 돌리고 웅크린 서율이 최대한 목소리를 낮추었다. 그러자 그녀의 귓속으로 남자의 목소리 한자락이 느릿느릿 달팽이처럼 기어들어 왔으니,

〈전화번호, 저장 안 했냐?〉

목소리의 주인공은 정현수 친구이자 대한민국 최고의 인기남. 순수한 정민과 그녀의 사이를 더러운 말로 모욕한 놈. 잘생긴 제 얼굴로 세상 여자 죄다 후릴 수 있을 거라 생각하는 천하의 거만하고 밥맛 없는 남자.

한영재였다.

이 자식은, 갑자기 왜 또 전화를 건 거야?

"저장을 왜 합니까? 또 볼 사이도 아닌데."

〈또 보게 될지, 안 보게 될지는 아무도 모르는 거지. 사람 일이란 게 원래 뒤웅박이잖아.〉

"여자 팔자가 뒤웅박인 거 아닙니까?"

〈그거나 그거나.〉

"바빠 죽겠는데 쓸데없는 소리하지 말고, 용건만 말하고 끊으시죠."

〈빚쟁이 전화를 너무 거칠게 받는 거 아니냐?〉

"빚 재촉하시려고 전화하셨어요?"

〈오늘 갚을 거라며. 근데 오늘 언제, 어디서, 어떻게 갚을 것인가, 그건 말하지 않은 것 같다만.〉

맞다, 오늘. 그랬지. 그랬었지. 오늘 갚는다고 큰소리 뻥뻥 쳤었지. 정민이 때문에 제정신이 아니어서 까맣게 잊고 있었지 말입니다.

우이씨. 정서율, 넌 정말 사이코다. 대체 무슨 배짱으로 그 많은 돈을 오늘까지 갚겠다고 큰소리 뻥뻥 날린 거냐? 애초에 전혀 안면도 없는 한영재한테 빌붙어 돈을 빌렸던 이유는, 주변에 도움

청할 사람이 없었기 때문이었으면서. 하루도 안 되는 시간 안에 '나에게 돈을 빌려줄, 돈 많은 착한 사람'이 뽕 하고 나타날 리 없다는 걸 모르는 것도 아니었으면서. 아무리 화가 났어도 그 말만은 말았어야지. 이렇게 뒷감당 안 되는 말은 절대로 하지 말았어야지.

"저, 저기요. 그건……."

〈아까부터 전화를 줄기차게 걸었었는데 계속 씹더군.〉

"아. 그건 일부러 그런 게 아니라 바빠서…… 겨, 겨를이 없었어요!"

없었지. 암, 정말 없었지. 정민이 병원에 있다는 얘길 들은 직후부턴 지금까지 쭉 너갱이를 뇌에서 분리시켜 놓고 있었잖아?

〈일부러 씹은 건 아니란 말인가?〉

"그럼요. 저를 뭘로 보고. 전에도 말씀드렸지만 전 남의 돈은 절대로 안 떼어먹습니다. 갚아드려요, 꼭. 걱정 마십시오. 오늘까지 어떻게든……!"

~은 무슨. 미친 거니~ 왜 그러니~

사정을 해도 될까 말까인데, 웬 큰소리야? 납작 엎드려, 얼른! 빨리!

〈떼어먹을 생각이 아니었다면 말해봐. 무슨 일 때문에 전화까지 꺼놓았는지.〉

"에?"

〈겨를이 없었다며. 바쁜 일 때문에 전화를 못 받았다고 하지 않았어? 그게 뭔지 말해보라고. 들어보고 이유가 타당하다 싶으면,

믿어줄게.〉

　어쩌면 말을 해도 이렇게 얄밉고 싹퉁바가지스럽게 한다니. 믿어주기는 뭘, 개뿔이 믿어줘. 아니라면 아닌 줄 알면 되지, 왜 자꾸 의심하는데? 내가 사기꾼이냐? 내가 남 속이고 거짓말이나 하는 여자로 보여?

　사람 놀리는 듯, 얼굴에 웃음기 실실 달고 나긋나긋하게 말하는 그 솜사탕 목소리 아주, 심히 마음에 안 든다. 상대방 성미 건드리려고 작정한 게 아니라면 저렇게 한결같이 여유 만만 느긋할 수가 없지. 마치 내가 당장 돈 갚을 능력이 안 된다는 걸 빤히 다 알면서 일부러 야금야금 바짝바짝 약 올리며 대꾸하고 있는 것 같았다. 진정 얄미움의 종결자!

　"정민이가 동네 깡패한테 맞아서 병원에 입원했어요. 이마가 찢어져서 몇 바늘 꿰맸는데, 갑자기 연락받아서 저도 헐레벌떡 뛰어왔거든요. 회사에서 일하다가 급하게 오느라고 얼마나 뛰었는지, 오다가 핸드폰이 바닥에 떨어져서 배터리까지 분리되고 난리도 아니었어요. 아마 그래서 한영재 씨 전화도 못 받았을 거예요. 일부러 안 받으려고 한 거 아니니까 의심하진 마세요. 이렇게 전화도 받았잖습니까. 저 꼭 그 돈 갚아드립니다."

　~가 아니라 '제발 몇 달 동안만이라도 시간을 주세요'라고 해야 하는 상황이었다. 하지만 그놈의 자존심이 뭔지. 자꾸만 입이 자동으로 움직여서 헛소리를 나불나불. 아아아악!!! 정말 미추~ 어버리겠네~!

　〈그래서. 거긴 병원이냐?〉

"네. 왜요?"

〈왜긴. 돈 갚는다는 사람 찾아 내가 직접 가려고 그러지.〉

"여기까지 지, 직접 오겠다고요? 한영재 씨가요?"

〈기분 안 내키면 전화 꺼놓고 잠수 타는 사람이 너잖아. 언제든지 연락두절 가능한 너를 어떻게 믿고 기다려?〉

"아, 아니, 꺼놓은 게 아니라 배터리가 분리되어서 못 받았던 거라니까요?! 아까 내내 설명했잖아요?"

〈어쨌든 네가 연락을 끊으면 나로선 속수무책이야. 그걸 뒤늦게라도 알아차렸는데 가만히 있을 수는 없잖아?〉

헐. 뭐냐. 그럼 진짜 오늘 기어이 천오백만 원을 받아내겠다는 뜻인가? 뭐, 이런 나쁜 놈이 다 있어? 뻔히 못 갚을 거 알면서. 아 이씨, 이를 어떡하지? 돈도 없는데 어쩌냐고요. 아, 쪽팔려. 아, 자존심 상해. 아, 울고 싶어.

〈어느 병원이냐?〉

유체 이탈된 듯한 얼굴로 멍 때리는 그녀의 귓속으로 그의 속삭임이 들려왔다. 부드럽고 다정하고, 달콤하기까지 한 캔디보이스. 귓불을 핥는 저음의 나른한 음성이 마치 최면술사의 그것처럼 그녀를 샤르르 녹였다. 얼굴만 잘생잘생한 줄 알았더니만, 목소리는 더 심각하게 멋지네. 독이다, 독.

멍하게 생각하며 서울은 힘없이 중얼거렸다.

"가르쳐 주기…… 싫은데요."

나름대로는 반항이었다. 아무리 스위트한 목소리라 해도 절대로 넘어가지 않겠다는 굳은 의지의 표명. 하지만 그녀의 소신 있는 반격은 곧 그 힘을 잃고 말았다. 그의 나지막한 읊조림이 그녀를, 그녀의 심장을, 그녀의 말초신경을, 그녀의 이성을 묶어버리고 말았으니까.

〈너에겐 선택의 여지가 없을 텐데.〉

돌겠다.

제4장

또 만나서 반갑습니다

그는 두꺼운 테의 안경과 모자를 깊게 뒤집어쓰고 스카프로 목과 턱을 돌돌 만 채로 병원을 찾았다. 변장에 가까운, 온통 꽁꽁 싸맨 차림이니 언뜻 보면 누군지 알아채지 못할 것 같았지만 사실은 꼭 그렇지만도 않았다. 연예인이란 원래, 보통 사람들에게서는 찾아볼 수 없는 요상한 광채를 등 뒤에 달고 다녀서 아무리 감추려고 해도 감출 수 없는, 그래서 사람들 눈에 뜨일 수밖에 없는 존재가 아닌가. 그 역시 얼굴 부위를 몽땅 감추고 있었으나, 유난히 크고 새까만 눈동자와 희고 투명한 피부, 모델포스 풍기는 자태를 완벽하게 숨길 수는 없었다. 그에게 카드를 받아 업무를 처리하는 병원 여직원이 흘낏거리며 그를 훔쳐보는 것도 다, 그에게서 느껴지는 연예인의 아우라 때문이리라.

“미안해, 누나.”

멀리서 자신의 병원비를 결제하고 있는 한영재를 보며 정민은 덤덤히 중얼거렸다. 표현은 하지 않았으나 분명 속으론 이 모든 게 자신의 탓이라 여기며 삽질 중일 것이다. 원래 남에게 민폐 끼치는 걸 가장 싫어하는, 매우 성격 깔끔한 녀석인지라. 녀석의 성향을 잘 알고 있으니 딱히 야단칠 수도 없고 서율은 한숨만 푹 내쉴 뿐이었다.

“근데 저 사람은 대체 왜 온 거야?”

“빚 받으러.”

“빚 받으러 온 사람이 왜 남의 병원비를 내주고 있는 건데?”

“내 카드가 한도 초과되었거든. 하필 그 쪽팔린 순간을 저 사람이 봤고.”

“빚은, 갚을 순 있긴 한 거야?”

“먹고 죽으래야 죽을 돈도 없다.”

“그럼 어떡할 건데?”

“빌어봐야지 뭐.”

불퉁한 목소리로 구시렁거리곤 서율은 심히 긴장된 얼굴로 한영재의 자그르르한 뒤태를 멍하게 응시했다. 무슨 사람 다리가 저렇게 길까. 머리통은 어찌 저리 작고, 등은 또 어찌 저리 넓누. 백 허그를 부르는 등이다. 뒷모습만으로도 지금 당장 이 병원에 존재하는 모든 여인들의 마음을 홀랑 빼앗을 수도 있을 만큼 그는 완벽했다. 지금도 보아라. 근처 50대 아주머니와 20대 미시 언니도 멍하게 그를 쳐다보고 있질 않은가. 머리가 하얗게 센 할머니까지 흘낏 쳐다보고 간다. 아, 괜히 짜증이 솟구치네.

"그냥 현수 형 도움을 받는 게 어때?"

한영재를 향한 짜증을 미친 듯이 터트리고 있는데 뭣도 모르는 서정민, 말도 안 되는 소리를 한다. 서율은 한영재의 넓은 등짝을 죽일 듯이 노려보며 퉁명스럽게 대꾸했다.

"제정신이니? 정현수 돈은 목에 칼이 들어와도 안 받아. 그럴 거였음 진작 받았지. 내가 뭣 때문에 한영재한테 그리 저자세로 나갔었는데. 다 정현수한테 빚지기 싫어서였구만, 뭐라는 거야?"

"목적이 있어서 저자세로 나갔으면, 그 저자세 쭉 고수하든지. 결국 싸우고 틀어져서 오늘 내로 돈을 돌려줘야 하게 생겼잖아. 우리 빈털터리 아니야? 카드는 한도초과에, 통장은 텅텅 비어 있으면서 무슨 돈으로 갚을 거야?"

"그래. 카드는 한도초과에 통장은 비었다. 땡전 한 푼 없는 거지 신세, 맞아. 그런 누나한테 천오백만 원이나 되는 빚을 덜컥 투척한 인간이 누구게? 어? 누구게, 누구게?"

"……."

"대답 못하는 걸 보니 양심은 있네. 그래, 너다. 네가 그 빚을 나한테 넘긴 거야. 저 때문에 안 그래도 쪼들리는 살림, 더 쪼들리게 생겼구만. 어디서 잔소리냐? 잔소리는."

"그러게 합의 보지 말랬잖아."

"합의를 안 보면 뭐 어쩌겠다고. 빵에 들어가기라도 할 작정이었냐?"

“…….”

대답이 없다. 당연히 날아올 거라 생각했던 대답이 날아오지 않는다. 한영재의 등에만 쭉 시선을 꽂고 있던 서율은 문득 정신을 차리고 고개를 들었다. 그리고 한참 위에 걸려 있는 정민의 얼굴을 멀뚱히 쳐다봤다. 뭐야, 이 자식? 혹시 진짜 감방에 들어갈 작정이었던 것? 그, 그래서 그토록 비협조적이었던 거야? 피해자한테 미안하다 말하기는커녕 자꾸만 뻗대고, 어깃장 놓고, 그렇게나 날 힘들게 하더니. 그게 다 일부러 감방에 들어갈 생각으로 했던 짓이었다고?

‘미, 미친 거 아님?!’

‘멘탈 붕괴’란 말이 이럴 때 나오는 건가 보다. 그녀는 너무 큰 충격을 받은 나머지 더 이상 아무런 말도 잇지 못했다. 한영재의 느릿느릿 기어가는 목소리가 스멀스멀 서율의 귓가를 쳐들어올 때까지.

“현수한테 연락이나 해주지.”

병원비 정산을 모두 마쳤나 보다. 서율은 애써 표정 관리를 하며 아무렇지도 않은 듯 뒤를 돌았다. 돌아보자마자, 그녀의 기분과 너무나도 동떨어진 화사한 미모가 두둥실~ 눈앞에 펼쳐지고 남男. 신神. 강降. 림臨. 네 개의 한자가 세로로 쭉 써내려져 가는 안구 자체 CG가 펼쳐졌다. 짜잔—

근사하다. 멋지다. Real 모델 몸매다! 또렷한 이목구비에 깔끔한 피부와 차갑고 이지적인 눈동자, 완벽한 8등신 비율의 키. 뭐 하나 부족함 없는 한영재구나! 얼쑤!

“왜요?”

부인하고 싶어도 부인할 수가 없는 한영재의 미모를 애써 외면하며 서율이 퉁명스럽게 대꾸했다. 아무리 잘생긴 남자라고 해도 난 절대 넘어가지 않을 거다, 속으로 열렬히 막무가내로 우겨대고 있었다.

“걱정하고 있을 테니까. 아까 말했잖아. 사실 내가 여기 온 건 현수 때문이었다고. 너와 연락이 되지 않은 몇 시간 동안 현수 혼자 발만 동동 구르다가, 결국 어쩔 수 없이 나한테 직접 무슨 일인지 알아봐 달라고 부탁한 거였어.”

“제가 아니어도 두 사람 제 얘기 주고받고, 잘하시는 모양인데. 그렇게 정현수가 걱정되면 한영재 씨가 직접 전화해 주시면 되잖아요.”

“내가 전화해서 알려주는 거랑, 네가 직접 전화해서 알려주는 건 차원이 다르지. 현수는 네 전화를 기다리고 있을 텐데. 그리고 난 이미 통화했어.”

“그 인간이 내 전화를 기다리든 말든, 저와는 아무 상관이 없는데요. 걱정해도 그만, 안 해도 그만이에요.”

“아.”

쌀쌀하기 짝이 없는 그녀의 말에 그가 무덤덤하게 짧은 감탄사 한마디 뚝 내뱉었다. 별로 놀란 것 같지도, 화가 난 것 같지도 않은, 말 그대로 무덤덤한 얼굴이었다. 그냥 ‘너는 그렇구나’ 하고 단순 인지한 것 같은 모습이었다. 그러더니 가만히 그녀를 응시했다.

"그럼 넌 아무 상관도 없는 사람한테 도와달라고 요청했다는 뜻이구나. 현수는 자기를 아무 상관도 없는 사람이라고 여기는 동생을 위해 그렇듯, 타국에서 발 동동 구르며 애를 썼었던 거고. 난 내 친구와 아무 상관도 없는 너에게 돈까지 빌려준 거로구나."

"……."

"돈, 지금 갚아라."

"네?"

"지금 갚으라고. 오늘까지 갚겠다고 했잖아. 설마 12시 땡, 하기 직전에 주려는 건 아니겠지?"

그는 감정 없는 로봇처럼 가만히 그녀를 내려다보고 있었다. 그 눈에선 분노, 비아냥, 협박, 혹은 이외의 그 어떤 감정들도 느껴지지 않았다. 심지어 설득하고자 하는 의지조차 없었다. 그냥 가만히 응시하는 것뿐, 그 어떤 의미도 없는 시선이었다. 한데도 이 묘해지는 기분은 뭘까. 서율은 점점 더 초조해지고 있었다. 심장이 옥죄이는 것 같은 욱신거림과 손발을 가만히 둘 수 없는 불안감, 그리고 정체 모를 울렁거림까지. 떠오르는 감정은 다채로웠다.

"저기요, 그, 그게……."

"보아하니 지금 현금은 전혀 없는 것 같고, 은행으로 가야 되나? 아니면 집?"

"어……. 저기……."

"아니다. 그렇게 큰돈을 집에 모셔놨을 리 없지. 은행에 예치해

놓았겠네. 맞지?"

엄청 난감한 얼굴로 그녀는 쩔쩔매고 있었다. 두 볼은 이미 복숭아빛으로 물들었고, 미간은 잔뜩 주름이 져 낭패감이 득시글거린 채였다. 딱히 독심술이 아니더라도 그녀가 지금 무일푼이라는 사실을 알아내는 데에는 아무 지장이 없다는 뜻. 그럴 거라 이미 예측하고 있었던 영재는 당황해 우물쭈물 꼼지락거리는 그녀를 흥미롭게 지켜보았다.

"저기……."

새빨간 얼굴에 꿀 먹은 벙어리가 된 채 꼼짝하지 않고 한참을 서 있던 그녀가 드디어 입을 열었다. 그녀가 이 상황을 어떻게 타계해 갈지 상당히 궁금했던 영재는 뚫어져라 바라보던 시선을 더욱 끌어모아 그녀에게 집중했다. 슥, 한쪽 눈썹까지 치켜 올려가며 그녀를 물끄러미 내려다보고 있자니 그녀가 쓱싹 붉은 혓바닥을 움직여 입술을 핥는다. 그리곤 천천히 뒤에 서 있는 동생을 돌아보더니, 다시금 고개를 제자리로 해 한영재를 바라보곤 또다시 슥삭 입술을 핥았다. 입안이 참 많이도 타는 듯.

"저, 저랑……?"

"뭐?"

"저, 저랑 얘, 얘기……."

"안 들린다."

"저랑 얘기 좀…… 하, 하자고요……."

"우리한테 더 나눌 만한 얘기가, 있나?"

"긴히 할 말이 있어서요. 제 동생, 없는 곳에서 다, 단둘이……."

"단둘이?"

"비, 비밀로요."

"뭐—"

"……."

"그럼 그러든지."

두 눈 크게 뜨고 침 꿀꺽 하는 그녀의 모습이 유난히 애처로워 보여서였을까. 쉽게 응해줄 생각이 전혀 없었는데. 쥐 잡기 놀이를 하듯, 코너에 몰려 광분하기 직전까지 괴롭혀 줄 생각이었는데. 그는 어느새 선선히 그녀의 부탁을 들어주고 있었다. 알 수 없는 일이라 생각하며 영재는 피식 웃었다. 그리고 휙, 예고도 없이 몸을 돌려 자리를 옮기기 시작했다.

"뭐? 감기?"

〈오후부터 갑자기 열이 올랐다던데. 몸이 안 좋아서 누워 있는 애를 내가 억지로 쫓아 보낸 거야.〉

"아, 그러게 뭐하러 그렇게까지 해? 큰일 생긴 것도 아니었구만!"

10분 뒤. 서율이 자동차를 병원 입구 근처에 세워 두고 자신을 주시하고 있는 한영재를 흘낏 바라보며 수화기 속의 현수에게 소리치고 있었다. 상환날짜를 무기한 미뤄주는 조건으로 '정현수한테 날마다 안부전화하기'를 내건 한영재는 채무자가 조건을 성실히 이행하고 있는지 감시하듯 매의 눈으로 그녀를 지켜보고 있었다. 가슴 앞으로 팔짱까지 낀 여유로운 자세에 만족스런 빛이 가득한 얼굴을 하고.

어찌나 잘나셨는지, 멀리서도 빛이 나는 그의 남신급 외모를 훑어보고 있자니 안구에 형광등 100개가 들어온 것마냥 화~ 해지는 것 같았다. 미남계에 대한 반감 때문인지, 아니면 정현수 친구라는 사실 때문인지. 하여튼 한영재만 보면 화가 솟구치고 얄미워 죽겠다며 이를 아득아득 갈았던 10분 전의 기분과는 180도 다른 상큼발랄 쾌적한 마음! 역시 모든 길은 돈으로 통하는 것인가. 천오백만 원 상환을 무기한 연기해 주겠다는, 보통의 채권자로서는 상상할 수도 없을 만큼 하해와 같은 은혜를 베푸는 그를 보니 웃음이 절로, 애정은 무한대로 뿜어져 나왔다. 그가 잘생긴 미남자에 바람둥이 기질 다분한 정현수 친구라는 사실은 당분간 쿨스루할 수 있을 지경.

그래, 무기한이 어디야? 요즘은 은행에서도 신용대출은 물론 주택담보대출도 무기한대출은 찾아보기 힘든데. 그 큰돈을 선뜻 빌려주고도 모자라 무이자에 무기한 상환연기. 그리고 그것에 대한 조건은 고작 정현수에게 날마다 안부 전하기라니. 그딴 거, 두 번도 할 수 있음이었다. 그나저나 저 남자가 지금 아픈 거라고? 감기 걸려서 몸져누워 있던 사람이라고? 그, 그렇게 안 보이는데. 설마…… 감기 때문에 온몸을 꽁꽁 싸매고 나온 건 아니겠지?

약간, 아주 약간 걱정스러워 서율은 슬쩍 다시금 한영재를 흘끗 돌아보았다.

〈너 또 허둥지둥 실수할까 봐서 그랬지. 성질머리는 누굴 닮아서 그렇게 급한지. 내가 너 때문에 한시도 발 뻗고 못 자. 당장 한국 들어가고 싶은 걸 꾹꾹 참고 있다고. 알아?〉

"네가 들어오면 뭐? 뭐가 달라지냐? 남의 일 신경 끄고 네 할 일이나 제대로 하세요. 이번 여자도, 저번 여자처럼 기자회견하겠다고 난리 치면 어쩔래? 또다시 그런 지저분한 문제가 생기면 너 끝이야. 알아? 팬들이 호구냐? 너처럼 허구한 날 여자들이랑 염문설이나 뿌리고 다니는 연예인, 끝도 없이 뒷바라지하게. 아이돌이면 아이돌답게 스캔들 조심하고 사생활이나 깨끗하게 관리하셔. 안 그럼 조만간 망한다, 너. 원래 한 큐에 끝나는 게 연예인 생명이야."

〈잔소리는. 내 일은 내가 알아서 하니까, 넌 얼른 집에나 들어가. 영재가 차 몰고 나왔다니까 태워달라고 해. 내가 부탁해 놓을게.〉

"혼자 들어갈 수 있거든."

〈계집애가. 어디서 밤거리를 혼자 돌아다니겠다는 거야? 요즘이 어떤 세상인데.〉

"정민이랑 함께 가는데, 뭐가."

〈그 녀석 방금 수술했잖아. 막 머리 꿰맨 녀석 끌고 지하철을 탈 거야, 버스를 탈 거야? 잔말 말고 영재 차 타. 얼른 데리고 들어가서 안정 취하도록 해야지. 영재도 지금 컨디션 안 좋으니까, 괜히 타네, 마네 실랑이해서 신경 쓰이게 하지 말고 순순히 말

들어.〉

　“아니, 그러게 왜 번잡스럽게 사람을 보내고 난리야? 것도 아픈 사람을. 내가 뭐 어린애야? 그냥 놔둬도 알아서 잘하는데 왜 괜한 사람을 보내가지고, 내 입장만 난처하게 만드냐?”

　〈난처할 거 없어. 영재와는 그 정도 부탁해도 되는 사이니까.〉

　네네, 어련하시겠습니까. 초록은 동색. 까마귀 친구는 까마귀, 백로 친구는 백로. 그 친구에 그 친구죠. 쯧!

　혀를 차며 서율은 통화를 갈무리했다. 마음 같아선 정현수 명령 따위 어깃장 놓고 결사항전, 기어코 한영재의 차를 보이콧하고 싶었지만 그놈의 인정이 뭔지. 감기 때문에 끙끙 앓는 사람이 여기까지 왔다는 말을 들으니 차마 뻗댈 수가 없었다. 거기에 멀리서도 똑똑하게 들리는 콜록콜록, 기침 소리를 들으니 멀쩡히 살아 있는 그녀의 동정심이 쿡쿡쿡쿡 열렬히 자신의 존재감을 증명해 대기 시작하였으니.

　“에잇, 진짜!”

　마침내, 전화를 끊고도 한참이나 움직이지 않고 머뭇거리며 한영재만 째려보고 있던 서율은 신경질을 잔뜩 부리며 어딘가로 향하기 시작하였다.

　그리고 한참 후. 그녀가 다시 돌아왔을 때는, 한 손에는 하얀 비닐봉지를 들고, 다른 한 손으로는 정민의 팔뚝을 잡아끌며 끙끙거리는 채였다. 도살장에 끌려가는 송아지 얼굴로 누나 손에 질질 끌려오고 있는 정민을 보고 있노라니 아무리 무표정을 오늘의 콘셉트로 정한 한영재라 할지라도 웃지 않을 수가 없었다.

"신세 좀 지겠습니다."

뜬금없이 당당하게 다가와 우뚝 선 서율이 영재에게 한 말이었
다. 영재는 입아귀가 꿈틀거리는 걸 겨우 눌러 참으며 빤히 서율
을 내려다보았다. 기대했던 반응이 아니었는지 서율은 얼굴을 슬
쩍 구기며 귀찮다는 듯 짜증스럽게 또다시 이어 말했다.

"정현수가 말하길, 한영재 씨가 태워주실 거라고 해서요. 태워
주신다면 고맙게 탈게요. 야, 서정민. 너 뒤에 타."

"아, 진짜."

"아, 진짜, 뭐? 빨리 타. 얼른 안 타?"

부릅. 누나가 눈에 핏대 한 번 세우니 정민은 더 이상 군말하지
못하고 순순히 차에 올라타기 시작했다. 서율은 그걸 찡찡한 얼
굴로 지켜보더니 이번엔 불쑥 영재를 돌아보며 퉁명스럽게 말했
다.

"애라서 그래요. 괜히 남한테 신세 지기 싫어하는 똥고집, 허
세, 그런 거 있잖아요. 저만한 나이대에 흔히 볼 수 있는. 이해하
시죠? 한영재 씨나 저나, 다 그런 시기 겪었잖아요."

"그래, 뭐."

"정현수가 고맙다고 전해달래요. 밤에 여기까지 와주셔서 고맙
다고……."

"아."

"정현수가 전해달라고 해서 전해주는 거예요. 그것뿐이에요,
정말로. 정말이에요."

“…….”

“지, 진짠데. 다른 뜻은 전혀 없어요. 정현수가 하도 강조해서 말하기에 저도…….”

“누가 뭐래? 알았어.”

“그, 그리고 돈…… 말인데요. 무기한으로 연기해 주신 거……, 감사합니다.”

아무렇지도 않은 척 쿨하게 대처하고 싶었지만 점점 작아지는 이 목소리, 어쩔 거니. 서율은 아랫입술을 질끈 깨물고는 푹 고개를 숙여 버리고 말았다.

“자존심 때문에 큰소리치긴 했지만, 지금 제 사정이 많이 안 좋거든요. 만약 진짜 당장 갚으라고 하셨다면 사채 빚이라도 내야 했어요. 어떻게 해야 할지 몰라 눈앞이 캄캄했었는데, 사정 봐주셔서 정말 고마웠습니다. 그리고 아까는 경황이 없어서 말씀 못 드렸는데. 어, 얼굴에 물 뿌린 거…… 정말 죄송합니다.”

“…….”

“그땐 정말 욱해서 눈에 뵈는 게 없었어요. 좀 더 심사숙고해서 행동했어야 했는데, 제 성격이 워낙 불같아서요. 화나면 앞뒤 재지도 않고 생각 없이 막 말하고 행동해서 저도 아주 죽겠어요. 이 놈의 성질머리, 고치려고 하는데도 안 되고……. 어, 어쨌든 이번 일은 정말 죄송합니다. 진짜, 진짜 죄송합니다. 다시는 그런 짓 안 하겠습니다.”

오늘 하루만 눈 딱 감고 존심 버리자, 마음먹으니 못할 것도 없네. 고개 푹 수그리고 눈꺼풀 꽉 닫은 채로 중얼중얼, 염불 외듯

사과와 감사의 인사를 다하고는 꾸벅, 고개를 숙이기까지 하니 상황종료! 심장 어느 한 군데가 욱신거리기는 했지만 뭐 어떠랴. 돈 때문에 자존심 버린 게 어디 이번뿐인 것도 아니고.

"돈은 하루빨리 갚도록 하겠습니다. 정민이 합의금에 병원비까지 1원 한 닢 떼먹지 않고, 고스란히 넣어드릴게요. 최대한 빨리 노력하고 또 노력해서 빠른 시일 내에 갚겠습니다. 토, 통장 하나 개설해서 거기에 하루하루 일기를 쓰겠습니다. 번 돈, 고스란히 넣어서 불리고 또 불리고……."

"날마다 보고해, 그럼."

"네?"

그의 눈과 절대로 마주치지 않기 위해 푹 최대한 꺾어두었던 고개를 훌쩍 든 건 그때. 그의 새까만 두 눈동자와 그녀의 시선이 허공에서 정면으로 짠, 부딪쳤다. 흠칫.

놀랄 수밖에 없는 눈동자다. 크고 까만 진주를 연상케 하는 그의 눈동자는 언제 봐도 적응이 안 되는 눈이었다. 사람의 기를 빨아들이는 것 같달까. 한 10분 쭉 마주하고 있으면 그냥 온몸에서 힘이 쫙 빠져나가 버릴 것만 같은 그런 눈이었다.

"통장에 일기를 왜 쓰냐? 나한테 써."

"……?"

"오늘 하루 얼마를 벌었고, 얼마를 썼으며, 얼마를 저축했는지. 날마다 내게 보고해."

"저희 집 가계부를 검열하시겠다는 말씀이세요?"

"오늘 당장 갚아야 할 빚의 상환날짜를 무기한 연기시켜 준

사람으로서, 충분히 그럴 자격이 있다고 생각하는데. 왜? 싫
어?"

"아, 아니요! 아닙니다! 아, 아니지만……."

날마다 보고를 해야 한다는 것은 좀, 아니, 많이 '잉?' 스러운 일
같습니다만. 뭐 꼭 그렇게까지 해야 하나? 사실 이건 한영재에게
도 많이 귀찮은 일 아닌가? 일수꾼도 아니고, 눈코 뜰 새 없이 바
쁜 범아시아적 인기스타 한영재가 그 바쁜 일정 중에 하찮고 찌질
한 서율의 재정보고(?)까지 일일이 챙겨 받아야 한다는 건 거의 고
문과도 같은 일일 텐데? 고작 친구 동생에게 빌려준 천오백만 원
때문에 그런 불편한 일을 감수하려고 하는 그의 저의가 아주 많이
의심스러운 그녀였다.

"싫으면 하는 수 없지. 없던 일로 하는 수밖에."

"에? 아, 아니, 그건!"

"아무리 돈이 발에 채일 정도로 많은 사람도, 자기 돈은 아까
운 법이야. 그깟 천오백만 원, 있으나 없으나 내 재정엔 아무 타
격이 없지만. 난 그 돈이 아주 소중해. 꼭 너한테 돌려받아야겠
다."

당황해 두 눈 휘둥그레 뜨고 발끈하는 서율을 향해 태연하게 말
하고는, 씩— 살인미소를 지어주는 센스. 한영재의 잘생긴 얼굴에
섹시함이 둥실 떠오른다. 커헙! 심장에 무리가 오는 것 같아 서율
은 숨을 가슴에 크게 머금고, 큰 눈을 더욱 크게 부릅떴다. 그리곤
말더듬이처럼 중얼거렸다.

"도, 돌려줄 건데요."

"물론 넌 돌려주고 싶겠지. 하지만 그건 지금도 마찬가지 아닌가? 당장 돌려주고 싶지만 그렇게 못하잖아. 돈이 없으니까. 빌린 돈을 못 갚아서 채권자들에게 쫓겨 다니는 사람들 대부분도 아마 그런 마음일걸. 처음부터 안 갚겠다 작정하고 빌리는 사람이 몇이나 되겠냐?"

"……."

"네가 내 돈을 갚고 싶어한다는 거 알아. 그래서 도와주려는 거야. 자신의 씀씀이를 누군가에게 날마다 보고하고, 감시받고 있다고 생각하면 그 빚을 조금은 더 빨리 갚을 수 있지 않겠냐?"

잘생긴 얼굴로 차근차근 얘기하니 딱히 반박할 꺼리가 없어지는 기분. 하지만 썩 명쾌하고 흔흔하진 않고. 그에게 설득당하고 있다는 몹시 피해망상적인 생각이 들어 찝찝했지만, 그렇다고 마음대로 실컷 찝찝해할 수도 없었다. 그와 자신 중 누구 하나 피해를 입었다고 가정하자면 당연히 그 당사자는 '큰돈을 빌려주고 이자 탕감에 상환날짜 기한까지 없애준' 한영재란 생각이 들었기 때문이었다.

"조, 좋아요. 그렇게 하겠습니다. 날마다 보고…… 드릴게요."

이게 과연 잘하는 짓인가? 수락을 하면서도 의심이 들어, 서율은 조심스럽게 그를 올려다보았다. 그는 싱긋 비스듬히 미소를 지은 채 그녀를 내려다보고 있었다. 뭔가 엄청난 실수를 하고 있는 기분이 일순 들었지만, 이내 그녀는 찝찝함을 털어버렸다. 어쨌든 누가 봐도 자신은 손해 본 게 전혀 없으니까. 사실 실수는 그가 하고 있는 것이니까. 한창 바쁠 때 '알바비 50만 원 입금. 정민이 학원비 30만 원 출금. 콩나물 3천 원 출금' 등과 같은 찌질한 그녀의 금전출납부 현황을 들어야 할지도 모르는데, 한류스타 한영재에게 이보다 더 큰 실수가 어디 있겠는가.

그래. 이건 절대 나한테 불리한 조건이 아니야. 상환날짜 무기한 연기라는 게 어디 보통 일이냐고. 조건은 딱 두 가지. 정현수에게 하루에 딱 한 번 전화해서 안부 전하고, 한영재한테는 내 지출과 수입에 대해 정리, 보고하는 것인데. 아, 물론 정현수와 한영재는 세상에서 제일 꼴 보기 싫고 토 나오는 몽타주들이다. 하지만 아주 잠시일 뿐이지 않은가. 당장 사채 빚까지 끌어들여 그 돈을 갚느니, 눈 딱 감고 잠깐만 참아내면 모든 게 만사오케이. 이건 그녀 쪽이 훨씬 더 이익인 일이었다.

"좋아. 그럼 계약 성립."

하지만 이 남자의 산뜻한 얼굴을 보라. 뭔가 대단한 꼼수를 속에 품은 사람처럼 싱글벙글 좋아 죽는다. 이자도 하나 못 받고 큰 돈 빌려주게 생겨놓고 뭐가 그리 즐거워서? 서율은 떫은 감이라도 씹은 사람마냥 미간을 찌푸리며 중얼거렸다.

"무슨, 계약씩이나."

"그럼 합의라고 해두지. 사실 아무래도 상관없잖아? 합의든 계약이든, 하루라도 안 지키면 네 빚은 곧 현수한테 받아내는 걸로 할 거니까 넌 그것만 명심하면 된다."

"그건 염려마세요. 절대로 잊어버리지 않을 거니까."

“타. 늦었다.”

시무룩하게 중얼거리고 기운이 쑥 빠져 축 늘어진 채 서 있는 그녀에게 그가 무뚝뚝하게 중얼거리듯 명했다. 그리곤 자신이 먼저 자동차에 불쑥 올라타 버린다. 쿵, 운전석 문이 닫히는 소리를 들으며 서율은 천천히 손을 뻗어 자동차 도어를 열었다.

“저기요.”

얼마나 시간이 지났을까. 차가 골목 어귀로 진입하기 시작하자 서율은 꾹 다물고 있던 입을 불쑥 열었다. 오는 내내 말 한마디 안 했더니, 목소리가 듣기 거북할 정도로 굵고 걸쭉하게 나온다. 윽, 심히 마음에 안 들어 서율은 저도 모르게 눈살을 찌푸려야 했다. ‘계집애 목소리가 왜 그러냐, 넌? 내 딸이지만 참 허스키해’ 라며 늘 유자차를 끓여주시던 엄마 목소리가 오늘따라 귓전을 때리누나.

“이거나…… 받으세요.”

큼큼, 목소리를 몇 번 가다듬고 그녀는 손에 들고 있던 것을 쑥 내밀었다. 영재는 천천히 차를 세우며 흘낏 그녀를 돌아보았다. 대롱대롱, 그녀의 가운데 손가락에 흰색 비닐봉지가 걸려 있었다. 뭔가 주려는 모양인데 주인공인 비닐봉지보다 그녀의 가느다란 손가락이 더 눈에 들어오자 영재는 그만 풋 웃음을 터트리고 말았다. ‘뻑큐 먹어~ 두 번 먹어~ 마이 먹어~’ 라는 것 같아서 웃지 않을 수가 없었다.

“왜 웃어요?”

"아무것도. 뭐냐, 그건?"

"보면 모르세요? 약이잖아요."

그러고 보니 그녀가 내민 하얀 봉지에는 약국 이름이 인쇄되어 있었다. 약이라니. 무슨 약? 윤기 없이 푸석푸석한 그녀의 손등을 무심히 훑으며 영재는 휙 한쪽 눈썹을 치켜떴다.

"이거나 먹고 정신 차리라는 거냐?"

"아, 진짜. 아프다면서요. 감기 걸려서 누워 있는데 나 때문에 억지로 여기 나온 거라면서요. 정현수가 그러던데, 아니에요?"

"아. 그거."

"감기 맞죠?"

"어."

그 순간이었다. 그의 머릿속이 잠시 멈춰 버린 것은.

전혀 예상하지 못했던 상황이었다. 감기약도, 그녀도, 지금 그에겐 한 치도 다르지 않은 '습격'이었다. 띵하다. 머리가 멍해져서 일순 숨 쉬는 것도 잊어버렸다. 이런 건 윤정희 여사의 훈육법이 가져다 준 폐해, 혹은 부작용이다. 자신을 걱정해 주거나 지대한 관심을 쏟아주는 사람에겐 심장까지도 다 갖다 바치게 되는 거. 자신의 신뢰와 무한 애정, 사랑, 관심, 믿음까지도 모두. 물론 이 나이 되면서 갖가지 부류의 여자들을 만나고, 그 순수하고 맹목적이었던 마음에도 서서히 때가 끼어 진실함을 잃어버리긴 했지만 어쨌든. 지금 이 순간만큼은 믿고 싶었다. 그녀가 자신을 진정으로 걱정해 주는 것이라고.

"식사하고 30분 후에 복용하세요."

서율은 자신이 영재에게 어마어마한 충격을 선사했다는 것은 전혀 깨닫지 못한 듯 무뚝뚝하게 중얼거렸다. 그리곤 훌쩍, 손에 들고 있던 약봉지를 그의 무릎 위에 내동댕이쳤다. 이런 일에 익숙하지 않은 듯 민망한 모습이었다.

"찬물 안 되고, 술 안 되요. 따뜻한 물과 충분한 휴식, 그거면 금방 나을 거예요."

"……."

"전 집에 다 왔으니까 이만 내립니다. 야, 서정민. 내려!"

그녀는 그가 채 정신을 차리기도 전에 동생을 챙겨, 차에서 후다닥 내렸다. 그리곤 날다람쥐처럼 쌩하니 빠르게 골목 안으로 뛰어들어 가버렸다. 모든 게 갑작스럽게 시작하여 갑작스럽게 끝이 난 것이다. 하여, 얼이 반쯤 나간 영재는 멍하니 고개를 떨구어 그녀가 던져놓고 간 약봉지를 내려다보았다.

아무 말없이 그는 천천히 그것을 집어 올렸다. 아직 식지 않은 드링크제의 온기가 손바닥으로 느껴졌다. 손바닥에서부터 온몸으로 흘러들어 가 마음까지 편안해진다. 영재는 핏, 웃음을 흘렸다. 이깟 게 뭐라고, 뭐 대단한 거라고, 자신이 이렇게 흔들리는지 우습다 생각했다. 그러면서도 핸드폰을 꺼내 그녀의 번호로 메시지를 쓰고 있는 자신은 더 우습다 생각했다.

마음에 두고는 있었지만 결코 입 밖으로 낼 생각이 없었던 얘기를 문자메시지에 써넣고 마지막 전송버튼을 누른 그는 봉지에서 드링크제를 꺼내 손바닥으로 감싸 쥐곤 자동차에 시동을 걸었다. 0.1초 남짓 되는 짧은 시간에 그의 메시지는 전파를 타고 정서율의 휴대폰으로 넘어갔다.

〈너희, 정말 남매처럼 보여. 그 말만은 진짜다.〉

제5장

끈끈이에 붙은 파리 신세

"뭘 그렇게 고민해? 그냥 비상회의 있으니까 잠깐 오라고 해. 윤우 형이 소집하면 되겠네."

진지하게 뭔가를 열심히 의논 중인 아시아의 톱아이돌그룹 셀피쉬의 리더와 그의 여자친구 사이를 아무렇지도 않게 비집고 들어와 앉으며, 가볍게 한마디를 툭 던지는 이는 다름 아닌 그룹의 막내 김시후다. 팬들 사이에서 '김어린이'로 통하는 녀석답게 목소리마저 해맑다. 뭐든 열심히, 진지하게 임해 천생 리더로 평가받고 있는데다 시트콤도 EBS교육방송으로 만들어 버리는 다큐멘터리인생 윤우와는 180도 다른 캐릭터. 사실 팬들 눈에는 뭐든 예쁘게만 보이는 특제 필터가 장착되어 있어 녀석을 마냥 귀엽다고 찬양하고 있지만, 엄밀히 따져 말하자면 시후는 귀여운 게 아니라 눈치 없고 촐랑거리는, 나잇값 못하는 녀석이라 할 수 있었다.

"휴가 중인데 웬 비상회의?"

"휴가 중에도 급한 일이 생기면 하는 거지, 뭐. 비상회의잖아. 갑자기 엄청 급한 일이 생겨서 어쩔 수 없다고, 빨리 튀어 오라고 하는 거야. 핑계는 대충 만들면 되잖아. 일단 숙소로 오게만 하면 되는 거 아니야?"

"오게만 하면 뭐해? 서프라이즈파틴데. 아무것도 눈치 못 채게 해야지."

"왜? 충분히 서프라이즈하잖아. 생각해 봐. 비상회의라고 했는데, 뚜아앗! 파티. 얼마나 서프라이즈해? 나 같으면 놀라서 뒤로 자빠지겠네."

"너야 놀라 자빠지겠지."

서로 핀트 안 맞는 대화를 주거니 받거니, 덤앤더머 형제들처럼 답답한 둘의 대화를 정리하는 몫은 둘째인 영재였다. 시크한 냉미남科로 분류, 팀 내에서 가장 입김이 센 것으로 유명한 영재는 오늘도 가만히 아이패드에 집중하며 딴짓을 하다가 결정적인 순간 결정적인 한마디를 시크하게 거들었다. 이런 걸 두고 '다 된 셀피쉬에 한시크 끼얹기'라고들 하지, 아마.

"문제는 민찬이가 너처럼 단순하지 않다는 거다. 그 녀석 절대 속지 않을걸."

"뭐야, 그 말은? 난 단순해서 속고, 민찬인 안 단순해서 안 속고? 그런 뜻이야?"

나름 발끈하며 시후가 두 눈을 부릅뜬다. 민찬과 비교되는 게 어지간히도 싫은 모양. 그럴 법도 하다. 데뷔 때부터 줄곧 둘의 방송 캐릭터는 '어린이 VS 애늙은이' 였는데, 점점 성인이 되면서 민찬의 '애늙은이' 캐릭터는 '속 깊고 다정다감하고 부드러운 성격의 훈남' 으로 발전되는 반면 시후의 '어린이' 캐릭터는 그대로 '어린이' 이니. 워낙 동안에 막내 이미지라 그런 거지만, 최근엔 시후도 이런 고정적인 이미지에 부담을 느끼고 있는 듯했다. 민찬에게 필요 이상의 경쟁심을 느끼는 걸 보면. 물론 그 민찬에게만 느낀다는 경쟁심은 1분을 넘긴 적이 없었다.

"잘 아네. 넌 속이기 쉽고, 민찬인 속이기 어렵고."

"영재 형!"

"생각해 봐라. 자기 생일 하루 전에 누군가가 전화해서 비상회의가 있으니 나오라고 말하면 민찬이가 얼씨구나~ 비상회의구나, 하고 속을 것 같아? 그 녀석이 얼마나 여우인데. 우리 머리 꼭대기에 올라가 있다고. 웬만해선 안 속아. 지금 우리가 이렇게 계획을 짜고 있는 것도 그 녀석은 모두 알고 있을걸."

"민찬이 자식이 좀 의심병이 있긴 하지. 생각해 보니 좀 약하긴 하다. 더 쇼킹하게, 완벽한 속임수를 생각해 내야 되겠어."

역시 1분 발끈. 단순 캐릭터답게 시후는 금세 날 선 얼굴을 내던지고 히죽 웃었다. 별명이 김어린이다운 반응이다. 어린이 캐릭터를 데뷔 이후 8년이나 우려먹는다고 팬들한테 서운해할 필요 전혀 없다니까. 상황이 이쯤 되니 여태 가만히 듣고만 있던 유림도 답답했는지 가만히 의견을 내놓았다.

"그러지 말고 사실대로 얘기하는 건 어때?"

“그건 서프라이즈파티가 아니잖아요, 형수님.”

파티보다는 ‘서프라이징’에 들떠 있던 시후가 반대 의견을 표한다. 그가 어떤 파티를 기대하고 있는지 모르는 바 아닌 유림은 두 눈이 감기도록 환하게 웃으며 시후의 손등을 토닥거렸다.

“걱정 마. 다른 걸로 놀라게 하면 되지.”

“다른 거 뭐요? 혹시, 따로 뭐 생각해 둔 거라도 있으세요?”

“사실 내가 케이크를 미리 주문해 뒀어.”

“케이크를? 네가?”

처음 듣는 말인 듯 윤우가 훌쩍 눈을 키우며 되물었다. 무슨 일이든 함께 의논해 처리하는 유림이 이번엔 어쩐 일로 혼자 움직인 것인지, 무척 놀란 얼굴이었다.

“인터넷에서 검색하다가 발견한 사이트인데 케이크를 개인 주문 받아서 파는 곳이야. 콘셉트 잡고 디자인해 만들기까지 좀 오래 걸려서, 적어도 10일 전쯤에 미리 말해줘야 생일 당일 케이크가 나온대. 그래서 내 마음대로 먼저 주문해 버렸지.”

“개인 주문 사이트?”

“샘플 보니까 거의 예술작품 수준이더라고. 엄청 멋지고 화려해서, 딱 보자마자 이거다! 싶더라니까. 아시아의 슈퍼스타라는 셀피쉬의 멤버 생일케이크인데 그 정도는 되어야지. 안 그래?”

“그러니까 민찬이 생일케이크를 주문하려고 인터넷 검색까지 하셨다?”

기가 막힌다는 듯 헐 웃으며 윤우가 물었다. 너무 대놓고 기분 나쁜 티를 내는 것을 보니 또다시 유림에게 사랑투정을 하려는 모양이다. 밥투정, 반찬투정도 아닌 사랑투정. 으이구, 저 '대패판매 촉진 위원회 회장과 부회장' 같으니라고. 왜 부끄러움은 늘 나의 몫인가.

영재는 쯧쯧, 혀를 차며 아이패드에 시선을 내리꽂았다. 둘이서 티격태격, 계속 사랑싸움해 보시라지. 솔로가 체질인 이 몸은 열심히 웹질이나 할 테니, 라고 쿨하게 생각하며 모니터에 얼굴을 박고 있었으나.

"……."

문득 떠오르는 얼굴에 영재는 미간을 찌푸려야 했다.

정서율.

그녀와 그런 일이 있고, 이틀이나 지났는데 단 한 번도 그녀와 통화를 해본 적이 없었다. 어제도 오늘도, 하필이면 그가 부재중일 때 전화를 걸어와 통화가 성사되지 못한 것이었다. 딱히 그녀의 목소리를 듣고자 해서 그런 조건을 걸었던 것은 아니었지만 일이 우연찮게 이렇게 흘러가고 보니 은근히 짜증이 일었다. 왜 하고 많은 시간 다 놔두고, 샤워할 때, 화장실 갈 때 전화를 걸어 오는 거냐고. 그런 거 하나 딱딱 못 맞추나?

영재는 소파 옆에 아무렇게나 굴러다니는 자신의 휴대폰을 집어 들었다. 문자메시지함을 클릭하자 '감기약'이라 입력된 그녀의 전용 메시지창이 떴다. 그녀는 그가 전화를 받지 않자 '도토리묵 하나 샀어요'라며 동네 마트에서 얼마 지출했는지만 덜렁 적은 메시지를 보내왔었다. 무뚝뚝하기는.

"난 전자키보드 하나 생각하고 있는데. 민찬이꺼 지금 사용하는 건, 꽤 낡았잖아. 5년쯤 썼으니까 많이 쓴 거 아니야? 한 번쯤 바꿔줄 타이밍인 것 같은데, 어떻게 생각해? 원래 음악작업 많이 하는 녀석이니까 좋아하지 않을까?"

벌써 티격태격이 끝났나보다. 유림의 케이크는 '생일선물일 뿐이다'로 결론이 난 모양. 시후가 민찬의 생일로 준비한 선물목록을 공개하면서 분위기는 다시 원활해지고 있었다. 눈치 없는 시후를 딱 하나 써먹을 곳이라곤 바로 이런 용도. 분위기전환용.

"어머, 키보드? 그거 되게 좋은 생각이다!"

"간만에 괜찮은 생각했네. 제 점수는요~"

유림과 윤우의 반응이 좋으니 내심 올칭찬에 대한 욕심이 생겼는지, 시후가 기대에 찬 얼굴로 슥 영재를 돌아보았다. 평소 모든 일에 냉소적인 편인 영재에게 '참 잘했어요' 도장 한 번 받는 게 소원이라고 입버릇처럼 말하곤 하던 시후였으니 기대도 보통 기대가 아닐 것이다. 두 눈 깜빡거리며 특유의 애교 섞인 표정까지 짓는 시후는 영재의 답을 기다렸다. 하지만 고개조차 들지 않는 무심함으로 영재가 흘린 말은.

"민찬이한테 가장 필요한 선물은 키보드 따위가 아닐 텐데."

"엥? 그럼 뭔데?"

"여자친구."

"뭐? 여, 여자친구?!"

놀란 듯 시후가 목소리를 높이곤 쪼르르 영재의 옆으로 달려간다. 여전히 아이패드에 시선을 박은 채 고개도 들지 않는 영재였지만, 그가 내뱉는 심드렁하고 무미건조한 말투는 왠지 모르게 신뢰감을 주고 있었다. 원래부터 영재는 늘 그러했다. 쓸데없는 말을 내뱉지 않는 스타일이라서 그런지, 한영재가 한마디 던지면 주변 사람들 모두가 귀를 쫑긋 세우곤 했었다. 별 뜻 없는 말인데도 발언에 힘이 실리고 파급력이 커졌다. 누군가를 설득하려 하거나 자기 의견을 기필코 관철시키려는 의지 따위가 거의 없음에도, 바로 그 '의지 거의 없음' 때문에 더 무게가 실리는 케이스인 것이다.

"뭐야, 뭐야, 뭐야~ 민찬이가 형한테 여자친구 소개해 달라고 했어? 그랬어, 그랬어, 그랬어? 그 녀석 웃긴다. 여자친구 많잖아. 이래저래 알고 지내는 여자들도 많고, 사귄 애들도 몇 됐었고. 그런 녀석이 형한테 여자를 소개해 달라고 했단 말이야? 생일선물로 여자친구 달래?"

민찬의 약점 하나 잡았단 생각이 들었을까. 시후는 영재 옆에 찰싹 달라붙어 두 눈을 빛내며 질문을 쏟아냈다. 다른 때 같았다면야 시후의 이런 호들갑스러운 반응, 시답지 않다 치부하고 대충 넘어갔겠지만 사안이 사안인지라 유림도 윤우도 매우 호기심이 돋는지 궁금한 시선으로 영재의 입술이 들썩거리기만을 기다리고 있었다.

사실 인기 최고 갑甲이라는 셀피쉬의 4인방 중에서도 여자들에게 가장 스윗한 남자로 꼽히는 멤버는 단연 류민찬이 아닌가. 언제 어디서든 자신의 여자친구 한 명쯤은 스스로 구할 수 있는 능력자라는 뜻. 그런 민찬이 여친을 자급자족 못하고 누군가에게 부탁했다면? 그것도 모태솔로로 칭송받는 한영재에게?

언빌리버블한 일이지 말입니다.

"꼭 필요하다고 말해야 알아? 요즘 그 녀석 상태가 '여친 없어서 사는 재미가 없음' 이잖아."

"하긴. 요새 어깨를 축 늘어뜨리고 다니긴 하지. 괜히 이것저것 사업에 손댄답시고 바쁘게 움직이기도 하고. 예전이라면 시간 날 때 사람들 만나고, 즐기기에 바빴는데 요즘은 사업한답시고 더 바쁘게 돌아다니니 원. 스읏, 생각해 보니 요 근래 1~2년 동안은 쭉 사귀는 사람이 없었네. 왜 그랬지? 그 자식, 여자는 끊이지 않고 만났었는데. 무슨 일 있었나?"

"좋아하는 사람한테 차이기라도 한 모양이지. 상처받아서 일만 열심히 하기로 한 것인지도."

"그런가? 진짜, 그 녀석 옆구리에 여친 한 명 놔드려야 하나?"

"네 주변머리로 그게 가능하긴 하겠냐?"

"어라? 형, 지금 나 무시하는 거야? 나, 김시후야. 셀피쉬의 김시후! 나 인기 아이돌이거든? 나 완전 여자 많이 알아."

"아. 그러셔?"

"진짜야! 내 핸드폰 볼래? 입력되어 있는 번호의 절반이 여자야. 의외의 인맥이 얼마나 많은데."

"꼴랑 연락처 60개 가지고 인맥 운운하는 건 좀 그러지 않냐. 회사 스태프들 번호만 해도 30개는 넘겠다."

"숫자가 전부는 아니지. 난 그야말로 예쁜 애들로만 갖고 있다고. 완전 엑기스!"

"그럼 소개해 보시든가."

"형, 혹시…… 형 아니야?"

"뭐가—"

"여자친구 필요한 사람 말이야. 이거, 형이 소개받고 싶어서 꺼낸 말이지? 형도 애인 없잖아."

"뭐?"

내내 아이패드에 고정시키고 있던 영재의 시선을 들게 만든 발언은 바로 이것.

말도 안 된다. 아무리 애인이 없어서 외롭기로서니 김시후한테 여자친구를 부탁할까. 김시후가 어떤 녀석인데. 쉴 때 하는 일이라곤 게임과 운동. 인간관계 좁고 인맥 거의 없고, 감정교류라곤 멤버들과 가족. 딱 거기까지밖에 안 되는 사교성 제로의 김시후에게 여자친구를 소개해 달라고 한다는 것은 그야말로 최악이라는 뜻이다. 아무리 솔로생활이 길어져도 영재가 그 정도는 아니다.

"맞지? 맞지, 내 말이? 아— 나 진짜 바보다. 왜 몰랐을까. 왜 눈치채지 못했지? 데뷔하고 쭉 애인 없이 솔로로 지낸 건 형인데, 단 한 번도 형이 애인 없어서 외로울 거란 생각을 해본 적이 없었어. 그런 동정심이 아예 안 생기더라고. 아~ 왜 다들 나한테 눈치 없다고 하는지, 비로소 알 것 같네."

"김시후."

"형 무진장 외로웠지? 그래, 천하의 한영재도 한영재 이전에 남잔데, 당근 외로웠겠지. 진작 얘기하지 그랬어? 그래야 짝을 지어 줄 생각도 할 거 아니야. 은근 형한테 소개해 줄 여자 많았는데.

지금이라도 말해볼래? 내가 형 취향으로다가 형 앞에 딱 대령시켜 놓을게. 그럴 수 있어. 나 아는 여자 되게 많아. 어떤 타입을 원해? 귀여운 여자? 지적인 여자? 애교 많은 여자? 스튜어디스? 선생님? 의사? 변호사? 아니면 뭐, 연예인?"

"그만해라."

"그래, 그래. 연예인은 안 되겠다. 사생활에서까지 무대 얘기, 음악 얘기하기에는 우리의 피로도가 너무 높아. 집에서는 제발이지 일 얘기 안 했으면 좋겠다고, 나도 늘 생각했었거든. 형도 그렇지? 사적인 만남을 갖는 사람에게까지 일에 관련된 얘기 듣고 싶지 않지? 아예 이런 쪽에는 관심도 없고 문외한인 사람이랑 사귀고 싶을 거야. 그렇지? 좋아~ 그럼 내 일반인 친구, 누나, 동생들을 총망라해서 진짜~ 스펙 끝내주는 여자로다가 열심히 뒤져 봐야겠네. 어디 보자~"

김시후, 이 모기 같은 녀석. 눈치가 없는 건지, 일부러 사람 엿먹이려고 이러는 건지. 계속 옆에 달라붙어 앙알거리는 녀석의 잔소리를 듣고 있자니, 머리가 다 지끈거리는 것 같다. 영재는 신경질적으로 미간을 끌어모으곤 녀석의 하나 마나한 잡설을 한 귀로 듣고, 한 귀로 흘리기 위해 아이패드 화면에 정신을 총집중시켰다.

"아! 딱 한 명 괜찮은 여자 있다. 영재 형 친구의 지인!"

하지만 화면에 초집중한 지 1초도 지나지 않아 시후의 방정맞은 목소리가 영재의 신경을 뚝 끊어버린다. 내 친구의 지인? 설마……?

“아~ 아까워. 등잔 밑이 어둡다더니, 코앞에 두고도 인연을 몰라봤네. 완전 형이랑 딱 어울리는구만. 완벽한 한영재 타입이야. 뼈 속까지 형 스따~ 일! 짱짱.”

“영재 친구의 지인이라면, 우리도 아는 사람이라는 거냐?”

호들갑 떨며 오버에 오버를 하는 시후를 보며 내내 잠자코 있던 윤우가 조심히 묻는다. 시후의 말은 절반 이상 털어버리고 들어야 함을 모르지 않았건만, 그럼에도 불구하고 끓어오르는 호기심을 제어하기 힘든 모양이었다. 호기심이 뭉게뭉게 피어오르는 건 영재도 마찬가지. 자신에게 소개해 줄 만한 괜찮은 여자가 누구인지, 영재도 내심 궁금했다. 영재로선 아무리 생각해 봐도 떠오르는 인물이 없었으니까. 우습게도 ‘친구의 지인’으로 떠오르는 인물은 딱 한 사람, 정서율뿐이었다.

“당근이지. 누군지 궁금해? 알려줄까? 궁금하지, 궁금하지, 궁금하지? 내가 영재 형에게 소개해 주고 싶은 여자분은? 바로바로 바로바로~”

시후의 유난히 발랄한 음성을 들으며 영재는 미간을 희미하게 접고는 신경질적으로 액정 위의 손가락을 움직였다. 이유를 알 수 없는 초조함이 그를 가만두지 않았다. 그럴 리 없겠지만, 혹시라도 시후 녀석이 서율을 알고 있다면? 시후가 말하는 그 여자가 정서율이라면?

안 된다. 그런 일은 절대로 있어선 안 된다. 그는 자신이 서율에게 한 짓을 아무에게도 알리고 싶지 않았다. 지금도 이렇듯 남의 여자관계에 대해 이러쿵저러쿵 말 많은 녀석들인데, 그가 가난한 소녀가장에게 돈을 빌려주고, 그 돈을 빌미로 '날마다 전화하기'를 강요했다는 걸 알면 가만히 있겠는가? 웬 떡밥이냐, 하고 달려들어 '왜 한영재는 여자에게 관심을 강요했는가?'에 대한 논문을 휘갈겨 써대지 않겠는가. 온갖 추측과 억지도 써대겠지. 끈질기게 캐묻고 추적해, 결국은 자신들이 얻고 싶은 결론을 도출해 내겠지. 그리곤 어떤 식으로든 정서율과 엮어 커플을 만들곤 스스로 한영재 솔로탈출에 지대한 공로를 세웠다 자화자찬하기 바쁠 것이다. 하나, 그는 절대 흑심이 있어서 서율을 도운 것이 아니었다. 단지, 그저, 현수를 돕고 싶었을 뿐이었다. 친구 동생이 아닌가? 그것도 친구에겐 마음에 짐으로 자리하고 있는. 어떻게든 돕고 싶어 안달해 마지않는. 당연히 도와주어야 마땅해서 도와주었을 뿐인데…….

"서은형!"

구구절절 혼자 속으로 열심히 변명 아닌 변명을 열거하고 있을 때다. 드디어 김시후 입이 열렸다. 헌데, 서은형이라니.

'설마 그 서은형?'

은형은 차유림의 친구로, 셀피쉬 멤버들과도 친분이 두텁다. 성격, 외모, 뭐 하나 부족함 없는 엘리트로서 유림과 윤우의 사이에서 없어서는 안 될 조력자 역할을 해왔던 인물이었다. 특히 민찬과 성격이 잘 맞았었지만 어느 순간부터(특별한 계기가 있었던 건지는 알 수 없다) 데면데면해져, 요즘은 눈만 마주쳐도 으르렁거리는 사이가 되었다. 그리고 그런 은형이 멤버들 중 가장 허물없이 대하는 인물이 바로 영재. 그가 은형의 비밀을 눈치챈 유일한 멤버

였기 때문일 테지만, 그 때문에 영재는 민찬으로부터 말도 안 되
는 견제를 당하고 있는 실정이었다.

"은형이? 내 친구 서은형?"

"네, 형수님. 은형 씨, 얼마 전에 애인이랑 깨졌다면서요. 솔로
된 거 맞죠? 그새 새로 다른 남자 만나는 건 아니죠?"

"어……. 근데 당분간은 연애 안 할 거라고 했는데. 회사 일에
전념하면서 사회성 지수나 좀 더 키울 거라나 뭐라나."

"에이. 헤어져서 마음이 허할수록 더 새로운 사랑을 만들어야
죠. 그래야 허전한 마음도 더 빨리 채워지는 법이라고요."

"나도 그렇게 생각하는데 애가 워낙 고집이 세서. 내 말은 안 들
어먹어. 옆에서 자극을 줘도 신경 딱 끊고 오로지 일만 하고 있
어."

"그럼 딱이네! 우리 영재 형 짝이구만. 형수님이 한 번 말씀해
보시는 거 어때요? 우리 영재 형이랑 진지하게 만나볼 생각 없냐
고. 우리 형도 솔로고 은형 씨도 솔로고, 우리 형도 잘생긴 능력남
이고 은형 씨도 돈 잘 버는 미인이고. 완벽하잖아요."

굳이 일만 열심히 하겠다는 은형을 자꾸만 영재와 연결시키려
는 시후. 이러다 진짜 모든 솔로 여성들을 죄다 자신한테 갖다 붙
이는 만행을 저지르지 않을까, 겁이 날 지경이었다. 상상하니 공
포가 밀려오는 것 같아, 영재는 입에 모터가 달린 듯 쉴 새 없이
조잘거리는 시후를 향해 날카로운 시선을 날렸다.

"김시후, 넌 언제쯤 내 일에서 관심 끌래? 생일파티 주인공은
민찬이야. 사랑의 짝짓기 놀이는 민찬이랑 하라고. 난 좀 빼줘라.

제발 부탁이다.”

“민찬이 걱정일랑 집어 넣으셔요, 형님. 그 녀석이야 지가 알아서 다 잘하잖습니까. 우리 중 제일 앞가림 잘할 녀석인데 뭐가 걱정입니까요? 아마 민찬이 녀석도 이해할 겁니다. 자기보단 형이 더 시급하다는 걸 잘 알 테니, 자기 생일파티가 형의 미팅 주선자리가 되더라도 군소리 없이 짜져 있을 거라고요.”

상대 혈압을 최고조로 올려놓고도 아무렇지도 않은 듯, 시후는 눈이 초승달이 되도록 환히 웃는다. 뒷목을 잡고 싶은 걸 꾹 누르며 영재는 털썩 소파에 몸을 기대었다. 영재를 이렇게 앞에서 드러내고 깔아뭉개는 녀석은 김시후가 유일할 듯. 아마도 녀석은 자신이 영재를 은근히 깎아내리고 있다는 사실조차 전혀 인지하지 못하고 있을 것이다. 이런 녀석한테 화내 뭣하나 싶어 영재는 시후가 뭐라 말해도 신경을 꺼야겠다 마음먹고, 털썩 소파에 몸을 기대었다.

전화가 울린 것은 바로 그때였다.

“누구야?”

시후가 영재를 향해 고개를 기울여왔다. 핸드폰을 들고 발신자를 확인하던 영재는 순간, 자신도 모르는 사이 벌떡, 자리에서 일어나 시후의 눈을 피했다. 아까도 말했듯이 그는 멤버들한테 괜한 의심을 사 정서율과 엮이는 일은 절대로 만들고 싶지 않았다. 그리고 지금 통화의 발신자는 정서율이었다. 영재는 빠르게 그 자리를 벗어나며 스륵, 손가락을 문질러 전화를 받았다.

“여보세…….”

〈다 너 때문이야! 이 쌍쌍바! 너 때문에 내 동생이 다친 거라고. 다 너 때문에! 네가 뭔데 우릴 이렇게 괴롭히냐. 네가 도대체 뭔데? 스타면 다야? 유명하면 다야? 그게 다 뭔데? 그게 나랑 무슨 상관인데?〉

"정서…… 율?"

〈너. 내 동생 잘못되면 알아서 해. 내 손에 죽을 줄 알아. 너 죽고, 나 죽는 거야. 우리 정민이 잘못되는 순간이, 바로 네 제삿날이란 말이야. 똑똑히 알아둬, 이 쌍쌍바 같은 놈아!〉

뚜뚜뚜뚜…….

전화는 순식간에 끊겼다. 얼이 반쯤 나간 얼굴로, 영재는 핸드폰 액정을 다시 한 번 확인했다.

〈감기약〉

정서율이 맞았다.

영재는 천천히 핸드폰버튼을 다시 눌렀다.

♪　　　♫　　　♪

〈뭐라고?〉

화보 촬영 중이라는 현수의 주위는 시끌벅적 어수선했다. 갑자기 터진 스캔들 때문에 일정이 엉망되면서 어쩔 수 없이 뒤에 있던 스케줄을 앞당긴 것이라 했다. 아마도 한국의 상황이 진정될 때까지는 이렇게 일본에 머물면서 화보 및 드라마 프로모션 작업에 집중할 모양이었다.

비즈니스적으로만 본다면 그의 행보는 매우 안전하고 영리했다. 그러나 열애설의 주인공인 L모 양의 입장에서 본다면 얄미운 짓이기도 하다. 남자답지 못한 행동이었다. 현수가 비겁하게 숨어 모습을 드러내지 않는 동안, 문제의 L모 양은 모든 공식석상에 그 모습을 당당히 드러내며 언론의 관심을 한 몸에 받고 있었다. 그녀는 수많은 질문과 플래시 세례에도 의연함을 잃지 않아 뭇 대중들의 호감을 얻고 있었지만, 현수의 팬들로부터 날아오는 어마어마한 악플에 비하면 그 효과는 새발의 피. 안티들의 집중공세가 워낙 거세 그녀가 버텨낼 수 있는 날들도 얼마 남지 않았다는 게 연예계 중론이었다.

상황이 이럴진대 현수는 자신의 스캔들 따위는 신경조차 쓰지 않는 듯했다. 수많은 스캔들을 겪으면서 드디어 면역이란 게 되어 버려 떠들썩한 이 해프닝도 이젠 무덤덤해져 버린 것인가. 아니면 진짜 혹자의 주장대로 L모 양과의 스캔들이 의도되고 조작되어진 것인가. 알 수 없는 상황 속에서, 오늘도 현수는 스캔들과 전혀 무방한 사람처럼 줄기차게 동생에 대해서만 얘기하고 있는 중이었다. 동생이 다쳤다는 사실에 어지간히도 놀라고 분개한 듯, 현수의 목소리는 크고 날카로웠다.

〈아니, 그게 무슨 소리야? 다쳤다면서. 다쳤는데 왜 병원엘 안 갔다는 건데?〉

"네 동생이 절대로 병원엔 안 가겠다고 고집을 부렸어. 다행히 심각한 정도는 아니니까 집에서 치료해도 될 것 같다. 사실 부상 정도로 보자면 서율이보다는 정민이 쪽이 더 심해. 사내놈 몇 명이서 아예 작정을 하고, 기다렸다가 덮친 모양인데. 꽤 많이 맞았고 부상도 심한 편이야."

〈여럿이 정민이 한 명을 두들겨 팼다고?〉

"그리고 그걸 서율인 퇴근하다 우연히 목격한 거고. 말리려고 덤볐다가 한 대 맞은 모양이야."

〈그 바보 같은 게. 깡패들 싸움판에 끼어들었단 말이야? 미친 거 아니냐? 돌았구나, 완전히. 무슨 봉변을 당하려고 거길 끼어들어?〉

"봉변 안 당했어. 네가 생각하는 그런 일 없었으니까 괜히 혈압 올리지 마."

〈혈압 안 오르게 생겼냐. 너 같으면 그런 동생 두고, 마음 놓고 일할 수 있겠어? 여기 일본이야. 한국 들어가고 싶어도 들어갈 수가 없어, 난. 꼼짝 못해. 뭐, 이건 내가 다 자초한 일이니 할 말은 없다만. 아무튼 그 녀석이 워낙 천방지축이라, 내가 걱정을 안 할 수가 없다고. 그 녀석이 그렇게 자중이란 걸 모르는 녀석이다. 아우, 내가! 지가 일지매냐, 홍길동이냐? 다 큰 사내녀석도 감당 못하고 맞는 상황에, 지가 뭐라고 거길 뛰어들어 막아? 그 녀석들이 찌질한 동네 양아치 자식들이었으니, 한 대 맞고 말았지. 깍두기였어 봐. 어떤 일이 벌어졌을지, 난 오금이 저려서 감히 상상도 못하겠다.〉

"그런 상상하지 마. 일어나지도 않은 일이고, 앞으로도 일어나지 않을 일이니까.”

〈앞으로 일어나지 않을 거라고 어떻게 장담해? 정서율, 그 자식이 어떤 자식인데. 그런 일 생기면 또 물불 안 가리고 뛰어들 거다. 그놈의 서정민이 뭔지. 그 피도 안 섞인 동생 위해서라면 뭐든 할 거야, 그 자식이. 나쁜 자식 같으니라고. 친오빠인 나한텐 그렇게나 독하게 굴면서 서정민한텐 아주……!〉

“알아들었어. 다 알았으니까, 걱정 말고 일이나 잘 마치고 돌아와. 서율이는 내가 알아서 챙길게.”

〈네가 서율일 챙기겠다고?〉

“오늘 같은 일은 절대 일어나지 않도록 할 거다. 가까이 두고 챙길 테니까 그리 알고 있어.”

〈왜? 무슨 일 생겼어?〉

“일은 무슨 일. 그냥 네가 너무 걱정하는 거 같아서 그러는 것뿐이야.”

〈정말? 정말 그것뿐이야?〉

눈치도 어지간히 빠른 녀석이다. 처음부터 완벽히 숨길 수 있을 거라곤 생각지 않았지만 이건 너무 빠르지 않나. 하긴. 아무리 자신의 부탁이 있었다고는 하나, 진짜 영재가 서율을 책임지고 챙기겠다고 나설 줄은 몰랐겠지. 자신이 모르는 구린 내막이 있을 거라 생각하는 것도 무리는 아니다. 뭐, 여기서 구린 내막이란 ‘범인들이 영재를 언급한 것’ 쯤이 되겠다. 그게 사실이라면, 이 모든 사단이 영재 때문이라는 건데. 다른 건 몰라도 이 부분에 대해선 영재도 확인이 필요했다. 예민한 부분인 만큼 속단은 금물이었고,

더 확고한 정황이 드러날 때까진 먼 곳에서 도피생활 중인 현수에
겐 비밀로 해야 한다고 생각했다. 하지만 녀석의 반응을 보니 벌
써, 뭔가 낌새가 이상하다는 걸 눈치채 버린 것 같다.

하여간 이 녀석한텐 비밀을 만들 수가 없어. 쓸데없이 이런 문
제에만 예민하지. 쯧! 영재는 미간을 찌푸리며 센스 없는 친구 녀
석을 향해 속으로 혀를 차주었다. 그래놓고선 아무 일도 없었다는
듯 멀쩡한 어조로 대화를 이어갔다.

"잘 봐달라며. 서율이 부탁한다고, 전에 말했잖아. 그땐 그냥저
냥 별 생각 없이 넘겼는데. 이런 일이 생기고 보니 신경이 쓰여.
다 내 책임인 것 같아 마음이 무겁다."

〈아하.〉

"네가 다시 들어올 때까지만 내가 보호하고 있을게. 다신 그런
일 생기지 않도록 철저히 감시, 감독하마. 됐지?"

〈글쎄. 됐는지 안 됐는지는, 잘 모르겠는데?〉

"책임지고 보살필게."

〈……〉

"또 뭘 더 약속해야 되지? 말만 해. 뭐든 약속할게."

〈나 지금, 엄청 혼란스러운 거 알아? 웃어야 될지 울어야 될지
분간이 안 된다. 도대체 무슨 일이 일어나고 있는데? 느닷없이 이
게 무슨 일이야?〉

"……"

〈말해줄 생각이 전혀 없는 모양인데. 그래, 좋다. 너한테 서율
이 맡긴다. 앞으로 오늘 같은 일, 절대 없도록 부탁해.〉

“걱정 마.”

〈이제부터 서율이한테 무슨 일이 생기면, 다 너 때문이라고 생각할 거다. 어떤 경우에서건 내 동생 다치는 일은 없도록 해야 해. 알았냐?〉

“그래.”

〈나 지금 촬영 들어가야 돼. 다음에 다시 통화하자.〉

통화는 그렇게 끝이 났다. 뭔가 잘못되어 가고 있음을 눈치챈 것 같았으나 현수는 더 이상 묻지 않았다. 침묵하기로 작정한 듯 꾹 입을 다물고 있는 영재의 입장을 배려하는 것이었다. 어쩌다 이렇게 되어버린 것인지. 통화가 끊긴 전화기를 내려다보며, 영재는 너털웃음을 힘없이 터트렸다.

상황이 아주 재미나게 돌아가고 있었다. 졸지에 범죄현장에 불려온 것도 모자라, 사건의 원인으로 지목이 되고, 이젠 두 남매의 보호자가 되어버리기까지 하다니. 그의 인생에 이런 스펙타클한 일은 처음이었다. 무언가 아주 기가 막힌 실타래가 그의 주위에 운명처럼 둘러싸고 있는 듯한 기분이었다. 그럴 리 없다고 부인해 보아도, 정서율을 처음 만났던 이틀 전부터 지금까지 모든 상황들이 하나의 퍼즐처럼 너무나도 딱 들어맞는다는 건 인정하지 않을 수가 없다. 마치 누군가가 일부러 작정하고 놓아둔 덫에 걸린 기분이었다.

하지만 분명 서율의 말은 거짓이 아니었다.

“그 자식들이 당신을 찾았어. 당신 불러오라고, 한영재 당장 데리고 오라고, 당신이랑 우리가 무슨 사이인지 빨리 대라고, 막 강짜를 부리면서 정민일 두들겨 팼다고!"

이 모든 일들이 다 영재의 잘못이고, 영재 때문이고, 영재 탓이라고 여기는 듯 분노로 가득 찬 서율의 눈은 거짓이 아니었다. 그녀는 굳게 믿고 있었다. 영재에게 원한을 품은 패거리들이, 그와 친분이 있다고 여겨지는 정민을 괴롭힌 것이라고. 그것이 진실인지 아닌지는 중요하지 않다. 서율이 그렇게 믿고 있다는 것이 중요한 포인트였다. 그리고 그녀의 말대로 정민에게 위해를 가한 무리들이 영재를 찾고 있다면, 그녀가 믿는 것이 진실일 확률이 매우 높아진다.

"통화 끝났어?"

차가운 밤바람을 맞으며 두 손 주머니에 꽂은 채 곰곰이 생각에 빠져 있는 영재의 어깨를 툭, 윤우가 다가와 짚었다. 여기까지 동행해 준 것도 모자라, 피를 보고 흥분해 제정신 아닌 서율과 쓰러져 꼼짝도 하지 않는 정민이, 서율에게 멱살이 잡혀 쩔쩔매던 영재까지 뒤엉켜 난장판이 된 현장을 깨끗하게 정리해 준 장본인이기도 했다. 그는 특유의 침착함과 리더십으로 서율을 진정시키고, 정민을 업어 집안까지 데려다 눕혔으며, 이렇게 영재까지 다독이고 있었다.

"현수가 뭐래? 무슨 일 생기면 가만 안 두겠대?"

"비슷해. 애들은?"

"쉬고 있어. 현수 동생은 긴장하고 있었던 게 풀리는지 완전히 기진맥진 쓰러져 있다. 많이 놀랐었나 봐. 동생이 쓰러져 피투성이가 되어가는 걸 목격했으니 그 충격이 말이 아니었겠지. 오히려 그 동생 쪽이 더 담담해. 병원으로 가야된다고 주장하는 누나를 괜찮다고 안심키고, 지금도 혼자 얼음찜질하고 있어. 타박상에 멍자국, 맞아서 부은 것 빼곤 상태는 양호한 것 같아.”

“어디 부러진 곳 없는 게 천만다행이지.”

“근데 말이야. 그 녀석 얘길 듣던 중에 이상한 점을 한 가지 발견했어. 그 패거리들. 며칠 전에도 시비가 붙어서 경찰서까지 갔었다던데? 이쪽에서 합의금까지 물어줬다고 하고. 그거 혹시 얼마 전 네가 빌려줬다는 그 돈 아니야?”

“합의금?”

갑작스런 얘기에 영재가 눈살을 찌푸렸다. 합의금을 물어줬던 패거리라면 영재도 이미 만난 적이 있는 사람들이 아닌가. 그들이 그날 이후 또다시 정민을 찾았단 말인가? 한영재를 알고 있다는 이유로?

“너와 어떤 사이냐고 물었다는 게, 아무래도 찜찜해. 저 아이는 현수 얘기까지 꺼내야 하는 상황이니만큼, 사실대로 말할 수 없었기 때문에 끝끝내 아무 사이도 아니라고 말했을 테지만. 그걸 그 녀석들이 믿었을 리 없지. 네가 직접 나타나 합의까지 봐주는 걸 똑똑히 목격했으니. 분명 너와 두 남매가 특별한 관계라고 생각했을 거야. 그래서 거짓말하는 저 아이를 계속 괴롭힌 거지. 얘기 들어보니 이런 식으로 집 앞에서 기다렸다가 폭행한 게 처음이 아니더라고.”

"처음이 아니었다고?"

"이틀 전에 네가 그 아이 병원비 내준 적 있다며? 그때도 사실 그 패거리들한테 당한 거였다는데. 그날은 무조건 때리기만 했었고 네 이름을 언급하진 않았다고 해. 너에 대해 추궁한 것은 오늘이 처음이라더라. 별거 아닌 해프닝일지도 모르겠지만……."

말끝을 흐리며 윤우가 천천히 영재를 돌아보았다. 불길한 생각으로 윤우의 표정은 이미 침울해져 있었다. 뒷말은 생략했으나 그가 무엇을 떠올리고 있는지 이미 짐작하고 있는 영재로서는, 착잡한 마음을 금할 길 없었다.

윤우나 영재가 이런 사소한 폭력사건에까지 신경을 곤두세울 수밖에 없는 이유는 딱 한 가지. 1년 전 사건 때문이었다. 아시아 투어의 대미를 장식하기 위해 열린 셀피쉬 라이브 앙코르콘서트. 그리고 그 공연 중 일어났던 사고. 9시 뉴스의 헤드라인을 장식했던 대참사의 기억은 1년이 지난 지금까지도 생생했다. 무대장치가 무너졌고, 무대 위에 있던 멤버들이 다쳤고, 멤버를 구하려다가 윤우는 목숨까지 잃을 뻔했었다. 목숨뿐인가. 사건이 단순한 사고가 아닌, 누군가에 의해 악의적으로 자행된 테러였다는 것이 밝혀지면서 윤우는 몸뿐만이 아닌 마음에도 깊은 내상을 입어야 했다. 뿐만 아니라, 그때의 후유증으로 셀피쉬는 몇 달간이나 활동을 중단해야만 했다.

"내 생각엔 당분간만이라도 두 사람을 다른 곳으로 보냈으면 좋겠는데. 별거 아닌 해프닝일 수도 있겠지만, 아닐 가능성도 배제할 수 없을 것 같아서."

"그건 나도 같은 생각이야. 이번 사건이 우리와 직접적인 연관이 있는지 없는지 아직 확실하진 않지만, 네 이름이 언급되어진 이상은 얼마간 우리도 책임을 져야 한다고 생각한다. 적어도 배후가 정확하게 누군지 밝혀지기 전까지는 말이야."

"적당한 장소, 알아?"

"현수네 집 어때? 동생 일이니 현수라면 적극 협조해 줄 것 같은데."

"거긴 안 돼. 현수네 집 앞엔 이미 기자들이 진을 치고 있어. 스캔들 때문에 우리나라 연예부 기자의 8할은 거기에 있을걸. 그런 곳에 서율일 들여보낼 순 없지."

"우리 숙소에서 지내게 하는 게 제일 좋긴 한데. 여자라 그럴 수도 없고."

"어쩔 수 없지. 아는 집에 부탁하는 수밖에."

"아는…… 집? 어디?"

전혀 눈치 못 챈 얼굴로 물으며 윤우가 두 눈을 훌쩍 크게 뜬다. 뭔가 힌트를 바라는 표정이었으나, 영재는 힌트 따위 줄 생각이 전혀 없다는 듯 묵묵부답. 윤우를 빤한 시선으로 마주본 채 가만히 서 있었다. 사실 힌트가 필요한 상황이 전혀 아니었다. 지금 이 상황에, 생각나는 사람은 딱 한 명뿐이지 않은가? 1년 전 사건에 대해 잘 아는 사람. 일급비밀에 해당하는 그룹 일을 모두 털어놓고 상의할 수 있는 사람. 멤버들과 더불어, 현수의 복잡한 집안사까지 모두 얘기해도 될 만큼 믿을 수 있는 사람. 그런 사람이 그들 곁에는 그다지 많지 않다.

“아.”

아니나 다를까. 윤우는 금세 정답을 캐치해 냈다. 그리곤 씩, 개구쟁이 같은 미소를 지으며 바지주머니에 넣어둔 핸드폰을 꺼내 들었다. '내가 왜 그 생각을 못했지?' 의 얼굴로.

제6장

달갑지 않지만, 더부살이

당분간 피해 있어야 한다는 정윤우의 말은 꽤나 설득력이 강했다. 이런 상황 속에서 집에 계속 눌러 있는 건, 호시탐탐 그들을 노리는 패거리들 앞에 '날 잡아잡수' 하고 먹잇감을 제공하는 것이었으니까. 이사를 가거나 경찰에 신고하는 길밖에는 달리 방법이 없었으나, 그것 역시 근본적인 해결방안은 아니었다. 누군가가 작정하고 시작한 게임이라면 경찰이 아니라 경찰 할아버지라도 완벽히 차단할 수는 없을 것이다. 막말로, 오늘 밤에라도 담을 넘어 집안으로 들어와 그들의 목숨을 위협할 수도 있는 일이었다. 그런 일이 생기면 두 사람은 꼼짝없이 당하는 수밖에 다른 도리가 없는 상황. 그 정도로 정민과 서율은 무방비한 상태였다.

결국 서율은 어쩔 수 없이 한밤중 피난길에 올랐다. 정민은 비교적 보안이 철저한 셀피쉬의 숙소에서 지내는 것으로 결론이 났고, 서율은 셀피쉬가 준비한 안전가옥(?)으로 보내어졌다. 이곳, 낯선 이의 집으로.

"정서율이라고 했지? 난 서은형이라고 해."

값비싸고 면적 넓은 아파트가 즐비한 동네에서 도우미까지 부리며 혼자 살고 있다는 서은형은 이목구비가 동글동글하니 귀여운 인상에 시원시원하고 격의가 없는 성격인 듯, 처음 만난 서율에게 손을 쭉 내밀어 악수 먼저 청했다. 서율은 데면데면 손을 내밀어 맞잡으며 고개를 꾸벅 꺾었다.

"안녕하세요."

"스물네 살이라고 들었는데. 난 스물일곱이거든? 말 놓아도 되지?"

서율의 손을 힘차게 흔들며 은형이 빠르게 물어왔다. 이미 말 놔놓고서, 놔도 되냐고 묻는 사람치고는 참 해맑다. 상대를 깔아뭉개거나 무시하려는 의도는 딱히 찾아볼 수 없는 모습. 세련되고 우아한 이 집과도, 걸치고 있는 명품브랜드의 일상복과도 전혀 어울리지 않는 순박한 미소를 그녀는 짓고 있었다. 뭔가 우스꽝스러우리만치 언발란스한 갭에 서율은 흐— 하며 멍텅구리웃음을 짓고 말았다.

"네, 놓으셔도 되요."

"내가 동생이 없거든. 평소에 너처럼 예쁜 동생 하나만 하늘에서 뚝 떨어졌으면, 했었어. 그런데 진짜 뚝 떨어졌네? 반갑다. 이것도 인연인데 당분간이지만 잘 지내보도록 하자.”

“네…….”

“내 집이다 생각하고 편하게 지내. 불편한 거 있으면 말하고. 사실 내가 누구랑 한 공간에서 오랫동안 지내본 적이 없거든. 혹시라도 본의 아니게 널 불편하게 할 수도 있으니까, 그 부분은 미리 미안. 지적해 주면 빨리 고칠게.”

“그러실 필요 없으세요. 저희 집도 아닌데, 당연히 제가 언니 패턴에 맞춰야죠. 오래 있을 것 같지 않으니까 저는 신경 쓰지 마시고 평소대로 생활하셔요.”

“어떻게 함께 사는데 혼자 살 때랑 똑같이 지내니? 나름 이것도 동거잖아. 더불어 살 때는 상대방을 신경 쓰고 배려해 줘야 맞는 거지. 근데 난 그게 좀 부족한 편이라서, 너한테 미리 양해를 구하는 거고. 여기 있는 동안만큼은 편하게 지내도록 해. 그래야 내 마음도 편할 것 같아. 알았지?”

“아, 네…….”

“근데 말이야. 너, 영재 씨랑은 어떻게 알게 된 거야? 정현수 씨 동생이지만 거의 만나지도 않고 살았었다며. 그런데 영재 씨와는 무슨 수로 알게 된 건데?”

“에?”

갑작스런 질문에 서율이 눈을 훌쩍 뜬 채 휘리릭 눈동자를 굴렸다. 당황한 기색이 역력한 얼굴이었다. 아무렇지도 않은 표정 지으며 딱 잡아떼도 의심을 거둘까 말까인데, 이렇게 대놓고 놀라다니. 은형은 가자미눈을 이리저리 굴리며 다 안다는 듯 느물느물한 미소를 지었다.

"놀랐구나? 아이~ 걱정 마. 내 입이 좀 무거운 편이라서 소문 같은 건 절대로 안 내."

"소, 소문이요?"

"언제부터 그런 사이가 됐어? 아니, 언제 만난 거야? 소개로? 클럽 같은 데서 만났나? 아니다. 네 복장을 보아하니 그런 쪽과는 거리가 상당히 멀어 보인다. 그럼 대체 영재 씨랑 어떻게 만난 거야? 스타와 팬으로?"

"전 한영재 씨 팬 아닌데요."

"아하— 일반인. 그래, 그래. 스타들은 원래 일반인을 좋아하지. 워낙 일에 치여 사는 사람들이라 평범한 사람들의 평범함을 아주아주 좋아하거든. 확실히 넌 연예인스럽지 않은 순수함이 있다."

"수, 순수함이요?"

뭐래. 뭐가 순수하다는 건데? 서율은 알아들을 수 없는 말들만 골라 해대는 은형을 이상한 눈으로 바라보았다. 하지만 그녀의 그런 시선 따위 아랑곳하지 않는 듯 은형은 연신 방긋거리며 서율의 위아래를 쭉쭉 훑어보고 있었다. 뭐 볼 게 있다고 이리 전신을 훑어보시는지. 그래봤자 아닌 밤중에 홍두깨, 그 난리법석을 치르고 기진맥진 하룻밤 새에 10년은 더 늙어버린 몸에, 트레이닝복도 명품으로만 빼입는 은형과는 비교도 할 수 없을 만큼 구질구질한 옷차림, 산발해 있는 머릿결 때문에 좀비처럼 무서워 보이는 얼굴밖에 더 있나. 이런 몰골을 순수하다고 판단하다니,

은형의 눈도 참~ 정상은 아닌 듯.

"얼굴도 이만하면 예쁜 편이고. 피부도 뽀얀 것이, 잘만 꾸미면 미스코리아 뺨치겠다. 좋은 유전자를 갖고 태어났구나? 나중에 영재 씨랑 잘되더라도 욕은 안 먹겠다. 적어도 한영재의 우성유전자를 망칠 일은 없겠어. 걱정 끝. 난 찬성."

"유, 유전자요? 무슨 말씀…… 이세요?"

"찬성한다고. 너랑 영재 씨 결혼."

커헉. 결혼이라니! 나랑 한영재랑 결혼이라니! 이게 무슨 귀신 이단 옆차기 하는 소리야? 너무나 놀라 서율은 숨을 크게 들이쉬며 코 평수를 넓혔다. 갑자기 혈압이 아우토반을 질주하는 람보르기니처럼 미친 속도로 치솟기 시작하더니, 단숨에 얼굴이 시뻘게졌다. 생각하면 안 된다는 걸 알면서도 자동으로 머릿속에 펼쳐지는 영상. 딴딴따다— 딴딴따다—

이런 된장. 쌍화차 같은 일이 다 있나.

"영재 씨랑 너랑 사귀는 거 아니야?"

당장이라도 욕설이 튀어나올 것 같은 입을 꾹 다물고 있으려니, 은형이 조심스럽게 물어왔다. 숨을 참는 서율의 두 눈이 튀어나올 듯 엄청나게 커졌다. 거칠게 숨을 내쉬느라 콧구멍은 벌렁벌렁. 죄송합니다만 한영재는 절대로 내 스타일 아니거든요?! 난 잘생긴 남자 알레르기라고요.

"아, 아닌데요. 전 한영재 씨 같은 타입 싫어해요."

"싫어한다고? 영재 씨 같은 타입을? 왜? 영재 씨, 굉장히 여자들한테 인기 많잖아. 이미지가 고급스럽고 세련된 데다가 결정적으로 비주얼이 최고여서. 우성유전자. 일명 우성수컷. 미소 한 방에 여자들 빽빽 넘어가서, 여자연예인들 사이에서도 '갖고 싶은 남자 1위'라고 하던데? 아! 뭐, 이건 카더라지만. 아무튼 되게 인기 많다고 소문 자자한 남자잖아. 그런 영재 씨를 어떻게 싫어할 수 있어?"

"전 박지성 같은 남자가 좋거든요."

"어?"

"박지성 같은 남자랑 결혼하고 싶다고요. 돈 잘 벌고 인간성 좋은 남자."

"어……. 영재 씨도 돈 잘 벌고 인간성 좋…… 지 않나?"

"생긴 게 부담스럽잖아요. 그런 얼굴은 나중에 꼭 얼굴값 하거든요."

억. 이렇게까지 적나라하게 말할 생각은 아니었는데. 무심코 속에 담아두었던 말을 불쑥 내뱉은 직후, 서율은 냉큼 입을 꾹 다물고 휘릭 눈동자를 굴려 은형의 반응을 살폈다. 아니나 다를까. 그녀는 돌발적인 서율의 발언에 놀랐는지 약간 뻥진 얼굴로 두 눈 껌벅거리며 서율을 멍하니 바라보고 있었다. 어떻게 자신을 돕는 한영재에게 그런 소릴 할 수 있는지, 도무지 이해 못하겠다는 얼굴이었다.

아이씨. 네가 또 사고를 쳤구나, 정서율. 어떻게 한영재 친구한테 한영재 험담을 늘어놓을 생각을 다 하니. 생각이 있니, 없니? 아주 한영재 귀에 들어가라고 고사를 지내지 왜? 으이그. 내일이면 또 한영재한테 쪼이겠네. 하여튼 그 남자를 만난 이후부터 되는 일이 없어. 아아악!

"너 진짜 솔직한 애구나?"

이윽고 은형이 입을 열었을 때는 서율이 모든 걸 체념하고 멍하게 앉아 있을 무렵이었다. 당황한 기색이 역력했던 은형의 얼굴 위로 천천히 웃음기가 스쳐 지나갔다. 그러더니 갑자기 푸핫, 웃음을 터트려 시동을 걸더니만 이내 두 눈을 찔끔 감고서 배꼽을 잡기 시작했다. 서율은 이게 뭔가 싶은 얼굴로 은형을 빤히 지켜보았다. 대체 웃는 포인트가 어디인지 감이 안 잡혀서 그저 멍 때리고만 있었다.

"이걸 어째? 영재 씨 흉을 봤는데 난 더 마음에 들어버렸으니. 영재 씨가 네 타입 아니란 말 믿어줄게. 하지만 넌 확실히 내 타입인 것 같다."

미친 듯이 웃던 은형이 겨우 정신을 차린 건 한참 후. 눈물까지 고인 두 눈을 비비며 은형은 상쾌하게 결론을 내렸다. 뭐라는 건지. 한영재 흉본 게 더 마음에 든다는 소리는 뭐며, 그래서 자기 타입이란 말은 또 뭐람. 이해할 수 없는 말만 하더니 은형은 밝게 웃었다. 그리고는 자리에서 일어나 서율의 손을 잡아끌며 이렇게 말했다.

"진짜 환영해. 앞으로 넌 내 아군이다? 알았지?"

♪　　　♫　　　♪

서율이 원더랜드에 뚝 떨어진 앨리스마냥 은형과 알쏭달쏭 씨

름을 하고 있는 사이, 정민은 국내 최정상 아이돌그룹 셀피쉬의 숙소에 들어서고 있었다. 누나의 강요에 어쩔 수 없이 여기까지 오긴 했으나 썩 마뜩찮은 기분이었던 그는 숙소 내에 진하게 풍기는 '병맛' 냄새에 눈살을 찌푸리고 있었다.

"너 뭐했어? 쟤 말리지 않고. 쟤 저러다 뚱땡이 돼. 같이 있었으면 책임지고 말렸어야지."

"아, 난 시후가 그냥 먹고 싶다기에……."

"쟤 연예인이야. 연예인은 살찌면 끝이라고. 쟤, 지금도 카메라발 제일 안 받는데 자꾸 먹어서 부어대면 어떡하냐? 너라도 말렸어야지. 먹고 싶어한다고 다 만들어주고, 먹으라고 그냥 놔두면? 쟤는 누가 책임지냐? 그리고 김시후! 너 프로 맞아?"

"혀, 형……."

"네 몸 관리는 네가 알아서 해야 하는 거 아니냐? 네 팬이 언제까지 네 팬으로 남아 있을 것 같냐? 뚱뚱해서 뒤뚱거리며 춤추면 팬들이 좋아해 줄 것 같아?"

"……."

"윤우야, 그러지 마. 왜 그래? 먹는 거 갖고."

"유림이 네가 자꾸 이렇게 감싸주니까 저 자식이 아직까지 정신 못 차리고 있는 거야. 김시후 하나 살찌면 무대 전체가 망가지는 거 몰라서 이래?!"

결국 내내 핏대를 올리고 있던 정윤우가 큰 소리를 내며 폭발한다. 다이어트 중이던 김시후가 야식을 먹는 모습에 화가 나, 야식을 만들어준 여자친구까지 닦달하며 성을 내고 있는 상황. 숙소에 들어서자마자 시작된 이 불편하기 짝이 없는 상황의 연속들은 거의 막장드라마를 방불케 했다. 방송에서는 그렇게나 사이좋은 네 형제 컨셉으로 나오시던 셀피쉬가 사실은 이렇게 살얼음판 같은 생활을 하고 있을 줄 누가 알았겠는가. 제삼자인 정민의 눈엔, 버럭거리며 주변 공기를 얼게 만드는 윤우도, 동조하는 영재도, 꼼짝 못하고 온갖 소리를 다 듣고 있는 시후도 다 ‘병맛’ 같아 보였다. 완전히 콩가루 분위기다.

“바, 밖에서 무슨 일 있었어? 다들 왜 그래?”

“넌 지금 우리가 괜히 이러는 거 같아? 다른 일 때문에 화났는데 너한테 화풀이하는 걸로 보여?”

“아, 아니, 그게 아니라.”

“그게 아니면 뭔데? 밖에서 무슨 일 있었냐고 묻는 저의가 뭐야?”

“그냥 난…….”

울 것 같은 얼굴로 시후는 고개를 수그렸다. 그리곤 입에 가득 차있던 음식물을 꿀꺽 억지로 넘기더니, 들고 휘젓던 젓가락도 서서히 뒤춤으로 감추며 기어들어 가는 목소리로 중얼거렸다.

“잘못했어, 형. 다시는 밤에 간식 안 먹을게.”

“간식만 안 먹으면 되냐? 허구한 날 다이어트 중이라고 말만 하면 뭐해? 먹을 거 다 먹고, 운동에는 하루에 1분도 투자하지 않으면서. 굶어.”

“어?”

“굶으라고. 살을 빼야 할 거 아니야.”

“……어, 얼마나?”

윤우의 억지스런 명령이 떨어지자 당황한 시후가 말을 더듬는다. 표정으로 보아 그는 살 빼는 일이 세상에서 가장 힘든 일이라 생각하는 게 틀림없었다. 잔뜩 겁을 먹은 시후의 표정을 보고서도 윤우는 얄짤 없이 엄격하게 주문했다.

“10kg 감량할 때까지 하루에 한 끼로 줄여.”

“시, 십 키로? 그, 그건 좀 너무 많은데?”

“많긴 뭐가 많아? 넌 모니터링 안 해? 그 정도는 빼야 날렵해 보인다는 거 몰라?”

“언제까지 빼야…… 하는데?”

“그걸 꼭 말해줘야 알아? 당연히 다음 주까지지.”

“다, 다음 주? 너무 촉박한 거 같지 않아? 그, 그때 우리 뭐 있나? 컴백은 아직 멀었는데. 다른 스케줄이 있는 건가……?”

“당연히 우리 스케줄은 없지. 대신 우리 후배들 프리티가 컴백하잖아.”

“걔네 컴백해? 근데 그 날짜에 맞춰 살을 빼라고? 내가 왜?”

“그걸 지금 몰라서 물어? 당연히 네가 프리티로 컴백해야 하니까 그렇지.”

이쯤 되면 무언가 이상하단 생각을 안 할 수 없지 말입니다. 몰래카메라가 최고 인기개그 소스였을 때 태어난 새나라의 어린이답게 정민은 이 모든 상황들이 김시후를 속여먹기 위해 급조된 몰카 상황이라는 것을 금세 깨달았다. 저도 모르게 주위를 둘러보며 정민은 카메라를 찾아보았다. 그사이, 그때까지도 상황

파악이 전혀 안 되어 있던 시후가 멍하게 중얼거리며 울상을 지었다.

"프리티로 내가 컴백을 한다고? 걔넨 여자그룹인데 내가 왜? 나, 난……."

"……."

"난 여자가 아니라고!"

아무리 둘러봐도 보이지 않는 카메라 찾기를 막 포기할 무렵, 갑자기 시후가 소리쳤다. 그러더니 두 손에 얼굴을 묻고 바닥에 철퍼덕 엎드려 울기 시작하는데. 하필 그 자리가 정민의 발밑. 너무 놀라 정민은 두 눈이 튀어나오도록 부릅뜨고 얼어붙어 버렸다. 양어깨에 멘 가방끈을 힘주어 잡고 그 자리에 석고상처럼 서서 정민은 다 큰 남자가 엉엉거리는 충격적인 모습을 뜨악한 심정으로 내려다보고 있었다.

"난 남자라고. 남자란 말이야~"

어린애처럼 울고 있는 이 사람은 '아시아의 송버드'란 별명을 가진 최고의 아이돌 김시후. 이곳은 한국 최고의 아이돌 셀피쉬의 숙소. 나, 나는 여기에 당분간 지내기 위해 온 평범한 고등학생. 그런데 내 앞에 '아시아의 송버드'가 엎드려 울고 있어. 이게 대체 어떻게 된 일이야!

"놀랐지?"

큰 혼란에 빠져 자아분열되기 일보 직전, 갑자기 눈앞에 활짝 웃으며 턱에 꽃받침을 하는 김시후의 모습이 펼쳐졌다. 이, 이게 뭐람. 내 눈이 어떻게 된 거야? 뭐, 뭐지? 정민이 두 눈을 미친 듯이 깜빡거리며 바닥에 여전히 엎드려 있는 '아시아의 송버드'를 내려다보았다. 눈을 씻고 비비고 별짓을 다 하며 다시 보고, 또다시 보았지만, 방금까지 울고 있던 김시후가 방긋방긋 웃고 있는 모습은 그대로였다.

"이, 이게 대체⋯⋯?"

어떻게 된 일이냐고 묻기 위해 고개를 들었다. 하지만 이번에 정민을 맞이하는 건 윤우와 영재의 웃는 모습이었다. 그들은 시후를 일으켜 세우며, 정민의 어깨를 토닥이며, 소리치고 또 소리쳤다. 환영한다고. 정민은 그제야 자신이 이 어처구니없는 연극의 희생양이었음을 깨달았다.

평범한 고등학생 서정민과 톱스타들과의 동거는 이렇게 기막히고 덜떨어진 시추에이션으로 시작되었다.

♪   ♬   ♪

"고맙습니다. 밤엔 제가 알아서 찾아갈게요. 신경 쓰지 마세요."

다음날 아침. 정민은 학교 앞에 서서 자신을 바래다 준 영재를 향해 무뚝뚝하게 부탁하고 있었다. 말투로 보아, 이렇게 유명인이 학교까지 자신을 데려다 주는 수고를 하고 있다는 사실이 몹시도 부담스러운 듯. 성격상, 혹은 자신이 처한 환경에 의해 정민은 자신의 존재가 타인에게 짐이 되는 것을 극도로 꺼리는 것 같았다. 좋게 표현하면 깔끔한 스타일. 나쁘게 말하면 깍쟁이. 저 나이에 너무 깔끔해도 보기 안 좋은데……. 혼자 조용히 생각하며, 영재는 짧게 응수했다.

"그래."

"……네, 그럼 저는 이만……."

"혹시, 그 친구들이 찾아오면……."

"걱정 마세요. 학교로는 찾아오지 않을 거예요. 그런 적 한 번도 없었거든요."

"그럼 다행이지만."

"절 찾고 싶다면, 동네 학교를 뒤져서라도 다 찾아내긴 하겠죠. 교복을 알고 있으니까 학교를 알아내려고 마음만 먹으면 금방일 거예요. 그렇긴 해도 오늘 당장은 아니겠죠. 아마 오늘도 지금까지 했던 것처럼 집 앞에서 저를 노리고 있을 겁니다."

"그래도 혹시 모르니까, 무슨 일 생기면 곧바로 나한테 연락해. 내 연락처 알고 있지?"

"네."

"좋아."

"그럼 전…… 학교로 들어가 보겠습니다."

어색해 죽겠는지 정민은 시선을 땅에 박은 채로 우물쭈물 머뭇거렸다. 부모 외 다른 누군가에게 '학교 다녀오겠습니다' 와 같은 멘트를 날린 적이 단 한 번도 없는 게 틀림없었다. 문득, 자신 역시 아침등교인사를 건네 본 적이 별로 없었다는 사실이 떠올랐다. 늘 자신보다 일찍 일어나 출근하는 어머니 덕에, '학교 다녀오겠다' 고 고할 사람이 없었던 탓이었다. 닮았군, 나와. 타인의

관심을 귀찮아하면서도 내심 미친 듯이 갈구하고 있다는 점 역
시.

　모르긴 몰라도 정민에게는 누나가 세상 전부일 것이다. 말로는
누나의 간섭 따위 필요 없다고 하지만, 정말 누나가 자신의 일에
무관심해진다면 아마도 그는 못 견딜 것이다. 그게 바로 애정결핍
증 환자들의 일반적인 증상이었다. 영재는 알 듯 모를 듯, 미묘한
미소를 짓고는 고개를 끄덕여 정민의 인사에 답했다. 그리고 막
자동차를 출발시키려는 찰나였다.

　"서정민!"

　어디선가 귀에 익은 여자의 째질 듯 높다란 목소리가 들려왔다.
공교롭게도 영재는 단박에 목소리의 주인공을 알아챘다.

　"너 뭐야? 웬일로 한영재 씨 차를 타고 왔어? 무슨 일 있었어?"

　정서율이었다. 그녀는 혹여 동생에게 무슨 일이 생긴 것은 아닌
지 무척 놀란 목소리를 하고 있었다. 영재는 선글라스 너머로 서
율을 훑어보며 눈살을 찌푸렸다.

　피곤이 눈 밑까지 내려앉아 두터운 다크서클을 만들고 있는 그
녀의 얼굴은 어젯밤보다는 훨씬 나아 보였지만, 이십대 아가씨들
의 평균 아침 얼굴에 비하면 형편없는 몰골을 자랑하고 있었다.
관리 안 된 피부는 까칠했고 깡패들한테 맞은 눈두덩은 부어올라
있는데다가, 입술은 살짝 찢어져 차마 눈 뜨고는 볼 수 없는 처참
한 모습이었다. 어제 그런 일을 당하고도 동생이 걱정되어, 새벽
부터 학교에 쫓아온 건 참 대단하다 싶다만……

　마땅치 않다. 아주 많이.

“그런 거 아니야. 그냥 첫날이라서 태워다 주신 거야.”

“아.”

서율의 눈동자가 스륵, 소리 없이 굴러 영재를 바라보았다. 어젯밤 이후 처음으로 영재와 서율의 눈이 마주쳤다. 선글라스를 사이에 두고 만난 시선이었으나, 서율은 그 어느 때보다도 더 강렬히 그를 느낄 수 있었다. 뭐가 불만인지 그의 표정은 매우 굳어 있었다. 내가 뭐 잘못한 거 있나? 혼자 멍하게 생각하며 서율은 얼떨결에 꾸벅 인사를 했다.

“고맙습니다. 정민이 태워다 주셔서……”

“……”

대답은 없었다. 여전히 못마땅한 듯 잔뜩 깔아보는 거만한 시선만이 흘낏 잠시 얼굴에 와 닿았을 뿐. 지나가는 개미한테도 저렇게 무신경하진 않겠다 싶을 정도로, 그는 그녀에게 관심이 없어 보였다.

왜 저래? 사람 무색하게. 뭐, 바깥이라 사람들 눈도 있고 하니 튀는 행동은 자제하려는 모양인데. 아무리 그래도 사람 얼굴 정도는 똑바로 봐줘야 하는 거 아닌가? 내가 뭐 바퀴벌레도 아니고 말이야.

서율은 떨떠름하게 굳은 얼굴로 휙, 정민의 팔을 끌어당기며 몸을 틀었다.

“몸은 어떠니? 밤새 상태가 나빠졌다거나, 뭐 그런 건 아니지?”

교문 쪽으로 향하며 서율은 동생의 얼굴을 살폈다. 불행인지 다행인지 녀석의 얼굴은 타박상 하나 없이 깨끗해서 겉으로 보기엔 아무 일 없는 듯 멀쩡해 보였다. 하지만 이런 사람들이 원래 속으로 골병드는 체질이라, 제대로 치료해 주지 않으면 안 된다.

"학교엔 웬일이야?"

"웬일은. 너한테 볼 일이 있어서 왔지. 일하러 가기 전에 전해줄 것도 있고."

"오늘도 일하러 가? 안 쉬어?"

"쉬긴 뭘 쉬어? 일해야지. 일해야 돈을 벌지, 인마."

"일중독자냐. 그러다 몸 상하면 어쩌려고? 어제 그런 일이 있었으면 하루 정도는 쉬어도 되잖아."

"너나 잘하셔. 어디서 동생 주제에 걱정은. 다친 건 나보다 지가 더 많이 다쳤으면서."

"누나랑 나랑 같냐? 난 남자고, 누난 여자잖아."

"누나 동생 사이에 여자, 남자가 어디 있어? 쓸데없는 소리 그만하고, 너 오늘 학교 끝나고 나랑 병원에 좀 가."

"병원?"

"아무래도 안 되겠어. 마음에 걸려서 잠도 두 발 뻗고 편안하게 못 잘 것 같아. 자려고 누워도 너 맞는 장면만 눈앞에 계속 어른거려. 엑스레이라도 찍어서 네 뼈와 장기들이 안전한지 이 두 눈으로 똑똑히 확인을 해두어야 마음이 편할 것 같아."

"됐어. 나 멀쩡해. 아무렇지도 않으니까 그딴 데에 아까운 돈 낭비하지 마."

"이 자식아, 난 네 보호자야. 누나라고. 누나가 동생 걱정이 되어서 병원비 좀 쓰겠다는데, 그게 왜 돈 낭비야?"

"내가 멀쩡하다잖아. 아무렇지도 않다잖아. 병원에 갈 필요 없어. 아프지도 않는 사람 병원에 데리고 갈 정도로 돈이 많냐? 그럴 돈 있으면, 누나나 며칠 쉬면서 몸조리하든지. 눈두덩 파랗게 멍든 얼굴로 일하러 다니겠다면서 사람 걱정하게 하지 말고 좀. 나이를 그만큼 먹었으면 이제 동생이 걱정하는 일은 안 할 수도 있지 않냐? 언제까지 누나 마음대로 살래?"

"이 자식 좀 보게. 누가 너더러 내 걱정하래? 걱정하지 마, 인마! 내 앞가림 내가 제대로 하고 있거든?"

"그럼 결론 났네. 누난 누나가 알아서 몸조리 잘하고, 난 내가 알아서 하고. 됐지? 그만 돌아가. 남들 볼까 창피하다."

무뚝뚝하게 말하고 정민은 빠른 속도로 서율의 곁을 떠나 걷기 시작했다. 혹여 누가 알아볼까 무서운지 고개까지 푹 수그리고. 서율은 헐헐, 너털웃음을 짓고는 잠시 정민의 뒷모습을 가만히 바라보았다. 요사이 유독 자주 느끼는 것이었지만 오늘따라 특히 더 정민의 등이 넓어 보인다. 많이 컸다고 느껴진달까. 어머니의 갑작스런 죽음과 그 뒤에 이어졌던 현수와의 갈등으로 피곤하고 지친 서율에게 정민은 그나마 힘이 되어주는 버팀목 같은 존재였다. 짜식, 그래도 누나가 걱정은 되나 보네.

"서정민!"

서율은 언제 다퉜나 싶게 활짝 웃는 얼굴로 씩씩하게 동생의 이름을 불렀다. 아침 공기와 햇살 조각들에 부딪쳐 유난히 더 쩌렁쩌렁 울리는 커다랗고 우렁찬 목소리. 정민은 눈살을 팍 찌푸리며 휙 뒤를 돌아 신경질을 부렸다.

“아, 또 왜!”

저 귀요미 녀석 같으니라고. 히쭉 웃으며 서율은 거만하기 짝이 없는 모델 워킹으로 엉덩이를 씰룩씰룩 흔들며 녀석의 코앞으로 다가갔다. 그리곤 포대자루처럼 큼지막한 야상점퍼 주머니에서 쑥, 하얀 돈봉투를 꺼내더니 퉤엣! 손가락 엄지와 검지 사이에 침을 뱉는 시늉을 하고는 씩 야릇한 미소를 지어 보였다.

“용돈 받아가라.”

“그거 주려고 여기까지 왔어? 통장에 넣어놓으면 될 걸. 뭘 또 직접 여기까지 오고 난리야. 안 힘드냐?”

“통장에 넣어놓으면 하나도 안 쓰잖아. 조그만 게 어찌나 억척스러운지. 나보다 더해요, 아주. 너 그러다 구두쇠로 소문난다. 그럼 여자친구도 안 생겨, 이 자식아. 돈 안 쓰는 구두쇠 남자는 아무리 잘생겨도 인기 없는 게 현실이라고.”

“잘생기고 돈 많은 남자는 누나가 제일 싫어하는 타입 아니야?”

“잘생겼는데 돈도 없는 놈이 최악이거든. 여자 등골 빼먹기 딱인 조건이지. 등골브레이커란 말은 그런 놈들한테 쓰는 거다.”

“누나 등골브레이커는 나네, 그럼.”

“80만 원짜리 등산복 사달라고 떼쓰면, 그때는 너한테 등골브레이커라고 불러줄게. 그전까진 어림없다, 응? 자! 이거나 받고 썩 꺼져. 교실로.”

일주일 용돈 2만 원 이상 줘본 적이 없는 서율이 웬일로 족히 20만 원은 되어 보이는 돈을 정민에게 쥐어주고 호통을 쳤다. 정민은 침울한 얼굴로 손에 들린 돈을 내려다보았다. 만 원권 빳빳

한 새 지폐 스무 장의 무게가 고스란히 손바닥으로부터 전해져, 절로 기분이 바닥까지 처졌다.

눈치로 보아, 서율은 다니던 파출부 일에서 잘리지 않기 위해 주인집 마나님에게 손이 발이 되게 비는 것 같았다. 다시는 무단으로 결근하거나 조퇴하지 않는다는 약속과 세 쌍둥이 보모 노릇까지 동시에 해주는 조건으로 겨우겨우 해고는 모면한 듯한데. 덕분에 일거리가 늘어나 며칠 사이에, 그녀의 몰골은 눈에 띄게 초췌해져 있었다. 파출부 일만 하는 게 아니라, 야식집 알바에 인형 눈알 붙이기 같은 재택 알바까지 하느라 눈코 뜰 새 없이 바쁜 터라, 차마 눈 뜨고 볼 수가 없는 얼굴이 된 것이다. 정민으로서는 이런 누나의 돈을 받는 게 결코 쉬운 일이 아니었다.

서정민. 이 밥만 축내고 남에게 민폐나 끼치는 버러지.

혼잣말을 속으로 중얼거리며 정민은 손바닥에 올려져 있던 돈뭉치를 서율의 손에 도로 탁, 내려놓았다.

"됐어. 안 받아."

"어라. 야, 왜?"

어리둥절한 얼굴로 서율이 물었지만 정민은 아무 대답도 하지 않고 휙, 몸을 돌렸다. 그리곤 저벅저벅, 뒤 한 번 돌아보지 않고 걸어가기 시작했다. 서율은 제 손바닥에 다시 와 있는 돈뭉치를 멍하게 내려다보다, 다시 고개를 들어 녀석의 넓은 등을 멀뚱멀뚱 바라보았다. 이 자식, 대체 뭐지? 돈을 준대도 마다하고? 무슨 일 있나? 밖에서 며칠 생활하게 될 것 같아, 비상금이라도 넉넉히 주려고 했더니만. 혹시 이 모든 걸 제 탓으로 여기는 건 아니겠지?

만약 그런 거라면 그건 아주 웃기는 소리다. 정민이 지은 죄라곤 한영재의 도움을 잠시 받았다는 것밖에 없는걸. 한영재에게서 합의금을 원조받고, 그의 중재로 합의받은 죄. 그 나쁜 자식들이 원하는 것도 한영재가 아닌가. 어제 일도 실은, 정민을 한영재의 측근으로 오인해서 생긴 일이고. 그럼 이 사건의 모든 원인과 책임은 한영재한테 있는 거지, 정민인 아무 잘못도 없다.

"서정민! 이거나 가지고 들어가!"

서율은 정민의 뒤를 따라 뛰며 있는 힘껏 소리쳤다.

참 이상한 일이다. 외면하자고 마음먹었고, 외면하고 싶은 마음도 굴뚝같은데. 왜 난 그냥 지나치질 못하고 이렇게 정서율을 관찰하고 있는 것일까. 한영재는 턱을 괸 채 곰곰이 생각하며, 멀지 않은 곳에 멀뚱히 서 있는 서율을 나른한 시선으로 지켜보았다.

우비소년을 연상케 하는 커다란 카키색 점퍼에, 다리의 선이 드러나도록 착 달라붙은 검은 바지, 검은 컨버스화를 신은 그녀의 뒷모습은 우스꽝스러우면서도 어딘지 모르게 애처로워 보였다. 키도 작은 게, 굽도 없는 운동화를 신고 186㎝에 육박하는 남동생과 얘기하는 모습은 마치 비에 홀딱 젖은 고양이를 내려다볼 때의 마음처럼 애잔하기까지 하니. 무엇 때문에 이런 마음이 되는 것인지 알 수가 없어 영재는 혼란스러울 따름이었다.

"서정민! 이거나 가지고 들어가!"

서율이 갑자기, 돈을 쥔 손을 허공으로 치켜들고 좌우로 마구 흔들기 시작했다. 아무래도 정민이 돈을 받지 않는 듯. 그 이유라면 뻔하다. 누나가 자신 때문에 힘들게 돈을 버느라 고생한다고 여기기 때문일 것이다. 이런저런 경위로, 정민이 누나에게 짐이 되는 자신을 매우 혐오하고 있다는 걸 영재는 이미 간파하고 있었다. 어떤 식으로든 홀로서기를 하고 싶어한다는 것도. 그 나이에 그 환경이라면 충분히 할 수 있는 생각이다. 문제는 서율이 그걸 전혀 이해하지 못한다는 것이겠지.

영재는 눈살을 찌푸리며, 서율이 동생을 향해 뛰어가는 모습을 지켜보았다. 뒤뚱뒤뚱 뛰는 모습이 다리를 저는 것도 같다. 어젯밤 패거리들한테 한 대 거하게 맞고 바닥으로 나뒹굴었다더니 그때 다친 게 틀림없었다. 저런 몸으로 여긴 대체 왜 왔는지 또다시 짜증이 샘솟는다. 대답도 하지 않고 못 들은 척 더 바삐 걸음을 재촉하는구만 그런 동생을 뭐 그리 챙겨주지 못해서 안달인 것인지. 아주 정성이 뻗쳤다.

쯧, 혀를 차는 그의 미간이 좀 더 좁혀졌다. 열심히 뒤뚱거리며 뛰던 그녀가 스텝이 엉켜 앙감질을 치기까지 하자, 참다못한 그는 힘껏 자동차 도어를 열고 밖으로 나섰다. 그리곤 빠른 속도로 그녀의 뒤뚱스텝을 따라잡아 휙, 그녀의 팔목을 거머쥐고 그녀를 멈춰 세웠다.

"그냥 둬."

"어? 여, 여긴 왜……?"

뺨이 초췌해서일까. 오늘따라 유난히 더 커 보이는 눈을 둥그렇게 뜨고 그녀가 말을 더듬었다. 깜빡깜빡. 당황한 마음을 숨기기 위해 열심히 깜빡거리는 눈을 슬쩍 굴려, 자신의 팔뚝을 거머쥔 영재의 길고 새하얀, 그러나 매우 빅사이즈의 힘줄이 튀어나와 남성적으로 보이는 손아귀를 내려다보았다. 덕분에 살짝 내리떠진 눈꺼풀. 그 아래 부드러운 그늘이 지고, 따스한 햇살이 귀엽고 보드라운 그녀의 콧대로 미끄러지자 영재의 손에는 저도 모르게 힘이 들어갔다.

"아야."

아팠나. 서율이 잠시 내려떴던 눈을 번쩍 들어 그를 올려다봤다. 이게 뭐하는 짓이냐는 듯 부릅뜬 그녀의 눈꺼풀은 움푹 들어가 있었다. 확실히 며칠 사이에 살이 빠졌어. 영재는 미간을 찡그리며 손에서 힘을 뺐다.

"미안."

"괘, 괜찮아요."

기어들어 가는 목소리로 중얼거리곤 서율은 속으로 투덜거렸다. 미안하다면서 왜 계속 붙들고 있는 건데? 그 손 놔. 내 팔 놓으라고. 왜 붙들고 있어? 당신이 잡고 있는 그 부위만 계속 간질간질하잖아.

"정민이한텐 그 돈, 안 주는 게 낫겠다. 적어도 지금은. 정민이가 안 받으려고 하는데 억지로 주려고 들면 오히려 역효과만 날 거야."

"비상금이 필요할 것 같아서 챙겨주려는 거예요. 집 나가서 혼자 사는 거, 이번이 처음이라 걱정도 되고 안쓰럽기도 해서요. 많이 챙겨주고 싶어도 형편상 그렇게 못해요. 고작 20만 원인데. 그 정도는 가지고 있어야 안심이 될 것 같아요.”

“따로 쓸 돈이 생기면 말하겠지. 집 나가서 생활한다고는 하지만, 보호자가 없는 것도 아니잖아. 급하게 돈 필요한 일이 생기면 내가 대신 처리해 줄 거다. 굳이 지금, 안 받겠다는 아이의 자존심까지 뭉개가면서 강요할 필요 없다는 얘기야.”

“자존심을 뭉개요? 누가요? 제가요? 제가 정민이 자존심을 뭉개고 있다고 말하시는 거예요, 지금?”

“아직도 모르겠냐? 정민이, 수치스러워하고 있잖아.”

“걔랑 난 가족이에요. 평소에도 나한테 늘 용돈 받아가는 애라고요. 이깟 돈이 뭐라고, 이것 때문에 애 자존심이 뭉개져요? 정민이가 왜 제가 주는 돈 때문에 자존심 상해해요? 무슨 근거로 이런 얘길 하시는데요?”

“돈 안 받는다잖아. 그것만큼 더 확실한 근거가 있나?”

“그건……!”

“자기 때문에 누나가 얼굴이 초췌해질 때까지 일하고, 나 같은 사람한테 빚도 지고, 다치고, 이젠 남의집살이까지 하게 됐으니, 자신은 누나에게 해가 되는 존재일 뿐이라고 생각하겠지. 자신만 사라지면 누나가 중단했던 공부도 다시 하게 되고, 좋은 직장에 좋은 남자 만나, 편안하게 잘살 수 있을 거라 생각할 거야. 그런데 어떻게 그 돈을 받을 수 있겠냐? 당연히 못 받지.”

“…….”

“그냥 놔둬. 놔두면 다시 저절로 원상복귀될 거야. 지금은 일시적으로 그렇게 느끼는 것뿐이니까. 안타깝고 걱정되고, 어떻게든 도와주고 싶고, 돌봐주고 싶어서 손이 근질근질하겠지만 당분간은 상관하지 마. 그저 혼자 답을 찾도록 내버려 둬. 저 나이의 남자애들한테는 가끔 혹독하게 대해도 괜찮아. 노숙도 해보고, 힘든 노동도 해보고, 더부살이도 해보고. 그래야 가족이 소중하다는 것도, 돈이 귀중하다는 것도, 노동의 신성함도 알지."

"다시…… 원상복귀된다고 어떻게 장담해요?"

서율은 잠시 꾹 입을 다물고 있다가, 겨우 꾸물꾸물 물었다. 생각과는 달리 말이 퉁명스럽게 나와 살짝 당황했으나 영재는 별로 기분 나쁘지 않은 듯 쿨하게 씩, 미소를 지었다.

"그야……."

붉은 그의 입술 사이로, 하얀 이가 아주 조금 드러났다. 멍하게 그를 쳐다보고 있던 서율은 저도 모르게 꿀꺽 침을 삼켰다. 한쪽 입가만 비스듬히 끌어당겨 웃는 이 미소는 일명 '허니섹시스마일' 이라 이름 붙여진 한영재 트레이드마크로서, 썩소보다는 부드럽고 은밀하며 눈웃음보다는 시크하며 나른하다. 한 번 받으면 근방 100m 안에 있는 여자들은 전부 다 껌뻑 죽어 넘어간다는, 바로 그 꿀 바른 마성의 미소.

이, 이 남자가 지금 누구 앞에서 끼, 끼를 부리냐? 내, 내가 누군지 알고?!

나로 말할 것 같으면, 잘생긴 남자한테 버림받아 평생을 고생하고 힘들어했던 엄마를 20년 넘게 곁에서 지켜봐 온 여자. 바람둥이 유전자를 타고나 온갖 여자들이랑 염문설을 뿌리고 다니는 천하의 뱃보이, 정현수를 오빠로 둔 여자야. 잘생긴 남자라면 자다가도 경기를 일으키고, 토가 쏠리는 여자란 말이야. 미남이라면 아주 치가 떨리는 알레르기환자에 미남자 안티카페까지 운영하는 마스터 정서율. 그런 나한테 지금 당신, 미남계 쓰는 거임?

“남자니까.”

두 눈에 극악의 경계심을 그득 담고 상대를 노려보고 있는 서율을 향해, 한영재는 너무나도 간단히 가볍게 답을 떨군다. 소름 끼치도록 다정하고 달콤한 목소리까지 한꺼번에 패키지로. 서율의 얼굴은 더욱더 일그러졌다.

“뭐, 뭐라고요?”

“Male, 사내 남男, 몰라? 남자라서 정민이의 마음을 이해하는 거라고. 남자들은 원래 그래. 특히 사춘기에 접어든 소년들은, 자신의 능력치가 바닥인 걸 굉장히 수치스러워하지. 현실로부터 탈출하고 싶은데, 정작 자신의 힘으로는 아무것도 할 수가 없다는 걸 알기 때문에 그 이상과 현실의 갭에서 허우적거리는 거야. 스스로 적응하고 타협점을 찾을 때까진, 아마 그 어떤 말로도 위로가 되지 않을 거다. 네가 아무리 괜찮다고 말해도, 지금은 네 말 따위 전혀 귀에 안 들어올 거야. 그러니까 그냥 내버려 둬. 네버 마인드. 그러다 정신 차리고 제자리로 돌아올 거니까 당분간은 신경 꺼두라고.”

“그러다가 영영 제자리로 돌아오지 않으면요?”

“그건 뭐, 본인의 선택이니 어쩔 수 없지. 네가 대신 정민이 인생을 살아줄 것도 아니잖아.”

“무슨 말을 그렇게 하세요? 자기 동생 아니라고 너무 쉽게 말하는 거 아니에요?”

“농담이고. 그건 그때 가서 생각해라. 일어나지도 않은 일로 미리 속 끓이지 말고. 정민이 아니고도 걱정거리가 산더미잖아, 너. 돈은 언제 다 갚을래?”

또다. 또 그 허니섹시스마일을 씩, 지으며 상대를 지그시 내려다본다. 서율은 구겨진 얼굴을 더욱 찡그리며 불쾌감을 표시했다. ‘난 그 미소, 진절머리 나게 싫거든요? 그러니까 자제 좀요’ 의 의미로다가. 하지만 그녀의 표정이 의미하는 말을 한영재가 알아먹을 리는 만무. 여전히 스위트스위트 블링블링 미소를 얼굴 가득 짓고 그녀를 보고 있었다. 욕이 나올 것 같은 심정으로 서율은 빠직, 핏대를 세웠다.

참 빌어먹게도 잘생겼단 말이야. 어쩌면 저렇게 빈틈 하나 없이 완벽하게 잘생겼냐. 어디 한 군데 짜부라진 곳도 없고, 미달인 곳도 없고, 비호감인 곳도 없다. 사실 저리 완벽하게 잘생긴 미남이니 더 비호감이지만. 너무 완벽하게 생긴데다 마치 작정하고 유혹하듯 매력을 흩뿌리니, 호흡곤란이 와 심장이 남아나질 않았다. 알레르기반응이다, 이건. 절대적으로 잘난 얼굴이 너무 싫어서 쇼크가 오는 것이 분명했다. 아, 짜증나. 서율은 씁씁후후, 씁씁후후, 자체인공호흡 열심히 하며 더듬더듬 중얼거렸다.

“무기한으로 여, 연기해 주신지 아직 일주일도 안 지났거든요?”

"날마다 보고 받고 있지. '문자메시지'로."

"통화하려고 전화할 때마다 피하신 건 한영재 씨였는데요."

"난 피한 적 없는데. 일부러 내가 안 받을 것 같은 시간을 골라, 집중적으로 하는 거 아니었냐?"

"아닌데요. 전 그냥, 바쁜 일 있으셔서 일부러 패스하신 줄 알고……."

"휴가 중이라 바쁜 일 없어. 전화하라고 시킨 사람은 나니까 일부러 패스할 일도 없고."

"제 전화를 기다리셨다는 뜻입니까?"

"천오백만 원이나 이자도 담보도 없이 무기한으로 빌려줬는데 당연한 거 아닌가? 오늘도 무사히 하루를 마쳤는지, 번 돈은 잘 모아두는지 감시해야지. 네가 파산하면 내 돈까지 날아가는 건데."

얄밉다. 진정으로 얄밉다. 어쩌면 말을 해도 저렇게 꼴 보기 싫게 하냐. 서율은 상냥한 웃음을 띤 채 사람 약을 바짝바짝 올리고 있는 미남계의 밉상, 한영재를 향해 이를 빠드득 갈았다.

"그래서 메시지로 꼬박꼬박 보고드리고 있잖아요. 일당 받은 건 모조리 통장에 모아두고 있거든요?"

"미안하지만 메시지 갖고는 성에 안 차는데. 진짜인지 아닌지 확인이 불가능하잖아. 거짓말로 지어 보고해도 도리가 없고."

"의심이 참 많으시네요?"

"뭐든 정확한 게 좋으니까. 한 톨의 의심도 없이 깨끗하고 투명하게 처리되어야 뒤탈도 없는 거 아니겠어?"

"좋아요. 내일부턴 첨부파일로 통장스캔해서 보내 드릴게요. 됐죠?"

"그러든지. 어쨌든, 이건 내가 챙겨두겠다."

순식간이었다. 한영재가 서율의 손에 쥐어 있던 지폐를 빠르게 낚아채 간 것은. 헉, 이 돈을 왜? 설마 압수하겠다는 뜻? 헐. 서율은 눈 뜨고 코 베인 사람의 심정으로 두 눈을 부릅뜨고 그에게 달려들었다.

"뭐, 뭐예요?! 그 돈은 정민이 용돈이라고요! 당신한테 갚을 빚은, 따로 통장에……!"

소리치며 서율은 영재의 손에 들린 돈을 도로 빼앗아오기 위해 두 팔을 열심히 허우적거렸다. 그는 서율의 손이 닿지 못하도록 팔을 올리고 그녀를 빤히 내려다보고 있었다. 손바닥으로 서율의 이마를 부여잡아 저돌적인 그녀의 돌진을 저지한 채로.

"무기한으로 빌려주겠다면서요. 이자도 안 받겠다면서요! 그래 놓고 이러는 법이 어디 있어요? 천하의 둘도 없는 천사처럼 굴면서, 있는 대로 생색 내놓고서는. 하는 짓은 딱 일수꾼이잖아요! 어떻게 버는 족족 다 빚 갚는 데 쓰라는 건데요? 저도 살림하는 사람이고, 수험생 뒷바라지해야 하는 사람이라고요. 우리 동생, 한 푼도 없이 남의집살이하게 생겼는데 그 돈까지 빼앗으면 어떡하란 소리예요? 내놓으세요. 얼른요! 빨리요!"

어처구니없게도 그녀는 아무리 기를 쓰고 달려들어도 그의 코 앞에 당도하지 못하였다. 그의 털끝에도 미치지 못하는 상황에 열이 받아, 서율은 더욱더 미친 듯이 양쪽 팔을 휘둘렀다. 야이

이이이—

"너 지금 뭐하냐?"

한심해 죽겠다는 듯, 그가 중얼거리는 순간.

서율은 깨달았다. 한영재는 한 해 수십억에 달하는 수입을 올리는 최고의 한류스타라는 사실을. 돈방석에 이미 올라 있는 톱스타께서 이깟 남의 돈을 빼앗아갈 리는 당근말밥 없었다. 그걸 떠올리니 자신이 현재 매우, 아주 기똥차게 우아한 자세를 취하고 있다는 사실까지 인지할 수 있었다. 코뿔소마냥 씩씩거리며 그에게 이마를 들이대고 양팔로 버터플라이스윙을 미친 듯이 해대고 있는 꼬락서니란. 가관입니다요.

지나가는 사람들도 쳐다보며 쑤군거리는 상황이라는 걸 알아채는 데에는 불과 1초밖에 걸리지 않았다. 서율은 천천히 두 팔을 내리고 한영재에게 돌진했던 상체를 끼익끼익, 움직여 얌전히 뒤로 물러섰다. 고개는 차마 들지 못하였다. 쪽팔려서 당장이라도 도망치고 싶었지만, 그러지도 못하였고.

"저, 저기 그게……."

"이 돈은 내가 정민이한테 따로 전해줄 거다. 기분 상하지 않게, 남자 대 남자로 잘 설명해서. 중간에서 내가 가로채 가지 않을까 걱정되는 모양인데. 못 믿겠으면 나중에 정민이한테 확인해. 내가 줬는지, 안 줬는지. 그럼 되겠지?"

"네……."

쪽, 팔, 려. 쪽팔려서 당장이라도 먼지가 되고 싶다. 아니, 공기가 되어 어디론가 흡입되어 버리고 싶다. 아— 그의 앞에서 사라질 수만 있다면 뭐가 되도 상관없어. 지금 당장 이 남자의 시선에서만 벗어날 수 있다면 뭐든지!

"그럼, 이제 갈까?"

고개를 점점 더 아래로 수그리며 짜져 가는 그녀의 정수리로 날아온 한영재의 말. 서율은 천천히 고개를 들었다. 꽉 감고 있던 두 눈도 스리슬쩍 뜨면서, 아주 천천히 용기를 짜내고 또 짜내 그를 올려다보았다. 그리고 마치 인자한 신부님의 눈으로 자상하게 자신을 내려다보고 있는 빛나는 미남계 얼굴과 마주한 순간, Sanctus—

Benedictus, benedictus qui venit in nomine benedictus—

귓가에 성스러운 존재를 영접할 때나 듣는다는, 연예인 전용 찬양가 상투스가 울리는 환청에 질겁해 서율은 두 눈을 휘둥그레 떴다.

이건 아니야. 이건 아니라고. 정신 차려, 정서율! 여기서 정줄 놓으면 어쩌라고. 반하지 마. 홀딱 넘어가지 마. 이 사람은 사탄이고, 악마고, 여자의 적이야. 널 홀랑 잡아먹을지도 모른다고. 유혹해 마음만 쏙 빼 가져갈 거란 말이야. 남자란 동물을 믿으면 안 돼. 잘생긴 남자는 더더욱 안 돼. 이 사람은 한국 최고, 아니, 아시아 최고 미남자란 말이야! 정신 차렷!

미남을 보면 평소 주문처럼 외던 말들을 종알종알 속으로 외자, 가출하려 하던 정신이 그나마 제자리를 찾아 되돌아오는 것도 같

앉다. 서율은 두 눈을 미친 듯이 깜빡거리며 멍하게 벌리고 있던
입을 딱 닫았다.

　다행이다. 정신줄을 놓지 않았어. 서율은 크게 안도의 숨을 내
쉬곤 근육이 굳어버려 지어지지도 않는 미소를 억지로 만들어 올
리며 고개를 끄덕였다. 그리고 막 그를 따라 자리를 옮기려는 찰
나였다.

　"저 사람, 한영재 같은데? 닮았어, 머리스타일이."

　"한영재? 셀피쉬의 그 한영재? 어디, 어디? 어디?"

　"저기 있잖아. 웬 이상한 여자랑."

　"여자? 한영재가 여자랑 있다고? 아침에?"

　"아, 아침에……? 설마!"

　"근데 진짜 한영재 맞냐? 닮은꼴 아니야?"

　"요즘 셀피쉬, 해외활동 끝나고 한국에 있다던데. 며칠 전에
‘연예가리포트’에 나왔어."

　"그, 그럼 정말 저 사람이 한영재야? 야. 순심이한테 전화해 봐.
순심이 셀피쉬 팬이잖아."

　"일단 사진을 찍어. 인터넷에 올리자. 나이스판에 올리면 대
박!"

　사진 찍는 소리가 사방에서 들리기 시작했다. 놀라 얼어버린 채
로 서율은 대박 일그러진 얼굴로 한영재를 올려다보았다.

　"어, 어떻게 해요?"

　"어떡하긴 뭘 어떡해."

　정말 욕 나오게 잘생긴 한영재는 이런 일 따위, 별로 놀랍지도

않다는 듯 시크하게 어깨를 으쓱하신다. 그리고는 으앙, 울기 일
보 직전의 얼굴로 자신을 구세주인 양 바라보고 있는 정서율을 향
해 그 어느 때보다도 더 섹시한 스마일을 지어 보였다.

"튀어야지."

제7장

빚쟁이와 고용인 사이

"너한텐 면목이 없다. 안 갈 생각은 아니었는데, 어떻게 하다 보니까 일이 꼬여서……."

두어 시간 후. 입을 헤 벌리고 침까지 흘리며 졸고 있던 서율은 주현이 걸어온 전화 때문에 겨우 잠에서 깨어났다. 침을 닦아내며 전화를 받는 도중 깨달은 건 이곳은 여전히 한영재의 차 안이었고, 차가 주차되어 있는 곳은 그녀의 집 앞이 아니라는 것이었다. 백주대낮의 대탈주극. 좀비 떼처럼 물밀듯이 쫓아오는 여고생들로부터 생명의 위협을 느끼며 죽기 살기로 뛰어 겨우 그곳을 빠져나온 이후, 거의 탈진에 가까운 상태가 되어 곯아떨어진 사이. 한영재는 그녀를 이런 매우 낯선 곳으로 인도한 것이었다. 대체 여기가 어디야?

〈아무리 일이 꼬여도 그렇지. 이런 일이 생길 것 같으면 한두 시간 전에라도 미리 말을 해줬어야지. 약속 있어서 나가야 된다는데, 시간이 다 되어도 넌 안 오고 연락도 안 되고. 미진 언니가 또 얼마나 나한테 노발대발 전화해서 난리 쳤는지 알아? 지금 생각해도 빡 돌겠다야. 미진 언니 성격 너도 겪어봐서 알잖아. 아— 머리 아파. 아주, 난리난리. 나더러 책임지라고 전화로 어찌나 소리를 질러대는지. 내가 진짜 드러워서.〉

"그랬어? 어, 어…… 어떡하지? 잠깐. 지금이라도 갈게."

〈됐어! 내가 그 쌍욕을 다 들으면서 굽실굽실 죄송하다고, 갑자기 무슨 일 생긴 거 같다고, 해명 다해놨는데. 지금 갑자기 일하러 가버리면 난 뭐가 되냐? 그냥 오늘은 쉬어. 아팠다고 하면 되지 뭐.〉

"아— 미안. 입이 열 개라도 할 말이 없다."

〈도대체 무슨 일이니? 이번엔 또 왜 그러는 거야? 진짜 어디 아팠니?〉

"그건 아니고. 내가 그냥 잠깐……."

졸았다고 말하면 주현은 뭐라고 반응할 것인가. 성질 더러운 친척언니한테 쌍욕까지 들어가며 친구를 방어해 줬는데, 정작 친구는 겨우 아침잠 때문에 일을 펑크 냈다고 하면? 자기가 언니한테 들은 쌍욕을 다시 되돌려 주겠지? 생각만 해도 끔찍하다.

〈무슨 일이야, 대체? 혹시 네 동생 또 사고 쳤니?〉

"아니야! 내 동생이 무슨 문제아야? 만날 사고만 치게."

〈너한테 일이라는 게 정민이 일밖에 더 있어? 정민이 때문에 온갖 알바는 다 뛰고, 정민이 때문에 깡패들 앞에서 굽실거려, 정민이 때문에 평생 남한테 빚 안 지고 살던 네가 돈도 빌려봐. 남의 집 파출부 노릇이나 하고 있는 것도 다 그 녀석 때문 아니야? 내가 말했지. 서정민 그 녀석, 네 인생에 하등 도움이 안 되는 존재라고. 그만 개 아버지한테 보내라고.〉

"그런 거 아니라니까! 정민이 때문은 진짜 아니야."

〈그럼 무슨 일 때문이야? 말을 해, 오해받기 싫으면. 핵심 피하면서 애매하게 말하면 당근 지금 상황에 정민이 일이라고 오해하게 되지. 답답하게 두루뭉술하니 돌려 말하지 말고 그냥 속 시원히 말해봐, 뭣 때문인지.〉

답답하긴 이 몸도 마찬가지입니다. 자초지종을 애기하게 되면 아침부터 한영재의 광팬들한테 쫓겨 죽다 살아난 애기부터 해야 되는데, 그렇게 되면 한영재에 대해서도 애기해야 된다. 그럼 한영재 때문에 정민이 다쳤고, 그래서 정민이 한영재네 집에 머물게 되었다는 사실까지도 다 밝혀야 되는데. 그렇다면 한영재에게 돈을 꾼 사실까지 까발려야 되질 않나. 그러나 그게 밝혀지면 정현수가 오빠라는 사실도 함께 오픈되는 건 당연지사. 별명이 연예가 중계인 주현에게 이 모든 사실들을 말한다는 건 그야말로 고양이에게 생선가게를 맡기는 격이었다.

"말을 못하는 게 아니라 그냥 다른 일이 있었다니까. 정민이 일 못지않게 중요한 일이 있었어. 진짜야."

〈그러니까 그 다른 일이 뭐냐고. 그게 뭔지 툭 까놓고 말을 해보란 말이야. 그래야 믿어주지.〉

“아, 진짜. 그러니까 그게 뭐냐면…….”

“일어났네?”

뭔가 다른 핑계거리를 대야 하는 순간이었다. 불쑥 자동차 문이 열리더니, 한영재가 고개를 들이밀며 제법 큰 목소리로 물어 왔다.

헉. 이 남자가 왜 갑자기?!

서율은 재빨리 쉿, 손가락을 입술에 갖다대고 ‘지금은 절대로 입도 벙긋하지 마시라’ 경고를 날렸다. 다행히 한영재는 서율을 방해할 생각이 별로 없는 듯 순순히 동조하는 것 같았다.

〈뭐야? 옆에 누구 있어?〉

“어?”

〈남자 목소리가 들렸는데. 거기 어디야?〉

하지만 역시나 문제는 귀신같은 오주현. 어찌나 청력도 캡 좋으신지, 한영재의 단 한 단어밖에 안 되는 말소리를 모조리 캐치해 벌써 상황파악 들어가 주고 계셨다.

“여, 여기는 그러니까 어디냐면……. 어, 어떤 집이긴 한데…….”

〈혹시 너, 지금 다른 집에서 일하는 중이니?〉

“엉?”

〈그래서 나한테 말 못하는 거 아니야? 우리 미진 언니네 일 펑크 내고, 다른 집에서 일하고 있어서.〉

“아, 그거…….”

말, 되네.

서율은 옳다구나 싶은 마음에 냉큼 큰 소리로 소리쳤다.

"맞아, 맞아! 그거 맞아! 나 사실 여기 일하러 왔어. 꽤 괜찮은 조건으로 일해보지 않겠냐고 제안해 준 사람이 있어서. 글쎄, 페이가 미진 언니네의 두 배더라고. 나도 사람인데 혹하지 않았겠냐? 내 사정이 워낙 안 좋잖아. 빚 갚느라 허리가 휠 지경이라 돈 앞에서 한없이 약해지는 건 어쩔 수가 없는 거 있지."

별 수 없다. 거짓말이라도 해서 모면하는 수밖에. 괜히 주현한테 약점 잡혀서 이것저것 비밀 다 털리느니, 이렇게라도 둘러대서 상황을 무마하는 게 낫지 싶었다. 거짓말 때문에 양심이 찔리는 건 한순간이지만 한 번 풀린 비밀은 영원히 다시 가둘 수 없지 않은가. 오늘만 눈 딱 감자.

〈두 배? 그럼 하루 일당이 30만 원이라는 거야?〉

"그뿐만 아니야. 미진 언니는 일주일에 2~3번이지만, 여긴 주말 빼고 날마다 일할 수 있어. 하루 30만 원씩 한 달만 일해도 꼬박 600만 원을 벌 수 있단 말이야. 정말 독하게 마음먹고 돈 모으겠다 결심하면 빚도 올해 안으로 갚을 수 있을 것 같더라고. 당연히 혹하지 않겠어?"

〈정말 그렇게 일당을 많이 주는 집이 있단 말이야? 대체 어떤 집인데? 재벌가라도 된다니?〉

그런 집이 있을 리가 없잖아. 바보, 오주현. 속으로 생각하면서도 서율은 진실인 양 더 크게 당당히 소리쳤다.

"나도 지금 긴가민가해. 집안일하는데, 하루 일당 30만 원이 가당키나 해? 비 오는 날 전선 닦는 일도 아니고 말이야. 장난질에 낚시질당하는 건지, 아니면 하늘이 날 도와서 하루 30만 원쯤은 껌값에 불과한 사람을 내 앞에 뚝 떨어뜨려 놓은 건지. 아직은 가늠이 안 돼. 그래서 미진 언니한텐 그만두겠다고 말 못한 거야. 아직 확실히 정해진 것도 없는데 미진 언니한테 일 못한다고 말했다가, 여기 일이 흐지부지되면 괜히 좋은 일자리만 잃는 거니까.”

〈그래서? 지금 거기서 뭐하는 건데? 일하는 거야?〉

“아니. 오늘은 면접만 보는 거야. 일단은 일하는 모습을 보고 결정을 하겠다나 뭐라나. 근데 역시 일 해보니까 여긴 안 되겠다, 싶어. 주인장이 너무 깐깐해. 여기저기 다니면서 깨끗하게 잘해놓았는지 검사를 하질 않나. 음식 맛도 너무 짜면 안 되고, 너무 싱거워도 싫어하고. 게다가 집은 또 어찌나 큰지. 이층 구조에 방이 대여섯 개나 되는 집인데, 먼지가 눈곱만큼도 쌓여 있으면 안 된대. 알레르기환자도 아니면서 어찌나 까탈을 부리는지 말이야. 남자들만 넷이 사는 집이라 하나부터 열까지 다 손을 넣어줘야 해서 아주 힘들어 죽겠어.”

상상의 나래를 펴며 머릿속으로 마구 지어댄 얘기들을 술술 나불거리던 정서율. 싱글벙글 웃는 얼굴을 이리저리 내돌리다 새까맣고 짙은 한영재의 눈동자와 딱 눈이 마주치고 말았다. 헉. 그는 아직 차 문을 연 채로 고개를 꺾어 그녀를 들여다본 채였다.

뭐, 뭐하는 거야? 왜, 왜요? 묻는 듯, 두 눈을 부릅떴지만 그는 핏, 입술을 끌어올려 살인미소 간단히 지어 올릴 뿐 눈 하나 깜짝하지 않는다. 서율은 영재의 섹시한 입술을 양손으로 확 늘여주고 싶은 충동을 잠재우며 휙, 고개를 돌려 그를 외면했다.

“아무튼 난 그냥 여기 일 포기하려고. 그냥 미진 언니네에서 계속 일하는 게 낫겠어."

〈야, 안 돼~! 일당이 30만 원이라며. 그럼 일 까다로운 건 당연한 거 아니니? 쉬운 일에 어떤 미친 사람이 하루 30만 원을 투자해? 다른 사람들은 힘들어서 안 하겠다는 일이니까, 그만큼 페이가 센 거 아니냐고. 사람은 구하고 싶은데, 자꾸 일하다가 그만두니까 점점 일당이 세져서 30만 원까지 간 거겠지. 나 같으면 그냥 일한다.〉

"뭔 소리야? 엄청 까다롭다니까. 일은 거의 중노동 수준이고! 그걸 어떻게 날마다 해?"

〈지금 네가 그런 거 따질 형편이야? 그냥 눈 딱 감고 몇 달간만 일하면 빚도 갚을 수 있겠는데, 그걸 왜 안 해? 너 지금 일하는 것도 거의 중노동이거든? 낮부터 하루 종일 남의 집 파출부 노릇에, 밤에는 야식가게 알바, 틈틈이 시간 나면 따로 재택 알바까지 하고 있잖아. 그나마 오전엔 조금 쉴 시간이 있지만, 그 시간도 아까워서 요즘 오전에만 쌈박하게 일할 수 있는 알바자리 알아보고 있으면서. 그거 다 하느니, 그냥 그 일 하겠다.〉

"그거야 그렇지만…… 내가 관두면 너희 언니 어떡하라고? 너희 언니도 집안일하면서 아기까지 돌봐주는 사람 찾느라, 되게 고생했잖아. 내가 관두면 또 조건 맞는 사람 찾느라, 꽤 힘들걸. 게다가 성격도 괴팍하셔서, 내가 관둔 것 갖고 너한테 화풀이할 거 아니야. 오늘도 나 때문에 욕 들어먹었다며."

〈됐어, 야. 미진 언닌 걱정하지 마. 그 언니야 직장이 따로 있는 것도 아니고, 집에서 살림하고 애 보기 싫어서 사람 구하는 건데.

좀 늦게 구해지면 어때? 안 구해지면 페이를 올리던지 해서, 알아서 구하겠지. 죄책감이네 책임감이네, 그딴 거 넌 가질 필요 없어. 가사도우미 일에 무슨 의리 찾을 것도 아니고. 그리고 성질부리면 잠깐 욕먹고 말지, 뭐. 성격은 그 모양이어도 뒤끝은 없는 언니니까 나중에까지 꼬투리 잡고 사람 괴롭히진 않을 거야. 그 일은 내가 알아서 처리할 테니까, 넌 그냥 그 집 주인한테 잘 보여서 채용될 수 있게 노력이나 해봐.〉

"아, 아니, 난……."

〈이 바보야. 한 달 벌이가 600만 원이면 완전 대박이야. 대기업 대졸 초임연봉보다 훨씬 더 많은 거라고. 알아? 그 일만 따내면, 네 살림 펴는 건 시간문제란 말이야. 빚도 갚고 네 학비까지 얼마간은 벌어놓을 수도 있다고. 그 사람이 얼마나 깐깐한지는 모르겠지만, 몇 달간만 고생해. 돈도 많이 못 벌면서 하루 20시간 꼬박 일하며 개고생하는 것보다는 그 집에서 파출부 하는 게 백배 천배 이익인 것 같다. 거긴 그나마 돈이라도 많이 주잖아.〉

"그, 그런가?"

〈날 믿어라. 내 말이 곧 진리이니라. 잘 보여서 꼭 그 일 따내. 알았지? 그럼 난 이만 전화 끊겠다. 파이팅해라, 정서율!〉

"잠깐만. 아, 아니, 난……!"

〈명심해. 네 앞에 계신 그분이 바로 네 주인님이자 구세주이니라. 오, 주여! 끊어~〉

"오, 오주현! 오주……!"

이런 게 아니었는데. 이런 결말을 예상하고 말도 안 되는 소릴 지껄였던 게 아니었는데. 그냥 순간만 모면하려던 말이었다구. 오늘 일하러 못 간 이유만 그럴싸하게 만들어서 핑계를 댈 작정이었는데. 오늘만 대충 넘기고 내일부턴 다시 미진 언니네 집에서 일할 생각이었는데. 어쩌다가 이렇게 꼬여 버린 거냐. 서율은 잔뜩 찌그러진 얼굴로 멍하게 뚜뚜— 끊긴 전화를 내려다보았다.

"너, 우리 숙소에서 일하고 싶었던 거냐?"

바로 그때, 얄밉도록 흡족한 미소를 달고 날아온 저음의 부드러운 목소리가 있었으니. 한영재가 아직도 그녀를 빤히 들여다보고 있었다. 헐렁한 티셔츠와 낡은 청바지 차림, 정오 햇살을 받아 반짝이는 머릿결과 새하얀 피부가 마치 청춘영화에 나오는 미소년 주인공 같다. 잘생긴 사람들은 왜 다들 피부미남에 동안인지. 남자 피부가 저렇게 깨끗해도 되는 거냐? 자체 뽀샤시 처리가 따로 없네. 여자인 나보다도 더 맑고 투명하시면 어쩌겠다는 거? 짜증 만빵. 하여간 이쁜 구석이 없어요.

서율은 요사이 과도한 일 때문에 까칠해질 대로 까칠해진 자신의 얼굴 피부를 손등으로 쓱 문지르며 퉁명스럽게 대꾸했다.

"아니거든요. 무슨 그런 말도 안 되는 소릴."

"방금 전까지 너, 나와 이 집에 대해 열렬히 설명하고 있었잖아. 남자 넷이 사는 커다란 집, 까칠한 집주인, 아무리 돈을 많이 줘도 절대로 일하고 싶지 않은 집. 그거 우리 숙소 아니냐?"

"아닌데요. 그냥 핑계거리 생각하다 대충 둘러댄 말인데요."

"괜찮다고 생각해. 여러 모로 썩."

이건 또 무슨 헛소리람? 뭐가 괜찮다는 건데? 서율의 눈살이 저

절로 찌푸려졌다. 이건 눈이 부실 정도로 화사하고 아름다운(?) 한영재의 미모 때문이 아니었다. 진심으로 그의 말이 뜬금없다고 생각해서 짓는 표정이었다. 진짜다. 진짜 그의 외모에 혹해서 가슴 철렁했던 건, 진짜 아니다.

"난 귀찮게 날마다 따로 네 가계부 보고받을 필요 없고, 넌 힘들게 여러 일 할 필요 없이 우리 숙소 일만 하면 되고. 난 내 마음대로 실컷 부려먹을 전용가정부 하나 갖게 되어서 좋고, 넌 하루 일당이 30만 원이나 되는 고수익 일자리를 얻게 되어서 좋고. 상부상조, 누이 좋고 매부 좋고. 너 돈 벌고, 나 좀 덜 귀찮아지고."

"그래서, 저더러 한영재 씨네 숙소에서 일하란 말입니까?"

"네 말대로 남자 넷이 살고 있는데다 집도 저렇게 큰데, 따로 일하는 사람이 없어. 원래는 청소와 음식만 해주셨던 분이 계셨는데, 전부 다 내가 해고했거든."

"그럼 저 큰 집 살림을 한영재 씨 혼자 다 관리하신다는 말씀이세요?"

"집에서 쉬는 게, 쉬는 게 아니지."

"그냥 웬만하면 사람 쓰지. 뭘 또 바쁜 사람이 집안일까지?"

"누구 말대로 내 성격이 워~ 낙 까다롭고 까칠해서 말이야. 웬만해서는 성에 안 차더라고. 일하는 사람은 열심히 청소했다는데 내 눈엔 먼지가 한가득이고, 남들 입엔 다 맛있다는데 내 입엔 도통 아니올시다이고. 난 마음에 안 드는 사람은 굳이 돈까지 줘가면서 쓸 필요 없다고 생각하는 주의다. 대신 일 잘하는 사람에겐 그에 합당하는 보수를 주어야 한다고도 생각하지."

"그래서요? 제가 그쪽 마음에 쏙 들게만 일해준다면 30만 원 일당도 충분히 쳐줄 수 있다, 뭐 그런 뜻입니까?"

"잘 알아듣네. 매일 30만 원씩 받아서 20만 원씩 갚아. 한 달에 주 5일, 15주만 근무하면 빚 1,500만 원은 네 힘으로 모두 다 갚을 수 있겠네. 남의 동정, 도움 없이 네 손으로 직접 빚을 갚는 거. 네가 원하는 일 아니냐?"

"시, 십오 주…… 요?"

말도 안 되는 헛소리를 참 길게도 중얼거리는구나, 속으로 생각하고 있을 무렵 찾아온 15주의 쇼크. 생각보다 크다. 몇 년 동안은 못 입고 못 먹고, 죽기 살기로 일해야 모을 수 있겠다 막연히 생각했던 천오백만 원을 단 15주 만에 갚을 수 있다는 말을 들으니 순간이지만 머릿속이 하얗게 표백되는 기분이었다. 말이 15주지, 악착같이 모으면 더 빨리 갚을 수도 있는 거 아닌가. 다른 알바 일도 함께 병행해 죽기 살기로 일하면 얼추 10주 만에도 가능하지 싶었다. 어쨌든 남한테 빚지고는 절대로 못 사는 정서율한테는 매우, 아주 매우매우 구미가 당기는 제의다. 한 번…… 해봐?

"나와라."

멍 때리는 얼굴로 열심히 머리를 굴리고 있는 그녀를 빤히 내려다보며, 그가 명령했다. 그녀가 무슨 생각을 하고 있는지 다 알고 있다는 표정으로.

"왜요?"

서율은 뒤늦게 표정을 수습하며 고민한 흔적 싹 지우고 딱 잡아떼 보았다. 전혀 그가 예상하는 그런 것 따위는 고려해 보지도 않

았다는 듯. 하지만 그의 얼굴 가득 차올라 있는 자신만만한 웃음
이 사그라지는 기적은 일어나지 않았다.

"면접 안 봐? 일하는 걸 봐야 채용을 하지."

오히려 그의 눈동자는 빛이 나고 있었다.

나쁜 놈. 교활하기 짝이 없는 놈. 사기꾼. 사람 좋은 얼굴로, 보
고만 있어도 머릿속에 상투스를 자동재생시키는 미소를 지으며,
사람 넋을 쏙 빼놓고서 하는 짓이 겨우 이거야? 사람, 노예를 만
들어도 유분수지. 이게 대체 뭐하는 짓이야? 아무리 내가 내 입으
로 '집주인이 일을 잘하는지 못하는지는 직접 일하는 걸 보고 판
단한 다음 정식으로 채용한단다' 고 말했다지만. 그건 엄연히 오
주현한테 뻥친 거였는데. 지어낸 얘기란 걸 뻔히 알면서, 꼭 그대
로 시행하는 속셈이 뭐냐? 날 어떻게든 부려먹고 싶어서 이러는
거 아님?

'나쁜 놈!'

서율은 열심히 바닥에 걸레질을 하며 이를 부득부득 갈았다. 그
리곤 당장이라도 썩을 것 같은 얼굴로 휙 한영재를 째려보았다.
그는 거실 한복판 소파에 눕다시피 앉아 음악을 들으며 책을 읽고
있었다. 캡짱 큰 헤드폰을 귀에 걸고 눈을 감은 그는 막 샤워를 하
고 나와 촉촉이 젖은 모습이었다. 눈처럼 흰 셔츠와 물 빠진 청바
지를 걸친 채였고 맨발이었으며 셔츠 단추가 적어도 세 개는 풀어
헤쳐진 것 같았다. 한마디로 딱 팬들이 보면 하악하악할 만한 상
태다. 파파라치로 사진 찍어 팬들한테 팔아먹으면 한밑천 두둑이

챙길 수도 있을 법한, 인기대폭발 포즈. 물론 그녀의 눈엔 재수똥이다.

'속았어. 저 사기꾼한테 난 완전히 속은 거야.'

솔직히 그를 현수의 친구라는 이유로 악감정으로 대하기도 했고, 경계하기도 했었던 서율이다. 하지만 그러면서도 마음 한곳에선 괜찮은 사람 같단 생각을 약간, 아주 약간은 해왔던 게 사실이기도 했다. 그럴 수밖에 없었다. 그는 서율에게 돈도 빌려주고 동생이 위급할 때는 달려와 주었으며, 당분간 그녀가 지낼 곳을 알아봐 주기까지 했으니까. 아무리 현수의 부탁이 있었다지만 나름 연예인이고 공인인데, 경찰서며 병원이며, 정민이 학교까지 바래다주는 일을 아무렇지도 않게 해주는 그를 정현수와는 달리 조금은 착하고, 조금은 너그럽고, 조금은 만만한 사람이라 생각하는 것은 너무나도 당연한 의식의 흐름이었다.

겉으론 욕을 하고, 흉을 보며 상종 못할 사람이라 치부했지만 속으론 약간, 아주 약간은 '비빌 언덕'으로 생각했었다. 뭘 부탁해도 들어줄 것 같았다. 물론 처음엔 까칠한 성격답게 사람 무안 주고 닦아세우며 딱 잘라 거절할 것이다. 하지만 부탁하면? 계속해서 아쉬운 소리 하고, 손이 발이 되도록 빌고, 사정 얘기하면서 도와달라고 하면? 그렇다면 얘기는 살짝 달라질 거라고, 그녀는 은연중 믿고 있었다. 겉보기엔 차갑고 냉정한 구석이 있어 보이지만 의외로 그에겐 먼지만큼이나 알량한 동정심이 있는 것 같았거든.

뭐, 거드름일 수도 있다. 때에 따라서는 남 앞에서 자신의 존재를 과시하기 위해, 허세 차원에서 손톱만큼의 온정을 베푸는 것일 수도 있었다. 수재의연금으로 몇 억씩 내는 한류스타 한영재에게 1,500만 원이란 돈은 그야말로 껌값에 불과할 테니, 전혀 틀린 말도 아니었다. 날마다 그녀의 가계부를 체크하겠다며 얼마 벌었는지, 얼마나 저축했는지 보고하라는 터무니없는 조건을 달아 채무기일을 무기한 연장해 준 것도 일견 그런 차원인 것 같았다. 날마다 자기 앞에서 쩔쩔 매는 서율을 보면서 쾌감을 느끼는 것이겠지.

하지만 어쨌든 이자도 안 받고 채무기일을 무기한 연기해 준 것은 그녀에게 엄청난 은혜였다. 거기에 높은 급료의 일자리까지 제공하겠다는 그는 어찌 보면 천사와도 같은 사람. 구세주. 메시아. 월드세이버!

……라고 잠시 생각했지만, 지금 이 순간 그녀는 자신이 완벽하게 헛다리 짚었음을 깨닫고 있었다.

한영재는 결코 착하거나, 너그럽거나, 만만한 인간이 아니었다. 교활하고 야비하고 가식적인 인간이었다. 사람 좋은 척, 착한 짓 몇 개로 덫을 놓은 후, 거기에 속아 순진하게 걸려든 희생양을 이용, 농락하는 것에서 사사로운 즐거움을 찾는 변태였다. 그렇지 않고서야 사람을 이렇게 부려먹으면서 괴롭히진 않을 터. 나쁜 자식!

서율은 화려하고 고급스러운 바닥재 위로 떡하니 환영처럼 떠오른 뻔뻔스럽고 치졸하며 저열한 한영재의 낯짝을 향해 척, 걸레를 내던지곤 벅벅벅벅, 닦아 문지르며 작은 목소리로 구시렁거렸다.

"아니, 무슨 이딴 바닥을 걸레로 닦아? 대걸레로 슥삭 문지르면 되지, 굳이 이렇게 엎드려서 무릎까지 꿇고 앉아 박박 닦아야 하나? 어차피 맨발로 다니지도 않으면서. 장판도 아니잖아. 대리석인지 뭔지, 암튼 차가운 돌바닥인데. 이런 바닥을 굳이~ 안방 닦는 손걸레로 구석구석~ 이렇게 닦아야 되는 거야? 대체 왜? 이유가 뭔데? 이러다 관절염 걸리면 지가 책임질 거야? 방 닦기, 걸레질, 손빨래가 관절에 얼마나 안 좋은데. 주부 퇴행성관절염의 주범이 무릎 꿇고 하는 걸레질이라는 거 모르나? 하긴. 아는 사람이 저러겠냐? 만약 알고도 시키는 거면 완전 나쁜 놈이지. 천하의 나쁜 놈! 여자 부려먹는 걸 즐거움으로 아는 나쁜 놈. 사디스트. 변태."

"걸레질 속도가 느려진다."

종알종알 쉴 새 없이 놀리던 그녀의 입술을 단번에 막은 건 한영재의 묵직한 목소리였다. 잠시 스태미나가 떨어져 휘적휘적 젓고 있던 그녀의 팔 동작을 지적하는 소리였다. 내내 열심히 꾀 안 부리고 일하다 너무 힘들어서 조금 쉬고 있었더니만, 고새를 못 참고 지적질을 하다니. 뭔가 욱하고 올라오는 기분에, 서율은 휙 고개를 돌렸다.

여전히 그는 소파에 느긋한 자세로 앉아 있었다. 한눈에도 고급스러워 보이는 헤드폰을 귀에 꽂고 손에는 두꺼운 책 한 권 든 채인 그는 매우 한가하고 태평해 보였다. 아무리 고용주라지만 너무한 거 아닌가? 남은 죽기 살기로 일하는데. 무릎이 까지고 팔이 떨어질 것처럼 미친 듯이 일하고 있는데. 그런 사람 앞에서 굳이 저렇게 '나 한가해요'의 포즈로 앉아 빡빡, 사람 약을 올리고 싶을까? 인정머리라곤 눈곱만큼도 없는 인간 같으니라고. 저런 인간을, 잠시나마 착하다고 생각한 내가 등신이지.

"벌써 체력이 다한 모양이네?"

"……."

"그 정도 체력 가지고 우리 숙소 일, 끝까지 할 수 있겠어? 너도 알다시피 여긴 이층집에 방도 많고 남자들만 사는 집이라 손도 많이 가는데."

"……."

"게다가 내가 워낙 까칠해서 말이야. 너도 알다시피, 지급한 일당만큼 일해놓지 않은 고용인은 가차 없이 잘라 버리는 사람이잖아? 마음에 안 들면, 하루 만에라도 해고하는 사람이 바로 난데. 그리 대충 일해서, 어디 내 마음에 들 수 있겠냐?"

끓는다, 끓어. 부글부글. 아랫배에서부터 가슴까지, 가슴에서부터 턱 밑까지 부글부글, 보글보글. 당장이라도 폭발할 것처럼 끓는다. 성질 같아선 양궁천재 김수녕이 퍼펙트골드 꽂듯 놈의 면상에 들고 있는 걸레를 던져 꽂고, 놈의 날렵하고 야들야들해 약해 빠져 뵈는 몸을 비싼 대리석바닥에 야무지게 패대기를 치고 싶은 그녀였지만.

'너 따위 인간 밑에선 절대로 일 안 해! 내가 굶어 죽는 한이 있어도 너 같은 인간 밑에서 굽실거리지 않을 거다. 기다려. 조만간 네 인간성이 어떤지 사방팔방에 알려줄 테니까. 대중 앞에 철저히 너의 실체를 까발려서, 네가 어떤 인간인지, 얼마나 인간성이 거지 같은지, 만천하에 알릴 테니까 각오하셔. 잘생기고 노래 잘 부른다는 이유로, 너 따위한테 목매고 찬양하는 네 팬들이 안타깝고 불쌍하다, 이 인간아!'

하고 소리쳐 주고 싶은 서율이었지만.

참자. 참는 자에게 복이 있나니.

"더 세게 밀어라. 힘차게 닦아. 윤이 반들반들 나게. 바닥에 먼지 하나, 모래 한 톨 보이지 않게 뽀드득뽀드득. 나중에 손으로 쓸었을 때, 아무것도 묻어나지 않아야 통과야. 그건 알고 있지?"

"그…… 그럼요!"

헥헥! 욕이 사발로 튀어나오려는 것을 기어이 꾹 참아내고, 서율은 제법 큰 소리로 소리쳤다. 잘한다, 정서율. 아주, 잘 참고 있어. 원래 남의 돈 벌어먹기가 제일 힘들다고, 늘 엄마가 말씀하셨잖니. 참아. 하루에 30만 원씩이나 주는 직장은 세상에 여기밖에 없으니. 그냥 나 죽었소, 하고 아주 잠깐만 참는 거야.

"더 세게 닦으라면 닦아야죠. 열심히, 자알~ 이 정도면 되나요?"

서율은 미친 듯이 팔을 움직여 바닥을 닦아대기 시작했다. 너무 빨리 움직여서 육안으론 팔이 두 갠지, 세 갠지 확인이 안 될 정도로, 아주 죽기 살기로 박박 닦았다. 이 반질반질하고 고급스런 거실 바닥이 잘나빠지신 한영재의 낯짝이거니 상상하니 절로 팔에 힘이 들어갔다. 불끈불끈. 아주 호랑이 기운이 솟아나네.

"아, 참. 제한시간이 있다고 내가 말했던가?"

"에?"

"10분 내로 끝내라. 다음은 주방으로 가서 테스트할 거니까."

"십 분이라굽쇼? 이 넓은 거실 바닥을 십 분 만에 다 닦아야 된다굽쇼? 아, 아니, 어떻게 그 짧은 시간에 다 끝내요? 지금 절반도 다 못했는데."

"불가능한 일은 아니다. 지금 네가 한 것처럼 빠르게, 아주 잘~ 닦으면 가능하지."

"아니. 제가 무슨 로봇도 아니고. 어떻게 이 속도로 계속……?"

"못하겠다는 거냐? 그렇담 곤란한데. 아까도 얘기했다시피 난 자격 없는 고용인은 필요 없거든."

"죄송한데요! 정말이지 전……!"

갑자기 온 집안이 쩌렁쩌렁 울릴 만큼 우렁찬 목소리로 소리치더니 턱, 바닥에 손에 들고 있던 걸레를 메다꽂는 정서율. 두 눈에 불이 번쩍. 두 볼이 붉으락푸르락. 눈썹이 씰룩씰룩.

영재는 쿡, 웃음이 나오는 걸 꾹 참아 눌렀다. 언뜻 봐도 정서율은 당장이라도 폭발할 듯 잔뜩 뿔이 나 있는 것 같았다. 평소엔 그럭저럭 '좋은 게 좋은 거'란 철학으로 둥글둥글 둥글레 차를 마시다가도, 한 번 화가 나면 남들보다 두 배는 더 강렬히 터지는 정현수를 보는 것 같달까. 하여간 남매는 용감하군. 속으로 중얼거리며, 영재는 흥미로운 눈으로 이미 한계점에 도달한 듯 보이는 정서율을 빤히 바라보았다.

그는 궁금했다. 그녀가 과연 어떠한 선택을 할 것인지, 아주 매우. 돈줄을 포기하고 자존심을 택할 것인가, 아니면 자존심을 버리고 돈줄을 선택할 것인가. 물론 자신이 '아무것도 아닌 일에 괜스레 촉각 곤두세우고 궁금해하는 이 짓을 왜 하는지'에 대한 고찰은 지금 현재 전혀 고려 대상이 아니었다. 그는 현재 자신이 정서율에게 얼마나 과한 관심을 두고 있는지에 대한 자각도 전혀 없는 상태였다.

"할 수 있거든요? 완전 잘할 수 있습니다."

"……음?"

"보세요. 잘하죠? 이 정도쯤이야 식은 죽 먹기죠, 암요. 제 팔, 사실은 로봇 팔이에요. 이러고도 전혀 피곤한 줄 모르는, 로봇태권브이 팔이랍니다요. 헤헤헤—"

이상은, 정서율이 자존심을 버리고 돈줄을 택한 상황되시겠다.

'그래, 자존심 따위. 그딴 거 지키면 밥이 나와, 돈이 나와? 다 쓸데없음. 돈이 최고임. 응응'의 마인드로 최대한 열심히 그녀는 분노를 가득 담은 폭풍걸레질을 미친 듯이 해대며 거실 바닥을 이리저리 옮겨 다녔다. 엉덩이를 높이 쳐들고 두 손으로 걸레를 민 채 쭉— 반대로 다시 쭉— 저쪽 끝에서 이쪽 끝까지. 두 팔이 후들후들, 다리가 노글노글, 온몸이 흐느적거릴 때까지. 너갱이가 유체 이탈될 때까지.

얼마나 죽어라 일했을까. 너무 힘들어 온몸이 사방팔방으로 분해가 될 것 같은 순간, 도저히 견뎌내지 못하고 서율은 털썩 엉덩방아를 찧으며 일손을 놓아버렸다. 기진맥진. 반쯤 감긴 눈으로 뒤를 돌아보니, 자신이 닦아놓은 바닥이 반질반질 그 자랑스러운 광택을 뽐내고 있었다.

"뼈 빠지게 일한 보람은 있네."

혼잣말을 중얼거리고 그녀는 훅, 한숨을 내쉬었다. 그리고 얼마 남지 않은 구역을 마저 닦기 위해 쑥 엉덩이를 들었다. 그녀의 눈에 지옥이 들어온 건 바로 그때였다. 무심코 시선을 돌려 바라본 넓은 정원의 푸르고 아름다운 광경에 이물질이 침투, 쏟아지며 시야를 흐리고 있었다. 저게 뭐야? 설마…….

"비?!"

그렇다.

지금 밖에는 비가 쏟아지고 있었다. 그리고 서율은 불과 20분 전, 세탁기에서 탈수된 빨래를 바깥 정원에 널어놓았었다. 그러니까 그녀가 보고 있는 이 광경은 왓더헬, 오마이갓, 갓데엠인 셈이었다. 한순간 나갔던 너갱이가 너풀너풀 사방을 춤을 추며 날아다니고 그녀의 정신세계는 아스트랄하고 아방가르드하면서도 엘레강스와 포스트모더니즘을 넘나드는 컨템퍼러리하면서도 '후리'한 상태가 되었다.

아, 난 새 됐구나.

"미치겠다, 진짜!"

버럭 소리를 지르며 서율은 손에 들고 있던 걸레를 내동댕이치곤, 빨랫줄이 낭창해질 정도로 많은 빨래들이 즐비하게 널려 있는 정원으로 줄달음질을 쳤다. 불행인지 다행인지, 비는 내리기 시작한지 얼마 되지 않은 듯, 바닥이 젖은 부분과 마른 부분이 한데 어우러져 한 편의 콜라보를 형성하고 있었다. 빨리 움직이면 몇 개는 건질 수 있을지도. 아니, 기필코 건져야 한다. 왜냐하면 지금은 도저히 이미 한 일 재탕하는 잉여짓은 못할 것 같으니까. 너무 힘들어 죽겠으니까!

서율은 후다다닥, 100m 달리기 하는 목도리도마뱀처럼 좌우로 발광하며 달려 나가, 굵은 빗방울이 머리를 때리는 것도 아랑곳않고 빠르게 빨래를 걷어냈다.

후둑후둑. 후두둑.

빗방울이 굵어지고 내리는 속도도 빨라지고 있었으나 점점 젖어가는 머리통을 사수할 정신은 없었다. 오직 빨래를 젖게 하면 안 된다는 일념 하에 정신없이 척척척 빨래만 걷어내는 서율의 온몸은 금세 홀딱 젖고 말았다. 옷도 젖고 신발도 젖고 얼굴은 파우더 국물로 도배. 제법 긴 속눈썹에는 물방울이 맺혀 있다가 뚝뚝 떨어지기도 했다.

"으. 진짜 빨래도 오지게 많네. 양 많아 널 때도 뼈 빠지는 줄 알았구만. 걷는 것도 일이네, 일. 아구구! 미쳐, 내가. 아니, 어떻게 가정집 빨래가 세탁소 하루 분량이야? 이건 음모야. 날 어떻게든 힘들게 하려는 한영재의 음모. 일부러 없는 빨래 여기저기 뒤져 박박 긁어모았을 거야. 뻔해. 말은 세탁기 돌리는 게 무슨 일이냐면서, 뒤로는 이런 꼼수를 써서 사람 기진맥진하게 만들려는 수작인 것이지. 아무리 노동력 테스트라지만, 정말 너무한 거 아니냐고. 날마다 이렇게 빨래가 나오는 것도 아닌데, 굳이~ 이렇게 테스트받아야 할 이유가 대체 뭐냐고!"

"빗물 들어간다. 그만 입 다물고 빨래나 걷으시지."

꾸깃꾸깃해진 마음으로 열심히 불평불만을 씨부렁거리고 있을 때다. 쏴아— 작렬하는 빗소리 사이로 무뚝뚝한 남자의 목소리가 들려왔다. 빨래뭉치를 가슴 안에 꼭 품은 채로 서율은 번쩍 고개를 들었다. 때마침 번쩍! 번개가 치자 반사적으로 눈을 감았다 떴다. 갑작스레 훌쩍 열린 그녀의 시야는 와이퍼 없는 자동차 앞 유리. 뿌옇고 흐릿한 그녀의 시야로 비에 흠뻑 젖은 한영재의 형체가 들어왔다.

"하, 한영재 씨!? 여기서 뭐하는 거⋯⋯?"

뭐하는 거냐고 채 다 묻기도 전에, 그가 빨래를 한보따리 들고 있는 모습이 그녀의 눈에 들어왔다. 자신이 들고 있는 빨래의 양보다 훨씬 많은⋯⋯ 것을 보니, 그는 그녀보다 더 빨리 나와 빨래를 걷어내고 있었던 모양이었다. 아니, 왜? 왜 날 시키지 않고? 비까지 흠뻑 맞아가며, 왜 자기가 걷고 있는 건데? 도무지 이해가⋯⋯.

"뭘 그리 놀라? 빨래 걷는 남자 처음 봐?"

두 눈 휘둥그레 뜨고 자신을 멍하게 바라보고 있는 서율을 향해 그가 거칠게 속삭이듯 말했다. 후두둑 거센 기세로 떨어지는 찬 빗방울이 여전히 시야를 가로막았지만 서율은 똑똑히 볼 수 있었다. 새하얀 피부 때문에 더욱더 도드라진 그의 붉은 입술이 나른하게 꺾여 올라가 섹시한 미소를 그려내고 있는 장면을.

푸른 잔디밭.

흰 셔츠. 물 빠진 하늘색 청바지.

붉은 입술. 미소. 그리고 새하얀 치아.

붉고 하얀, 그래서 자극적이면서도 반대로 퓨어한 그의 이미지는 강렬했다. 스냅사진처럼 찰칵 찍혀 뇌리에 자동저장될 만큼. 게다가 그는 맨발이었다.

차가운 빗물에 젖어 있는 그의 맨발을 확인한 순간, 그녀는 가슴으로 뜨거운 뭔가가 치솟아 꼼짝할 수가 없었다. 차가운 빗줄기로도 잠재워지지 않는 강렬한 그 무엇이 그녀의 심장을 뛰게 했다. 아무것도 생각할 수 없게 만들었다. 현재라는 시공간에 그와 단둘만이 서 있는 듯한 기분에 휩싸여 머리가 다 어질어질해졌다.

서율은 희미하게 눈살을 찌푸리고 다시 그를 바라보았다. 그는 여전히 치명적인 매력이 풀풀 풍기는 미소를 지은 채, 잔뜩 젖은 그녀를 지그시 내려다보며 빗속에서 가만히 서 있었다. 그리고 그녀가 그 모습이 그림처럼 아름답고 비현실적이라 멍하니 생각할 무렵, 그는 루시퍼처럼 위험하고 매혹적인 입술로 중얼거렸다.

"순발력은 제로구나."

툭.

그녀의 손에 들려 있던, 물 먹은 빨래들이 뭉텅이로 바닥에 떨어졌다. 간당간당 제자리에 붙어 있던 그녀의 얼이 가출을 하는 순간이었다. 동시에 그의 손에 들려 있던 커다란 옷 하나가 촤아악— 길게 아래로 펼쳐졌다. 제법 고들고들한 것이 비에 많이 젖지 않은 옷인 것 같았다. 한영재는 그 옷을 한 치의 주저함도 없이 휙, 그녀의 머리 위로 둘러주고는 상황파악이 안 된 채 몽롱한 눈으로 자신을 바라보고 있는 서율을 향해 불쑥 던지듯 말하였다.

"들어가. 다 젖었다."

“에?”

뜻밖의 말에 놀라 서율은 더 크게 두 눈을 치떴다. 지금 이 상황에 이런 태도, 대체 무슨 뜻이냐 묻는 듯한 시선이었다. 하지만 한영재는 그녀의 궁금증 따위 풀어줄 생각 전혀 없는 모양으로 슥, 그녀의 옆을 스쳐 지나쳤다. 잘 들리지도 않는 목소리로 속삭이며.

“속옷 보인다고.”

# 제8장

작은 장난에 설레어

"이 김치를 한영재 씨가요? 거, 거짓말."

서율은 식탁 위의 접시를 물끄러미 내려다보며 눈살을 찌푸렸다. 방금 전까지 하얀 국물의 라면과 함께 정신없이 먹던 바로 그 배추김치. 둘이 먹다가 하나가 죽어도 모를 정도로 엄청나게 맛있던 그 김치가 진짜 그의 솜씨라니. 믿어지지 않았다.

"내가 말 안 했던가? 가사일은 도우미 없이 직접 하고 있다고, 했던 것 같은데."

서율을 빤히 들여다보며 영재는 물었다. 그 미묘한 표정을 보아하니 영재는 서율의 반응이 몹시도 재미있는 모양이다. 도저히 믿을 수 없는 소리에 신경 곤두세운 채로, 잔뜩 얼굴을 찌푸리고 있는 서율을 아주 면밀히 관찰, 분석하는 얼굴이었다. 동시에 엄청 뿌듯한 기분인 것 같기도. 서율은 냉큼 놀란 얼굴을 수습하고, 잠시 멈추었던 젓가락질을 계속하며 심드렁하게 중얼거렸다.

"한영재 씨가 말한 가사일에 김치 담그는 일까지 포함되는 줄은 몰랐네요. 남자들은 보통 김치 같은 건 사 먹지 않아요? 바쁘다면서요. 티브이 보니까, 요즘 한류 한류 난리도 아니던데. 한영재 씨야말로 원조 한류스타잖아요. 일본, 중국, 동남아. 아시아 전역으로 제일 바쁘게 움직이는 스타가 셀피쉬라더구만. 몸이 두 개라도 모자랄 판에 남자가 직접 김치까지 담가 먹을 줄 누가 알았겠어요? 솔직히 쉽게 믿어지지가 않네요."

"못 믿겠다고?"

"아, 뭐 꼭 못 믿겠다는 건 아니고요. 그냥 좀……."

매칭이 안 된다는 거지.

한영재와 김치. 김치와 한영재. 솔직히 너무 부자연스럽고 어울리지 않는 조합 아닌가? 한영재의 대중적 이미지는 다정다감하고 부드럽고 자상한 스타일, 즉, 요리를 잘하는 남자와는 거리가 아주 멀었다. 오히려 메이드의 수발을 받는 거만한 귀족, 혹은 왕자님 이미지가 더 어울리겠다. 마스크가 좀 차갑고 도도해야 말이지. 현실과 너무 동떨어질 정도로 잘생긴 얼굴하며, 만화책을 찢고 나왔다 할 정도로 완벽한 비율, 겉으로 자연스럽게 흘러넘치는 사차원 판타지 같은 묘한 분위기까지. 도무지 김치와는 어울리지 않는 사람이었다. 아니아니, 김치는 고사하고 라면에 달걀프라이도 절대 자기 손으로는 안 해 먹을 것 같이 생긴 위인이었다.

하지만 먹고 있는 이 라면은 한영재가 끓인 것이고. 눈으로 직접 확인한 건 아니지만 김치도 그가 담근 것이라 하고. 대체 뭐냐고요.

서율은 아직까지 따끈따끈한 라면 국물을 물끄러미 내려다보며 인상을 찌푸렸다. 고상하게 토스트와 블랙커피로 식사를 대신할 것 같이 생긴 한영재가 빨간 고무장갑을 끼고 벅벅, 절인 김치에 고춧가루를 버무리고 있는 모습을 떠올리니 절로 이마에 내 천川 자가 새겨졌다.

도대체 뭐가 그의 진짜 모습이야? 김치 담그는 소탈한 남자? 아니면 입술 언저리 살짝 꺾는 것만으로 수많은 여성들의 정신을 홀려 버리는 옴므파탈, 섹시가이? 그것도 아니면 여자 대신 빗속에 뛰어드는 젠틀맨? 생각이 거기까지 미치니, 저절로 아까 전의 일이 떠오른다.

비에 옷이 잔뜩 젖어 있는 그녀를 위해, 옷가지를 머리에 둘러주고 집으로 들어가 있으라던 한영재. 정말이지 충격적이었다. 어찌나 놀랐던지 서율은 감전된 사람처럼 쇼크를 받고 굳어버려야 했다. 다른 사람이 아닌 한영재한테서, 방금 전까지 그녀를 노예처럼 부려먹던 그 한영재한테서 그런 얘기를 듣게 될 줄 그 누가 알았을까.

놀라웠다. 이 남자 뭘 잘못 먹었나? 싶어, 그의 눈앞에 대고 손가락을 흔들어주고 싶었다. 하지만 뭔가 잘못되었을 거라고 굳게 믿는 그녀의 기대와는 정반대로, 그는 그녀가 보는 앞에서 그 많은 빨래들을 모두 챙겨 집안으로 들어왔고, 흠뻑 젖은 그녀에게 자신의 새 셔츠를 내주었다. 샤워를 하도록 배려해 주었고, 그 사이 많이 젖은 빨래와 덜 젖은 빨래를 구분해 일부는 세탁기에 다시 넣어 돌리고, 일부는 집안 건조대에 너는 귀찮은 작업을 대신해주었다. 그것뿐만이 아니라 이렇게 라면까지 직접 손수 끓여주는 기적을 시전하고 있었으니 어찌 입이 벌어지지 않을 수 있을쏘냐.

비록 테스트의 연장이라며 둘러대고는 있었지만, 서율은 알았다. 그가 나름 자신을 쉬도록 배려해 주고 있다는 걸. 정말 미스터리한 일이지 않은가? 대체 왜 그가 자신에게 이런 친절을 베푸는 것인지, 서율은 너무너무 궁금했다. 단지 현수의 동생이기 때문일까? 아니면 다른 뭔가가 있는 것일까?

사실 그녀는 지금까지는 그가 베푼 몇 가지 은혜가 모두 전자 때문일 것이라 생각했었다. 그는 얼핏 친구의 일이라면 발 벗고 나서는 의리파인 것도 같았고 실제로 현수에게 날마다 안부전화하라는 조건으로 채무기한을 연장해 주기도 했었으니까. 덕분에 요 며칠 그녀는 '여보세요, 나야. 잘 지내. 걱정하지 마. 끝. 뚜뚜뚜―' 와 같은 의미 없는 전화통화를 하고 있지 않은가. 하지만 아까 전과 같은 일을 겪고 나면 누구나 조금쯤 의심이 생기기 마련이었다.

촉이 점점, 갈수록 심하게, 울려댔다.

게다가 그 일만 생각하면 두근두근 뛰는 가슴은 어쩔 것이냐. 펄럭~ 옷자락을 휘날려 빗물을 막아주었던 그때, 그와 눈이 마주친 그 순간만큼이나 미친 듯이 뛰어댔다. 아주 섣달 그믐날 풀 먹인 이불 홑청, 다듬잇돌에 놓고 두들기는 방망이 소리 같다. 심각한 수준이었고, 예상치 못했기 때문에 당황스러운 일이었다. 비 오는 날 비 좀 막아준 게 뭔 대수라고…….

"뚫어질라."

"네?"

"뭘 그렇게 봐?"

헉쓰. 그러고 보니 지금까지 계속 한영재 얼굴을 뚫어져라 넋을 잃고 보고 있었네. 막 샤워하고 나와 촉촉한 머리카락, 하얗고 정갈한 피부, 붉고 섹시한 입술, 나른하게 반쯤 풀린 듯 자신을 내려다보고 있는 까만 눈동자까지 뭐 하나 완벽하지 않은 구석이 없는 한영재는 그런 서율의 마음을 다 안다는 듯 여유로운 미소를 짓고 있었다. 뭐, 여자들한테 이런 눈길 받은 것쯤이야 일상이겠지. 서율은 괜히 심술보가 터지는 기분에 미간을 팍 찡그리며 손에 들고 있던 젓가락을 거칠게 휘저었다.

"솔직히 제가 고민을 좀 했었거든요. 아무리 돈도 좋지만, 사람이 살고 봐야죠. 사람 나고 돈 났지, 돈 나고 사람 난 건 아니잖아요? 건강 챙겨가면서 일을 해야 돈도 갚는 거죠. 죽어라 일하다 진짜 죽으면, 너무 억울하지 않겠어요?"

"내가 널 죽도록 힘들게 할 것 같다는 뜻이냐?"

"맞는 말 아닌가요? 이 넓은 집을 손걸레로 박박 닦아야 하고, 빨래는 날마다 세탁소 분량으로 해치워야 하고, 김치는 전통 전라도식의 환상적인 맛으로 담가야 하고. 이거 아무나 못하잖아요.

제대로 해내려면 뼈가 녹아나는 고통에 익숙해져야 가능할 것 같은데, 아무리 돈 버는 것도 좋지만 꼭 그렇게까지 해야 하나 싶어서요.”

“그런데?”

흥미로운 듯 그가 씩 웃으며 다음 말을 재촉했다. 원래부터 조각 같은 얼굴이, 미소까지 샤르르 띄우니 예술이 따로 없다. 안구가 절로 정화되고 심장에 브이텍이 온다. 씁씁후후, 씁씁후후, 혼자 소리 없이 셀프인공호흡으로 심장에 산소를 공급하고는 서율은 아무 일도 없다는 듯이 냉큼 후적후적 라면을 요란하게 흡입했다.

더럽게도 먹는다, 정서율. 그래, 이렇게라도 해야 한영재를 향한 너의 미친 벌떡거림이 잠재워지겠지. 이런 짐승스러운 모습을 보이고도 상대가 닥치고 찬양할 만한 미소질을 해줄 거라 생각하면 큰 오산 아니겠는가. 서율은 커억— 거하게 트림 한 번 쏴주고 다시 그를 올려다봤다.

“방금 생각이 바뀌었어요. 그냥 하려고요. 이유는 한영재 씨가 조금 안쓰러워져서.”

“내가 안쓰러워졌다고?”

“멍하게 김치 자랑하는 한영재 씨 보고 있으려니까, 문득 이런 생각이 들더라고요. 얼마나 외로우면 나 같은 애랑 농담 따먹기나 하고 있을까.”

“농담 따먹기?”

“툭 까놓고 얘기해서, 오늘 테스트 솔직히 저 골탕먹일 생각으로 시작한 거잖아요. 돈을 빌미로 저 괴롭히려는 거 아니었어요?
말이 파출부지 완전 스트레스 해소용 장난감이잖아요."

"내 호의를 그렇게 받아들였다니 유감이군."

"아니라고는 말 못하시네요?"

"아니라면 내 말 믿을 거냐?"

"아니요."

"그럴 줄 알았다."

"어쨌든 전, 이 모든 심술이 한영재 씨가 외로워서라고 결론 내
렸어요. 불쌍한 거죠. 성격이 까칠해 주변 사람이 배겨나질 못하
는 거니까. 같이 일하는 사람들이야, 인기 많고 돈 되니까 굽실굽
실 비위 맞추며 일하는 거고. 팬들은 내 스타 성격 좋은지 나쁜지
잘 모르니까, 또 얼빠라 얼굴만 잘생기면 장땡이라 생각하는 사람
들도 많으니까, 그냥 좋아라 하는 거겠지만. 그 외 나머지는? 솔직
히 말해보세요. 곁에서 점점 멀어지고 있지 않아요? 그놈의 성격,
부모님도 두 손 두 발 다 들었을 걸요? 돈 많이 주겠다고 와서 일
하라는데도, 개미 새끼 한 마리 얼씬거리지 않는 게 한영재 씨의
현실인 거죠. 아무튼 그래서 전 인간적으로다가 한영재 씨를 이해
해 보려고요."

"아하."

"일하느라 얼마나 힘드시겠어요? 요즘은 프랑스니 미국이니,
케이팝스타 찾는 나라도 많던데. 세계로 공연하러 다니셔야지, 인
기 많은 일본에서도 고정적으로 활동해야지, 한국 본진에 아시아
두루두루 팬들 살펴야 하니, 일 년 365일 공항이 집인 양 들락날

락, 항공 마일리지가 하늘을 뚫을 기세 아니겠습니까? 근데 집에
와도 편히 쉬질 못하고 밀린 빨래, 청소, 식사까지 직접 챙기셔야
하니. 이 얼마나 안쓰러운 일이냐고요. 그래도 톱스타인데, 아시
아의 프린스 한영재인데. 집에 사람 정도는 부려야 하지 않겠어
요?”

“그래서?”

“그래서 뭐……. 제가 한영재 씨의 일꾼이 되겠다, 이거죠. 어
차피 바쁘셔서 숙소에 자주 오시지도 못할 테지만. 있는 기간에는
제가 날마다 출근해서 청소하고 빨래해 드릴게요. 원하신다면 밥
도 해드리고, 말동무도 해드리고.”

“그러니까 고용이 ‘되어주겠다’?”

“남들 싫어하는 일 자청해서 하는 거니까, 되어주겠다는 표현
쯤 써도 되지 싶은데.”

“결정권자가 나라는 걸 잊었냐? 아무리 네가 고용되고 싶어도,
내가 고용 안 하면 그걸로 끝이야.”

“자기가 한 말 까먹은 쪽은 그쪽 같은데요. 먼저 이 일을 제시한
사람은 제가 아니라, 한영재 씨입니다. 수락하고 안 하고는 제 선
택인 거죠.”

“미안하지만 넌 선택권이 없어. 하라면 하는 거야.”

“제가 노옙니까? 하라면 뭐든 다 하게.”

“돈 없으면 노예라도 해야지.”

“아무리 빚을 졌다지만, 저도 사람입니다. 싫은 일은 안 할 권리
가 있는.”

“삼킨 돈 도로 토해내. 그럼 그 권리, 줄 테니까.”

뭐야, 추잡스럽게 돈 가지고 협박질은. 불끈 짜증이 일어 그녀는 두 눈 부릅뜨고 한영재를 째려보았다. 하지만 바로 그 순간, 그가 잘생긴 얼굴을 끌어 내려 그녀의 얼굴 가까이로 불쑥 들이밀었다.

“흡!”

갑작스레 훅 다가온 그의 얼굴에 놀라 서율은 깊게 숨을 들이쉬었다. 막 씻은 남자의 향기가 후각을 강하게 자극했다. 상큼하고 말끔하게 정제되어 있으면서도, 여자의 음심을 자극하는 야릇한. 으으, 서율은 코를 킁킁거리지 않기 위해 이를 악물어야 했다.

“솔직히 말해라.”

“뭐, 뭐요?”

“너. 나한테 반했지?”

“예!? 그게 무슨 말도 안 되는 소리예요? 웃기지 마세요! 아니거든요? 전 한영재 씨한테 아~ 무 감정도 없어요.”

“테스트가 힘들었다며. 일이 너무 많아 뼈가 녹아날 것 같았다며. 그런데도 이 일을 하겠다고 결심한 건데, 그럼 그 이유야 뻔하지 않겠어?”

“아까도 말했다시피, 전 인간적으로다 한영재 씨를 동정해서……!”

“너를 노예처럼 부려먹겠다고 했던 나를 인간적으로 동정했다? 뇌용량 딸리는 맹구도 아니요, 살신성인의 정신을 몸으로 실천한

마더 테레사도 아닌 네가 그렇다는 건, 상식적으로 말이 안 되는데?"

"어, 어차피 남의 집에서 일하는 건 똑같으니까 전⋯⋯."

"동정심이라 치부하는 거겠지. 날 좋아하게 되었다는 걸 인정하기 싫어서."

"아니라니까요! 아니라는데 왜 자꾸 우기세요? 그쪽이 내 속에 들어와 본 것도 아니잖아요. 그러면서 어떻게 내 마음을 다 안다고⋯⋯!"

"그럼 납득할 만한 이유를 대."

"뭐, 뭐라고요?"

"이유 말이야. 빚 갚는 것보다 건강이 우선이라고 생각했으면서 갑자기 말을 바꾼 이유."

그딴 게 있을 리가. 애초부터 그녀에겐 빚 갚는 게 우선이었는걸. 아무리 힘들어도 이 일은 꼭 해서 빠른 시일 내에 빚을 청산해 홀가분해지고 싶었다. 어차피 일 따위 늘 하는 거고, 몸 조금 힘든 건 세상을 빚지고 살아가야 하는 거추장스러움에 비하면 아무것도 아니라고 생각했던 그녀였다.

"사실대로 말해. 좋아한다고."

그가 나른한 시선으로 그녀의 얼굴을 천천히 훑었다. 너무나 뜨겁고, 너무나 다정하게. 핥는 듯 느리게 흐르는 그의 시선은 그녀를 무섭게 긴장시켰다.

꼴깍.

침이 절로 삼켜지고, 입술이 파르르 떨었다. 보지 않으려 애를 써도 자꾸만 그의 입술이 눈에 들어왔다. 보드랍고 매끈하며 달짝지근해 보이는, 그래서 보는 여자 불편하게 만드는. 서율은 떨리는 입술을 질끈 깨물며 휙휙 거칠게 고개를 내저었다. 아니라고, 절대로 그런 말은 할 수 없다고. 단호한 빛을 띤 눈으로 그녀는 그를 찌를 듯 날카롭게 노려보았다.

"누가 알아? 말하면, 받아줄지."

한영재는 지그시 내려뜬 눈으로 그녀를 가만히 훑으며 천천히 씩, 입가를 끌어 올렸다. 웃지 않고 있는데, 묘하게 미소 짓고 있는 듯한 표정이었다. 덕분에 미묘한 매력이 뭉게뭉게 마력처럼 그녀를 휘감아 왔다. 서율의 심장은 미친 듯이 쿵쾅거리기 시작했다. 숨도 멈추고 두 눈을 홉뜬 채 그녀는 그의 섹시함에 홀리지 않기 위해 안간힘을 쓰고 또 썼다. 하지만 나른하게 휘감아 오는 그의 시선에는 도저히 당해낼 재간이……

"나, 난 당신 같은 사람 안 좋아해요!"

거칠게 소리치고 서율은 훅훅, 연신 숨을 토해냈다. 어느새 숨이 턱 밑까지 차오르고 머리가 아찔해져 당장이라도 쓰러질 것만 같았다.

"난 이상형이 확고한 사람이라고요. 당신 같은 사람 말고, 건실하고 한 여자만 좋아하고 심성 착한 사람. 그런 사람 아니면 안 좋아한다고요."

"조건이 너무 두루뭉술한 거 아닌가? 내 기준에선 나도 건실하고 착한 사람이라고 생각하는데. 때에 따라선 한 여자만 좋아하기도 하고."

"당신의 문제는 바로 거기에 있는 겁니다. 때에 따라서. 어떻게 여자 좋아하는 걸, 때에 따라 마음대로 바꿀 수가 있습니까? 좋아하면, 끝까지 한 여자만 죽어라 좋아해야지. 상대에 따라 오락가락. 그런 사람이 어떻게 건실하고 착한 사람이에요?"

"너, 겉보기와는 달리 로맨티스트구나? 남자한테서 순정을 기대하는 걸 보니 아직은 소녀 마인드?"

"왜요? 생긴 게 이래서, 전혀 그렇게 안 보여요? 미안하지만 저, 여잔데요. 당신 눈엔 제가 여자로선 전혀 매력이 없는 무생물처럼 느껴지겠지만. 저도 엄연히 이상형 만나면 가슴 뛰고, 맘 싱숭생숭해지는 평범한 '여자' 입니다."

"그렇게 강조하지 않아도 돼. 이미 너무나 잘, 알고 있으니까."

"……뭔 소리예요?"

유들유들 웃는 얼굴로 중얼거리는 한영재를 향해 서율은 미심쩍은 어조로 되물었다. 흑진주를 연상케 할 정도로 아름다운 까만 그의 눈동자가 그녀를 향해 빛나고 있었다. 재미있다는 듯, 아주 즐거운 얼굴. 그리고 그의 즐거움은 그녀의 불행. 뭣 때문에 저리 즐거워하고 있는 것인지, 서율은 내심 불안하고 걱정이 되고 있었다. 그리고 이 불길한 예감의 정체는 한영재의 눈동자가 스르륵 굴러가 그 시선이 떨어진 곳에서 확인할 수 있었다.

"……?"

영문 모르는 얼굴로 서율이 뚝 시선을 아래로 떨어뜨렸다. 그리곤 멀뚱멀뚱. 몇 초간, 그녀는 자신이 입고 있는 새하얀 셔츠자락을 멍하게 내려다보았다.

이게 뭐 어떻다고? 그냥 평범한 셔츠인걸. 심지어 한영재 것이잖아. 남자 셔츠를 입고 있는 게 지금 이 얘기랑 무슨 상관이 있다고? 영문을 알 수 없는 서율은 껌뻑껌뻑, 두 눈만 나풀거리며 빤히 자신의 가슴께를 내려다보고 있었다.

그렇게 몇 초가 지났을까?

그녀에게 드디어 깨달음이 찾아왔다. 자신이 꼼꼼히 잠가두었던, 그것도 하필이면 가슴과 가슴 사이 오묘한 자리에 위치한 단추 하나가 어느새 벌어져 속살을 훤히 드러내고 있다는 것을. 속옷까지 홀딱 다 젖어 셔츠 안에 아무것도 입지 않고 있다는 것을. 어허허헉!

서율은 재빨리 두 손으로 벌어진 앞섶을 붙이고 힘껏 소리쳤다.

"꺄아아아악!"

〈또 너냐? 오늘은 뭐야? 또 잘 지내고 있다는 말하려고 전화 걸었냐?〉

"잘 아네. 어, 잘 지내고 있어."

〈너 왜 그래?〉

"내가 뭐?"

〈원래 너, 나한테 먼저 전화 건 적 거의 없었잖아. 내 쪽에서 걸어도 일부러 안 받는 게 태반이었으면서. 근데 뭐야? 요 근래는 대체 왜 그래? 날마다 전화 걸어서는, 잘 지낸다, 뚝. 대체 뭐하는 거냐? 어디 아프냐? 갑자기 죽을병이라도 걸렸어? 사람이 죽을 때가 되면 변한다는데, 너 요즘 이상해.〉

"오빠라는 게. 넌 동생한테 그렇게밖에 말 못 하냐?"

일본에서 화보 작업을 한다는 현수한테 괜스레 틱틱거리는 와중. 콧잔등을 찡그리며 살벌한 어조로 윽박지르듯 중얼거리고는 서율은 식탁 위에 머그컵을 또각, 소리를 내며 내려놓는 한영재를 흘깃 곁눈질로 훔쳐보았다.

거실에서 할랑할랑 음악이나 들으며 신선놀음하는 줄 알았더니만, 어느새 원두를 내려 컵에 담아 주방으로 들어온 그였다. 민망한 장면을 공유한 아까 전의 해프닝 이후 서로가 처음 대면하는 순간. 그녀는 이미 셔츠 위에 면티셔츠를 겹쳐 입은 후였다. 셔츠 위에 라운드티를 또 입었으니 완전 안전. 절대로 불안해할 이유가 없었지만 그녀는 무의식중에 가슴 위로 손을 얹어 누르고 있었다.

〈아니— 이상하잖아. 너도 생각해 봐. 네 인생에서 요번처럼 많이 나한테 전화를 건 적이 있는지. 없지?〉

"전화를 해도 지롤이냐? 전화하라며. 무슨 일 있음 연락하고, 안부전화 자주 하면서 지내자며. 그래서 토 나오는 거 꾹꾹 참고 시간 날 때마다 하는 건데, 왜 또 난리야? 하지 마? 하지 말까? 하지 말라면, 안 하고."

〈아, 아, 잠깐! 누가 하지 말래냐? 짜식. 성격 하나는 아주 불이에요. 누굴 닮았는지.〉

드르륵 식탁 의자를 빼내더니 한영재가 털썩 주저앉는다. 그것도 서율을 정면으로 바라볼 수 있는 명당에 자리를 잡고. 허러러러러. 또 뭔 짓을 하려고? 서율은 식겁한 얼굴로 눈살을 팍 찌푸리곤 휙 고개를 돌려 그를 외면했다.

"죽을병 걸렸냐며. 그런 소리 듣고도, 내가 전화하길 바라냐?"

〈그거야 네 행동이 하도 수상쩍으니까~〉

"됐고. 나 내일부턴 전화 안 하니까 그리 알아. 끊어."

〈야! 야, 정서율!〉

수화기 너머로 애타게 부르는 소리가 들려왔지만, 서율은 가차 없이 냉정하게 톡 버튼을 눌러 전화를 끊어버렸다. 그리곤 좋게 봐주려고 아무리 애를 써도 절대로 봐줄 수가 없는 인간, 정현수를 향해 아드득 이를 갈았다.

어쩌면 이렇게 얄미운 소리만 골라서 해댈까. 돈 문제도 있고, 내 걱정에 제대로 발 뻗고 자지도 못한다고 하니, 웬만하면 큰소리 안 내고 잘 지내보려고 무던히도 애를 써보건만. 꼭 이렇게 눈치 없이 초를 쳐요. 잘 나가다가도 한 번씩 삑사리를 내면서 사람 성질을 팍팍 돋우는데, 화를 안 내고 배길 수가 있어야지.

"으휴, 이 화상."

"누가 들으면 원수끼리 대화하는 줄 알겠네. 남매가 어쩜 그리 똑같냐."

또각. 테이블 위로 머그잔 내려앉는 소리가 들림과 동시에 그의 심드렁한 듯, 무심한 듯, 메마른 듯, 감정 없는 듯, 하지만 달콤달콤 설탕을 뿌린 듯, 살랑살랑 봄바람이 부는 듯, 한마디로 정의하기 모호한 한영재의 목소리가 훌쩍 날아와 그녀의 귓가에 앉았다. 서율은 자동반사적으로다가 훅 미간을 격하게 접었다. 짜증나게 왜 또 이런담? 사람 마음 싱숭생숭하게 목소리는 왜 까는데? 괜히 발끈해 서율은 휙 고개를 꺾어 한영재를 정면으로 마주했다.

"뭐요?"

"내일 또 전화할 거면서 앞으론 안 한다고 신경질 내는 동생이나, 괜히 기분 좋으면서도 틱틱거리는 오빠나. 오십보백보다. 도대체 왜 그렇게 아웅다웅이냐?"

그는 당황스럽게도 빤히 그녀를 올려다보고 있었다. 한 손으로 턱을 괴고 입아귀를 희미하게 비틀어 올린 채로. 마치 다 알고 있다는 듯한 시선이 얼굴에 구멍이라도 낼 기세로 뚫어져라, 아주 스트레이트하게 꽂혀왔다. 홀딱 벗고 그의 앞에 서 있는 것도 아닌데, 서율은 안절부절 정신 차릴 수 없을 만큼 심히 초조해졌다. 당장 손으로 가슴 근처를 가로막고 싶은 충동이 일면서, 더 나아가 그의 눈을 피해 여기서 뛰쳐나가고 싶은 미친 생각까지 들기 시작했다. 하지만 진짜로 그럴 수는 없는 일.

서율은 나름 호기롭게 큰소리로 맞받아쳤다.

"통화 내용까지 검열받아야 돼요? 안부만 전하면 된다면서요. 전 시키는 대로 다 하고 있거든요. 정현수한테 날마다 안부전화 하래서 하기 싫은 것도 참고, 억지로 하고 있다고요. 안부를 그냥 전하라고만 했지, '화기애애하게, 마음에도 없는 말까지 곁들여가며, 길게 길게 수다작렬 노닥노닥' 하란 조건은 없었잖아요."

"기왕이면 다홍치마잖아. 웃으면서 통화하면 전화하는 너나 받는 현수나 기분 좋을 텐데. 굳이 얼굴 붉혀가며 티격태격할 필요 있나?”

“싫은 사람이랑 통화하는데 어떻게 웃으면서 해요? 전 그런 가식 못 떨거든요.”

“넌 현수가 왜 그렇게 싫으냐?”

신기한 물건 바라보듯 빤히 바라보는 시선으로 그가 물어왔다. 도무지 이해할 수 없다는 얼굴이었다. 이해할 수 있을 리가 있나. 끼리끼리 논다고, 현수 친구이니 현수 입장만 헤아리고 있을 텐데. 멀쩡하던 배알이 배배 뒤틀리려고 하자 서율은 인상을 팍 쓰고는 휙 몸을 돌려 그를 외면했다. 그리곤 방금 전까지 만지고 있던 부엌칼을 쥐고, 딱딱딱 일정한 소리를 내며 양파를 썰어내기 시작했다.

“현수, 내 친구라서 하는 말이 아니라 괜찮은 녀석이야. 성격은 좀 불같고 직선적이어서 가끔 트러블을 일으킨 적도 있지만 본성은 착하지. 간지러운 말을 잘 못해서 그렇지 은근히 속정도 깊은 편이고, 마음 씀씀이도 넓어. 또 동생사랑은 어찌나 각별한지. 어머니 그렇게 비명횡사하시고 혼자 남겨진 너, 현수 굉장히 마음 쓰고 있어. 넌 무슨 일이 있어도 자기가 책임져야 한다고, 나한테도 몇 번씩 얘기했었다. 현수 빈말 남발하고 다니는 녀석 아니란 건, 너도 잘 알고 있지?”

“네네. 황송하네요. 천하의 정현수가 일일파출부 일이나 하고 다니는 동생, 창피해하지 않고, 외면하지 않고, 손 내밀어줘서. 너무너무 고마워서 엎드려 절이라도 하고 싶은 심정이네요. 근데!

제발 됐다고 전해주실래요? 난 됐으니까 같이 사는 여동생이나 잘 챙기라고 하세요."

"현수 동생을, 네가 알아?"

"왜 모르겠습니까? 초록 창에 정현수 여동생, 딱 치면 얼굴까지 다 나오는데. 얼마 전에도 티비에 나와 전국민 앞에서 동생 자랑하더구만요. 스타패밀리인가 뭔가, 스타의 친척이나 동창들 찾아가 에피소드 듣는 프로그램 있잖아요. 이름이 정지수라나 뭐라나. 심지어 돌림이에요. 현수, 지수. 어찌나 남매 같은지."

"……."

"난요. 그쪽 집안이랑은 어떤 식으로든 얽히고 싶지 않은 사람이거든요. 엄마는 정현수도 아들이라고, 챙기고 왕래하고 받아줬지만 난 다르다고요. 난 정현수한테 정 없어요. 너무 어렸을 때 헤어져서 같이 자란 기억도 거의 없고, 보고 싶어서 힘들고 괴로웠던 적도 없어요. 엄마 아니었으면 지금도 서로 남남으로 지내고 있을 걸요? 그만큼 정현수와 난 아무 감정 없는 사이예요. 가족도 아니고, 뭣도 아닌 거죠. 핏줄, 핏줄 하는데. 솔직히 핏줄이 당기는 것도 잘 모르겠거든요? 인간적인 호감도 전혀 안 느껴져요. 그러니 정현수가 오빠랍시고 간섭하는 게 같잖지 않겠어요?"

"……."

"내가 원하는 건 서로 터치 안 하고 사는 거예요. 그게 솔직히 어려운 일은 아니잖아요? 정현수는 그냥 지금까지 그래왔던 것처럼, 자기 가족들이랑 알콩달콩 지지고 볶으면서 자알~ 살면 그만이에요. 괜히 나서서 날 책임지네 마네, 학교를 보내주네 마네. 그럴 필요 없다, 이겁니다. 난 정현수 귀찮게 할 생각 전혀 없거든요. 나중에라도 어디 주간지에 이름 올리면서 '톱스타 친동생, 오빠의 외면 속에 거지처럼 생활하고 있다' 같은 구설수 만들 생각도 전혀 없고요. 다른 사람들한테 정현수가 내 오빠라는 둥, 잘 아는 사이라는 둥, 헛소리 퍼트릴 생각도 추호도 없어요. 그러니까 아무 걱정 말고, 마음 편히 활동했으면 하네요. 나도 신경 끄고 정민이 뒷바라지하면서 내 인생 살아갈 거니까요. 그렇게 제발 서로 무시하면서 살았으면 진짜진짜 원이 없겠습니다만. 그게 그렇게 어려운 일인가요?"

딱딱딱. 매운 양파를 눈 하나 깜짝하지 않고 잘도 썰며 서율은 조잘조잘 중얼거리고 있었다. 언뜻 들어도 오빠에 대한 반감이 최대치로 올라와 있는 듯. 영재는 여전히 턱을 괸 채 서율의 부산스런 뒷모습을 가만히 응시하며 생각했다. 도대체 무엇이 정서율을 저렇게 분노케 한 것인지. 그녀의 마음에 어떤 앙금이 자리하고 있관데, 친혈육인 현수를 저리 강력하게 부인하는 것인지.

일반적인 상식만 가지고서는, 서율의 반응을 결코 이해할 수 없다. 얘기했던 바대로 현수는 꽤 괜찮은 인간성의 소유자였고, 경제적으로 힘든 서율을 진정으로 돕고 싶어했으며, 서율은 친오빠의 도움을 받을 자격이 충분했으니까. 하루 잠자는 시간을 제외하면 온종일 뼈 빠지게 일만 하는 서율이었다. 오빠의 도움을 조금만이라도 받아들인다면 이렇게까지 힘들게 살아갈 필요가 전혀 없게 된다. 한데도 그녀는 오빠의 도움을 한사코 받지 않겠다고 한다. 도대체 왜? 좀 받아들이면 어때서? 아버지를 따라 편하게 호의호식하며 잘살아왔다는, 그 단 하나의 이유 때문에?

말 안 된다. 억지스럽다. 단지 그것 때문이라고 하기엔, 아주 많이. 여기에 '서정민'이라는 존재를 끼워 넣으면 의문은 더욱 증폭된다. 피도 안 섞인 남남지간. 어머니와 결혼 얘기까지 오고가던 사람의 아들이라곤 하지만, 법적으론 아무 효력도 없는 사이였다. 게다가 어머닌 이미 돌아가신 후이고. 그런데도 서율은 정민을 친동생처럼 챙기고 책임지려 하고 있었다.

사실 거창하게 말하자면 서율은 굉장한 사회정의를 실현하고 있지 않은가. 혈연주의가 팽배한 한국사회에서 그녀처럼 완벽한 타인을 자신의 가족으로 받아들이는 일은 누구라도 본받아야 할 미덕인 것이다. 현수의 평소 성격이라면 이런 서율을 자랑스러워할 법도 했다. 워낙 정의, 의리를 습관처럼 부르짖는 녀석이라 통크게 두 아이 모두 자신이 책임지겠다고 나설 것도 같았다. 현수의 성정이라면 충분히 그러고도 남을 것이기에, 영재는 자신의 제의에 당연히 흔쾌히 오케이할 줄 알았다. 하지만 그의 반응은 예상 외.

"그걸 지금 말이라고 해? 내가 그 녀석을 왜? 왜 내가 서정민까지 책임져야 하는데?"

"네가 원하는 건 서율이와 함께 사는 거잖아. 서율인 정민일 끝까지 놓지 않을 테니까, 네가 정민일 데리고 오면 패키지로 묶여 있는 서율이도 함께 딸려오겠지. 안 그래?”

“너 지금 그게, 해결책이라고 말하는 거야? 친오빠인 내가, 고 작 어머니 약혼자 아들인 서정민 따위한테 밀리고 있는 이 상황이 넌 우습냐? 난 울화가 치밀고 당장이라도 혈압으로 쓰러질 것만 같은데, 넌 그냥 장난 같아?”

“너 서율이한테 남보다도 더 못한 존재야. 우선순위? 그런 거에 네 이름 올라 있지도 않아. 서정민한테는 경쟁상대도 안 되는 사 람이 너라고. 그런 네가 서율일 차지할 수 있는 길은, 내가 말한 그것밖에 없어. 솔직히 그다지 어려운 일도 아니잖아. 서정민 그 녀석, 같이 지내보니 괜찮은 것 같던데. 남동생 하나 더 생겼다고 쳐. 그럼 되잖아.”

“싫어. 마음에 안 들어, 그 녀석. 꼭 내 자리를 그 녀석한테 뺏 긴 기분이 들어서, 내 자리 차지하고 있는 녀석 같아서, 그 녀석과 는 상종도 하기 싫어. 그 녀석이랑 함께 사느니 차라리……!”

“그럼 서율이도 포기하든지.”

“미쳤어? 너 내 친구 맞아?”

잠시 정민의 일로 통화가 되었을 때, 현수와 나눴던 대화를 떠 올리며 그는 씁쓸한 미소를 지었다. 당시엔 현수가 정민을 너무 과하게 신경 쓴다고 생각했고, 현수가 마음을 고쳐 먹고 대충 셋 이 잘 지내면 좋겠다고 생각했던 영재였지만. 이쯤 되면 대강 현 수의 심정을 읽을 수도 있을 것 같았다.

자신이 현수라도 이런 동생의 태도를 보면, 기가 차고 화가 날 것 같았다. 누구한텐 용돈 못 줘 안쓰러워 죽고, 누구한텐 주는 돈도 엮이기 싫다며 거절하고. 차별이 이만저만이 아니질 않은가. 특히나 유난히 주위 사람을 알뜰살뜰 챙기는 서율이 자신에게만 쌀쌀하게 굴고, 그러면서도 정민에게는 오만 정성을 다 쏟고 있는 모습을 보면 없던 오기도 절로 솟구칠 것이다. 배알이 뒤틀려, 단한 발자국도 양보하지 않으려 드는 것은 어쩌면 너무나도 당연한 수순. 그 마음 다 이해하는 제삼자의 눈엔 그저 모든 게 답답할 따름이었다.

"정민이랑 같이 산 지는 몇 년이나 됐지?"

"8년이요."

등을 보인 채 서 있는 서율에게서 기계처럼 답이 날아왔다. 그새 양파를 다 썰고 이번엔 당근을 쥐고 있었다. 영재는 다른 쪽 손으로 턱을 괴곤 그녀의 유연하고 숙련된 손놀림을 빤히 지켜보았다. 당장 닭볶음탕을 만들어내라는 요구에도 전혀 놀라는 기색도 없이 척척 요리준비를 해나아가는 것이 여간 신기한 게 아니다. 그의 어머니는 요리할 때마다 늘 손가락을 베거나 데이는 자질구레한 사고를 당하기 일쑤여서, 그가 아예 주방금지령까지 내려 버렸는데 말이지.

"적은 시간은 아니로군."

"그럼요, 아니죠. 정현수와는, 정현수가 다 커서 스스로 찾아올 때까진 거의 남남으로 지냈거든요. 몇 년 뒤 곧바로 유명인이 되어서 바빠졌고, 얼굴 알려지니 찾아오는 횟수도 적어졌고요. 그거에 비하면 8년을 함께 살아온 정민인 친가족이나 다름없는 존재인 거죠. 말했다시피 정현수랑은 정 같은 거 없어요. 말만 핏줄이지 남보다도 더 못한 사이예요."

"정민이 아버지와 네 어머니께서 재혼할 예정이었다고 하셨던가?"

"네, 하실 예정이었죠. 정민이 아버지가 빚보증을 잘못 서는 바람에 집이랑 회사까지 다 날리고, 도망자 신세가 되기 전까지는요. 그 때문에 정민이 혼자 남게 되었고, 우리 엄마가 정민이를 거두게 된 거예요. 그땐 이렇게 오랫동안 헤어져 있게 될 줄 몰랐어요. 몇 달 피신해 있다가 일이 잘 해결되면 다시 돌아오겠다고 하셨거든요."

"그럼 지금 정민이 아버지와는 전혀 연락이 안 되는 건가?"

"됩니다. 가끔 그쪽에서 연락해 올 때가 있어요."

"그럼 어머니 돌아가신 것도 알고 있겠네? 너 혼자 남게 된 것도, 네가 정민이 돌보느라 힘든 것도."

"……."

어라? 얘기가 어째 이상한 방향으로 흐르는 것 같다? 딱딱 당근을 썰던 서율의 손이 우뚝 동작을 멈추었다. 미간을 확 접으며 서율은 콧잔등을 찡그렸다. 말의 뉘앙스가 매우 찝찝한 것이, 느낌이 딱 정현수표 억지논리였다. 서율은 매우 고까운 시선으로 휙 고개를 돌려 자신을 빤히 지켜보고 있는 한영재와 마주했다. 그리곤 까칠하기 이를 데 없는 목소리로 툭, 한마디 건넨다.

"지금 일부러 작정하고 어그로 끄시는 거죠?"

"뭐?"

한쪽 손바닥으로 턱을 괸 그가 핏, 웃으며 입술을 꿈틀 움직였다. 희미한 미소 한 자락 떠올랐을 뿐인데 단백질인형 같던 그의 무표정한 얼굴이 생생히 살아난다. 감정이 전혀 느껴지지 않던 그의 눈동자에도 흥미로운 빛이 떠올랐다.

"도발하는 거잖아요. 저, 일 못하게 하려고."

"도발? 내가?"

"이거 시간 내에 못하면 곧바로 아웃이라면서요. 재료도 없는데 요리하라고 대뜸 주방으로 밀어 넣어놓은 것도 기가 차구만. 이젠 계속 집중력 흩트리기 위해 기분 나쁜 말들만 골라서 해대고. 진짜 이러시는 거 아닙니다. 네? 일부러 방해하는 거 다 티 나요."

"그런 거 아니다."

"그럼 뭔데요? 말해봐요."

"말동무 해준다며."

"말동무요?"

"내가 친구도 없이 혼자 외롭게 숙소를 지키는 게 너무나 안쓰러웠다면서. 그래서 이 일도 맡아 하겠다고 한 거 아닌가? 내가 쉬는 날, 집에 와서 밥도 해주고 청소도 해주고, 말동무도 해주겠다며. 괴팍한 노인네한테 외롭고 쓸쓸한 노후를 책임지겠다 장담하는 설계사처럼 줄줄, 잘도 내게 공약해 놓고. 기억 안 나는 모양이지?"

"그, 그건……!"

"날 상대하겠다며. 해봐."

그가 속삭이듯 말하며 은밀한 시선으로 느긋이 미소를 지어 올렸다. 빙그레 부드럽고 시크한 곡선을 그리며 올라가는 입 언저리로 섹시함이 폭발한다. 반쯤 감긴 듯 지그시 내려 뜬 눈매는 날카로운 듯 짙고 유혹하듯 나른하며, 도발적인 눈빛을 잔뜩 발한다. 눈빛만 보면 딱 '날 몸으로 상대해 봐' 라는 삘.

크헉! 빵 아저씨(브레드 피트)가 울고 가겠네. 미친 거 아니야? 왜 저래?!

라고 울부짖고는 있지만.

이미 그녀의 가슴 한가운데에서는 뭔가가 덜그럭거리며 벌떡거리기 시작했다. 갈비뼈 부근으로 싸한 통증이 일어나면서 호흡이 가빠지고, 피가 거꾸로 솟는데다 머리가 다 어질어질. 이러다가 기절이라도 할 기세. 바닥에 쓰러져 인공호흡해 달라 애원할 기세. '몸으로라도 상대해 드림' 할 기세. 미친 생각이 머리를 혼미하게 하자 서율은 크흡, 입 밖으로 흘러나오는 짧은 신음 소리를 삼키며 심지를 더욱더 굳건히 했다. 절대로 저 눈빛과 미소에 넘어가지 마라, 정서율. 이건 명령이야!

"푸하하하하! 지금 그건 절 채용하시겠다는 말씀?"

집안이 떠내려갈 만큼 큰 소리로 박장대소를 하며 서율은 두 손을 허리에 척 올려놓았다. 그리곤 의기양양, 뻔뻔하게 입술을 놀렸다.

"뭐예요? 테스트하겠다면서. 사실은 저한테 이미 이 일을 주려고 작정하셨었구나? 겉으론 저한테 못되게 굴고, 일도 힘들게 팍팍 시켜먹고, 사람 자존심 구기는 말만 골라서 하시면서 제가 이 일을 포기하길 바라는 척하셨지만. 실은 제가 이 일을 맡아 주길 엄청, 간절히, 미치도록 바랐던 거죠? 그렇죠? 그런 거였 죠?”

“…….”

“제가 이럴 줄 알았습죠. 요즘 세상에 누가 집주인 성미 다 받 아주면서 힘든 일을 맡아 하겠어요? 차라리 그깟 돈 안 벌고 말 지. 저도 빚진 거 아니면 이런 일 안 합니다. 당분간이긴 하지만 우리 정민이 지낼 곳이기도 하고 한영재 씨가 저 도와준 일도 있 고, 해서 일해 드린다는 거죠. 은형 언니네 집이랑도 엄청 멀고, 솔직히 일하기 힘든 조건만 다 갖추고 있는 집이 바로 여기거든 요?”

“넌 아직도 내가 안쓰러워서 도와주는 거라고 주장하는 거냐?”

“그러는 그쪽은, 아직도 제가 그쪽한테 홀딱 반해서 일하겠다 는 줄 아세요?”

“아니라곤 말 못할 텐데.”

아까와 똑같은, 한 치도 다르지 않은 자세로 앉아 그가 시크 하게 중얼거렸다. 어찌나 훤하게 잘생겼는지 일순 드르르, 심장 에 경련이 일어나는 착각에 빠져 서율은 쾅! 저도 모르게 손에 들고 있던 식칼을 거꾸로 내리꽂고는 부릅뜬 매서운 눈을 잘생 긴 한영재의 코앞으로 밀어 넣었다. 그리고 음산한 어조로 읊조 린 말.

“그럼 증거를 대보시던가요.”

“…….”

씩씩, 서서히 가빠지는 숨을 몰아 내쉬며 서율은 그의 눈동자를 죽어라 노려보았다. 아주 가까운 곳. 턱만 살짝 들어도 부딪칠 거리에 그가 있었다. 여전히 나른한 시선으로, 위험한 입술과 도전적이고 자신만만한 콧날, 미치도록 자극적인 향기와 함께. 덕분에 점점 더, 숨을 내쉬고 들이쉬는 매 순간마다, 그의 존재감은 커지고 있었다. 그와 단둘이, 이 집에, 아니, 주방이라는 제한된 공간에, 1㎝도 안 되는 아주 가까운 거리에 얼굴과 얼굴을 맞대고 있다는 사실이 삑삑, 경고음이 되어 서율의 머릿속을 헤집고 돌아다녔다.

어, 어쩌지? 뒤로 물러서고 싶은데. 만약 그러면 이 남자가 가만 안 있을 거 아니야. 겁먹고 물러난 거라고 비웃고 의기양양 이겼다 좋아라 할 텐데. 그 꼴은 도저히 못 보겠단 말이지. 하지만 그렇다고 이대로 가만히 있는 것도…….

“네가 자초한 거다. 후회하지 마.”

수많은 생각들로 혼란스러운 서율의 심리를 제대로 파악하고 있는 듯, 그는 차분하고 여유 있는 목소리로 경고하듯 느긋이 중얼거렸다.

그 순간, 서율은 직감했다. 비웃음의 대상이 되든 우스운 꼴이 되든, 지금 당장은 물러서야 한다는 것을. 괜한 자존심 내세우다가 큰 화를 자초하게 될 거라는 것을. 그리고 자신의 직감을 행동으로 옮기기 위해 재빨리 몸을 틀어 그의 사정거리에서 벗어날 무렵이었다.

"……읍!"

그의 힘차고 예술적으로 길게 뻗은 손가락들과 아름답고 육감
적인 입술이 동시에 그녀를 점령하기 시작했다.

제9장
키스와 하트의 상관관계

"이걸 다 네가 만들었어?"

"에? 예……."

만들면 안 되나? 이런 음식, 싫어하나? 국, 찌개, 나물. 단출하고 소담한 식탁을 내려다보며 서율은 열심히 눈동자를 굴렸다. 입맛이 토종이라 어려서부터 이런 음식만 먹고 자랐더니만, 만날 해먹는 반찬이 죄다 이런 것뿐이었다. 하루라도 된장국을 안 먹으면 위장이 썩어나가는 것 같고, 하루라도 조미료 든 음식을 먹으면 입안이 쓱쓱 깔깔해지는 사람이 바로 정서율이라. 서율은 조심히 은형을 돌아보며 어색하게 웃음을 지어 올렸다.

"나물이랑 된장국 싫어하세요?"

"나? 아니~ 나 이런 거 완전 좋아해! 없어서 못 먹지. 먹는 건 잘하는데 요리는 전혀 못하거든. 일해주는 아줌마가 가끔 해놓고 가긴 하는데, 왠지 그거보다 이게 훨씬 건강에도 좋고 맛도 일품일 거 같단 말이야. 음— 이 굿 스멜— 얼마 만에 느껴보는 웰빙 식단의 향긋함인가.”

은형은 너무너무 행복한 얼굴로 식탁에 자리를 잡더니, 단 한 톨의 주저함도 없이 덥석 음식을 시식했다. 없어서 못 먹는단 말이 빈말은 아닌 모양. 다행이다. 외모며 옷차림하며, 집안 취향까지 죄다 웨스턴이라 입맛도 서구적일까 봐 엄청 쫄았었는데. 안심한 얼굴로 서율은 은형의 맞은편에 자리를 잡았다.

“마음대로 주방 써서 죄송해요. 언니가 바쁘신 것 같아서 제가 그냥…….”

“죄송하긴 뭐가. 내 집이다, 생각하고 편하게 지내랬잖아. 그리고 난 이런 거 대환영이야. 내가 독립한 지 꽤 됐는데, 아직 혼자서는 밑반찬도 못 해먹거든. 참 부끄러운 말이지만 근처 마트에 가서 사오거나, 일하는 아줌마한테 부탁해서 먹는 게 전부야. 이렇게 누가 해준 따뜻한 밥 먹어보는 거 진짜 오랜만인 거 같다. 음, 맛도 끝내주네! 너 음식 되게 잘하나 봐!”

신기한 듯 두 눈을 휘둥그레 뜨고 은형은 서율을 돌아봤다. 숟가락을 손에 쥔 채 은형의 반응을 지켜보고 있던 서율이 칭찬을 받아 기분이 좋은지, 빙긋 웃었다. 눈가에 웃음이 떠오르니 눈 밑에 애교살도 접히고 볼 한쪽엔 보조개도 살짝 들어가, 인상이 훨씬 부드러워졌다.

은근 미인형이네.

하긴 정현수 동생이니 타고난 유전자가 오죽 뛰어날까. 이목구비가 큼직큼직한 것이, 쌍꺼풀은 없지만 눈도 크고 입술도 도톰하니 적당히 색기가 있고 반들반들 동글동글 동양적인 이마와 코는 꽤 귀염 있어 보였다. 평소 외모에 신경 쓰는 타입이 아니라 그렇지, 조금만 꾸며주면 연예인 못지않을 수도.

"너 요리 어디서 배웠어? 이런 맛은 나도, 우리 엄마 돌아가신 이후로 처음 맛보는 거 같아. 내가 원래 입맛이 좀 유별나거든? 어릴 때부터 그랬어. 요리도 못하면서, 솜씨도 없는 주제에 어찌나 입맛은 까다로운지. 엄마가 해준 밥 아니면 안 먹었었어. 우리 엄마가 내 뒤치다꺼리하느라 고생 좀 했지."

"그 정도까진 아닌데요. 요리도 딱히 따로 배운 적은 없어요. 그냥 엄마가 요리하시는 거 어깨 너머로 본 게 전부예요."

"정말? 이 솜씨가 정말 어깨 너머로 대충 배운 거라고? 완전 맛있는데? 요리사 해도 되겠구만. 어떡하면 이런 맛을 낼 수 있니? 난 도저히 안 되던데. 아무리 레시피대로 해도 절대 이런 맛이 안 나오더라고. 오죽하면 아빠가, 너 이러다 결혼해서 소박맞는 거 아니냐고 걱정하실까. 내가 생각해도, 내 솜씨로는 결혼 못하지 싶다. 요리 잘하는 남자를 만나든지, 아니면 혀가 둔감한 남자를 만나든지, 둘 중 하나 해야 해."

"요즘 세상에 요리 못하는 게 무슨 큰 대수라고요."

"대수는 아니지만 자랑거리도 아니지. 우리 집이 엄청 보수적이라서 난 어려서부터 늘 여자는 뭐니 뭐니 해도 여자다워야 한다는 잔소리를 들어왔거든. 가정교육도 그렇게 받아왔고. 근데 도저히 음식은 안 되더라. 다른 건 다 되는데 음식 맛은 도저히 안 나와. 포기했어, 우리 아빠도.”

“대신 언닌 다른 거 다 되잖아요. 예쁘고 지적이고, 능력도 좋으신 거 같은데. 그 정도면 완벽한 거죠. 거기에 비하면 음식 그거 조금 못하는 건 흠도 아니에요.”

“내가? 방금 그 과한 칭찬, 나한테 한 거야?”

은형이 손가락으로 자신을 가리키며 되물었다. 언뜻 서율의 말에 동의하지 않는 듯한 얼굴이었다. 이런 반응은 살짝 뜻밖이다. 은형 정도면 어디 내놓아도 꿀리지 않는 톱클래스급 신붓감 아닌가? 눈에 뜨일 만큼 굉장한 미인에 집안도 좋고, 좋은 대학 나와 훌륭한 직장에 다니는 서은형이 톱이 아니라면 대체 어떤 여자가 톱이란 말인가. 솔직히 인정하긴 싫지만, 한영재가 군침 흘릴 만하다.

‘나쁜 놈.’

당장이라도 욕이 목구멍으로 튀어나올 것 같아 서율은 질끈 어금니를 사리물었다. 머릿속에선 불과 몇 시간 전 일어났던, 그 말도 안 되는 해프닝이 둥실둥실 자동으로 리플레이되고 있었다. 자신을 좋아하는 증거를 대겠다며 느닷없이 서율의 입술을 덮친 한영재와 그가 저지른 못된 짓 덕분에, 순결해야 할 키스의 기억은 악몽으로 뒤바뀌어 버렸다.

단 10초. 그 짧은 시간 동안 그는 그녀의 공간으로 들어와 마음껏 휘젓고 내돌리고 훑었다. 너무 놀라 유체이탈한 사람처럼 멍 때리다, 명치끝으로부터 찌릿하게 올라오는 본능적인 감각을 느끼곤 펄쩍 뛰며 냉큼 그를 밀어냈지만. 그는 이미 그녀를 충분히 맛본 이후였다. 어떻게 아느냐고? 그야, 입술을 떼는 그의 표정에 너무나도 선명히 드러나 있었으니까.

그는 그녀에게 밀려 떨어지면서도 여유롭게 미소를 띤 채였다. 양껏, 배를 채운 맹수의 그것을 연상케 하는 나른하고 만족스러운 모습이었단 말이다. 의기가 듬뿍, 양양히 들어찬 그 표정에 너무나 약이 올라 순간 빡이 쳐 돌아버리는 줄 알았다. 그리고 남의 입술을 무단으로 흡입해 놓고도 아무런 죄책감도 느끼지 않는 듯, 그가 뻔뻔하게 자신을 바라볼 때는 내면에 잠들어 있던 지킬 본능이 드릉드릉 깨어나는 것만 같았다. 자신이 저지른 극악무도한 짓에 대한 사과는커녕 뿌듯하고 자랑스러운 듯 빙긋 웃으며 입을 열었을 때에는,

"미쳤어요?! 남의 입술에 지금 뭐하는 짓이에요?!"

참지 못하고 버럭 고함을 지르기까지 하였다. 어쩔 수 없었다. 아무리 빚쟁이에 은인, 자신이 잘 보여야 하는 사람이라지만 키스를 당하고도 멀쩡하게 웃으며 굽실거릴 수는 없었다.

한영재는 진짜 미친 게 아닌가 싶다. 어떻게 멀쩡한 처자의 입술에 기습키스를 감행할 생각을 다 하냐. 변태냐. 허락도 없이 남의 입술을 왜 훔쳐? 게다가 난 좋아하지 않는다고 분명히 밝혔는데. 무슨 근거로 거짓말이라 확신하는데? 아주 대단하셔요. 자신감이 아주 흘러 넘치셔. 세상 모든 여자들이 자길 좋아하는

줄 아나. 키스 한 방이면 모든 여자들이 다 자기 발 앞에 엎드려 헬렐레할 것 같아? 정말 어처구니가 없어서. 기도 안 찬다. 그 순간 얼마나 황당했는지를 생각하면 지금도 머리가 다 아찔해질 지경이었다. 하지만 역시, 제일 황당한 것은 그의 이후 반응이었다.

"지금 이거, 엄청 중차대한 문제거든요? 한영재 씨는 지금 제 입술에 키스를 했다고요. 허락도 없이. 이건 엄연히 범죄예요. 제가 경찰서에 가서 신고하면 한영재 씨는 그날로 쇠고랑 차는 거라고요. 아시겠어요? 신문에 대서특필되어서 전국적으로 망신 한번 당해봐야 정신을 차리시려나. 나 원 참."

"신경 안 써. 어차피 넌 신고 못할 테니까."

"제가 못할 거 같아요? 저 생각보다 독한 사람이거든요? 물렁하게 보지 마세요. 학창시절부터 깡 세기로는 누구한테도 안 지던 사람이 접니다. 오기에 발동 걸리면 진짜 앞뒤 안 가리고 미친개처럼 물어버리는 수가 있어요."

"신문에 대서특필되면 내가 전국적으로 망신당하는 것은 물론, 네가 누구의 동생인지까지 다 알려지게 되는데. 그래도 할 수 있다고?"

"뭐, 뭐요?"

"할 수 있으면 해보든지. 어차피 네 말을 믿어줄 사람은 없을 거다. 천하의 한영재가 너처럼 못생기고 촌스럽고 거칠기 짝이 없는 여자애한테 키스를, 그것도 강제로 했다는 걸 누가 믿겠냐? 날 미친 듯이 쫓아다니는 스토커 팬이 앙심 품고 거짓 신고한 것쯤으로 생각하겠지."

"이, 이, 이 사람이 진짜!"

"넌 날 좋아해. 아니라고 부인해 봤자 소용없어. 네 얼굴에 다 쓰여 있으니까."

"아니라니까요. 아니라고요, 글쎄. 왜 자꾸 아니라는데, 맞다고 우기는 건데요?"

"방금 증거 보여줬잖아. 키스. 너 얼굴 빨개졌어."

"그게 무슨 증거예요? 그냥 당황해서 그런 걸. 좋아서가 아니라, 놀라서였단 말이에요. 당신 같음 이 상황에 안 놀라겠어요? 생각해 봐요, 좋아하지도 않는 여자가 달려와서 당신 입에 키스를 했다고. 어떤 기분이 들 것 같아요? 에?"

"적어도 얼굴을 붉히진 않을 것 같은데. 좋아하지도 않는 여자의, 테러로 인식되는 키스라면."

"지금 그 말씀은, 제가 느꼈다, 뭐 그런 뜻이에요?"

"그랬을 수도 있겠지."

"와, 나 진짜. 이렇게까진 말 안 하려고 했는데, 한영재 씨 진짜 왕뻔뻔한 거 아세요? 범죄를 저질러 놓고도 이렇게나 당당할 수 있다니, 완전 대~ 박! 저 진짜 기분 더러웠거든요? 생각만 해도 끔찍해 죽겠구만. 어떻게 저더러 그 키스를 즐겼다고 말할 수가 있어요? 저, 나름 기준 빡센 사람이에요. 아무나하고 막 입술 비비는, 가벼운 사람 아닙니다. 좋아하는 사람이 아니면 느끼지도 못하는 사람이라고요, 저는."

“그럼 다시 해보면 되겠네. 제대로, 길게.”

“뭐, 뭐요?”

“해서, 그때도 얼굴 붉히면 인정하기.”

“무, 무슨 그런 억지가 다 있어요? 말이 되요, 그게?”

“겁먹지 마. 네가 날 좋아하는 건 너무나도 당연한 거니까. 매력적인 남자를 보고도 흔들리지 않는 여자는, 여자가 아니다. 넌 정상이니까 그렇게 호들갑 떨면서 부인할 필요 없어.”

“아, 아니. 지금 누가 흔들렸다는 거예요? 저 진짜 아무렇지도 않다니까요! 당신 진짜 안 좋아한다고요.”

“그렇다고 생각해야겠지. 그래야 지금까지 했던 것처럼 현수와 날 동급으로 취급할 수 있을 테니까. 날 좋아하면서 아니라고 우기는 거 현수 때문이잖아. 내가 현수 친구라서 무조건 X 자 낙인 찍어놓은 거 아니야? 너, 현수에 대한 거라면 무조건 안 좋게 바라보는 편견 있잖아.”

“그건 편견이 아니라……!”

“조심해. 네가 아니라고 우기면 우길수록 의혹은 더 커지니까. 난 궁금한 건 못 참는 성격이거든. 뭐든 클리어하지 않으면 찝찝해서 그냥 못 넘기는 성미야.”

“저도 찝찝한 건 싫습니다. 하지만……!”

“내 눈엔 다 보여. 나한테 반했다는 게 너무나 확연히. 그런데도 아니라고 자꾸 우겨대면 별수 있어? 인정하게 만드는 수밖에.”

“눈 삐었어요? 뭐가 보인다고 이래요? 아니라니까! 아니라고요!”

“마음껏 좋아해라. 원래 그러라고 있는 게 아이돌이니까 부담 없이 팍팍.”

“헐.”

“스물넷 팔팔하게 젊은 여인네가 한류스타 셀피쉬의 한영재를 좋아하지 않으면, 누굴 좋아하겠냐?”

“안 좋아한다니까요!”

공산당이 싫다고 울부짖었던 승복이의 마음이 이랬을까. 정말 속이 터져 돌아가실 뻔했다. 어쩌면 그리도 확고하게 남의 마음을 재단하는지. 자기가 무슨 점쟁이야? 도사야? 아니라는데 왜 자꾸 맞다고 우겨?

막말로, 얼굴 조금 붉힌 게 뭔 대수야? 남정네랑 키스를 했는데 얼굴 하나 안 붉히는 게 더 이상한 거지. 남자도 어디 보통 남자냐. 국내 최고 미남 아이돌이라는 타이틀을 거머쥔 셀피쉬의 한영재이지않냐. 어딜 봐도 잘난 그 남자와, 입술과 입술이 부딪치고 혀와 혀가 엉키며, 타액과 타액이 뒤섞이는 남세스런 일을 직접 겪었는데 어떤 여자가 멀쩡할 수 있겠나? 그런데도 그거 조금 부끄부끄했다고, 자길 좋아하는 거라고 단정을 하다니. 망할 한영재. 확실히 제정신 아님.

그런 주제에 사람 성미를 양껏 돋워놓고서 겨우 한다는 소리하고는.

“테스트 합격 여부는 며칠 뒤, 우리 멤버들과 상의한 후 통보할 거다. 집에 가서 얌전히 기다리고 있어. 그리고 앞으로 보고전화는 안 해도 돼. 필요하면 내가 할 테니까, 넌 그냥 대기나 타고 있어. 대신 내가 전화하면 꾸무럭거리지 말고 제때 제대로 받아. 한 번이라도 안 받거나 전화기를 꺼놓을 시엔, 벌금이다. 네가 일수 찍는 금액이 10만 원이니까, 벌금은 그 두 배.”

“에에엑? 무, 무슨 벌금이 그렇게 세요?”

“센 벌금, 내기 싫으면 재깍재깍 받으면 된다. 아! 그리고 내일은, 저녁에 은형 씨와 함께 여기로 와서 식사하도록 해.”

“은형 언니랑요? 왜요?”

“은형 씨가 여길 꼭 와야 할 일이 생겼거든.”

“그런 건 은형 언니한테 직접 말하면 되잖아요.”

“은형 씨가 안 오려고 할지도 모르니까. 네가 내 집에 초대받았다고 해. 혼자 가기 뻘쭘하니까 같이 가자고, 바람 잡아.”

“제가 꼭 그런 것까지 해야 해요? 직접 말씀하시면 될 것 같은데, 왜 굳이 저더러 그런 걸 하라는 건데요?”

“너한테 천오백만 원이나 꿔주고도 이자 한 푼 안 받고, 갚으란 독촉도 안 날리는 사람으로서, 그 정도 명령은 해도 된다고 생각하는데. 뭐 그리 어려운 일도 아니고. 싫어? 싫으면 어쩔 수 없고. 네 빚 말이야. 상환날짜⋯⋯.”

“아, 잠깐만요. 성격 진짜 급하시기는. 누가 안 한댔어요?! 해요, 해. 한다고요. 은형 언니만 데리고 가면 되는 거잖아요. 할게요.”

“시간 맞춰 와라. 너무 늦어도, 빨라도 안 돼.”

"무슨 007작전 짜세요? 저녁 초대면 저녁 초대지, 뭔 시간까지 딱 맞추라고."

"못해? 못하겠다면 어쩔 수 없지. 상환날짜가……."

"아, 진짜! 몇 시까지 가면 되는데요?"

"7시 반."

방긋 웃으며 자신의 요구사항을 관철시키는 한영재의 몽타주가 아직도 눈앞에서 어른거린다. 아후, 꼴 보기 싫어. 주먹이 운다, 주먹이. 어쩜 그러냐? 방금 전 키스한 여자한테 다른 여자 낚아오라는 소릴, 하고 싶냐? 하고 싶어? 예의가 없어, 아주.

물론 한영재한테서 뭔가를 기대한다는 것 자체가 우스운 일이긴 하다. 철철이 여자 갈아치우는 바람둥이 정현수의 친구이자, 아시아와 세계에 수많은 여성팬들로부터 추앙과 떠받듦을 받고 있는 그야말로 원조 자뻑남. 주위에 발에 채일 정도로 많은 게 여자이리니. 지나가는 개미보다도 더 하찮은 존재일 터. 그런 그가 잠깐 실험 삼아 입을 맞춰본 자신에게 예의 차리며 배려라는 걸 해줄 리는 만무하겠다.

하지만 아무리 그렇다손 치더라도, 은형 언니를 좋아하면서 자신한테 키스를 한 건 도무지 이해가 안 된다. 아무리 순식간에 지나간 키스였다지만 키스는 키스. 스킨십은 스킨십. 좋아하는 여자를 두고, 딴 여자랑 어떻게 스킨십을 할 수 있어? 완전…….

"토 나와."

서율은 잔뜩 일그러진 얼굴로 거칠게 중얼거렸다. 그리곤 눈앞에 한영재가 있는 양 두 주먹을 쥐고 부르르 떠는데, 은형이 의아한 얼굴로 물어온다.

“갑자기 왜 그래? 무슨 일 있어?”

고개까지 갸웃 기울인 채로 귀엽게 눈웃음을 치는 은형. 어찌나 희고 아름다운지, 여신이란 말이 절로 나올 법하다. 이 정도의 미모면 그 어떤 카사노바라도 꼬리를 살랑살랑 흔들겠다, 싶을 정도. 한영재한테 화가 나면서도 괜스레 기운이 쭉 빠지는 것 같아 서율은 어깨를 축 늘어뜨리며 한숨을 내쉬었다.

“아무것도 아니에요.”

“아무것도 아닌 게 아닌 거 같은데? 뭐야, 왜 그래?”

“그냥…… 혹시 언니, 내일 시간 되세요?”

“내일? 왜?”

“제가 어딜 좀, 가야 되거든요. 근데 혼자 가기 좀 쑥스럽고 어색해서 언니가 같이 가주셨으면 해요.”

“어딘데? 내가 같이 가도 되는 곳이야?”

“……셀피쉬 숙소예요.”

“셀피쉬? 거길 네가 왜……?”

은형의 표정이 한순간 굳어졌단 생각은 그녀만의 착각이었을까? 말끝이 흐려졌고 눈빛 한 번 번쩍, 미간이 잠깐 움찔하긴 했지만, 곧 은형은 평상시와 다를 바 없는 평온한 모습이 되었다. 사심 전혀 없는 부드러운 눈빛에 가만히 응시하는 차분한 시선. 잘못 본 건가?

“초대를 받아서요.”

“초대? 누가…… 초대했는데?”

조심스럽게 묻는 은형의 말투는 어딘지 모르게 심히 경직되어 있었다. 딱히 어색하거나 불편한 기색이 전혀 없는 편안한 말투였는데, 왜 이런 기분이 드는 건지. 딱 취조당하는 기분이었다. 살살 구슬려 진실을 알아내려는 형사와 마주한 듯한 기분이랄까. 서율은 찜찜한 속내를 애써 감추며 쭈뼛쭈뼛 억지로 대답을 내놓았다.

“한영재 씨가…….”

“아.”

뜻밖의 대답인 듯 은형은 짧게 응수하곤 잠깐 동안이지만 멍하게 입을 벌린 채로 굳어 있었다. 다른 누군가의 초대를 받았을 거라 예측했던 게 틀림없었다. 대체 누구라고 생각한 걸까? 셀피쉬라고는 한영재와 정윤우밖에 본 적 없는데. 것도 정윤우는 아주 잠깐 만나본 게 전부라 제대로 아는 인물은 한영재가 유일한데, 대체 한영재 이외 누구의 초대를 받을 수 있겠는가?

“영재 씨랑 친한가 봐? 연락 자주 해?”

“조, 조금…….”

“조금이 아닌 거 같은데? 숙소에 초대까지 하는 걸 보면.”

“동생이 숙소에 있으니까, 아무래도…….”

“정말 그럴까?”

“에?”

“너도 알다시피, 셀피쉬가 보통 그저 그런 가수는 아니잖아. 한중일 고루고루 인기 많고 한국에서도 톱 오브 톱. 특히 그 팬들은 극성맞기로 소문이 나서, 웬만한 사람은 숙소에 얼씬거릴 수도 없어. 여자라면 더더욱 그렇지. 보는 눈이 너무 많아서 잘못하면 스캔들 나기 십상이거든. 셀피쉬 뒤에는 스타들 뒷얘기꺼리 찾아 어슬렁거리는 파파라치가 상시대기 중이라서 항상 조심해야 해. 너도 알 거 아니야. 정윤우 공개연애 시작했을 때 국내외 언론에서 얼마나 시끄러웠는지.”

“떠들썩하긴 했죠.”

정윤우의 스캔들이라면 불과 3년 전, 셀피쉬에 대해 별 관심 없던 서율도 알고 있을 정도로 꽤 큰 이슈였었다. 지금은 아이돌의 연애쯤, 그럴 수도 있고 그런 경우도 많다는 게 보통의 인식이지만. 얼마 전까지만 해도 그런 일은 상상도 할 수 없었다. 공개적으로 연애사실을 밝힌 경우는 정윤우가 아마 최초가 아니었나 싶다. 팬덤계의 흑역사였지, 아마. 평소 그가 쌓아놓은 모범적인 이미지 덕분에 일반인들 사이에선 호감으로 좋게좋게 넘어갔지만, 수많은 팬들 마음은 갈가리 찢겨져 피를 부르는 대대적인 물갈이가 있었다는, 절대 웃지 못할 가슴 아픈 비화가 있었다.

근데 이런 애길 왜 나한테?

“그런 셀피쉬의 숙소로 널 초대했다면, 뭔가 다른 뜻이 있다는 거 아닐까? 예를 들면…….”

“……?”

서율의 온 신경이 은형의 입술로 모였다. 붉고 단아한 은형의 입술선이 히쭉 끌어올려지나 싶더니 슬쩍 열리고, 그러다 다시 주저하는 듯 닫혔다. 그리곤 다시 닫힐 듯 열리다가 꽉 옴죽거려 닫했다 불쑥 열어, 드디어 쏟아낸 말은…….

"누굴 소개해 주고 싶다거나."

엥? 뜬금없는 은형의 말에, 서율은 훌쩍 두 눈을 홉떴다.

♪　　　♫　　　♪

〈여보세요.〉

한참 동안 지루하게 울리던 신호음이 뚝 끊기고, 서율의 음성이 다급하고 빠르게 귓속으로 스며들어 왔다. 평소의 씩씩하고 대찬 음성을 기대하고 있었던 영재는 잠시 멈칫하고 눈살을 찌푸렸다. 대체 이 시간에 뭔 짓을 하기 있기에 목소리가 이리 넘실넘실 아슬아슬 위태위태해?

"어디냐?"

〈네? 아……. 네, 여긴 집인데요.〉

"집에서 뭐하기에 오밤중에 헐떡거려?"

퉁명스럽게 묻고 영재는 아까부터 주시하고 있던 작은 드링크제를 향해 찌릿, 날카로운 시선을 날렸다. 거실 탁자 위에 오롯이, 덩그렇게 서 있는 드링크제는 차갑고 얄짤 없는 영재의 시선에 부들부들 떨고 있는 듯하였다.

〈밥 먹고 있었는데요. 핸드폰이 방 안에 있어서 소리가 제대로 안 들렸어요. 뒤늦게 듣고, 일찍 받으려고 뛰느라…….〉

"누구랑 먹는데?"

〈은형 언니랑요.〉

"시키는 대로 바람 잡는 중이었군. 그래, 얘기는 잘 됐고?"

〈아, 뭐……. 그냥저냥. 슬쩍 운은 띄워놨어요.〉

서율의 목소리가 썩 개운치 않다. 어째 께적지근한 것이, 얘기가 잘 안 되는 듯. 아니면 주어진 임무를 딱히 열심히 수행하고 싶지 않은 것이거나. 여전히 드링크제에 시선을 둔 채인 영재는 삐뚜름하니 인상을 구겼다. 어쩔 수 없이 꼬리 내리고 고개 숙이면서도 표정 하나 제대로 못 숨겨, 불만 가득한 얼굴로 뿌루퉁하니 서 있는 그녀의 모습이 드링크제에 겹쳐져 떠올랐다.

'돌았군.'

속으로 혼잣말을 중얼거리며 영재는 풀썩 상체를 소파에 기대었다. 그녀를 집으로 돌려보낸 지 불과 3시간. 장장 3시간 동안이나 핸드폰을 들었다 놓았다, 그녀가 감기약으로 건네준 드링크제를 3시간 내내 만지작만지작. 집으로 잘 들어갔는지, 갈 때는 지하철을 탔는지 버스를 탔는지, 집에 가서 뭐하느라 잠잠한 건지 궁금해 죽을 지경이었다. 하나 너무 빨리 연락하면, 그것도 꽤 이상해 보인다는 걸 그 누구보다도 더 잘 아는 한영재인지라. 자제하고 또 자제하다 더 이상 참지 못하고 움직인 게 지금이었다.

한심하다. 누군가가 자신의 이런 안달복달하는 모습을 보았다면 분명 한심스러워 혀를 찼을 것이다. 친구의 동생, 것도 자신의 키스를 테러라 규정한 목석녀를 상대로 이런 짓이라니. 천하의 한영재가, 아시아의 프린스 한영재가 이런 꼬라지로 이런 전화나 걸고 있다니! 너무 처절해서 눈물이 다 난다. 이건 분명 솔로 기간이 너무 길어지고 있어서다. 혼자 지낸 세월이 너무 오래라, 아무 여자에게나 애정을 갈구하는 것이었다. 애정결핍증 환자의 전형적인 증세일 뿐이다, 이 말이다.

그래, 그래서야. 이 꼬마 아가씨한테 휘둘려서가 아니라, 단지 여자가 필요해서라고.

"그래서 데려 올 수 있다는 거야, 없다는 거야?"

〈그건 아직 잘……. 확답을 안 해주시네요. 자꾸 딴소리만 하고.〉

"딴소리라니."

〈한영재 씨가 절 초대한 게 이상하다고…….〉

"이상해? 뭐가?"

〈한영재 씨가 저한테 누굴 소개해 주려고 한다나, 어쩐다나.〉

"뭐?"

〈말도 안 되죠? 저도 말 안 된다고 생각하긴 했어요. 근데 자꾸 은형 언니는, 한영재 씨가 괜히 절 초대했을 리 없다고……. 아, 글쎄 류민찬 씨를 저한테 소개해 주려는 거라고 자꾸 우기잖아요. 그날이 류민찬 씨 생일이라면서, 생일날 부른 건 분명 의도가 있어서라고요. 근데 정말 그날, 류민찬 씨 생일 맞아요?〉

맞다, 물론. 그는 민찬의 생일을 축하하는 자리에 그녀를 초대한 것이었다. 그녀라 함은 당연히 서율이 아니라 은형. 영재는 서율이 아니라 은형을 민찬에게 선물하기 위해 이 일을 준비한 것이었다. 그런데 이게 무슨 말도 안 되는 소리? 류민찬과 정서율이라니. 이런 가당찮은 소리는 들어본 역사가 없는 그다. 제정신인가? 어디 갖다 붙일 사람이 없어서 민찬이한테 서율일?

영재는 자신의 시선 안에 갇혀 있는 작은 드링크제 병을 더욱 세차게 노려보았다. 그것이 류민찬과 엮이는 게 그저 좋은 듯 시종일관 헤헤거리는 정서율인 양.

〈어떻게 아셨는지 은형 언니가 맞다고, 자꾸 그러시거든요? 그러면서 류민찬 씨 장점 같은 걸 막 줄줄이 늘어놓으시고요. 좋은 사람이라고, 자꾸 저더러 만나보라고 설득하고 계세요. 아, 나 진짜. 말이 되요? 류민찬 씨랑 저랑? 하나도 안 어울리는구만. 그런데도 은형 언니는 저랑 류민찬 씨랑 성격적으로도, 외모적으로도 아주 잘 어울린다고…….〉

“그래?”

〈네! 물론 저야 쌍수 들고 환영이죠. 류민찬 씨 성격 좋고, 잘생기고, 돈 많이 벌고, 뭐 빠지는 거 없는 특등급 남자잖아요. 하지만 전 사랑도 레벨이 맞아야 하는 거라고 생각하는 주의거든요. 워낙 류민찬 씨가 일급수라서, 전 좀 부담스럽네요. 남자 몇 번 만나봤지만 너무 잘난 사람은 버겁더라고요. 전 그냥 평범한 사람이면 족합니다. 류민찬 씨는 류민찬 씨한테 어울리는 사람이 있겠죠. 근데 진짜 그날이 류민찬 씨 생일이에요? 왜 저한텐 그런 말, 안 하셨어요?〉

“…….”

〈생일선물도 준비해 가야 하나. 뭘 해드려야 하지? 혹시 보약 같은 것도 드시나요?〉

“…….”

〈요즘 굉장히 바쁘시다죠? 방송국 여기저기서 한류공연이다 뭐다, 난리도 아니던데. 미국, 프랑스, 일본, 호주. 한국이며 일본 스케줄도 빡빡한데 해외공연까지 다니게 되어서 무척 바빠졌다는 말은 들었거든요? 그래서 건강이 우려된다고, 기사도 뜬 적 있어요. 정현수도 접때 태국이랑 중국 갔었는데……. 아, 아무튼! 몸보신할 거 사가도 괜찮겠죠? 쓴 약도 잘 드시나? 설마 안 먹고 다른 사람 주거나, 뭐 그러는 건 아니겠죠? 그럼 안 되는데. 원래 약이란 건 다른 사람이 먹으면 약발이 안 받잖아요. 꼭 류민찬 씨만 먹어야 하는데…….〉

이유 없이 거슬리고 짜증나기 시작했던 그의 기분이 갑자기 확상한 것은, 이 즈음이었다. 가뜩이나 심기가 불편한데, 생일선물로 보약을 챙기겠다는 그녀의 말이 그의 성미에 불을 붙였다. 도대체 류민찬이 뭔데? 왜 한 번도 만나본 적 없는 남자한테 생일선물을 해주겠다는 건데? 뭐 그리 대단한 인연이 있는 사람이라고.

심통이 불퉁거리는 것을 느끼며, 영재는 얼음장보다도 차가운 목소리로 그녀의 말을 우뚝 막아섰다.

“꿈 깨.”

〈꿈 깨.〉

난데없이 날아온 그의 말에 서율은 재잘재잘 열심히 들썩거리고 있던 입술을 딱 멈춰 세웠다. 이게 뭔 소리야? 꿈 깨라니, 무슨 꿈? 인상이 절로 써져 서율은 허공을 째려보며 빠르게 대꾸했다.

"뭐라고요?"

〈널 민찬이한테 소개해 줄 생각은 추호도 없으니까 꿈 깨라고.〉

"……!"

〈두 사람 안 어울려. 넌 민찬이 취향도 아니야. 민찬인 너처럼 촌스럽고 못생기고, 여자다운 맛이라곤 손톱만큼도 찾아볼 수 없는 애는 거들떠도 안 볼 거다. 워낙 눈이 높아서 말이야. 절대 너로는 만족 못할 녀석이지. 그러니까 헛물켜지 말고 꿈 깨라. 알았냐?〉

아, 아니. 누가 뭐래? 내가 류민찬이랑 잘해보고 싶다고 했나? 류민찬이랑 잘 되도록 밀어달라고 했나? 그분 취향에 내가 미달이라는 거 누가 몰라? 나도 알아. 너무 잘 알아서 탈이라고. 말했잖아, 일급수라서 부담된다고. 그쪽도 날 싫어하겠지만, 나도 너무 잘난 남자는 별로거든. 근데 이게 웬 날벼락? 웬 난리? 완전 왕오바잖아. 생각할수록 어처구니가 없어져서 서율은 눈에서 불이 나는 것만 같았다.

〈그리고 너, 나한테 진 빚이 얼만데 쓸데없는 데에 지출이냐? 류민찬 생일이 너랑 무슨 상관이야? 류민찬이 네 친구야? 네 애인이야? 네가 뭔데 그 녀석 생일을 챙겨?〉

"그, 그냥……."

〈네가 그딴 거 선물하지 않아도 류민찬 챙겨줄 사람 차고 넘친다. 그 녀석 하나만 바라보면서 하나부터 열까지 알아서 다 챙겨주는 부모님에. 생일뿐 아니라 데뷔기념일, 방송 첫 출연 축하, 뮤지컬 공연기념, 하다못해 부모님 생일까지 다 챙겨주는 수많은 팬들. 그 녀석 미소 한방에 홀려 쫓아다니는 여자들까지. 뭐 하나 부족한 게 없는 사람이라고. 너한테까지 선물 챙겨 받을 만큼 궁하지 않단 말이야.〉

누가 그걸 모르나? 선물이야 당연히 많이 받겠지. 요즘은 팬들도 '조공'이라고 해서 엄청 대단한 스케일로 진행한다고들 하더구만. 그 대단한 스케일로 부족한 거 없이 꼼꼼히 하나하나 다 챙겨 주겠지, 팬들이. 하지만 선물이란 건 상대방한테 성의껏 예의를 차리기 위해 하는 거지, 부족한 것을 보충해 주기 위해 하는 게 아니잖아. 무슨 뜬금없이 '궁하지 않다' 드립? 그리고 그렇게 따지면 한영재 자신도 마찬가지 아닌가. 부모가 없기를 해, 팬이 적기를 해, 여자가 안 따르길 해? 생긴 건 셀피쉬 멤버 중에서 제일 예쁘장하니 색기가 철철 흐르게 잘생겨 놓고선, 아닌 척 말하는 거하곤.

〈쓸데없이 주머니 털 생각 말고 통장 관리나 잘해. 돈 없어서 남한테 빌리고, 몸으로 때워 갚고 있는 주제에 무슨 생일선물씩이나? 통장에 잔고도 얼마 없으면서. 기어이 바닥 보고 거지 되고 싶냐?〉

"그건 아니지만, 초대받아 가는데 예의상……."

〈누가 널 초대했대?〉

"에?"

〈내가 초대한 사람은 네가 아니라 서은형 씨야. 넌 그냥 보험일 뿐이라고. 은형 씨가 초대를 거절하지 않도록 막아주는 안전장치. 말했잖아. 혹시라도 은형 씨가 여기 오는 걸 꺼려하기라도 한다

면, 나서서 바람 잡으라고. 무조건 그녀를 데리고 오는 게 네 임무
라고 했어, 안 했어? 설마 벌써 망각한 거냐?〉

"……."

〈넌 그냥 빈손으로 와서 밥이나 먹고 가면 돼. 쓸데없이 생일선
물이네, 뭐네, 돈 쓰지 말고 얌전히 앉아 있다 가란 말이야. 알아
들었냐?〉

우와, 이 나쁜 자식! 어떻게 이런 말을, 이렇게 아무렇지도 않
게 할 수가 있냐? 미, 미친 거 아니야? 아무리 초대하고 싶지 않
았어도 그렇지. 이렇게 사람 앞에 대놓고 노골적으로 무시해도
되는 거야? 초대한 게 아니라니. 식사하러 오라고 한 게 초대가
아니면 뭔데? 안전장치입네 보험입네 해도, 결국 오라고 한 거고.
그럼 초대인 거지! 꿔다 놓은 보릿자루도 아니고, 어떻게 식사하
러 가서 가만히 있다가 오냐? 얘기도 하고 선물교환도 하는 건 당
연한 거지. 아, 나 진짜 이 미친 남자 때문에 오늘 제대로 빡이 치
네.

속에서 천불이 나고 화가 머리끝까지 치솟아 서율은 잠시 거친
숨을 몰아쉬었다. 마음 같아선 당장이라도 왈칵 달려들어 소리를
쳐주고 싶었다. 다 때려치우겠다 선언하고 너 죽고, 나 살자 식으
로 마구 속사포 욕설을 쏴주고 싶어져 불끈 주먹을 쥐었다. 그랬
으나 막상 입을 열고 그녀가 내뱉은 말은.

"……네."

잠시 후, 영재는 통화가 끊긴 핸드폰을 물끄러미 내려다본 채로

팍 눈살을 찌푸리고 있었다. 명하고 요구하는 그의 말에 무미건조한 목소리로 네, 네를 연발하다 툭 전화를 끊어버린 서율의 반응이 못내 마음에 걸렸다. 아무래도 찜찜했다. 그녀답지 않게 딱딱한 말투로, 그녀답지 않은 순종적인 대답을 늘어놓은 건 딱 '옴팡지게 빚진 나 같은 주제에 무슨 할 말이 있겠습니까? 분부 받자오겠나이다, 주인님' 이었다.

삐진 건가? 정식으로 초대한 게 아니란 말에 상처받았나? 돈 없다고 무시했다 생각해, 기분 상했나? 하나, 유감스럽게도 정식으로 그녀를 초대한 게 아니란 말은 사실인걸. 은형 때문이 아니라면 서율이 굳이 민찬의 생일파티에 참석할 일도 없을 테니, 그는 자신의 발언을 정정할 이유도, 그럴 생각도 없었다.

애초 이건 민찬의 생일이다. 서율은 민찬의 지인도 아니기 때문에 특별히 그녀를 초대할 이유가 전혀 없었다. 서로 얼굴 한 번 본 적 없는 사이이고, 앞으로도 영재는 두 사람을 만나게 할 생각 따윈 추호도 없었다. 손톱만큼도. 미립자만큼도 전혀.

서율을 초대하기로 마음먹은 건, 단순히 은형의 동거인이었기 때문이다. 한집에 사는데 누군 초대하고 누군 초대하지 않을 수 없어 어쩔 수 없이 예의 차원에서, 그냥 은형 옆에 덤으로 끼어 오라는 뜻이었던 것일 뿐 다른 의미는 절대로 없었다. 뭐 굳이 미션을 주고, 완수하지 못하면 가만두지 않겠다고 협박까지 한 것은 좀 우스워 보일 수는 있겠으나. 그건 그저 재미 삼아, 스트레스 팍팍 받고 괴로워하는 그녀를 보면 즐거워서(변태 매저 같지만 사실이니 할 말은 없다) 억지로 끼워 넣은 조건이었을 뿐이니 차치하고.

어쨌거나 민찬이 녀석과 뭔가 달달한 썸띵을 만들어보라는 생각
이나 의도는 눈곱만큼도 없었다는 말씀이시다. 그랬으니 그녀의
반응에 화가 날 밖에.

류민찬에 대해 이러쿵저러쿵 말하고 있는 정서율은 그야말로
소개팅하러 가기 전날 가슴이 두근두근 쿵쾅 설레는 소녀모드였
다. 그렇게나 쾌활하고 들뜬 목소리는 영재도 처음 듣는 것 같았
다. 내숭 없고 무뚝뚝하다 생각했던 정서율에게도 그런 샬랄라스
러운 면이 있었다는 사실도 역시 처음 발견. 모두 류민찬 때문에
생겨난 반응이라 생각하니 난데없이 화가 치밀었다. 열이 확 뻗쳤
다.

“마음에 안 들어, 너.”

여전히 탁자 위에 놓여 있는 드링크제 병을 불퉁한 시선으로 노
려보며 영재는 중얼거렸다. 드링크제 병은 제 잘못이 뭔지 전혀
모르겠다는 듯 멀뚱하니 서 있었다. 피휴, 한숨을 푹 내쉬고 영재
는 자리에서 벌떡 일어났다. 자신이 대체 뭘 하고 있는 건지 한심
스러워 죽을 맛이었다. 이깟 드링크제가 뭐 얼마나 소중한 것이라
고, 여태 가지고 있는 건지도 의문이었다.

영재는 불쑥 팔을 뻗어 드링크제를 손에 쥐었다. 그리고 휘리
릭, 뚜껑을 따 주저 없이 입에 물었다. 다 마셔 버리고 버릴 생각
으로.

“……”

하지만 이내 그는 다시 드링크제 뚜껑을 돌려 닫고 있었다. 중
얼중얼 뜻 모를 혼잣말을 연신 내뱉으며 그는 꼴도 보기 싫은 병

을 들고 가, 원래 있던 냉장고 안에 처박아 버렸다.

쾅! 소리를 내며 닫힌 냉장고를 한 번 쏘아보고 영재는 쿵쾅쿵쾅 이층 계단을 올랐다. 이제부턴 잠을 잘 생각이다. 그 누구 생각도 하지 못하게 푹.

제1O장

일방적으로 밀리기

"이열~ 어서 와."

벨이 울리자마자 기다리고 있었다는 듯 현관문이 열렸다. 덕분에 느긋하면서도 농도 짙은, 언제 들어도 말초신경이 찌릿찌릿해지는 한영재의 목소리가 예상치 못한 순간 서율의 의식 속으로 파고들어 왔다. 흠칫, 놀라며 서율은 두 눈을 크게 뜨고 그를 바라봤다. 다행히도 그는 이쪽에는 시선을 두지 않은 채 은형과 친근하게 인사를 나누었다. 많이 친한가 보다. 농담도 하고, 웃기도 하고, 어깨에 팔을 두르고 그녀를 안으로 인도하기까지 하는 걸 보면.

서율은 자신은 들어오든 말든 관심 없다는 듯, 훌쩍 문을 열어둔 채로 은형과 집안으로 들어가 버리는 한영재의 뒷모습을 혼자 뚱하게 쳐다보며 입술을 비틀었다. 하여튼 얄미워 죽겠어, 한영재. 아무리 초대하지 않은 사람이래도, 어떻게 자기 집에 온 손님을 이렇게 대하냐. 하여튼 좋아할 수가 없는 인간이다. 날 엿 먹이는 게 그리도 좋나? 속으로 꽁알거리며, 서율은 무거워 잠시 바닥에 내려놓았던 찬합보따리를 힘겹게 들어 올렸다. 그리곤 '이런 것도 좀 받아주면 어디가 어때서. 남자가 말이야'를 중얼거리며 천천히 안으로 들어가기 시작했다.

"그게 뭐야?"

낑낑거리며 막 두어 걸음 뗐을 즈음이었다. 은형과 집 안으로 사라져 버렸다고 생각했던 한영재가 어느새 다시 돌아와 길목을 막고 떠억 버티고 서서, 지옥에서 온 사자마냥 어둠의 시선으로 그녀를 차악 깔아 내려다보고 있었다. 얼떨결에 우뚝 걸음을 멈춘 서율은 두 눈을 훅 치켜뜬 채 그를 올려다보았다.

"뭐가요?"

"손에 든 게 뭐냐고. 음식이냐?"

고개를 아래로 스윽 내린다 싶더니 냄새를 맡았나 보다. 그가 미간을 희미하게 접으며 불쑥 물었다. 개코네, 아주. 서율은 속으로 중얼거리며 콧잔등을 찡그렸다. 그리곤 기분이 별로임을 팍팍 티내며 뚝뚝한 말투로 대꾸해 주었다.

"그런데요. 선물 준비하지 말라고 하셔서, 이거라도 드리려고 직접 만든 겁니다만."

"네가 직접, 요리한 거라고?"

"별거 아니에요. 잡채랑 불고기, 무쌈말이, 전 몇 가지 준비했어요."

“잡채, 불고기? 전??”

“어제 냉장고 보니까 밑반찬도 없는 거 같던데. 그래서 나물 몇 가지랑 배추김치도 조금 담가왔어요.”

“밑반찬과 김치는 민찬이 어머님이 시간 날 때마다 준비해 주시거든. 네가 우리 집 밑반찬 걱정을 왜 해? 그걸 민찬이가 먹을 것 같아? 그 녀석은 입맛도 매우 까다로워서 제 어머님표 김치가 아니면 손도 대지 않는 녀석이다.”

“그럼 아무나 입에 맞는 사람이 먹으면 되죠. 어차피 물가도 많이 올라서 넉넉히 준비 못하고 조금, 아주 눈곱만큼 담가왔어요. 통장에 있는 돈 쓰지 말라고 하셔서 지갑에 넣어 가지고 다니던 비상금으로 준비한 거니까 걱정 안 하셔도 되요. 통장, 안전합니다.”

“비상금으로 겨우 이딴 걸 만들었단 말이야?”

“이, 이딴 거요?”

“비상금이 뭔지 몰라? 큰일 있을 때, 급전 필요할 때 쓰는 게 비상금이야. 넌 류민찬 생일이 큰일이고 급한 일이냐?”

“아무리 그래도 이딴 거라니요? 무슨 말을 그렇게 하세요?”

“이딴 거지. 류민찬 먹을 찬거리가, 뭐 대단한 거라도 돼?”

“말이란 게 아 다르고, 어 다른 법이잖아요. 어떻게 그런 식으로……!”

내 참 기가 막혀서 말이 안 나온다. 음식 해온 게 뭐 그리 잘못한 거라고 이래? 누군 뭐, 음식 장만하고 싶어서 한 줄 아나? 나도 편하게 돈으로 물건 사서 선물하고 싶었다고. 근데 당신이 못하게 했잖아. 빚쟁이가 통장에 있는 돈 쓰지 말라는데, 말 안 들을 수도 없고. 잠시나마 동생이 신세 지고 있는 집에, 그것도 생일인 사람이 있는 곳에 정식으로 초대받아 오면서 염치없이 진짜 빈손으로 올 수도 없고. 어떡하냐? 음식이라도 해와야지.

솔직히, 한국음식 만들기가 좀 번거로워? 보기엔 쉬워 보여도 가장 만들어 먹기 힘들고 번잡스러운 게 한국음식이잖아. 완전 노가다. 얼마나 손이 많이 가는데. 이거 하느라 밤잠도 설쳐 아침잠도 설쳐, 지금 눈이 천근만근이로구만. 잘했다고, 고맙다고 말해주진 못할망정 어떻게 이렇게 인상을 팍 써가면서 불쾌한 티를 노골적으로 드러내시냐? 아오, 꼴 보기 싫어. 잘생겼는데 꼴 보기 싫은 짓을 하니, 더 꼴 보기 싫네.

"빈손으로 오라고 했잖아. 왜 말을 안 들어? 이게 빈손이냐?"

"그럼 어쩌라고요. 아무리 제가 뻔뻔하고 낯짝이 두꺼워도, 생일날 초대되어 오면서 빈손으로 오는 짓은 못하겠는데. 다른 사람들처럼 멋지고 비싼 선물은 못 준비하더라도, 성의 정도는 표시해야죠. 그게 예의 아니겠어요? 돈 없으면 예의도 못 차리나. 아니— 그쪽 빚 갚을 돈에는 전혀 손 안 댔다니까요. 이건 제 돈으로 장만한 거라고요. 통장 보여줘요? 금액, 어제 보여드린 그대로인 거 확인시켜 드려요?"

"그러니까 못 입고, 못 먹고, 안 쓰고 절약해서 겨우겨우 모은 비상금으로 장만했다는 거 아니야."

"네! 그거에 제 노동력도 플러스요. 어제 저녁부터 오늘 여기 오기 전까지, 김치 담그고 고기 재고 나물 무치느라 진짜 뼈가 빠지는 줄 알았거든요."

"어제 하루 종일 여기서 일했으니 당연히 피곤했겠지. 근데 그 파김치가 된 몸으로 집에 가서 김치를 담갔단 말이지?"

"도대체 몇 번을 말을 해야……!"

"집에 가서 쉬랬더니 고기 재고 나물을 무쳤어? 류민찬 생일잔치에 가지고 오려고?"

"……."

잠깐만. 이건 대체 뭐지? 기분이 영 이상한데. 서율은 오늘따라 유난히 기분이 나빠 보이는 한영재를 물끄러미 올려다보며, 점점 밀려드는 괴상한 기분을 물리치기 위해 부단한 노력을 기울였다.

"그러니까, 결국 네 비상금과 노동력을 총동원해서 만든 게 류민찬에게 바칠 조공음식이었다는 거잖아. 내 말이 틀려?"

"아니…… 요. 맞는데요."

설마. 아니겠지. 그럴 리가 없어. 절대 한영재가 내 걱정을 해줄 리 없어. 돈 쓰지 말라고 윽박질렀던 건 자신한테 갚을 돈이 줄어들까 봐서이고, 힘썼다고 으르렁거리는 것은 혹시라도 아프면 제대로 못 부려먹을까 봐서잖아. 그럴 거야. 그럴 것임. 암, 그렇고 말고. 그것 외엔 다른 이유가 있을 리 없지. 아무리, 다른 사람도 아닌 한영재가, 날 걱정하느라 이렇듯 인상파가 되어 잔소리를 마구마구 쏟아 붓고 있을 리는 없잖아. 안 그래?

"너, 지금 그게 잘한 일이라고 생각하는 거냐?"

"……."

"류민찬이 너한테 그 정도로 중요한 존재야? 얼굴 한 번 본 적 없는, 전혀 무관한 사이이면서. 내가 꿈 깨라고 했어, 안 했어? 김치국물 그만 마시라니까. 류민찬은 너 같은 스타일 안 좋아해. 그딴 거에 쏟을 에너지가 남아 있으면, 나가서 내 감기약이나 사와."

"가, 감기약이라니요? 또 감기 걸리셨어요?"

갑자기 귀에 팍 꽂히는 이 말. 그가 자신을 걱정해 주고 있을 리는 절대 없다며, 열심히 밀려드는 의심을 내치는 서율의 정신이 갑자기 번쩍 들었다. 그녀는 두 눈을 훌쩍 뜨고 그를 올려다보았다. 커다랗고 반짝반짝 투명하게 빛나는 그녀의 눈동자가 유난히도 맑게, 뚫어져라, 직선으로 쭉, 자신을 바라보자 미간을 깊게 접은 채 심기 불편한 티를 여과 없이 팍팍 내주고 있던 한영재는 잠시 할 말을 잃은 듯, 머뭇거렸다.

"그래, 뭐……."

"왜요? 전에 들었던 감기가 아직 안 나은 거예요? 제가 준 약이 별로였어요?"

"그게 아니라……. 그때 걸린 감기는 다 나았고, 어제 다시 걸린 거잖아."

"어제요? 아! 비!"

"네 탓이다. 네가 하도 굼뜨고 답답하게 구니까, 네 대신 나섰다가 감기까지 걸린 거야. 비가 오면 빨리빨리 움직여서 얼른얼른 빨래를 걷어야지. 맹추냐? 비 오는 것도 모르고 바닥만 미친 듯이 파게."

"그쪽이 미친 듯이 파게 했잖아요. 죽어라 닦게 만든 사람이 누군데. 아, 그래서 증상이 뭔데요? 약을 사오려면 어디가 어떻게 아픈지 정확하게 알아야 되니까, 말해보세요. 코감기세요?”

“…….”

“코맹맹이는 아니고, 콧물도…… 안 나오는 것 같고. 그럼 기침 감기? 열나세요?”

“뭐, 좀.”

아프다고 말하기가 좀 어색한가 보다. 영재는 서율의 눈을 똑바로 쳐다보지 못하고 고개를 한쪽으로 꺾으며 말꼬리를 흐지부지 흐렸다. 어쨌든 열이 좀 난다, 는 표현이시겠다. 참 별꼴이다 싶어 서율은 입술을 삐쭉, 꺾었다. 남한테 챙겨 받는 게 너무나도 익숙한 사람이 뭘 이런 걸로 어색해하는 건지 이해가 살짝 안 되었다. 자질구레한 건 매니저나 그 외 스태프들이 다 알아서 해주는 스타 중의 스타라면 이런 경우, 거만하게 눈 깔아대면서 척, 수표 한 장 꼽으며 ‘가서 사와’ 해야 맞는 거 아닌가?

“어디 봐요.”

“뭐?”

“어디 좀 보자고요. 이마 내밀어보세요. 열이 얼마나 나는지 손으로 짚어봐야 감이 올 것 같으니까. 아니, 그냥 이러지 말고 병원엘 가죠? 진찰받고 약 받으세요. 주사 한 대 맞으시든지. 혹시 병원이 무서워요? 주사가 아파요?”

“내가 애냐?”

“아니면 가요. 괜히 부모님 걱정하게 혼자 끙끙대지 말고.”

“부모님?”

“눈에 넣어도 안 아플 아들이 아프다면 부모님 마음이 편하시

겠어요? '아이구~ 우리 아들~ 집 나가면 고생한다는데. 허구한
날 외국 나가서 집 밥도 못 먹어, 영양보충도 제대로 못해, 하루가
48시간이래도 부족할 정도로 바쁘게 움직여, 타향살이 외로움까
지 합쳐 고생이란 고생은 다 하니 이렇게 따뜻한 봄날 감기까지
걸려서 골골거리지~' 하시겠죠. 효도, 그거 별거 아닙니다. 자기
건강 챙기는 거, 그게 효도지."

"……."

"아. 그러지 말고 집에 가시지 그래요? 여기 숙소 말고, 부모님
사시는 한영재 씨네 집 말이에요. 아플 땐 역시 어머니가 해준 밥,
그게 약이 되거든요."

"부모님 더 걱정하시게 코앞에서 끙끙대라는 거냐?"

"제 말은 그게 아니라~"

"됐다. 너한테 뭘 바라겠냐? 그냥 들어와, 감기약 필요 없으니
까."

영재는 당장이라도 썩어들어 갈 것 같은 구린 표정으로 중얼거
리고는 휙, 뒤를 돌아 집안으로 성큼성큼 걸어 들어가기 시작했
다. 어찌나 잽싼지. 헤헤거리며 실없는 소리들만 실실 늘어놓고
있던 서율은 그의 갑작스런 행동에 놀라 허둥지둥, 잠시 내려놓았
던 음식꾸러미를 힘겹게 챙겨 들고 열심히 그의 뒤를 따라갔다.

"왜 필요 없어요? 저 때문에 감기 걸렸다면서. 약 사올게요. 사
올 테니, 이리 이마 좀 내놔 봐요. 이마 까보세요. 열 짚어보고 나
서 제가……."

"조용히 해. 누가 듣잖아."

사람 얘기하는데 뒤도 안 돌아보는 거하곤. 하여간 은근히 사람 헷갈리게 한다니까. 은근히 착한 것 같다가도 돌연 재수가 없어지고, 은근히 인간적인 것 같다가도 갑자기 돌변, 정나미가 뚝 떨어지고. 지금도 봐라. 걱정하는 것처럼 말하더니, 대뜸 싸해지는 걸. 부끄러운 듯 어색해하는 모습이 조금 귀엽다 싶어 좋게 봐주려고 했더니만. 이래서야 어디, 좋은 말이 나오겠는가?

"다른 분들은 한영재 씨 아픈 거 몰라요?"

"말 안 했으니까 당연히 모르겠지."

"말 안 했어요? 왜요? 이런 건 원래 주변에 많이 퍼트려야 하는 건데. 아픈 건 소문을 내야 빨리 낫는단 말도 있잖아요. 제가 대신 소문 내드릴까요?"

"시끄럽다."

"다른 사람들한테 알리기 싫으세요? 그럼 왜 저한텐 말했는데요? 약 사달라면서요. 누구든 아픈 거 챙겨주길 바랐던 거 아니에요? 그런 거면 제일 먼저 멤버들한테 애길 해야……!"

무거운 찬합을 한 손에 들고 낑낑 그의 뒤를 열심히 쫓아가면서도 열심히 조잘거리고 있을 때였다. 쿵, 바닥을 내려다보며 빠르게 걷던 그녀가 우뚝 멈춰선 한영재의 단단한 등에 머리를 박아버렸다.

"아!"

휘청휘청. 무거운 찬합을 한 손에 겨우 들고, 반대쪽 허리에 무게중심을 둔 채 겨우겨우 걸음을 떼고 있던 덕에 서율은, 잠시 균형을 잃고 비틀거려야 했다. 아이씨. 아니, 왜 갑자기 걸음을 멈추고 난리? 멈출 거면 미리 예고를 하고 멈추든지. 무거운 거 겨우겨우 나르고 있는 거 안 보이나?

TV에서 이두박근 삼두박근, 잘도 공개하며 몸매 자랑하던 한영재가 절로 떠오르고, 짜증도 덩달아 솟구치자, 서율은 커다란 덩치로 길목을 떡 막고 서서 꼼짝하지 않는 그를 찌릿, 째려보았다. 그리고 뭐라 한마디 톡 쏴주려는 찰나, 태산처럼 거대하게 우뚝 서 있던 한영재가 여전히 뒤돌아보지 않은 채로 입을 열었다.

"한마디만 더하면, 그 입 막아버린다."

그의 협박은 꽤 효과가 있었다. 서율이 집주인들과 인사를 나누고 시끌시끌 꽤 긴 시간 잡담을 나눌 때까지, 꿀 먹은 벙어리처럼 아무 말도 못하고 앉아 있어야 했으니까. 묵직하고 어둡게 떨어지는 그의 목소리는 분명 '입을 막아버리겠다'라 하였는데, 어찌된 일인지 그녀의 뇌는 '키스해 버리겠다'로 인식해 버렸기 때문이었다.

물론 이건 서율의 망상이었다. 그가 아무리 굶주렸다 한들 김치 냄새 풀풀 풍기고 서 있는 그녀를 덮치고 싶은 욕구가 생길 리 있겠는가. 특히나 거실에 손님들이 우글우글 있을 게 뻔한데, 그런 거실을 지척에 두고도 그딴 짓을 감행할 리는 없었다.

상대가 서은형이었다면 또 모르겠다. 나름 그녀를 상대로 작업(?) 중에 있는 한영재이니, 사람들한테 들키는 것도 아랑곳 않고 저돌적으로 들이댔을 수도. 하지만 그녀는 정서율. 서은형이 아니다. 그런 고로 다른 건 몰라도, 그가 쓸데없는 수작을 걸어올

걱정은 전혀 없었다. 괜히 키스망상에 벌벌 떨며 하고 싶은 말 못
하고 꿍꿍 입 다물고 앉아 있을 필요도 없다는 말이기도 하다. 그
말인즉슨, 지금 막 쏟아지기 시작한 이 엄청난 찬사와 수많은 관
심들을 조금은 마음 편히 즐겨도 된다는 뜻이기도 할 터.

"완전 맛있어요, 완전! 죽인다."

"이, 입맛에 맞다니 다행이네요."

"웬일이냐, 류민찬? 네가 남이 담근 김치를 다, 입에 대고?"

"우리 엄마 김치 맛이랑 똑같으니까. 딱, 이 맛이야! 시원하고
깨끗하고, 매콤한 맛. 새우젓 넣으셨죠?"

"에? 아, 네."

"그러셨을 줄 알았어. 우리 엄마 김치도 새우젓이 들어가거든
요. 내가 멸치젓은 취향이 아니어서 잘 못 먹어요. 어떻게 내 입맛
에 딱 맞게 이렇게 잘도 담그셨을까?"

"서울 김치가 다 거기서 거기죠, 뭐."

"아아— 아니죠. 뭔가가 있죠. 음식 맛을 돋우는 특별양념 같은
거. 그게 뭔지 우리 엄만 안 알려주던데. 서율 씨도 비밀인가요?"

"아……."

못 알려줄 것도 없지만, 왠지 분위기상 알려주면 안 될 것 같다.
서율은 어색하게 웃으며 어쩔 수 없다는 듯 어깨를 으쓱했다. 그
랬더니 민찬은 두 손을 허공에 대고 휘휘 내저으며 넉살 좋게 소
리쳤다. '내 그럴 줄 알았어. 장인들은 늘 이렇다니까. 아무도 몰
라, 며느리도 몰라~' 라며. 서율은 장난스러운 민찬을 지켜보며
히쭉 웃었다. 좋은 사람인 것 같긴 한데, 어딘지 어색하다는 생각

이 들었다. 되게 편해 보이고 스스럼없이 자연스럽게 얘기하는데, 왜 말이나 행동들이 과장된 느낌이지? 마치 연극하는 사람처럼.

"근데 현수 자식은 왜 음식 잘하는 동생 있다는 말을 한 번도 안 했을까? 심심하면 우리 숙소로 놀러 와서 빈둥빈둥, 먹을 거 축 내며 하는 말이 그거였잖아. 반찬 챙겨줄 사람이 없다는 소리."

윤우가 갑자기 생각난 듯 한마디 거들자 배시시 웃고 있던 서율의 표정이 순간적으로 훅 굳었다. 이 사람들도 정현수의 친구라는 사실이 갑자기 화악~ 피부로 와 닿았다. 한영재처럼 어릴 때부터 알고 지내던 단짝 친구는 아니지만, 서로 일 이야기하며 어울려 노는 동료이니 친구는 친구. 갑자기 난감해졌다. 정현수 친구들과는 그 누구와도 가까워질 생각이 없었기 때문에. 끼리끼리 논다는 게 그녀의 평소 지론이고, 정현수가 나쁜 놈이니 그 친구들도 다 나쁜 놈이라는 게 지금까지의 논리였으니까.

한영재를 좋아할 수 없는 이유도 바로 그 때문이었는데. 그, 그런데 이 사람들이 전부 다 한영재와 동급이라면? 그, 그럼 어떻게 되는 거……?

"그야 자기 동생 부려먹기 싫어서였겠지. 이렇게 귀엽고 예쁜 동생을 아까워서 어떻게 부려먹어? 나도 못할 거 같은데."

천사처럼 밝고 맑은 얼굴로 김시후가 까불까불 말한다. 아까부터 접시에 무쌈말이와 굴전을 몽땅 엎어놓고 한 입 한 입 열심히 시식하는 중이었다. 해온 음식들 중 그것들이 특히 입에 맞는 모양이었다. 생전 먹어본 적 없는 음식, 맛보는 사람처럼 얼굴에서 놀람과 탄성과 감탄이 뚝뚝 묻어나, 당장이라도 눈물을 머금으며 엄지손가락을 펼치고 외칠 것 같은 분위기다. 따봉이에요! 라고.

그래. 정현수 친구라도 다 나쁜 놈은 아닌 듯. 응응.

"그건 그래. 그 형이 여자한테 약하잖아."

"약하지. 너무 약해서 탈이지. 그 형, 여자 앞에선 화도 제대로 못 내는 성격이야."

"그 녀석 이미지가 화려하고 차가운 거라서 오해하는 사람들이 많은데, 사실은 나름 순정남이지. 여자 앞에선 좀 숙맥처럼 보이기도 하고. 그런 갭 때문에 인기 대폭발인 거잖아. 실제로 여자들한텐 한없이 관대해지는 것 같기도 해. 남자들한테는 고성에 주먹 휘두르는 게 일상이면서, 여자한텐 아주 노긋노긋 야들야들 부드럽고 다정한 남자로 변하잖아. 여동생 부려먹는 일은 절대 못하지 싶다."

"난 현수 형의 그 점이 제일 부러워. 완전 연애 고수잖아. 근데도 여자들은 현수 형과 한 번이라도 얘기하고 나면, 다 똑같이 말한다? 순수하고 착하다고. 순진한 남자 같아서 반했다고. 그게 말이 돼? 현수 형처럼 연애 스캔들이 많은 남자더러 순진하다니. 진짜 순수하고 순진한 남자 못 만나봤나."

"왜? 네가 이 세상에서 가장 순수한 남자라고, 말하고 싶냐?"

민찬이 씩 웃으며 시후를 돌아보며 묻는다. 그룹에서 '귀여운 남동생' 이미지를 맡고 있는 시후는 자신의 이미지답게 데뷔 이후 지금껏 단 한 건의 연애도 해본 적이 없었다. 물론 스스로는,

나도 왕년엔 날렸었어~ 별명이 김카사노바였다고! 내가 이미지 관리 차원으로 연애를 안 하는 거지. 못하는 거 절대 아니라고!'

라 외치고 있었지만 그의 말을 믿는 사람은 아무도 없었다. 본 인은 인정하지 않겠으나 아무래도 여자 자체에 흥미가 별로 없는 듯.

"내가 아니지. 나보다는 영재 형이 더 순진하지. 얼마나 순진하면, 여자 만나기를 무서워하겠냐? 두 번 보고 끝내잖아, 영재 형은."

시후가 넉살 좋게 큰소리로 말하곤 휙 영재를 돌아보았다. '나 잘했지?' 내지는 '칭찬해 줘', '난 좀 짱인 듯'의 의미를 담은 생글생글 뿌듯뿌듯한 얼굴이었다. 하지만 어린이 캐릭터에 순진무구형 아이돌로 유명한 시후보다 더 순진하단 말을 찬사로 받아들일 남자가 이 세상에 존재할 리가. 영재는 잔뜩 일그러진 얼굴로 그를 소리 없이, 그러나 매우 강렬히 노려보았다. 그만 입 다물라는 경고의 의미로. 물론 눈치 없는 시후가 그의 경고를 알아들을 리는 만무했다.

"난 적어도 여러 번 만나보고 여자를 파악하는 시간은 가져. 영재 형처럼 영화 보고 식사하고, 탐색만 하다 끝내지는 않는다고. 알지? 내가 이래봬도 별명이 청담동 김카사노바라고. 지금은 내가 은퇴했지만, 중고등학생 시절에는 날렸다니까. 날 거치지 않은 여자애들이 없었어요. 그때 너무 많이 만나다가 지금은 질려서 안 사귀잖아. 아무튼 우리 형은 소개만 받다가 끝이 난 경우가 수두룩해서, 내 짐작으론 여자랑 손도 잡은 적 없을 것 같다. 걱정이야, 진짜. 이러다 솔로로 늙어죽겠어. 안 그래, 형?"

"네가 걱정해 줄 정도는 아니라고 생각한다만."

“에이, 여유 있는 척하고는 있지만 사실 속은 타잖아. 솔로 탈출하고 싶어서 안달인 거 내가 다 아는데 무슨. 아! 그러지 말고 말나온 김에 지금 한 번 해볼까? 즉석미팅 어때? 여자 둘, 남자 둘, 딱 멤버 구성도 제대로인데. 생각 있어? 콜?”

“김시후.”

“눈빛 교환도 하고, 사랑의 작대기도 하는 거야. 재미있겠다. 내가 사회 볼게. 자자, 자리 좀 제대로 잡아봐. 여자들은 여자들끼리, 남자들은 남자들끼리. 솔로 아니신 분들은 저쪽에서 신나게 구경하시고~”

“너 지금 뭐하는 거냐?”

어처구니가 없다는 듯 영재가 한숨 섞인 목소리로 호들갑을 분주히 떨고 있는 시후를 쳐다보며 물었다. 하지만 이미 시후는 자리에서 일어나 이쪽저쪽 자리까지 지정해 주고 있었다. 영재가 꿈쩍도 하지 않을 듯 보이자 민찬을 억지로 일으켜 세워 영재 옆에 앉히기까지. 표정으로 보아, 민찬도 딱히 즐거운 건 아닌 모양이다. 은형이나 서율도 어안이 벙벙한 얼굴이었고. 오직 즐거운 이는 김시후 하나인 상황. 아주 물 만났네. 마담뚜 노릇이 생리에 맞나보지?

“뭐, 이렇게 된 거. 한 번 해보죠?”

어느 누구도 시후에게 반기를 들고 내 의견은 이렇다, 하고 똑부러지게 말 못하는 가운데. 뜨뜻미지근한 분위기를 깨고 입을 연 사람은 다음 아닌 서은형이었다. 쿨한 커리어우먼답게 쿨하게 말하고 은형은 좌중을 휘이— 둘러보았다. 그리고 놀란 듯 두 눈에 힘을 주고 자신을 쳐다보는 류민찬과 두 눈이 마주치자 씩, 양쪽 눈꼬리를 아래로 휘며 눈웃음을 살랑 쳤다.

"대한민국 최고의 아이돌 두 명이 앞에 있는데 마다할 여자가 어디 있겠어요? 안 그러니, 서율아?"

"에?"

점점 수렁에 빠지는 기분에 젖어 어떻게 하면 이 상황을 빠져나갈 수 있을까 미친 듯이 머리를 굴리던 서율이 흠칫 놀라 고개를 번쩍 들었다.

"내가 전에 말했지? 민찬 씨, 괜찮은 사람이라고. 매스컴에 비춰지는 이미지가 절대 거짓은 아니라고. 이러니저러니 해도, 실질적으로 가장 여자친구를 많이 사귄 분은 아마, 시후 씨도 영재 씨도 아닌 민찬 씨일걸. 그만큼 사람이 괜찮다는 거지. 넌 실제로 보니까 어때? 사귀고 싶단 생각 들어?"

"아……. 네, 네. 멋져요."

안 나오는 웃음을 억지로 쥐어 짜내며 서율은 방실방실 가식적인 웃음을 지어 보였다. 멋지긴 멋지지. 연예인 오브 연예인인 류민찬이 안 멋지다면 누가 멋지랴. 다만 서율은 잘난 남자 알레르기가 있다는 게 함정. 어쩌지? 여기서 어떻게 빠져나가지? 화장실 급하다고 둘러대고, 그냥 막 튀어 나가버릴까? 아님 잘생긴 남자 안티카페 주인장이란 사실을 당당히 까발려? 한영재, 류민찬, 두 사람 모두 카페의 메인 화두로써 주인장인 자신은 그들의 수많은 대두짤, 합성짤, 엽기짤을 생산한 전력이 있음을 밝혀 버릴까?

"그런 말을, 했었습니까?"

눈동자를 미친 듯이 굴리며 열심히 이 궁리, 저 궁리하는 순간이었다. 류민찬이 어딘지 모르게 딱딱하게 느껴지는 억양으로 스리슬쩍 비꼬아 들어왔다.

"서은형 씨가 저에 대해 그런 식으로 말했다니 믿어지지가 않네요. 절 싫어하시는 거 아니었습니까?"

"싫어하기는요. 제가 왜요?"

비비 꼬아 듣기마저 거북한 류민찬의 말에 이어 그에 버금가게 섬뜩한 서은형의 목소리가 낭랑하게, 훈훈했던 공기의 흐름을 깼다. 이건 또 뭐래. 두 사람 왜 이러지? 설마 싸우는 것임?

"안 싫어한다? 그럼 뭐, 사랑의 작대기 이딴 거 생략하고 그냥 저랑 만나시죠."

"어머. 민찬 씨가 저 같은 사람한테 프러포즈까지 다 하고. 이게 웬일? 민찬 씨, 정말 저랑 사귀실 수 있으세요?"

"왜 못 사귑니까? '실질적으로 여자친구를 가장 많이 사귄' 사람인데. 저, 아무나 사귑니다. 치마만 두르면 다. 여자가 너~ 무 좋거든요."

"아, 그러세요? 엄청 당당하게 얘기하신다. 자랑스러우신가 봐요?"

"타이틀이니까요. 누가 달아준 바람둥이 타이틀, 아주 감사히 받고 거기에 부응하도록 노력 중이거든요."

"누군지 몰라도 제대로 된 타이틀을 붙여줬네요. 아주 물 만났네. 그런데 이를 어쩌나, 난 민찬 씨의 그 수많은 스펙 중 하나가 되고 싶진 않은데. 난 온리원 스타일이 더 좋거든요."

"제가 온리원 스타일이 아니란 건 누구의 판단입니까?"

"여자친구 제일 많이 사귀었다는 제 말, 전혀 부인하지 않았던 사람은 민찬 씨일 텐데요."

"부인하지 않았다는 게, 인정했다는 말과 동급이란 말입니까? 그럼 은형 씨가 절 안 싫어한다는 말도, 좋아한다는 말로 해석해도 되겠군요?"

"말장난이 조금 심하시네요. 류민찬 씨."

어금니를 사리물며 은형이 나지막이 중얼거렸다. 파팟, 불꽃이 튀는 눈으로 류민찬을 세차게 노려보고 있는 중. 민찬도 이에 질세라 은형을 노려보니, 두 사람 주위는 위험하고 험악한 기류가 자동으로 형성되고 있었다. 그리고 이 고압적인 분위기에 짓눌려 서율은 커다란 눈동자를 이리 굴리고 저리 굴리며 열심히 두 사람 눈치만 살피고 있었다. 아슬아슬 위태위태, 마치 외나무다리에서 물구나무 서고 있는 기분으로.

"정서율."

혹여 누군가 쪽빵이라도 날리면 어쩌나 싶은 마음에 잔뜩 마음 졸이고 있을 때. 그녀에게 구원의 손길을 뻗은 사람이 있었으니. 그 이름은 한영재. 특유의 깊고 그윽한 목소리가 자신을 부르자, 서율은 두 눈을 훅 치켜뜨고 한영재를 보았다. 표정 없는 얼굴로 한영재는 그녀에게 말했다.

"정민이 올 때 된 거 같은데."

"에? 아……. 네!"

"언제 오는지 전화 좀 해보지."

"네, 네!"

웬일이니. 심부름이 이렇게 감지덕지, 황송할 수가! 한영재의 구박이 이럴 땐 쓸모가 있구나 싶어 방실 웃는 얼굴로 서율은 벌떡 자리에서 일어났다. 그리고 쪼르르 거실을 달려나가며 룰루랄라 즐거운 마음으로 핸드폰을 꺼내 드는데. 일순 엉뚱한 생각이 불쑥, 갑작스레 떠올랐다.

"혹시 저거…… 날 일부러 배려한 거?"

그 순간 그녀의 머릿속 일대는 대혼란이 일기 시작했다.

"손님 초대해 놓고 두 사람 뭐하는 거야? 싸우려면 단둘이 싸워. 여기서 분위기 망치지 말고. 그리고 김시후, 너도 그만해. 무슨 의도로 이러는 건지 모르는 바는 아닌데. 너도 눈이 있으면 사랑의 작대기나 하고 있을 분위기가 아니란 거, 알 거 아니야. 네가 나선다고 둘 사이가 좋아질 리 없으니까 그만 애써라."

도저히 못 봐주겠다는 투로 민찬과 은형을 각각 차례대로 쏘아보며 영재는 딱딱 끊어지는 말투로 상황을 정리했다. 저기압인 게 분명한 영재의 무표정한 모습에 조금은 민망해졌는지, 민찬도 은형도 스르륵 전투자세를 풀었다. 하지만 여전히 상대가 공격해 오면 맞받아칠 만발의 준비가 되어 있는 두 사람이었다.

"뭐하냐? 빨리 사라지지 않고. 더 싸우고 싶은 모양인데, 따로 둘이 조용히 들어가서 싸우셔."

"됐어. 뭐 그렇게까지."

눈살을 찌푸리더니 민찬은 가슴 아래로 팔짱을 척 끼고는 풀썩, 소파에 몸을 기댔다. 생일선물로 가장 원했을 법한 서은형을 가져다줬는데도 이런 민망한 상황을 만들다니, 바보 같은 녀석. 속으로 중얼거리며 영재는 훅, 한숨을 몰아쉬었다.

"정서율 앞에서 창피하지도 않냐? 도대체 왜 이래? 불만 있으면 말로 해. 마주칠 때마다 파이트하는 거 귀찮지도 않아?"

"미안해, 영재 씨. 내가 분위기 다 흐린 거 같네. 괜히 온 거 같아. 나한테 어울리는 자리도 아닌데. 사실 처음부터 안 오려고 했거든……."

"안 오려고 했다고요? 내 생일에 초대받았는데 안, 올, 생, 각, 이었다고요?"

은형의 말이 기분 상했는지 민찬이 또 날카롭게 묻는다. 슬쩍 분위기가 풀어지나 싶더니만, 다시 으르릉모드로 돌입할 태세. 이래서야 어디 중매 노릇 제대로 할 수 있겠나? 대체 서로 좋아하면서 왜 이러는 거냐들? 둘이 붙여놓기만 하면 할퀴고 때리고, 훅에 어퍼컷에 강펀치 날리는 건 예사이니. 한심하다.

"그래서 내가 서율이더러 은형 씰 끌고 오라고 했지."

"형이 서율 씨더러? 왜? 안 오겠다는데, 왜 굳이 끌고 오라고……?"

"이유를 알고 싶어?"

"……."

뜻 모를 무표정한 한영재의 얼굴이 천천히 민찬을 돌아보았다. 의미심장한 눈빛이다. 민찬은 잠시 움찔하여 우뚝 하던 말을 멈추고 말았다. 본능적인 감각이 무섭도록 심하게 그를 흔들었다. 설마. 설마 아니겠지? 설마 영재 형이?

민찬은 커다랗게 뜬 눈을 천천히 굴려 반대편에 앉아 있는 은형을 돌아보았다.

두 사람이 설마……?

♪　♬　♪

"더 기다릴 필요 없어. 그 녀석 안 와."

한 남자가 어둡고 좁은 동네 골목길에서 뻐끔뻐끔 담배꽁초를 문 채로 무겁게 중얼거린다. 그의 이름은 김진섭. 얼마 전 커다란 건수를 잡고 인생 대역전의 기회를 노리며 주어진 미션을 열심히 수행하고 있는 중이다. 그에게 떨어진 일은 셀피쉬 한영재의 행적을 뒷조사해 눈에 띄게 특이할 만한 것들이 있는지 알아내는 일. 그깟 뒷조사쯤 뭐 그리 어려운 일인가 싶어 간단히 수락했지만, 사실은 그리 쉬운 일은 아니었다. 그 첫 번째 관문인 서정민과 그 누나가 생각보다 입이 무거웠기 때문에.

"어쩐 일이지? 항상 이 길로 왔었잖아."

"아직 도착하지 않은 것 같은데? 집 안에 불이 안 켜졌어."

한패인 재원과 윤석은 으슬으슬 한기가 몰려오는지 얇은 셔츠 위로 팔을 문지르며 허름한 담 너머의 집안을 기웃거렸다. 그들의 말대로, 문제의 집은 캄캄하고 고즈넉하니 인적이 전혀 없어 보였다. 일주일간 날마다 얻어맞으면서도 절대로 피하지 않던 그 미련

방퉁이 같던 녀석이, 일주일째 되는 오늘, 루트를 바꾸고 집을 비운 것이었다. 뒤통수를 세차게 얻어맞은 기분이 이런 걸까. 도망칠 줄도, 고개 수그릴 줄도 모르는 바보 서정민이라 생각했던 진섭은 화가 머리끝까지 났다. 똥개 조련하듯, 서정민이 자신을 가지고 논 것이라 생각하니 눈에서 불이 다 나는 것 같았다.

“아주 흥미진진해지는데. 제대로 몸 좀 풀어야겠다, 어? 그 자식 쉽게 봐선 큰코다치겠어. 멍청한 놈인 줄 알았더니만, 완전 교활한 놈이야.”

진섭은 두 손가락으로 쥔 담배꽁초를 바닥에 휙 내던지며 중얼거렸다. 꽁초는 빗물이 고인 작은 웅덩이 속으로 쏙 떨어졌다.

치—

꽁초의 불씨가 물기에 녹아드는 소리는 캄캄한 골목을 희미하게 물들였다. 진섭은 퉤, 바닥으로 거칠게 침을 뱉고는 신경질적으로 앞머리를 쓸어 넘기며 친구 재원을 향해 날카로운 시선을 날렸다. 그 거친 기세에 십자가 모양의 귀걸이가 심하게 흔들렸고, 어슴푸레한 가로등 불빛에 선명하게 빛나는 화상 흉터자국은 뱀의 비늘처럼 번뜩였다.

“그러게 내가 녀석 뒤를 확실히 밟아놓으라고 했잖아. 넌 대체 뭐하는 놈이냐?”

동갑인 친구였지만, 그의 흉터 앞에서는 재원도 윤석도 단박에 기가 죽었다. 진섭의 흉터에 담긴 수많은 기억과 사건들이 그들을 꼼짝 못하게 했다.

인생이 이렇게 엉망으로 망가지기 전, 꿈도 많고 순진했던 중학교 시절의 기억들. 춤이 좋아서 하루 종일 춤만 췄던, 그들 인생에서 가장 행복했던 순간들. 그리고 그 수많은 추억들을 악몽으로 바꿔 버린 한 순간의 실수.

그 모든 것들이, 진섭의 끝도 없는 악행들에 정당성을 부여했다. 그 모든 것들이, 재원과 윤석을 옭아매고 진섭을 따라가야 한다고 주장했다.

"바, 밟았어. 진짜야! 며칠 쫓아다녔는데 별거 없었어. 학교, 학원, 집만 다람쥐 쳇바퀴 돌 듯 도는 게 끝이더라니까. 맹세해!"

재원이 겁을 잔뜩 먹은 얼굴로 말했다. 진섭은 당장 뻗고 싶은 주먹을 꽉 틀어쥐고는 험악하게 인상을 일그러뜨렸다. 흉물스럽게 구겨지는 흉터가 희미한 빗줄기와 붉은 조명 아래에서 무섭도록 날카롭게 희번덕거렸다.

"그럼 그 자식은 지금 어디 있어? 학교, 학원, 집만 쳇바퀴처럼 도는 녀석이 대체 지금은 어디에 가 있는 건데, 이 자식아?"

"그, 그건……."

셋 중 덩치가 제일 크지만 보기와는 달리 겁이 많은 재원이 말을 더듬으며 움찔한다. 진섭이 화가 나면 물불 안 가린다는 걸 알기에 나올 수 있는 반응이었다. 윤석은 재원의 앞으로 나서며 사람 좋은 웃음을 허허, 웃었다.

"찾아낼게. 걱정하지 마. 며칠 내로 꼭 행방 파악해 놓을게. 그 자식이 가긴 어딜 갔겠어? 뻔하지 뭐. 부처님 손바닥이야. 근처 피씨방이나 오락실, 만화방, 찜질방까지 죄다 뒤져서 꼭 찾아낼 테니 넌 걱정 붙들어 매고 푹 쉬고나 있어. 내가 책임지고 찾아놓을게.”

송아지처럼 순하디순한 눈동자를 커다란 뜨고, 윤석이 애원 아닌 애원을 한다. 진섭의 미간이 꿈틀거렸다. ‘책임진다’는 말. 평소에도 입버릇처럼 말하는 그 말이 케케묵은 옛날 일을 또다시 끄집어냈기 때문에. 한여름, 에어컨도 없는 4층 꼭대기 동아리방에서 있었던 충격적인 사건. 모든 걸 자신이 뒤집어쓰기로 했던 바로, 그 일.

“됐어.”

진섭은 윤석을 찔러보던 시선을 아래로 끌어 내리며 거칠게 잘라 말했다.

“너희들한테 맡긴 내 잘못이지.”

과거의 일을 떠올렸다는 걸 친구들에게 들키지 않기 위해 진섭은 힘차게 앞머리를 손으로 헝클어뜨렸다. 그리곤 짜증이 가득 담긴 얼굴로 부슬비가 느릿느릿 내리는 어두운 하늘을 올려다봤다.

“기왕 이렇게 된 거, 오늘은 좀 제끼자. 내일부터 찾아보지 뭐. 야, 맥주나 가서 사와라.”

“그래. 학교는 계속 다닐 테지. 그 녀석 범생이잖아. 설마 학교까지 빼먹겠냐? 내일 학교 앞에서 지키고 있다가 덮치자. 그럼 되겠지?”

“맥주는 내가 가서 사올게.”

윤석의 등 뒤에서 숨어 있던 재원이 빠끔히 고개를 내밀며 말한다.

“하여간 쉬운 일은 앞장서서 하겠다고 하지. 시키는 일이나 제대로 해라, 인마!"

진섭이 윽박지르듯 말하고 인상을 팍 쓰며 날카로운 눈빛을 날렸으나, 이미 살기가 돌던 처음과는 사뭇 달라진 분위기라 그런지 재원은 헤헤, 밸 없이 웃기만 했다. 그리곤 쏜살같이 어두운 골목을 내달려 슈퍼로 향했다.

진섭은 두 손을 주머니에 푹 찔러 넣으며 휴, 한숨을 내쉬었다. 저런 바보등신 같은 게, 양아치 깡패 노릇을 하겠다고 자신을 따라다니고 있으니. 한심스럽단 생각에 진섭은 고개를 살랑살랑 흔들며 재원을 삼킨 어둠 속을 응시했다.

추적추적, 빗줄기는 더 세질 기미도, 사그라질 기미도 없이 계속 내린다. 내일은 그 자식을 꼭 잡아야 할 텐데.

제11장

사랑이 돈으로 살 수 있는 것은 아닐 텐데

"목소리가 우울하네. 학교에서 무슨 일 있었나?"

집 앞이라는 정민에게 어서 들어오라 말해놓고 전화를 끊은 서율은 잠시 톡톡, 손가락으로 전화기 액정을 두드리며 생각에 잠겼다. 아무 일도 없다고 말하는 정민의 목소리가 굉장히, 아주 많이, 축 쳐져 있었다. 설마 또 그 나쁜 놈들과 부딪친 건 아닐 테고 —그랬다면 지금쯤 병원에서 전화하고 있을 테니— 도대체 무슨 일이지? 고민이 생겼나? 성적이 떨어졌나? 아님 학원비가 올랐나? 만약 그런 거라면 정민의 우울함을 이해할 수도 있을 것 같다.

"그놈의 학원비는 몇 달에 한 번씩 오르는 거야? 아주 버터낼 재간이 없네."

한숨을 내쉬며 서율은 중얼거렸다. 정민이 워낙 성적이 좋은 녀

석이라 그 레벨에 맞춰 학원이나 과외도 이것저것 챙겨서 시켜줘
야 하는데, 수중에 돈이 없으니 그게 마음대로 안 되는 게 현실.
하루 온종일 빡세게 일을 해도 먹고살기 힘든 서율의 능력으로는
꿈도 못 꿀 일이었다. 그나마 요즘 믿는 구석이라곤 한영재뿐. 그
에게만 잘 보이면 이곳에서 일하게 될 수도 있고, 그렇게 되면 하
루 일당을 삼십만 원씩이나 받을 수 있게 되니 그보다 더 좋은 직
장이 어디 있을까. 일이 엄청 힘들겠지만 고수익이 보장된 만큼,
그깟 힘든 일쯤 충분히 감수할 자신 있었다.

그나저나 채용결정은 다 내렸나? 멤버들 의사를 물어보겠다더
니만. 물어는 봤나? 아예 까먹은 거 아니야? 지금 얘기 꺼내볼까?
곰곰이 생각하며, 막 주방을 나가려던 찰나였다.

"은형 씨와 서율 씨 모두 있는 자리에서 터트리고 싶은 충격고
백이 있다?"

시니컬한 민찬의 목소리가 자신의 이름을 언급하자, 서율은 우
뚝 옮기던 걸음을 멈추어 섰다. 충격고백이라니? 이게 무슨 소리
야?

"뭔데? 나만 모르나? 난 도무지 뭔지 모르겠는데. 누구, 눈치챈
사람 없어?"

"그, 글쎄…… 내 생각에는……."

"여자 문제예요?"

지금껏 얌전히 지켜만 보고 있던 윤우 여친 유림이 조심스럽게
물었다. 절친인 은형이 관련된 일이라 절로 관심이 생기는 모양이
었다. 그도 그럴 것이, 충격고백이라니까. 서율은 자신도 모르는

사이 주방 사이드 벽에 몸을 붙이고 귀를 기울였다. 어쩐지 가슴이 조마조마, 심장이 두근두근 뛰는 게. 이런 건 몰래 엿들어야 할 것만 같았다.

"그렇다고 할 수 있죠."

"애매하게 말하지 마. 돌려 말하는 거 딱 질색이야. 그러니까 형이, 여기 이 자리에서 사람들 모아놓고 하고 싶다는 선언이 대체 뭐라는 거야?"

"너 지금 나한테 화내는 거냐? 목소리가 날이 섰는데. 내 연애 사업이 술술 풀리는 게 마음에 안 들어?"

"그럴 리가. 형이 천생연분 배필을 만났다는데 축하해야지."

"진심으로 축하해 주길 바란다."

"뜸 들이지 말고 이제 그만 말하시지 그래?"

"내가 말 안 해도 다들 눈치챈 거 같은데?"

"정말…… 사귀는 거예요?"

유림이 재차 묻는다. 살얼음판을 걷듯 조심조심 속삭이는 말투에, 믿어지지 않는다는 듯 의아한 뉘앙스. 친구이면서도 일이 이렇게 발전되기까지 전혀 모르고 있었던 모양이다. 서율은 저도 모르게 굳어지는 얼굴로 꿀꺽, 마른침을 삼켰다. 그리곤 입술로 절로 가는 손톱을 잘근잘근 씹어대며 한영재가 뭐라 하는지 제대로 듣기 위해 열심히 안테나를 세웠다.

"사귑니다."

자신이 이렇게 긴장하는 이유가 뭔지 생각해 볼 새도 없이, 그가 불쑥 대답을 내놓았다. 반사적으로 서율의 턱이 뚝 떨어졌다.

그리고 이어지는 그의 다음 말에는 거친 숨을 들이쉬었다.

"정서율과."

크헉!

거실은 침묵에 휩싸였다. 그가 뭐라 할지 온갖 신경을 곤두세우고 그의 입만 뚫어져라 바라보던 사람들은 돌이 되어버린 듯 그대로 굳어 멍하니 앉아 있었다. 몇 초 동안 아무도 제대로 숨 쉬는 사람이 없는 것으로 보아 꽤나 충격적인 모양들이었다. 특히 민찬의 표정은 아주 예술. 울고 싶은 것인지, 웃고 싶은 것인지 분간이 안 되는 묘한 상을 하고 있었다. 방금 전까지 모든 걸 다 뒤엎어버리고 싶은 듯한 표정으로 영재를 노려보던 그 류민찬 맞나 싶다.

"서율 씨라고? 서율 씨와 사귄단 말이야? 형이?"

"왜? 뭐 문제 있어?"

"아……. 그, 그런 건 아니지만."

민찬은 커다란 황소눈망울을 껌뻑거리며 서은형을 돌아보았다. 발표되자마자 깜짝 놀라 두 눈 휘둥그레져 있던 그녀는, 지금은 언제 그랬냐는 듯이 덤덤한 얼굴로 고개까지 끄덕이며 앉아 있었다. 놀라던 모습을 직접 목격하지 않았다면 아마도 '이미 다 알고 있었나?' 라고 의심해 볼 만도 한 모습이었다. 하지만 그럴 리는 없고. 민찬은 그저 그녀가 지금 어떤 심정일지, 무척이나 궁금할 따름이었다. 축하해 주고 있는 것인가. 아니면, 가슴 아파하고 있는 것인가.

"그럼 은형 씨는 여기 왜 오게 한 거야?"

"내 친구니까. 서율이가 고마워하는 사람이기도 하고. 은형 씨네 집에서 신세 지고 있는 입장이 있는데, 당연히 이런 일에 최우선으로 모셔야지. 서율이 입장에선 너희들보다 은형 씨의 축하를 더 받고 싶지 않겠냐?"

"축하해요."

영재의 변辯이 떨어지자마자 은형이 기다렸다는 듯이 축하의 말을 건넸다. 빙긋 입술 끝을 U 자로 꺾는 그녀의 표정은, 언뜻 기운이 없어 보이기도 했다. 어깨가 축 쳐지기 시작했다고 느낀다면 오버일까? 민찬은 날카로운 시선으로 은형의 얼굴을 훑었다.

"근데 두 사람 언제 이렇게 가까워졌어요? 전혀 몰랐어요, 저는. 류민찬 씨 소개해 주겠다고 그 난리를 피웠는데 서율이가 속으로 얼마나 기가 막혔을까. 얼굴이 다 화끈거리는 거 있죠? 그랬구나, 그래서 내켜하지 않았던 거구나. 이상하다 했어요, 솔직히. 류민찬 씨 정도면 어떤 여자든 싫다고 말하진 않을 텐데. 얜 자꾸 괜찮다고, 자기랑 어울리지 않는다고, 고사하더라고요."

"그러게 왜 남의 의사도 확인하지 않고 마음대로 소개해 주겠다 그럽니까? 괜히 사람 입장만 난처해지게."

"몰랐으니까 그런 거죠. 서율이도 솔로고, 류민찬 씨도 솔로고, 어울릴 것 같아서 다리 좀 놔드리려고 한 겁니다. 그게 꼭 그렇게 나쁜 일인 것만은 아니잖아요."

"서율 씨와 나만 솔롭니까? 솔로인 사람, 여기 많았습니다. 시후도 솔로고, 그땐 영재 형도 솔로인 줄 알았을 거 아니에요. 서은형 씨도 마찬가지고요."

"류민찬 씨랑 저랑 사귈 순 없잖아요?"

"왜 안 됩니까? 사귀면 사귀는 거지. 뭐 그게 대수라고."

"어머나— 전 누구처럼 그렇게 개방적이고 인스턴트하지 않아서 말이지요. 이래 봬도 남자친구 사귀는 거, 꽤 심사숙고해서 결정하는 사람입니다."

"아, 그래서 만나는 남자마다 그 모양입니까? 양다리이거나, 일중독자이거나, 마마보이이거나?"

"뭐라고요?"

"좋은 사람이라고 포장하지 마십시오. 좋게, 쿨하게 웃으면서, 합의 하에 헤어졌다고 미화시키면 덜 비참해집니까? 상처를 덜 받습니까? 결국 싫어서 헤어진 거잖아요. 아파서 헤어진 거잖아요. 차라리 욕을 하세요. 그 미친놈, 나쁜 놈 때문에 힘들어 죽겠다, 솔직하게 말하세요. 그게 덜 비참해 보입니다."

"류민찬 씨. 지금 말 다했어요?"

"두 사람 그만하지. 싸우려거든 따로 만나 싸우라니까."

재차 파이어될 위기에 봉착한 두 사람을 뜯어말린 사람은 역시 한영재다. 민찬과 은형은 서로를 죽일 듯 노려보던 시선을 거두곤 획, 반대쪽으로 턱을 꺾어 상대를 외면했다. 영재는 둘을 지겨워 죽겠다는 듯 좌우로 흘려보고는 쯧, 혀를 찼다. 그리곤 매우 느긋하고 여유자적한 목소리로 중얼거리듯 말했다.

"자! 잠시 질문 시간을 갖겠다. 궁금한 거 있으면 물어들 봐."

"둘이 언제부터 그런 사이가 됐어?"

서로 헐뜯고 으르렁거리는 민찬과 은형 덕분에 아무 말도 못하고 눈치만 슬슬 보고 있던 시후가, 제일 먼저 기세 좋게 큰 소리로 물어왔다. 방금 전까지 불쌍하다, 순진하다, 웃기지도 않는 소리로 사람 부글거리게 만들더니만 어지간히도 급했나 보다. 유치하지만 꽤 통쾌하네. 은근히 즐거운걸. 영재는 히쭉 입가를 실룩거리곤 이내 전혀 놀라운 질문이 아니라는 듯, 태연한 얼굴로 대답했다.

"한, 일주일 전쯤?"

"일주일이면 사건 일어나기 전이잖아."

"알다시피 우린 그전부터 알고 지낸 사이니까."

"현수도 이렇게 된 거 알고 있어?"

이번엔 윤우의 질문. 그는 갑작스런 영재의 선언에 조금 놀란 듯하였으나 별다른 이견은 없는 듯 미소 띤 모습이었다. 하지만 영재는 알고 있었다. 윤우 녀석이 자신의 말을 100프로 다 믿고 있지는 않다는 것을. 신내림을 받은 게 아닌가 싶을 정도로 영험함을 자랑하는 녀석의 직감 덕분에 맥 빠져 본 게 한두 번이 아닌지라, 영재는 이번에도 윤우만큼은 뭔가를 눈치채지 않았을까 경계하고 있었다.

"아직 말 안 했어. 한국 돌아오면 그때 말해도 늦지 않을 것 같아서."

"어쩌다 사귀게 된 거예요? 뭔가 특별한 계기가 있었을 것 같은데."

"계기 같은 거 없어요. 우린 서로 첫눈에 반한 거니까."

"첫눈에? 정말이야? 혀, 형이 정말 첫눈에? 그런 적 한 번도 없었잖아.”

믿어지지 않는다는 말투로 말하고 있는 김시후는, 그러나 가장 완벽하게 속아 넘어간 인물임이 틀림없었다. 입까지 쩍 벌린 채로 말을 더듬는 녀석은 거의 혼이 나간 사람처럼 보였다. 제대로, 확실히 믿고 있는 게 분명했다. 영재는 얼빠진 얼굴로 두 눈만 깜빡거리고 있는 시후를 바라보며 으쓱 어깨를 끌어올리고는 넙죽 대답을 내놓았다.

“원래 임자 만날 땐 그러는 법이다. 첫눈에 매혹되고 마는 거지.”

“임자? 형, 서율 씨랑 결혼할 거야?”

“제정신이냐? 영재 형 나이가 몇인데 벌써 결혼이야? 서른도 안 됐구만.”

“눈에 콩깍지가 씌면 당장 하겠다고 나설 수도 있는 거지. 못할 건 또 뭐야? 결혼돌로 등극하면, 공중파 삼사 9시 뉴스 헤드라인은 전부 형의 차지가 되겠구만. 뉴스뿐이겠냐? 아사히, 요미우리, 니혼게이자이 지誌는 물론 일스, 스서, 스조, 우리나라 3대 스포츠 신문까지 죄다 한영재로 평정될 텐데. 그것도 나름 짜릿하지 않겠어?”

“한 번의 짜릿함이 10년 인기를 좌우한다.”

“에이— 영재 형 팬들이 어디 그리 지조 없는 분들인가? 결혼한다고 다 떠나게. 그냥 쿨하게, 나로 갈아타겠지 뭐.”

방금 전까지 못 믿겠다는 듯 얼빠진 얼굴로 멍 때리던 시후가 언제 그랬냐는 듯 민찬을 바라보며 장난스럽게 깜죽거렸다. 남의 속도 모르고 혼자 칠렐레팔렐레 낄낄거리느라 좋아 죽는 시후의 모습을 보고 있자니, 민찬은 안 그래도 불편했던 기분이 더욱 꿀 꿀해지는 것 같아 눈살을 찌푸렸다. 어쨌든 두 사람이 사귄다고 하니 축하는 해줘야겠지만 서은형의 저 꾸리꾸리 야리꾸리한 뜻 모를 미소는 아무래도 마음에 걸리는 그였다. 설마 서은형이 진짜 로 영재 형을 좋아하고 있었던 건가 싶은 게 내장이 매우, 아주 심 히 꼬이는 기분. 도대체 한영재가 뭐 그리 대단히 잘난 남자라고 오매불망 짝사랑인 건지 알 수가 없었다.

"어쨌든 축하해. 진심으로."

"오케이."

"나도, 나도. 솔로에서 벗어나야 할 사람이 벗어나는 것이니까 축하축하, 추카추카추! 이젠 잊을 수가 없어요오오오~"

"그만 까불어라, 김시후."

브레이크댄스를 춘답시고 두 팔을 오징어마냥 휘적거리는 시후 를 째려보며 민찬이 엄하게 말했다. 물론 시후가 그의 말을 들을 가능성은 거의 없었다. 언제나 그렇듯 모든 걸 제 위주로 생각하 는 녀석이라. 영재는 픗 웃으며, 여전히 기분이 좋아 뵈지 않는 민 찬과 덤덤하게 앉아 있는 은형을 천천히 번갈아 보며 말했다.

"자. 그럼 눈빛 교환과 사랑의 작대기는 두 사람이서 하시죠?"

"뭐?"

"뭐라고요?"

날카로운 대답이 양쪽에서 동시에 날아왔다. 영재는 눈동자를 스륵 굴리며 두 사람의 표정을 살폈다. 발끈하는 말투와는 반대로 두 사람은 기대감에 부풀어 살짝 상기되어 있었다. 그럼 그렇지.

"아! 이제 보니 두 사람이 남아 있었구나. 아직 미팅이 종료된 건 아니었네? 좋아, 좋아. 둘뿐이지만, 그래도 이 몸이 최선을 다해서 사회를 봐주겠습니다. 자, 준비하시고~ 눈빛! 쏘세요~"

"저, 저기요!"

제법 사회자 티를 내며 방방 뜨는 시후의 목소리가 순식간에 묻힐 만큼, 날카롭고 우렁찬 여인의 음성이 울린 것은 이때.

언제부터 있었는지, 저쪽 주방 근처에 정서율이 우뚝 서 있었다. 두 다리를 넓게 벌리고 어깨는 잔뜩 힘을 넣어 위로 솟구치게 해놓은데다, 두 주먹까지 불끈 쥐고 이쪽을 노려보고 있는 서율은 마치 할 수만 있다면 그를 우주 끝까지 날려 버리고 싶다는 듯, 험상궂기가 헐크 호건 저리 가라인 얼굴을 하고 있었다.

모든 사람들의 시선은 그녀에게로 쏠렸다. 한영재가 둘이 사귀는 중이라 선언한 마당이니 당연지사. 그들은 서율이 무슨 말을 어떻게 꺼낼지 무척이나 궁금한 듯 그녀의 씩씩거리는 얼굴을 빤히, 기대감 만땅의 얼굴로 바라보고 있었다. 그녀의 살벌한 기운을 온몸으로 다 받아내면서도 영재는 태연하고 느긋하게, 풀썩 소파에 몸을 기대었다. 이렇게 된 거, 그녀가 무슨 말을 할지 느긋하게 구경이라도 해볼 참. 사실은 아까부터 그녀의 반응이 무척이나 궁금했던 영재였다.

한 방 제대로 날려줘야 한다, 정서율. 나를 실망시키지 않도록.

영재는 입아귀를 슬쩍 남모르게 비틀어 올리곤 가슴 아래로 느긋이 척 팔짱까지 꼈다. 그리고 뭔가 빵 터질 만한, 거침없는 그녀

특유의 발언을 기대하며 집중하는데.

"저 좀 잠깐, 보죠?"

겨우겨우 입을 연 그녀는 영재를 소환하고 있었다.

방 안으로 들어서자마자 서율은 휙 몸을 돌려 뒤따라 들어오는 영재를 마주했다. 따라오라는 말을 순순히 들어먹고 있는 한영재를 보니 속에서 천불이 올라왔다. 인간적으로 저렇게 태연해도 되는 건가? 아무것도 잘못한 게 없는 사람처럼 저렇게 멀쩡해도 되는 건가? 화가 머리끝까지 났다. 이쪽은 너무나 황당해서 어처구니가 없는데, 상황을 이렇게 만들어놓은 당사자는 아무렇지도 않다니. 이게 말이나 되는 거냐고!

"할 말 있으면 빨리 해라. 그렇게 노려만 보지 말고. 얼굴 뚫어지겠다."

"할 말은 제가 아니라 한영재 씨한테 있어야 하는 거 아닌가요? 좋아하는 사람은 따로 있으면서, 사람들 앞에 제가 여자친구라고 거짓말했잖아요."

"좋아하는 사람이, 따로 있다고? 누구? 나?"

"아주 기분 나빴거든요? 무슨 사정인지는 모르겠지만, 말 못할 것 같으면 그냥 안 밝히면 되는 거잖아요. 누가 밝히라고 강요한 것도 아닌데 왜 쓸데없이 애먼 사람 끌고 들어가서 사람 황당하게 만들어요? 당하는 사람 입장은 전혀 생각 안 하세요?"

"내가 누굴 좋아하는데?"

한영재는 심지어 입가에 웃음마저 띤 채로 태연하게 물었다. 지금 이 상황이 아주, 매우 흥미진진한 얼굴이시다. 구타유발자 같으니라고. 어떻게 저렇게 뻔뻔할 수가 있냐? 아무것도 모르겠다는 듯, 순진한 얼굴로 싱글벙글. 지금 누구 약 올리는 거야? 열받아서 죽으라는 거야, 뭐야?

"누구긴 누구예요? 서은형 언니지."

"은형 씨?"

"아닌 척하지 마시죠. 이미 다 눈치 깠으니까. 은형 언니가 초대에 응하지 않으면 어쩌나, 전전긍긍했었잖아요. 나까지 동원해서 종용했던 거. 그게 좋아한다는 증거가 아니고 뭐예요?"

"뭐, 그렇게 생각할 수도 있겠네."

"좋아하는 사람 따로 두고, 대체 왜 나랑 사귄다고 거짓말했는지는 모르겠지만. 이러는 거 아니죠. 사정이 있어서 어쩔 수 없이 그런 식으로 둘러 붙일 거였으면, 미리 상의를 하고 터트리던가. 갑자기 말도 없이 그렇게 공표해 버리면 난 뭐가 되요?"

"뭐가 되긴. 내 여자친구가 되는 거지."

"지금 장난하세요? 제가 왜 한영재 씨 여자친구가 되어야 하는데요?"

"내가 그러길 원하니까."

"뭐, 뭐라고요?"

이건 또 뭔 말도 안 되는 소리야? 그러길 원하다니? 뭘? 누가? 무엇을? 설마 이거 프러포즈는 아니겠지? 나와 사귀고 싶다 말하는 건 아니겠지? 서은형을 좋아한다면서, 왜 이딴 고백을 해? 진짜 미친 거 아니야? 서서히 충격과 경악이 밀려와, 서율의 눈은 점점 더 커다래지고 있었다. 당장이라도 튀어나올 것처럼 커다랗게 뜬 눈은 한영재의 잘생긴 얼굴에 꽂혀 있었다. 얼굴까지 새하얘진 서율과는 달리, 그는 매우 편안한 모습으로 그녀를 가만히 내려다보는 중이었다.

"그게 지금 무슨 뜻이에요? 정말, 나랑 사귀겠다는 거예요?"

"왜? 안 될 이유 없잖아."

"안 될 이유가 왜 없어요? 내 보기엔, 될 이유보다 안 될 이유가 더 많구만."

"너, 사귀는 사람 없잖아."

"사귀는 사람이 없으면 무조건 한영재 씨랑 사귀어야 해요?"

"날 좋아하기도 하고."

"누가요? 내가요? 핫!!"

서율이 어처구니없다는 듯 큰소리로 말하곤, 고개를 쑤욱 그의 코앞으로 내밀었다. 그러더니 인상을 험악하게 구기며 부릅뜬 눈동자를 이리저리 굴린다.

"이분, 아직도 제정신 못 차리셨네. 이것 보세요, 한영재 씨. 전 그쪽, 전혀 안 좋아한다고요. 전에도 말씀드렸을 텐데. 제 취향 아니시라고. 너무 포괄적으로 말해드렸나? 이해를 못하신 거 같은데, 다시 한 번 말씀드려요? 구체적으로다가 확실하게 저격해 드릴까? 저는요. 일단 키 큰 남자, 싫습니다."

스윽, 그녀가 팔을 그의 정수리 근처로 뻗더니 머리 위에 정지, 그의 키를 재듯 손을 편평하게 펴고 휙휙 공중에 내돌리기까지 한다. 그리곤 키 큰 남자는 딱 질색이란 얼굴로 쯧쯧, 혀까지 차는 정서율. 그러더니 한심해 죽을 것 같다는 시선으로 스르륵, 눈동자를 굴려 그의 희고 고운 잘생긴 낯을 훑었다.

"남자 고운 피부, 밥맛입니다."

"……."

"여자보다도 더 피부가 고운 남자, 완전 짜증이거든요? 비교가 되어서 어디 같이 다니기나 할 수 있겠습니까? 혼자 다니면 '피부 미인, 생얼도 자신 있다'가 되는데 남자친구랑 같이 나가기만 했다 하면, 거지피부, 노안, 잡티 짱 많음이 되는 거잖아요. 남친이 아니라, 웬수죠. 웬수."

도무지 참을 수 없다는 듯 인상을 격하게 찡그리며 그녀는 마지막 말을 있는 힘껏, 세차게 씹어 뱉어냈다. 영재는 코앞까지 다가온 그녀의 얼굴을 가만히, 내리깐 눈썹 밑으로 찬찬히 내려다보았다. 너무 가까이 다가와서인지 눈 밑으로는 깨알처럼 흩뿌려져 있는 희미한 주근깨가 낱낱이 다 보였다. 화장을 한 건지, 만 건지. 뭔가를 바른 듯한데, 커버력이 없어서인지, 꼼꼼하게 화장하지 못해서인지, 투명한 그녀의 피부가 다 엿보인다. 푸르름이 선명한 동맥을 빤히 내려다본 채로 영재는 건조하게 중얼거렸다.

"그건 그냥 여자의 피부에 문제가 있는 거 아닌가."

"내 피부가 뭐 어때서요? 이 정도면 꽤 좋은 편이거든요?"

"악 건성인데."

"뭐요?"

"눈 밑에 주름 생길 조짐이 보여. 그 나이에 벌써 그 정도면 악 건성 중에서도 극악건성이라는 뜻이다. 피부 관리 좀 하지 그러냐. 그거 뭐 얼마나 된다고.”

“그, 그 정도는 아니거든요? 건성이긴 하지만, 무슨 내 눈 밑에 주름이 있다고. 내 눈에는 안 보이는 주름이, 왜 당신 눈에만 보일까 모르겠네. 마법의 눈을 가지셨나. 아니면 내가 너무~ 싫어서 없는 것도 만들어서 보시나.”

“없는 것도 만들어서 보려는 건, 내가 아니라 너 같은데. 네가 지금 싫다고 하나하나 지적하고 있는 것들 모두 사람들이 내 매력이라고 꼽는 것들이다.”

“사람들이 느끼는 걸 모두가 똑같이 느끼라는 법은 없잖아요. 난 그 사람들이랑 기준이 달라요. 당신이 가진 장점들, 다 내가 싫어하는 거라고요. 다 싫어요, 한영재 씨의 모든 것이. 난 이게 제일 싫더라. 여자 인조눈썹보다 더 긴 속눈썹. 이건 대체 뭐야? 남자 눈썹이 왜 이래? 난 체질상 속눈썹 붙이는 것도 대따 싫어하는데. 우리 둘이 돌아다니면, 댁이 여자고, 내가 남자인 줄 알겠습니다요. 어찌나 기신지~”

딴엔 그의 약을 올리겠다고, 그녀가 비아냥거리며 턱을 비틀어 다시금 얼굴을 이쪽으로 들이대었다. 향긋하고, 먹음직스러운 향이 성큼 그의 쪽으로 날아왔다. 만찬의 유혹. 영재는 눈앞을 어지르는 희미한 주근깨 자국들과, 달달함을 보장하는 듯 반짝이는 핑크빛 입술, 반들반들 유리알처럼 곱고 아름답게 빛나는 새까만 눈동자를 꼼짝하지 않고 서서 지켜보았다. 아직은, 참을 만하다고 생각하며.

“입술도 진짜 짜증이야. 뭐야? 여자 입술도 그렇게 예쁘진 않겠네. 빨갛고 도톰하니, 앵두 같다는 말이 딱 어울리는 입술이잖아. 이런 입술을 남자가 갖고 있다는 거, 그건 그 자체로도 죄악이라고요. 여자에 대한 예의가 아니지. 어떻게 여자보다도 더 섹시하고 매력적일 수가 있냐고.”

“섹시하고 매력적이어서 내가 싫다는 거로군.”

“그쪽이야 연예인 중에서도 꽃미남 계열이시니, 섹시하고 매력적인 거야 당연한 거겠죠. 그걸 부인하면 열폭이죠. 열등감 폭발. 저도 그 정도는 인정합니다. 다만! 내 취향이 아니라는 거죠. 난 키 크고 잘생긴 남자, 딱 질색입니다. 사귀고 싶은 마음 눈곱만큼도 없다고요.”

“그래서 내 여자친구가 되는 걸 거부하겠다는 거냐?”

“저한테 감사하세요. 사실 이런 잘못된 선택은 백발백중 나중에 후회하거든요. 멀리 갈 것도 없어요. 당장 오늘 밤에 침대에 누워 곰곰이 생각해 보세요. 분명 이불에 대고 하이킥하실 걸요? 내가 왜 그딴 제안을 그 촌티 나는 계집애한테 했을까? 미쳤지, 돌았지, 제정신 아니었지. 하면서요.”

“……”

“물론 어쩔 수 없이 한영재 씨와 사귀어야 한다면, 까짓 것 사귈 수도 있습니다. 취향은 아니지만, 어쨌든 한영재 씨는 돈 많고 잘난 남자 아닙니까? 취향은 아니더라도 그냥저냥 며칠이든 몇 달이든, 선물 몇 가지 챙겨 받고 뽕 빠졌다 싶으면 빠이빠이~ 헤어지면 되거든요. 사람 사귀는 거 사실 별거 없어요. 밥 먹고, 영화 보고, 밥 먹고, 영화 보고. 가끔 여행도 갈 수 있겠지만, 한영재 씨야 얼굴 팔릴 대로 팔린 유명인이라 그럴 수도 없지 않겠습니까? 밥 먹고 영화 보는 거 몇 번만 하면 되는 건데, 그거 못할 거 없죠. 근데 전 양심이 살아 있는 여자거든요. 돈 많은 남자가 사귀자는 거, 고맙다고 덥석 받아들이는 비양심적인 행동. 전 절대로 하지 않습니다. 취향이 아닌 남자는……."

"그놈의 취향."

"네?"

느릿느릿, 아주 작은 목소리로 중얼거린 그의 혼잣말을 용케도 알아듣고 그녀가 하던 말을 중단했다. 여전히 그의 코앞에서 먹잇감을 자처하며 씩쌕씩쌕 작은 숨을 몰아쉰 채인 서율은 시크한 그의 중얼거림이 무엇을 뜻하는지 제대로 알아내고 싶은 듯, 호기심을 잔뜩 물고 있었다. 당장 흡입해 삼켜 버리고 싶은 야수본능을 꾸역꾸역 삼키며, 영재는 차갑게 대꾸했다.

"쓸데없는 잡소리 해봤자, 네가 날 좋아한다는 사실은 변하지 않아. 그러니까 그리 용쓸 필요 없어."

"아, 아니, 여보세요! 난 분명 아니라고……!"

"아니라고 백 번 말하면 뭐하냐. 네 눈이, 날 좋아한다고 말하는데."

"그게 무슨 헛소리예요? 내 눈이 무슨 말을 한다고. 혹시…… 그쪽, 나 좋아해요?"

"뭐?"

이게 무슨 소린가 싶어, 영재는 눈살을 심하게 찌푸리며 그녀를 향해 팍 시선을 꽂았다. 그녀는 여전히 영재를 향해 쭉 목을 늘어뜨리고 입술을 살짝 벌린 채였다. 새하얀 이와 새빨간 혀가 유혹하듯 그의 눈앞에 펼쳐져 있었다.

"사실대로 말해보세요. 저, 좋아하시죠?"

"미쳤냐? 내가 왜? 뭣 때문에 너처럼 못생기고……."

"촌스러운 여자를 좋아하겠냐? 하시겠지만, 원래 사랑은 그런 거예요. 첫눈에 반하면 그 여자의 촌스러움? 못생긴 외모? 그딴 건 다~ 필요 없어지는 거거든요. 임자 만날 땐 다 그런 거라고, 아까 한영재 씨도 말했잖아요."

"네가 취향 아닌 남자한테 홀딱 반한 이유가, 그거였구나? 사랑에 푹 빠져서."

"이거 왜 이러실까. 좋아하는 사람은 내가 아니라 그쪽이면서. 아닌 척 쩌시네."

"아닌 척하는 건 너겠지. 내 피부가 어떻고, 속눈썹이 어떻고, 입술이 어떻고, 주절주절 늘어놓는 거 자체가 내게 아주 지대한 관심을 가지고 있다는 뜻 아니냐?"

"관심이야 당근 있죠. 저한테 돈을 주실 분인데."

"아하. 이제야 실토를 하는군. 돈을 핑계로, 날 좋아하는 네 마음을 정당화하시겠다? 넌 날 좋아하는 게 겁나냐? 인정하는 게 무서워?"

"뭐라고요?"

"각설하고, 지금부터 잘 들어라. 네가 내 여자친구가 되어야 하는 이유를 짧고 간략하게 말해주겠다."

"무슨 소리예요? 그딴 게 있을 리 없잖아요. 무슨 이유 때문이든, 난 그쪽이랑 안 사귄다니까요. 취향이 아니라고 분명히 말했잖아요!"

화가 머리끝까지 난 듯 서율은 발끈해 통통 제자리에서 뛰어대기 시작했다. 덕분에 코앞까지 들이민 얼굴이 숫제 로켓이 되어 영재 얼굴로 발사될 기세였다. 향긋한 그녀의 냄새가 코끝을 적시고, 폐로 스며들어 식욕을 자극했다. 강렬하게. 영재는 하찮은 것 내려다보듯 잔뜩 깔아뭉갠 시선으로 그녀를 깔아보며, 건조하기 짝이 없는 음성을 귀찮은 듯 불쑥 내뱉었다.

"넌 나한테 빚을 지고 있어. 내 돈을 갚아야 해. 일하면서 갚겠다지만, 넌 그보다 더 빨리 갚고 싶겠지. 안 그래?"

"그거야…… 당연하죠."

빚 얘기가 나오자 그녀는 뛰는 걸 급, 멈추더니 뭔가를 곰곰이 생각하는 듯 희미하게 인상을 찌푸렸다. 역시, 이럴 줄 알았다. 정서율의 인생최대목표는 '빚 갚기'인 듯. 빚 얘기를 꺼내면 서율은 뭐든 눈을 빛냈다. 빚을 갚기 위해서라면 뭐든 시키는 일은 다 할 준비가 되어 있는 여자가 바로 정서율. 과연 '뭐든'의 한계가 어디인지 영재는 심히 궁금해졌다.

"난 내 마음대로 컨트롤할 수 있는 여자가 필요하다. 내가 만나고 싶을 때 만나주고, 헤어지고 싶을 때 헤어져 주고, 차고 싶을 때 순순히 걷어 차여줄 여자."

"그런 여자가 있을 리 없잖아요? 장난감도 아니고."

"하지만 필요해. 돈으로 고용해서라도 꼭 손에 넣어야겠어."

"왜요?"

서율이 이번엔 두 눈을 동그랗게 뜨고 영재를 바라보며 조용히, 진지하게 물어왔다. 방금 전까지 비아냥거리며 이죽거리던 태도와는 사뭇 다른 모습이었다. 뭔가 그에게 숨겨진 사연이 있다고 생각한 듯하다. 궁금증이 가득 들어찬 눈을 반짝반짝 빛내며 그녀는 그를 향해 벙긋, 입술을 움직였다.

"왜 그렇게까지 구차하게 여자를 구하는 건데요? 무슨 말 못할 사연이라도 있는 거예요? 혹시…… 너무 쌓였어요?"

뒷말은 목소리를 심하게 낮추어 묻는 정서율. 영재는 미간을 꿈틀거리며 그녀의 향긋한 입술을 짜증스레 내려다보며 딱딱하게 중얼거리듯 대꾸했다.

"쌓이다니. 뭐가?"

"왜, 그런 거 있잖아요. 남자들……. 그거, 주기적으로 못하면 엄청 힘들다고 하던데. 혹시 그것 때문에……?"

"뭐?"

"아니면 취향이 레어한가요? 혹시 벼……."

"벼?"

"벼…… 언……."

"벼언?"

"변태예요?"

이번엔 들릴 듯 말 듯, 거의 목소리를 낮추고 속삭이듯 물었다. 순간 폭소가 터질 뻔해 영재는 꾸욱, 아랫입술을 이로 짓눌러 주어야 했다. 살살 주변 눈치를 보고, 목소리 볼륨까지 최대한으로 줄여가며 겨우겨우 물은 말이, 변태냐니. 이 얼마나 골 때린 말인

가. 영재는 이마를 딱 치고 싶은, 굴뚝 같은 마음을 겨우겨우 접고 냉랭한 마스크 그대로 차갑게 되물어주었다.

"넌 내가 돈 주고 여자를 사서, 겨우 그딴 일에 쓸 거라고 생각해?"

"아, 아니……. 이상하니까요. 한영재 씨 정도면 인기도 많잖아요. 아무 여자 골라잡아서 사귀면 될 텐데, 왜 굳이 돈으로 사람을 사려고 하는지 알 수가 없어서. 아! 그냥 구인광고를 내지 그래요? 돈도 벌고, 톱스타 한영재랑 사귀고. 사람들이 열광할 것 같은데."

"그딴 광고를, 내가 할 성싶으냐?"

"뭐. 좀 없어 보이긴 하네요. 얼마나 사귈 여자가 없으면 광고를 내겠냐, 사람들이 쑥덕거리겠다. 뭘 하느라 여자를 돈으로 사는지 의심할 거고. 게다가 이런 일은 필히 비밀을 요하는 거라서……. 그럼 굳이 날 지목한 건, 다른 사람 모르게 몰래 진행할 일이 있기 때문인가요?"

"이제야 제대로 맥을 짚네."

칭찬이다. 그가 자신을 향해 씩 웃으며 칭찬을 했다. 서율은 멍하게 그를 올려다본 채로 생각했다. 그가 자신에게 뭔가를 잘했다고 칭찬했던 건 이번이 최초라고. 칭찬은 고사하고 긍정적인 말조차 한마디 건네준 적 없는 위인이 한영재라고. 항상 통박 주고 불퉁하게 대하던 그였는데, 이런 말을 그에게 들으니 기분이 참 묘하다고.

"도대체 그게, 뭔데요?"

"협조할 용의가 있긴 있는 모양이지?"

"돈만 많이 준다면야. 언제까지 하는 건데요?"

"류민찬과 서은형 중, 누구 하나 시집 장가 갈 때까지. 아니면 두 사람이 사귀게 될 때까지라도."

어라. 이 말은 대체 무슨 뜻? 류민찬과 서은형이 사귀게 될 때까지, 가짜 연애를 하겠다니. 분명 한국말인데 도무지 이해가 안 되는 말이었다. 서율은 축 어깨를 늘어뜨린 채로, 두 눈을 깜빡거렸다.

"은형 언니 좋아하는 거 아니세요?"

"좋아하지. 내가 아니라, 류민찬이."

"에?"

민찬이 은형을 좋아한다고? 류민찬이 서은형을? 두 사람은 천하의 둘도 없는 앙숙인데? 두 사람이 서로 디스하는 걸, 이 내 두 눈으로 똑똑히 봤는데 어디서 그런 헛소릴 지껄이는 거야?

"헛소리 같지?"

그녀의 표정을 다 읽은 듯 그가 불쑥 물었다. 서율의 미간에 지익— 주름이 한 줄 갔다. 설마 이 말도 안 되는 소리가 진짜 사실인 건 아닐 테지?

"사실이다. 민찬인 은형 씰 좋아하고, 은형 씬 민찬일 좋아해. 서로 좋아하고 있는 거지."

"그걸 한영재 씨가 어찌 알아요? 둘이 서로 잡아먹지 못해서 안달이던데."

"둘이 서로 잡아먹지 못해 안달이니까, 좋아한다는 거다. 원래 좋아하면 상대를 괴롭히고 싶어하는 법이거든."

"아닐 수도 있잖아요. 정말 싫어서 싫은 티 내는 것일 수도 있는 거 아니에요?"

"너도 참 어지간히 눈치가 없는 녀석이구나. 척 보면 모르겠냐? 서로의 관심을 받고 싶어서 일부러 상대의 신경을 박박 긁는 거잖아."

"그럼 고백하면 되잖아요. 서로 좋아한다면서요. 민찬 씨가 고백하면 되겠네. 그럼 은형 언니가 받아줄 것 아니에요."

"서로 좋아하고 있다는 걸, 둘 다 모르거든."

"한영재 씨가 알려주세요. 그게 진짜라면, 두 사람 모두 한영재 씨한테 엎드려 절할 텐데."

"난 남의 일에 끼어드는 거 딱 질색인 사람이야."

"그런 마인드면, 이런 짓은 왜 하는 건데요? 두 사람이 사귀든 말든 내버려 두지, 왜 끼어들었어요? 그것도 나까지 엮어서."

"그 인간들이 날 이용하니까."

"이용?"

고개를 갸웃하며 그녀는 호기심 도는 눈으로 재차 물었다. 이용이란 단어를 듣는 순간, 민찬과 잘해보라며 자신을 부추겼던 은형이 불쑥 떠오르면서 대충 감이 오는 것도 같아서다. 은형은 심지어 영재와 사귈 수 있다는 말도 한 적 있었다. 하지만 좋아하는 민찬에겐 절대로 그런 뉘앙스의 말은 하지 않았지. 그가 말하는 은형의 '이용'이란 '민찬의 감정을 자극, 혹은 시험하기 위해 다른 사람을 부추기는 것'인가. 그런 거라면 피해자는 영재뿐 아니라 자신도 된다는 소리인데.

"할 거냐, 말 거냐? 하기 싫다면 다른 사람 알아보고."

멍하게 생각에 빠져 있는 그녀를 향해 그가 빠르게 뇌까렸다. 더 이상 기다려 주기 싫다는 듯 성마른 말투였다. 달콤 쌉싸름한 와인향이 코끝을 스치는 것도 같아, 서율은 훅 숨을 들이쉰 채 그대로 멈추었다. 이렇게 된 바에야…….

"얼마 줄 건데요?"

돈이라도 벌지 뭐.

두 눈 반짝 뜨고 그녀는 싱긋 웃으며 물었다.

제12장

멘탈 붕괴에 다다를 지경

"만 원이라고요? 하루 만 원은 너무 짠 거 아니에요?"

이층 드레스룸. 옷가지들로 꽉꽉 차있는, 넓다면 넓고 협소하다면 협소한 공간에서 서율은 K—POP 한류의 정점이라 불리고 있는 현 아이돌의 신화 셀피쉬, 그중에서 얼굴마담을 맡고 있는 —라고는 하지만, 노래도 꽤 잘한다고 평가되어지는— 아이돌계의 끝판왕 한영재와 고용계약을 체결 중에 있었다. 당초 예상했던 가정부 일과 함께 새로 추가해 맡게 된 이 일은 한영재를 자꾸만 자신들의 기싸움에 이용해 먹으려는 귀찮은 무리들이 떨어져 나갈 때까지 그의 여자친구 행세를 해주는 것이었다. 기한은 류민찬과 서은형이 더 이상 한영재를 귀찮게 하지 않을 때까지. 서로 다른 사랑을 찾거나, 아니면 두 사람이 의기투합해 사랑하기로 마음먹거나,

두 가지의 경우 중 하나라도 충족이 된다면 고용계약은 자동으로 종료된다. 그때까지 그는 날마다 서율에게 하루 만 원씩 지불하겠다고 했다.

"적당한 거 같은데."

"아니죠. 전혀 적당하지 않죠. 아무리 허울뿐이라지만 한영재 씨의 옆자리, 여자친구 역할인데 만 원이 뭐예요? 만 원이. 격 떨어진다, 진짜."

"틀린 말은 아니지만. 특별히 너한테 여자친구로서 뭔가를 요구할 생각은 없으니, 그 만 원이라는 책정금액은 적당하다고 본다."

"부득이한 경우 여자친구로서의 뭔가를 해야 하는 상황이 온다면요?"

"특별수당을 지급할 거다."

"어떻게요? 얼마나 줄 건데요?"

"그게 그렇게 궁금하냐?"

두 눈을 가늘게 좁히며 그가 물었다. 그녀를 내려다보는 그의 시선이 얇고, 어딘지 모르게 은밀하고 깊어지는 기분. 문득 자신이 그와 너무 붙어 있다는 사실을 서율은 깨달았다. 그에게 대거리하기 위해 꼿꼿이 몸을 곧추세우고 턱을 잔뜩 끌어올렸더니만, 저도 모르게 그의 턱에 입술을 들이밀고 있는 자세가 되어 있었던 거다. 덕분에 그의 와인향은 그녀의 피부를 더욱 달달하게 데우고 있었다.

"뭐든 정확하게 하는 게 좋으니까요."

조금 덥다, 혼자 속으로 중얼거리면서도 서율은 씩 만면에 웃음을 띄웠다. 그리고 한 발자국 천천히 뒤로 빼려는 순간. 갑자기 그가 불쑥 손을 뻗어 그녀의 손을 쥐었다. 똑똑히, 그녀와 시선을 마주한 채로.

"손, 3만 원."

3만 원? 뭐가? 서율이 재깍재깍 못 알아듣고 멍 때리고 있는데, 이번엔 영재가 그녀의 어깨에 손을 툭, 올려놓는다. 그리곤 그 손을 그녀의 몸을 따라 쑤욱— 아래로 훑어 내리며 중얼거리듯 무뚝뚝하게 말한다.

"어깨 이하 다른 신체 부위, 5만 원."

"뭐하는 거예요, 지금?"

"정확하게 얼마인지 궁금하다며. 내 생각에도 미리 정해놓는 게 여러 모로 좋을 것 같아서, 말하는 거다."

"그, 그럼 그쪽이 말한 여자친구로서의 뭔가가 스킨십이었단 말이에요?"

서율의 눈동자는 당장이라도 튀어나올 듯 커졌다. 전혀 예상하지 못한 사람처럼 눈만 껌뻑거린 채 그녀는 입도 벙긋 못하고 서 있었다. 한영재는 '날 잡아 잡수—'의 포즈로 정신을 쏙 빼놓고 있는 그녀가 몹시도 못마땅한 듯, 차디찬 시선으로 그녀를 스윽 깔아보며 무뚝뚝하게 중얼거렸다.

"그럼 넌 뭐라고 생각했던 거냐?"

"저야 물론 모임에 간다거나, 친구들을 소개받게 되었을 때를 말한 거였죠."

"그런 일은 내가 아예 안 만들 거다. 걱정하지 마."

"그, 그럼 스킨십은 만들 거란 소리예요?"

커다란 그녀의 눈이 더욱더 커다래진다. 긴장감이 역력한 얼굴이었고 그를 올려다보느라 고개를 한껏 들고 있었는데, 그 상태로 마른침을 삼키자 꼴깍, 목울대가 꿀렁 움직이는 모습이 그의 눈에 실시간으로 잡혔다. 목울대 근처 핏줄에 힘이 들어가는 것을 가만히 지켜보며, 그는 한쪽 입아귀를 천천히 끌어올렸다.

"일부러 만들 생각은 없지만 네 말대로 부득이한 경우, 하게 되는 수도 있겠지."

"그, 그렇지만……."

"사실 누군가의 여자친구가 되기로 작정했다면 기본적인 스킨십 정도는 각오하고 있어야 마땅한 거다. 그게 너무나도 당연한 일이야."

"기본…… 적인 거라니요?"

덜렁 정보 하나를 던져 주니, 그녀의 눈동자가 훌쩍 더 커졌다. 생각하고 추리하고, 머리가 바삐 움직이는 것이 역시나 영재의 눈에 훤히 읽힌다. 그 스킨십이라는 걸 자신이 어느 선까지 수용할 수 있을까 생각하는 것이리라. 이거, 아주 난감하게 됐다. 이대로, 실은 모든 게 장난이라고, 널 놀려주고 싶어서 잠시 장난을 쳐보았다고, 사실을 말해 버리기엔 너무나도 재미있는 상황이 되어버렸기에.

솔직히 말하면, 그녀를 여자친구로 고용할 생각은 추호도 없었다. 고용이라니, 그것도 여자친구를. 그런 일은 톱 아이돌스타로

근 10년을 살아온 그로서는 있을 수도, 있어서도 안 되는 일이었다. 게다가 절친인 현수의 동생이 아닌가. 여자를 상대로 그딴 짓을 할 만큼 한가하지도, 위험한 게임을 즐기지도 않지만, 친구의 동생을 이딴 일에 돈을 미끼로 이용해 먹는 일도 썩 제 스타일이 아닌 그였다.

그런데도 동료와 친구들 앞에서 그녀를 여자친구라 둘러댄 것은, 순전히 충동적인 일이었다. '제발 좀 날 내버려 둬!'의 심정으로 여자친구가 있다고 선언했지만 딱히 가짜 역할을 해줄 적당한 인물이 떠오르지 않았고, 그 와중에선 만만한 게 그녀였던지라, 순간을 모면하기 위해 둘러댄 것뿐이었던 거다. 실은 모든 게 거짓이었다고 밝힐 요량이었고, 그렇게 되었다면 그녀와 마주 서서 이렇게 스킨십에 가격을 매기는 미친 짓은 하고 있지는 않았을 것이다. 그러나 상황은 예기치 않게 돌아갔다. 돈을 주면 기꺼이 여자친구 역할을 해주겠다는, 그녀의 발칙한 반응은 그의 생각을 180도로 꺾어버렸다.

"예를 들면 키스라던가……."

"키, 키스?"

"기본 중에서도 가장 기본적인 스킨십이지. 남녀가 연인인지 아닌지 구분하는 기준이 아니겠어? 키스도 하는 사이면, 연인. 손만 잡는 사이면, 친구."

"손만 잡는 연인도 있긴 있거든요."

"드물지."

"드물다는 건, 그런 커플도 있다는 뜻이죠."

"하지만 난 대한민국 평균의 보통 남자다. 그런 인간문화재 수준의 자제심을 가진 성인聖人이 아니란 말이야. 너무나도 정상적인 남자이기 때문에, 연인과 손만 잡고는 못 살아."

"그래서 '굳이' 키스를 해야 한다는 건가요?"

"사람들이 우리 사이를 믿지 않는다면 어쩔 수 없이."

"서, 설마 사람들이 보는 앞에서 해야 한다는 뜻은 아니겠죠?"

"남들 보는 앞이 아니라면, 할 수 있다는 뜻이냐?"

"그런 말이 아니라……."

어느새 그녀는 뒷걸음질을 치고 있었다. 그가 서서히 한 발자국씩 그녀에게 다가가고 있었기 때문. 살랑 봄바람 같은 미소를 띤 채 천천히 자신을 향해 다가오는 그의 모습을 보고 있자니, 심장이 벌렁벌렁 떨리고 머리가 어질어질 띵해 와 제자리에 서 있을 수가 없었다. 설마 하니, 이 자리에서 또다시 키스를 하는 건 아닐…… 거라 믿지만. 그의 무표정하고 시크한 눈빛은 당장이라도 이 자리에서 자신을 먹어치워 버릴 것 같은, 묘한 불길함을 담고 있었다.

'설마. 한영재가. 이런 곳에서. 나 같은 여자와. 키스를 할 리가 없잖아! 이렇게 위축되어 뒷걸음질 치는 짓 따위 하지 마라, 정서율!'

버럭 마음속으로 고함을 지르며 그녀는 허리를 벌떡 세웠다. 하지만 곧, 그녀는 자신이 그와 벽 사이에 갇혀 버렸다는 것을 감지하고 말았다. 탁, 등 뒤로 차가운 벽이 와 닿았기 때문이었다. 그녀는 뒷걸음질을 멈출 수밖에 없었다.

"키스가 뭐. 처음도 아니잖아. 이미 한 번 해봤으면서."

"그, 그땐 한영재 씨가 일방적으로……."

"너 아직도 날 좋아한다는 사실을 부인하는 거냐? 참 끈질기다. 그렇게 열심히 부인하면 뭐가 달라져? 넌 뭐 보통 여자들과 다르다고 말하고 싶어?"

"보통 여자들과 다르다는 걸 강조하고 싶은 마음, 추호도 없거든요? 난 그저 당신 같은 남자는 절대로 좋아할 수가 없다는 걸……!"

"나 같은 남자가 어떤 남잔데? 좋아하는 여자 두고, 아무 여자하고나 키스할 수 있는 남자?"

"……네?"

"넌 지금까지 내가 서은형을 좋아하고 있는 줄 알았다며."

"그, 그건 한영재 씨 이미지가……!"

"그래. 네 눈엔 내가 그런 사람으로 보였겠지."

그의 한 일— 자로 꾹 다물어 있던 입술 끝이 씩— U 자를 그리며 올라갔다. 치사량을 넘는 매력적인 살인미소가 그의 아름다운 얼굴 위로 둥실, 떠올랐다. 크흐헉! 한동안 없었던 브이텍이 그녀를 덮쳤다. 숨을 쉬기 어려운 듯 그녀는 입술을 봉긋 벌리고 헉헉, 숨을 들이쉬고 내뱉기를 반복했다.

머릿속이 하얗다. 몸은 뜨겁고, 점점 다가오는 그 또한 뜨겁다. 다리에 힘이 풀리면서 주저앉고 싶은 충동에 일었다. 벽에 몸을 기댄 채 가까스로 버텼지만, 오래 버티긴 어려울 것 같다. 서율은 두 주먹을 꽉 쥐고 당장이라도 갈비뼈를 뚫고 튀어나올 것처럼 거칠게 뛰어대는 가슴을 꾹 눌렀다. 그리곤 여차하면 튈 거라, 단단히 마음먹고 있는데. 불쑥 그의 팔이 이쪽을 향해 뻗어왔다.

"걱정 마. 기대에 부응하도록, 최선을 다할 생각이니까."

그가 벽을 짚고 몸을 숙여왔다.

"누구야?"

이현진은 자신을 보자마자 놀라 얼어붙어 버린 톱스타들을 날카로운 눈으로 천천히 하나하나 둘러보며 물었다.

톱스타들은 마치 비밀스러운 일을 작당하다가 들킨 꼬마아이들처럼 서로의 눈치를 보며 숨을 죽이고 있었다. 어지간히들 놀란 모양이다. 현진이 소속사 가수들의 생일까지 챙기는 자상한 사장이 아니라는 것을 감안한다면, 민찬의 생일날 깜짝 등장한 자신을 보고 그들이 이렇게 놀라는 건 어쩌면 당연한 일일 수 있었다. 그러나 그런 걸 감안하고 봐도, 지금은 너무 과하다. 단순히 놀라는 차원을 넘어, 무언가를 숨기는 듯 매우 급박하고 긴장된 분위기 속이었다. 그리고 그 '무언가'는 분명 이 낯선 학생과 연관이 있는 게 틀림없다고, 현진은 생각하고 있었다.

"이 학생이 누군지 아무도 모르는 거냐? 아니면 내게는 알려주고 싶지 않다는 거냐? 그것도 아니면, 알릴 수…… 없다는 거냐?"

하나하나 눈을 맞추고, 비잉 둘러보며 그는 다시금 조용히 추궁했다. 김시후, 류민찬, 정윤우. 그리고 윤우와 교제 중인 차유림과 그녀의 친구 서은형까지. 시후는 낭패감과 당혹감, 초조감으로 범벅이 된 얼굴로 뭔가를 숨기고 있음을 잔뜩 드러내며 잘근잘근 입술을 깨물고 있었고, 민찬은 '귀찮게 됐군' 이란 말풍선을 달고 찌뿌둥한 얼굴로 서 있었으며, 윤우는 가만히 서서 곰곰이 뭔가를 생각하고 있었다. 셋 다, 딱히 선뜻 대답할 말이 생각나진 않는 듯 말이 없었으며, 차유림과 서은형 역시 꾹 입을 다문 채 제삼자의 입장을 견지한 채였다. 그리고 자신의 옆에 어정쩡하게 서 있는 큰 키의 소년 역시, 할 말이 없는 듯 무표정한 얼굴로 침묵을 지키고 있었다.

"이렇게 입 다물고 있으면 아무것도 해결되는 게 없을 텐데. 내가 이대로 덮고 물러날 거라고 생각하는 건 아니겠지? 왜 아무도 대답을 주지 않는 거야? 학교가 끝나면 집으로 가야 할 평범한 학생이 왜 집이 아닌 이곳에 있는 것인지, 이곳의 주인인 너희들이 왜 대답을 못해?"

"그게……."

"보아하니 여기서 지내는 모양인데. 1년 전, 지옥 같은 일을 겪었던 셀피쉬가 설마, 아무나 집에 들였을 리는 없을 테고. 누구야?"

"……."

"가족? 누구, 숨겨놓은 동생이라도 있었어?"

"사장님."

표정변화 하나라도 놓치지 않기 위해 앞에 서 있는 톱스타들의 면면을 깨알같이 관찰하며 현진이 캐묻자, 잠자코 서 있던 윤우가 나섰다. 얼굴엔 늘 그렇듯 싱글싱글 애교 섞인 미소가 넘실거리고 있었다. 그 얼굴을 보려니, 갑자기 뱃가죽이 싸해지는 현진이다.

윤우가 저런 얼굴로 자신에게 말을 걸어올 때면 그 뒤론 늘 엄청
난 시련이 닥쳐왔기 때문이었다. 이 녀석들, 또 무슨 사고 친 거
아니야?

"저랑 얘기 좀 하세요."

"무슨 얘기? 여기서 해."

"에이— 여기서 어떻게 해요? 저랑, 둘이 방에 가서……."

"방에 가서 뭐? 또 무슨 말로 날 현혹시키려고?"

"아, 현혹은 무슨 현혹이에요. 사장님, 저 셀피쉬 리더예요. 리
더로서, 대표로 이번 일에 대해 상세히 알려드리겠습니다. 사실
애들은 자세한 사항은 잘 몰라요. 이 학생 여기로 데리고 온 것도
저고, 일이 돌아가는 사정도 제가 제일 잘 알고 있습니다."

"정민이 데리고 온 건 영재 형 아니었어? 윤우 형이었어? 진짜
로? 그럼 서율 씬……. 흡!"

시후가 나불거리다가 민찬의 손에 의해 처단당하는 소리가 윤
우 등 뒤에서 날아오자, 생글거리던 윤우의 표정이 웃는 채로 굳
어버렸다. 현진은 두 눈을 가늘게 좁혀 뜨고 윤우를 빤히 바라보
았다. '이게 대체 무슨 상황인지, 날 납득시켜야 할 거야' 의 의미
로. 그의 대충 눈치챘다는 듯 강렬한 시선을 제대로 받은 윤우는
잘생긴 이마를 찌뿌듯 찡그렸다.

"휴우—"

한숨을 쉬고 윤우는 눈치도 없이 헛소리를 지껄여 버린 시후를
스윽 뒤돌아 째려보았다. 일이 이렇게 되어버리면, 현진에게 뭔가
를 숨기기는 어려워진다.

이현진이 누군가. 성공하기는커녕 살아남아 버티기조차 힘들다는 최악의 사업장 엔터테인먼트업계에서 맨손으로 사업을 시작, 15년을 흔들림 없이 버틴 사람 아닌가. 특히 가수 출신으로서 사업가로 변신. 수많은 스타들을 제 손으로 배출해 K—POP을 아시아의 주류로 끌어올린 그야말로 신화적인 존재, 한국 엔터업계의 상징적인 인물이 바로 이현진이다. 그런 그가 가지고 있는 대단한 능력 중 하나가 바로, 상황 파악에 능하다는 것. 모르긴 몰라도 그는 이미 1차적으로 분위기 파악을 싹 끝내고 자세한 정황을 알아내기 위해 기회를 노리고 있을 것이다. 그가 길목을 막고 작정하고 덤비면, 솔직히 입 다물고 싶어도 어쩔 수 없이 다 불어버리고 말 수밖에 없다는 뜻이다. 어떻게든 영재와 서율이 사귄다는 사실만은 숨겨주고 싶었는데.

"일단 들어가자니까 들어간다. 난 네가 제대로 설명해 줄 거라고 믿어. 가자, 정윤우."

라고, 두 눈 반짝이며 뇌까리듯 말하는 현진의 말을 듣고 나니 등골이 오싹해지는 것이. 윤우는 갑자기 자신이 없어졌다. 방에 들어가서 구워삶아지는 사람이 왠지, 현진이 아니라 자신이 될 것 같은 예감이 아주 강렬하게 들었다. 윤우는 거의 울상이 된 얼굴로 앞장서는 현진의 뒤를 따랐다.

"너 제정신이냐? 그 자리에서 그딴 소린 왜 해?"

현진과 윤우가 사라지자 민찬이 시후를 돌아보며 기가 막힌다는 듯 물었다. 하지만 물정 모르는 시후는 아직도 상황파악이 안 되는지 얼빵한 표정으로 북북, 머리를 긁적거리고 있을 뿐이었다.

민찬은 머리를 부여잡고 두 눈을 감으며 한숨을 폭 내쉬었다. 돌아가는 상황으로 봐선 최악의 경우, 영재와 서율이 찢어지고 정민은 제 집으로 쫓겨가게 될지도 몰랐다. 정민이 집으로 돌아가는 건 그렇다 치지만, 영재와 서율이 찢어지는 문제는 좀, 아니, 많이 곤란하다. 왜냐하면…….

민찬은 잠자코 서 있는 은형을 힐끗 돌아보았다. 그녀는 이 모든 일들에 초연한 듯 덤덤한 얼굴로 이층을 바라보고 있었다. 다른 곳도 아닌 이층. 한영재와 정서율이 사라진 바로 그 이층.

그녀는 두 사람이 이층으로 사라진지 꽤 됐음에도 아직 모습을 드러내지 않고 있음을 걱정하는 게 틀림없었다. 둘만 올라가서 지금껏 뭘 하고 있는 것인가, 초조하고 불안한 거겠지. 당장이라도 달려가 두 사람을 뜯어놓고 싶어 안달이 난 거겠지. 두 사람이 사귄다는 발표가 나자마자 경악으로 물들던 그녀의 표정을 떠올려 보자면 진짜 그러고도 남을 여자이다, 서은형은. 그녀는 예나 지금이나 한영재를 너무나도 좋아한다.

갑자기 짜증이 확 일어 민찬은 아랫입술을 질끈 깨물곤 푹, 신경질적으로 한숨을 내쉬었다.

“영재 형한테 사장님 오셨다는 거 알려야 될 것 같은데.”

“내가 갈게!”

그 누구보다도 더 빨리 시후가 손을 번쩍 들며 나섰다. 타이밍을 놓친 채 움찔하는 은형을 보며 민찬은 시후를 향해 시크한 미소를 날렸다.

“그래, 네가 갔다 와라.”

눈치 없는 건 시후 녀석의 아이덴티티.

김시후. 너 이 자식, 파이팅.

"결제가 늦어지다니? 왜?"

윤우와 따로 얘기를 하기 위해 방으로 들어가던 중, 현진에게 전화가 걸려왔다. 전화의 주인공은 유은지 이사였다. 그녀는 유력한 재벌의 손녀로 어린 나이에 엔터테인먼트 사업에 겁 없이 뛰어들어 현진과 동업을 시도해 지금의 프리스타일을 일구고, 셀피쉬라는 스타그룹을 만들어내는 데 지대한 공헌을 한, 회사의 중추인물이었다. 양질의 음악을 작곡가 김유석과 그 시스템이 담당하고 있다면, 인재를 키워내고 전략을 짜는 일은 이현진 사장이, 이에 들어가는 자금의 조달과 이윤창출은 유 이사가 맡고 있었다.

"뵈러 가면 되잖아. 무슨 문제 있어?"

현진이 날카롭게 유은지를 추궁했다. 셀피쉬의 미국진출 및 콘서트, 신인그룹의 앨범발매 등을 앞두고 신경이 날카로워진 상태여서인지 말이 곱게 안 나왔다. 지금 필요한 건 막대한 자금. 유은지가 조부와 어떤 갈등을 빚고 있는지 모르는 바가 아니지만, 그 때문에 진행 중인 프로젝트가 유보되거나 좌초되는 일이 일어나선 안 된다고 그는 생각했다.

현진이 늘 꿈꿔왔던 미국진출이 현실이 되기 직전인데 겨우 돈 때문에, 몇 푼 안 되는 돈 때문에 좌절된다는 건 너무 억울한 일 아닌가? 미국은 성공하기만 하면 엄청난 돈과 명예가 따라오는 시장이다. 실패를 한다 하더라도, 진출했다는 의미 하나만으로도 이미 그 가치가 충분한 곳이 미국이란 말이다. 절대로 이대로는 멈출 수 없었다. 어떤 일이 있어도 이 프로젝트는 끝까지 밀어붙이고 싶었다.

〈너무한다, 자기. 어떻게 그렇게 말할 수 있어?〉

유 이사가 서운한 목소리로 대답했다. 그녀답지 않게 목소리에 힘이 없었다. 현진은 그녀의 말 속에 담긴 의미를 애써 외면하며 싸늘하게 말했다.

"이건 내 숙원사업이야."

〈알아. 내 꿈이기도 하지.〉

"그럼 아무 문제 없는 거 아니야?"

〈말했잖아. 할아버진 내 결혼을 원하신다니까.〉

톤이 높아지는 은지의 목소리를 들으며 현진은 한숨을 깊이 내쉬었다. 몰랐던 일도 아니건만, 다시 들으니 가슴이 답답해져 왔다.

결혼.

그렇다. 은지는 지금 조부로부터 결혼을 강요당하고 있었다. 돈줄을 쥔 노인네가 결혼하지 않으면 투자를 철회하겠다고, 협박 아닌 협박을 하고 있는 것이었다. 그럴 수밖에. 서른이 넘은 지 한참이나 지난 손녀가 사업에만 열을 올리며 결혼은 꿈도 꾸지 않고 있으니, 어떤 할아버지가 손 놓고 가만있겠는가. 게다가 하자가 엄청나게 많은 동업자와 좋지 않은 소문까지 나고 있는 마당에. 그는 이미 자신의 부와 사회적 위치에 어울리는 적당한 손녀사윗감을 물색해 놓았을 것이다. 그리고 그 사람이 누구이든, 자신이 아닌 건 확실하다고 현진은 생각했다.

"하면 되잖아."

현진은 무뚝뚝하게 대꾸했다.

"해."

아무 감정이 느껴지지 않는 그의 목소리에 은지는 할 말을 잃고 잠시 침묵을 지켰다. 아무리 냉철하고 강단 있는 은지라도 여자는 여자. 상처받았을 게 분명했다. 그걸 생각하면 현진도 썩 마음이 편치는 않았다. 하지만 그렇다고 치기 어린 부잣집 따님의 투정을 모두 다 받아줄 수는 없었다. 그럴 여유도 없거니와, 그럴 만한 처지도 아니었다.

"지금 윤우와 중요한 얘기 중이야. 나중에 다시 전화해."

〈이것도 중요해. 지금 이 일만큼 중요한 얘기가 어디 있어?〉

"중요한 얘기일진 모르겠지만 어려운 일은 아니야. 간단하잖아."

〈너무한다, 진짜. 자긴 아무렇지도 않아? 내가 아무하고나 조건 맞춰서 결혼하길 정말 바라는 거야?〉

"응."

〈현진 씨.〉

은지가 힘찬 어조로 그를 불렀다. 한 번 밀어붙이기 시작한 일은 무슨 일이 있어도 끝을 보는 유은지 이사답게 강한 의지가 들어 있는 말투였다. 현진은 짜증스러움을 느꼈다.

지금 이게 억지로 밀어붙일 사안인가? 대체 어쩌자고? 나더러 어쩌라고? 유일한 외손녀에게 대한민국 최고의 남자를 짝지어주고 싶어하는 노인 앞에 가서, 엎드려 빌기라도 할까? 더러운 스캔들을 달고 있지만 당신의 손녀를 사랑합니다, 고백이라도 하고 구걸이라도 할까? 그럼 한국 재계를 한 손에 쥐고 흔드는, 그 대단한 노인네가 옳거니, 하고 순순히 허락하실까? 천만에 말씀. 당장 투자했던 돈 모조리 회수하고 은지까지 도려내 갈 양반이 바로 그 양반이었다. 더러운 똥덩어리 같은 사내에게 금쪽 같은 손녀 내어 줄 양반이 절대로 아니란 말이다.

현진은 가차 없이 전화를 끊어버렸다.

"계속해."

"그러니까 결론부터 말하자면……."

현진의 손에 들려 있던 휴대전화가 득달같이 울렸다. 그러면 그렇지. 쉽게 포기할 유 이사가 아니다. 불처럼 욱하는 성격의 현진을 굴복시킬 수 있는 유 이사의 무기는 바로 이런 끈질긴 설득.

사실, 냉정하고 이성적인 판단이 앞서는 유은지와 조금은 극적이고 감정이 앞서는 이현진은 물과 불. 서로 정반대의 성향을 가진 두 극이었다. 덕분에 사업에 있어서도 지향하는 바가 달라 다투는 일이 비일비재했다. 현진이 음악이라는 하나의 이상적 모토를 가지고 신인발굴과 한국음악의 입지에 힘을 싣고 있다면, 다분히 현실적인 은지는 이윤창출에 더 관심을 보이는 편이었다. 현진 자신이 가수출신이고, 은지는 사업가 집안에서 경영자수업을 받아왔던 사람이기 때문에 더욱 성향의 차이가 심한 것이었다.

하지만 현명한 사람들답게, 자신의 의견을 관철시키기 위해 투쟁하는 반면, 상대방의 의견을 수렴할 줄도 알았다. 내 의견보다 상대의 의견이 타당하다고 생각하는 순간, 순순히 상대의 의견에 손을 들어주는 융통성이 있었다. 그렇기 때문에, 두 사람은 으르렁거리고 싸우면서도 지금껏 문제없이 함께 일을 꾸려가고 있는 것이었다. 사람들은 그들을 이상적인 콤비라고 말하곤 하지만, 윤우는 그 이상이라고 생각했다. 그들은 우주 최강 환상의 복식조였다.

그리고 우주 최강 환상의 복식조는 지금, 또 다른 전쟁 중에 있었다.

"젠장."

현진이 짜증스럽게 휴대폰을 꺼내들더니 끓는 화를 주체하지 못하는 듯 안절부절못하다 확, 배터리를 빼버렸다. 방금 두 사람에 대해 '현명한 사람들답게 상대방의 의견을 수렴할 줄도 안다'고 생각했던 윤우가 무색하리만치, 현진은 차갑고 냉정하게 은지의 접촉을 차단하고 있는 것이다. 윤우는 놀란 얼굴로 현진의 행동을 가만히 지켜보았다. 사장이 이렇게까지 분노한 적이 있었던가, 잠시 미간을 끌어모으며 생각해 보았지만. 아무리 생각해 봐도 이런 경우는 처음인 것 같았다. 대체 무슨 일이관데?

"그래서? 결론이 뭐야?"

분리된 휴대폰과 배터리를 주머니에 넣어버리더니 그가 다그치듯 물어왔다. 윤우는 굳어버린 얼굴로 조심스럽게 입을 열었다.

"느낌이 좋지 않아요. 이런 불길한 기분은 1년 만에 처음인 것 같아요."

"1년 만?"

"방정맞은 생각이라는 거 잘 아는데요. 그래도 이번 일, 될 수 있으면 제대로, 확실히 짚고 넘어갔으면 합니다. 아무 일도 아니라면 정말 좋은 거고요. 조금이라도 문제될 만한 게 있다면 모두 해결하고 넘어가고 싶어요. 예민하다고 생각하실지 모르겠지만 어쨌든, 저희는 그런 입장입니다."

"예민해질 수밖에 없지. 너희가 1년 전에 겪었던 일이 있는데. 그래, 네 생각엔 뭔 거 같냐? 파파라치? 테러? 스토킹? 빌어먹을. 얘기를 꺼내놓고 보니 기가 차는구만. 1년 전에 네가 그 세 가지 경우들을 전부 다 겪었다는 거, 알아?"

신경질적이면서도 빠른 어투로 현진이 날카롭게 물어 오자 윤우는 짧게 웃음을 터트렸다. 1년 전 그 모든 사건들의 중심에 서 있던 윤우가 그걸 왜 모르겠는가. 알아도 너무나 잘 알아서 탈이지. 지금 생각하면 아찔한 그 일들을 그 당시에는 생각보다 순탄하고 별 무리 없이 잘 이겨냈었던 것 같다.

"알죠. 그래서 제가 이렇게 예민하게 굴잖아요. 남들 눈엔 그저 단순한 폭행사건에 불과한 상황이겠지만 파파라치, 무대 테러, 스토킹피해, 다 당해본 제 눈에는 아니거든요. 찜찜합니다. 그냥 동네 깡패들이 괴롭힌 거라고 치부하기엔, 영재 이름 올린 거 하며, 무슨 사이냐 캐묻고 다닌 거 하며, 꺼림칙한 게 한두 가지가 아니에요. 제대로 그들이 누군지, 뭣 때문에 영재를 찾았던 것인지, 전부 다 선명하게 알아내고 싶어요. 그래야 이 꺼림칙한 기분도 깨끗해질 것 같습니다."

"선명해서 나쁠 거 없지. 분명하게 매듭짓는 건 나도 찬성이다.

그건 그런데, 현수 동생이라는 그 아가씨는 영재와 무슨 연관이 있는 거냐? 범인들이 그 둘이 무슨 사이인지 실토하라며 그 동생을 폭행했다는데. 그들이 괜히 그런 짓을 했을 리 없잖아."

"아, 그건……."

"그 아가씨, 범인들한테 습격을 받고 영재한테 연락을 했다지? 난 그게 더 이상하게 느껴졌는데. 왜 그 아가씬 현수가 아닌 영재한테 먼저 연락을 한 거냐?"

"그건 아무래도 현수가 지금 일본에 있기 때문이 아닌가……."

"일본에 있어도 현수는 친오빠야. 급한 일이 생기면 오빠를 찾지, 오빠 친구를 찾지는 않아. 오빠한테 전화를 거는 게 더 자연스러운 일이라는 거지."

"그게…… 그전부터 두 사람이……."

"사귀냐?"

불쑥, 현진이 물었다. 그리고 훌쩍 놀라는 윤우를 더욱더 세차게 추궁하려는 순간. 이번엔 윤우의 주머니에서 핸드폰 벨소리가 울렸다. 현진의 추궁 아닌 추궁에 어떤 식으로 답해야 하나, 고민하며 우물쭈물하고 있던 윤우는 두 번도 고민하지 않고 냉큼 전화기를 꺼내들었다. 그리고 발신자를 확인하니,

"이거."

유은지였다. 윤우는 조심스럽게 수화기를 현진에게 내밀었다.

"뭐야?"

"이사님이세요."

정말 포기를 모르는 여인이 아닌가. 그쯤 했으면 이젠 알아먹을

법도 한데 도통 이 여자는……! 현진은 터프하게 숨을 몰아쉬곤 윤우의 휴대폰을 거칠게 낚아챘다.

〈사장님 바꿔.〉

통화가 되자마자 은지는 간결하고도 카리스마 있는 어조로 명령했다. 윤우의 전화이니, 당연히 윤우가 받았을 거라고 생각한 것이었다. 현진은 짜증스럽게 혀를 차고는 대답했다.

"나야."

〈도대체 전화를 왜 안 받는 거야?!〉

신경질적인 목소리가 고막을 찢어버릴 듯 날카롭게 울려왔다. 난생 처음 듣는 소음에 현진은 수화기를 저만치 떼어내며 인상을 찌푸렸다. 그리곤 짜증스럽게 한숨을 내쉬고 윤우를 향해 손을 들어 보였다. 타임. 잠시 휴식.

윤우는 긴장한 얼굴로 애써 미소 지으며 고개를 끄덕였다. 그리고 은지와 또다시 치열한 통화를 이어나가는 현진을 두고 조용히 방을 나왔다. 안도의 한숨을 내쉬며. 어쨌든 시간은 벌었다. 그래 봤자 귀신 같은 현진이 사태 파악을 못하는 만에 하나 같은 상황이 벌어질 리는 만무지만, 단 몇 분이라도 생각할 시간이 생겼다는 게 어디인가. 현진과 다시 대면하기 전까지 어떻게든 이 사태를 수습할 방도를 찾아야 했다.

그러기 위해선 일단 영재와의 심도 있는 대화가 먼저였다.

그 시각, 이층으로 올라온 시후는 어디에서도 영재의 흔적을 찾을 수 없어 매우 당혹스러워하고 있었다. 분명히 서율과 영재는 서로 얘기를 하겠다며 이층으로 올라갔었는데. 이층 곳곳, 그 어디에도 없다니 이게 말이 되나? 연기도 아니고, 대체 두 사람이 어디로 사라진 건데?

"설마 저 방은 아니겠지?"

시후는 저쪽 모퉁이에 붙어 있는 옷방을 뚫어져라 째려보며 혼잣말을 중얼거렸다. 안 입는 옷들을 쟁여놓는, 그래서 평소엔 거의 사용하지 않는 옷방이었다. 말이 옷방이지 사실상 창고. 멀쩡한 방이 넷이나 있고 거실도 이렇게 넓은데, 굳이 창고방까지 들어갈 이유는 아무리 생각해도 없어 보였다. 아무도 모르게 뭔가 다른 할 일이 있는 게 아니라면.

"아무도 모르게? 호, 혹시?"

두 눈 휘둥그레 뜨고 중얼거리더니 시후는 갑자기 훅 몸을 움츠렸다. 그리고는 살금살금 옷방 근처로 다가갔다. 얼굴은 호기심 반, 긴장 반이 어지럽게 버무려져 잔뜩 굳은 채로 그가 천천히 옷방 문을 조심스럽게, 아주 조용히 열자 끼이이익— 문 열리는 소리가 살 떨리게 울렸다. 스륵, 시후의 슬리퍼 끌리는 소리가 뒤를 이었다. 그랬으나…….

"뭐야. 여기도 없네?"

이윽고 문지방을 밟고 올라선 시후가 깜깜한 방 안을 바라보며 심각하게 중얼거렸다. 달빛이 훤하게 들이쳐 커다란 웅덩이를 만들고 있는 방 안에는 어딜 봐도 사람의 흔적을 찾아볼 수 없었다. 창문이 내내 열려져 있었는지 찬기가 느껴지기까지 해 시후는 부르르, 몸을 떨며 스륵스륵, 슬리퍼를 느릿느릿 끌며 안으로 들어

섰다.

"아니, 또 누가 창문을 열어놓은 거야? 영재 형 감기까지 걸려 골골하구만. 열린 창문도 보이는 족족 닫아놓아야 할 판에 말이야. 누군지 모르지만, 들어와서 볼일을 봤으면 문단속은 하고 나갔어야지. 만날 들어오는 곳도 아닌데 이렇게 무책임하게 훌쩍 열어놓고 돌아가 버리면 여긴 어쩌라고. 나 아니었음 몇 날 며칠 창문 열려 있어도 모르는 채 살았을 거 아니야. 아주 도둑더러 어서 옵셔, 하는구나. 으이그, 정신없는 인간들 같으니라고."

종알종알, 남들 귀에 다 들리게 혼잣말을 크게도 중얼거리며 저벅저벅 그는 창가 쪽으로 걸어 들어왔다. 바로 그때다.

펄럭~ 바람이 크게 일면서 풀어헤쳐져 있던 커튼이 창문 안쪽으로 미친 듯이 휘날리기 시작했다. 덕분에 창문 근처 구석에 찰싹 붙어서 꼼짝하지 않고 있던 두 남녀는 이대로 들키는 건가 싶어 서로를 꽉 부둥켜안고 바짝 긴장해야 했다. 다른 사람은 몰라도 시후에게만큼은 절대로 들키면 안 된다고, 두 남녀는 무언 중에도 생각의 일치를 보고 있는 중이었다.

서율은 방금 전까지 자신의 입술 위를 정신없이 헤매던 한영재을 분에 찬 시선으로 노려보았다. 넘어가면 안 되는 건데. 넘어가지 않았어야 하는 건데!

정말로 분하게도, 그는 너무나 완벽한 작전을 구사하여 그녀를 함락시키고야 말았다. 마치 자신이 이 세상 최고의 나쁜 남자라는 듯 저돌적이고 거칠게 키스해 왔다가, 언제 그랬냐는 듯 혀끝을 녹이고 입안을 마비시킬 것만 같은 다정함으로 부드럽게 엉켜들어오니 그 어떤 여자가 당해낼쏘냐. 세상 어느 여자든 단번에 홀려 버릴 것만 같은 치사량의 섹시함에는 미남 알레르기환자 정서율도 어쩔 수 없이 무너져 버렸다.

물론 일말의 저항이 아주 없었던 건 아니었다. 이미 그가 차지한 입안에선 달달한 향내가 진동을 했지만, 의식하지 않으려 무던히도 애를 썼다. 본능적인 반응은 그 어떤 것도 내보이지 않으리라 단단히 마음먹고 버티고 또 버텼다. 하지만 그의 키스 실력은 황송하리만치 완벽했다. 그녀가 버티기엔 너무 달콤한 유혹이었으니, 오호~ 통재라.

결국엔 그녀의 방어막은 와르르 무너져 버렸고 가까스로 통제하고 있던 그녀의 여성적인 본능은 한꺼번에 격하게 분출! 흐느적 흐느적 말랑말랑해져 버린 그녀가 그를 껴안고 그의 머리카락을 쥐고 신음까지 흘리는 대참사가 벌어지고, 급기야 그의 ‘밥’이 되어 먹히고 또 먹히고, 계속해서 먹히는 대참패로 이어지는 비극을 낳고야 말았다. 물론 이 모든 상황은 김시후가 이 방, 저 방 쑤시고 돌아다니고 있다는 걸 두 사람 모두 자각하기 전까지의 일이었다.

“아, 그나저나 영재 형이랑 서율 씬 어디로 가버린 거야? 하늘로 솟은 거야, 땅으로 꺼진 거야. 일지매도 아니고 말이야. 어떻게 이렇게 흔적도 없이 사라져 버리냐. 도저히 찾을 수가 없네. 못 본 새에 밖으로 나갔나? 얼마나 대판 싸우려고 밖으로 나가기까지 해?”

시후의 투덜거리는 목소리가 들려왔다. 아까보다 훨씬 가까운 곳에서 들려오는 것 같다는 생각에, 서율은 한영재의 품속으로 더욱더 파고들어야 했다. 따뜻함을 넘어 뜨겁기까지 한 그의 몸에 그녀의 몸이 밀착되어졌다. 자연히 그의 온몸 굴곡이 적나라하게 느껴졌다. 그의 단단함에 당장이라도 짓눌릴 듯 답답해졌지만 피할 수도 없는 게 작금의 현실. 빨리빨리, 시후가 제발 서둘러 방을 나가줄 것을 기도하며 서율은 두 눈을 찔끔 감았다.

벌컥.

갑자기 시후가 살짝 열려 있는 창문을 세차게 밀어 열었다. 정말로 영재와 서율이 밖으로 나간 게 아닌가 생각한 것이다. 하지만 밖으로 고개를 내밀고 두리번두리번 주위를 둘러보아 봤자 사람의 흔적을 발견할 수 있을 리 만무. 이내 포기하고 그는 창문을 닫아버렸다.

탁. 창문을 닫자 바람결에 휘날리던 커튼자락이 스르륵 제자리로 내려앉았다. 바람이 멈춘 방 안은 달빛 그림자만이 은은히 그 존재감을 뽐내고 있을 뿐이었다. 시후는 다시 한 번 방 안을 대충 슥 둘러보고는 스륵스륵 슬리퍼를 끌며 밖으로 나갔다. 큰 소리로 영재를 부르며.

시후가 나가고 문이 닫히자, 숨이 막힐 듯 영재에게 찰싹 붙어 있던 서율은 스프링처럼 잽싸게 튕겨져 나갔다.

"왜 저분은 가, 갑자기 들어와 가지고……."

미친 여자 널뛰듯 정신없이 콩닥거리는 심장을 꽉 부여잡고 토하기라도 할 듯 서율은 거칠게 숨을 내뱉으며 주절거렸다.

"……."

튕겨져 나가는 서율을 미련 없이 풀어준 한영재는 아무런 반응이 없었다. 두 볼 발그레해져 숨까지 헐떡거리고 있는 그녀와는 차원이 다른 차분함으로 덤덤히 서율을 지켜보고만 있었다. 어찌나 무표정한지, 저 인간이 방금 자신과 열정적으로 키스했던 바로 그 한영재가 맞나 싶을 정도였다. 그 멀쩡한 얼굴을 보고 있자니, 이쪽이 오히려 부끄러울 지경이었다. 왜냐고? 그야…….

'난 좋았으니까.'

죽을 것처럼 기분이 좋았다. 심지어 온몸 신경세포가 하나하나 살아 날뛰는 듯 심장이 벌떡벌떡, 장기들이 득시글득시글, 뒷골까지 짜릿짜릿 흥분감이 밀려와 다리에 힘이 풀리기까지 했다. 이런 키스는 처음. 키스를 많이 해본 건 아니지만 남정네들과 입을 맞출 때마다 드는 생각은 그저 '이것 또한 지나가리니'였을 뿐. 친구들의 '종소리를 들었다'는 둥, '신세계가 펼쳐질 거다'라는 둥의 경험담은 뭐든 오버이고 오두방정인 애들이 '좋다'란 말을 빠방하게 부풀려 놓은 것일 뿐이라 생각했었다. 하지만 정말로 자신에게도 신세계가 펼쳐질 줄이야!

물론 여기의 함정은 그녀를 신세계로 인도해 준 키스의 대상이 한영재라는 사실. 그는 자신과는 정반대로, 전혀 기분 좋지 않았음이 분명하다는 것도.

"감기……!"

서율은 눈동자를 이리저리 정처 없이 굴리다가 버럭 고함을 내질렀다. 감기약이나 사러 나갔다 오겠다는 어줍지 않은 핑계를 대이 어색한 자리를 모면해 보려 했던 것이었으나, 바로 그 순간!

어둠 속에서 반짝이는 그의 눈과 정면으로 눈이 마주쳤을 뿐이
고. 그는 은은히 비치는 달빛을 받아, 매우 설레게 아름답고 환상
적인 모습으로 이쪽을 바라보고 있을 뿐이고. 자신도 모르게 그녀
의 다리가 떨려오기 시작할 뿐이고! 그녀는 무슨 말을 해야 할지
몰라 어버버버 정신 못 차릴 뿐이고!

"제가 다 가져왔어요……."

쪽팔리는 상황에 충분히 어울리는, 쪽팔리는 말을 중얼거리고
서율은 냅다 뒤도 돌아보지 않고 방을 뛰쳐나갔다.

제13장

잘난 사람한테 빠지는 건 인지상정

"일고의 가치도 없어."

현진은 은지의 말을 딱 잘라 버리며 고개를 틀었다. 그녀가 내민 사업계획서는 모두가 원하는 대로 회사를 정상화할 수 있을지는 모르나 그가 지금껏 추구해 온 사업이념과는 너무나도 많이 어긋났기 때문에 고려해 볼 가치조차 없었다. 회사가 힘든 건 부인할 수 없는, 코앞에 닥친 현실이며 회사를 살리기 위해선 무슨 일이든 해야 하는 게 작금의 상황이었지만 지금은 아니었다. 아직은 기업이념까지 포기해 가며 회사를 유지해야 할 정도로 바닥은 아니란 말이다.

"사장."

"안 돼. 무슨 말로 설득해도 소용없어."

유은지 이사의 말을 가로막으며 현진은 자리에서 벌떡 일어났다.

"나한테 어떻게 이런 계획서를 제출할 수가 있지? 도대체 생각이 있는 거야, 없는 거야?"

"이게 최선이고, 최상이야."

"내가 지금까지 쌓아올린 모든 걸 고스란히 대기업에 갖다 바치는 게, 최선이고 최상이란 말이야? 생각하는 게 그것밖에 안 돼? 유 이사, 이 정도밖에 안 되는 사람이었어?"

"갖다 바치는 게 아니야. 제발 이성적으로 생각하란 말이야. 유통은 언제든지 다시 뺏어올 수 있어. 회사 상태가 좋아진 다음에."

"헛소리 마. 그게 얼마나 힘든 건지는 유 이사가 더 잘 알잖아."

"왜 못 해? 할 수 있어. 지금의 위기만 잘 넘기면 충분히 승산 있다고. 우리, 재능 있는 애들 많잖아. 우린 저쪽이 가지고 있지 않은 인적 자원이 있어. 훌륭한 인재이고, 그들이 있다면 앞으로의 미래는 밝아."

"과연 CM그룹이 우리가 다시 홀로 설 수 있도록 가만 놔둘까? 유 이사, 그렇게 순진해? 대기업의 생리에 대해선 유 이사가 그 누구보다도 더 잘 알잖아. 다른 사람도 아니고, 어떻게 유 이사 입에서 그런 소리가 나올 수 있지? 내가 어떻게 해서 세운 회사인데."

유은지의 출신이 재벌임을 상기시키며 현진이 비아냥거렸다. 마치 비난하는 말처럼 들려 은지는 잠시 입을 다물었다.

그가 분노하는 건 지당했다. 그에 대해서라면 그 누구보다도 더 잘 알고 있는 은지이니만큼 그의 심정이 어떨지 가늠하고도 남음이 있었다. 그는 음악적 포부가 대단한 사람이고, 그런 마인드 때문에 은지도 사업에 합류하게 되었으니 두말하면 잔소리. 하지만 대한민국 음악계에서 수익 내기란, 사막에서 오아시스 찾기만큼이나 힘든 일이다. 화려한 흥행산업이란 타이틀 이면에는 거칠고 야만적이면서도 그 어떤 세계보다도 더 치열한 생존법칙이 존재했다.

열심히 음악을 만들어도 사람들은 씨디를 사지 않는다. MP3플레이어의 보급과 더불어, 대중은 장당 만 원이 넘는 씨디보다는 곡당 600원의 음원을 더 선호하기 시작했다. 이마저도 월/무제한 서비스에 덤핑 처리되어 헐값에 팔리고 있다. 잘못된 수익구조로 인해 유통업체가 70퍼센트를 가져가 버리고 나면, 제작사로 들어오는 돈은 곡당 평균 60원. 손실을 메우기 위해서 가수들은 행사나 CF 등에 출연하지 않으면 안 된다. 이름값이 되는 가수들에게는 가능한 일이지만, 그렇지 못한 신인들에게는 손해를 메울 방법이 사실상 거의 없다는 말이다.

이렇듯 협소해질 대로 협소해진 음반시장에서 현진이 그나마 버틸 수 있는 것은, 바로 아이돌이라는 다분히 상업적인 콘셉트 덕택. 음악적으론 대중에게 다가가기 힘든 다소 난해한 팝적 요소를 견지하고 있지만, 그 음악을 소화해 내는 가수가 소녀팬들을 이끄는 아이돌이라면 해볼 만하다는 계산이 그에게는 있었다. 그리고 가장 대표적인 성공케이스가 바로 셀피쉬였다. 셀피쉬의 상업적 성공으로 프리스타일 엔터테인먼트社는 한국 최대 엔터회사로 자리매김할 수 있게 되었고, 그것을 밑바탕으로 새로운 그룹과 솔로 가수들이 속속 배출되고 있었다.

이제 프리스타일의 위상은 아시아 최고였다. 프리스타일 소속 가수들은 그 대단하고 충성도 높은 팬덤과 더불어 대한민국의 가요계를 쥐락펴락하고 있으며, 그에 따라 한국의 내로라하는 실력자들은 모두 프리스타일로 모이고 있었다. 양질의 곡을 만드는 작곡가, 프로듀서, 댄서들은 물론, 가수지망생들 역시 프리스타일 오디션에 대거 몰려들었다. 이로 형성된 인재풀은 가히 대한민국 최고라 할 정도.

그러나 안타깝게도 여전히 한국의 음악시장은 악화일로다. 대기업인 CM이 영화에 이어 음악유통 분야까지 접수하겠다 나서면서부터는 정말이지 돌이킬 수 없는 지경으로 치닫고 있는 실정이다.

CM은 국내 최대의 음악케이블社를 집어삼키고 크고 작은 레이블을 병합시키더니, 급기야 대형기획사 Luck엔터테인먼트의 음반유통권까지 엄청난 자금력으로 집어삼켰다. 하지만 그것은 피바람의 서막, 시작에 불과하다. CM이 궁극적으로 노리는 것은 해마다 최고의 음반판매량을 갱신하며 한중일을 장악하고 있는 셀피쉬와 그 기획사인 프리스타일일 것이기 때문이다. 한국 음악시장을 장악하기 위해서는 초기부터 지금껏 줄곧 대기업에 유리하게 적용되어 돌아가고 있는 음원시장보다, 독자노선을 걸으며 활발히 판로를 개척하고 있는 프리스타일의 음반시장을 잡아야 한다는 걸 그들도 알고 있을 것이다.

"알아. 내가 모르면 누가 알겠어? 하지만 자기도 알다시피, 셀피쉬 미국진출 건 때문에 자금이 바닥이야. 이번 신인그룹 론칭이 실패하면 우리 정말 힘들게 돼. 꼭 성공시켜야 된다고. 그러려면 홍보를 제대로 해야지. 공중파뿐만 아니라 케이블까지 모든 매체를 다 동원해야 한다는 소리야. 셀피쉬가 데뷔 초 인지도를 높일 수 있었던 게 케이블TV였다는 거 기억하지?"

"이 거창한 계획서가 다 신인들 때문이란 말이야? 신인들 홍보하기 위해 이런 쓰레기 같은 기획서를 작성했다고? 유은지가?"

현진의 핏발 선 눈동자가 그녀를 뚫어져라 바라봤다. 마치 그녀가 감추고 있는 속내를 모두 꿰뚫어 보겠다는 듯, 결연한 의지가 엿보이는 눈이었다. 은지는 바짝 타는 입술을 혓바닥으로 쓸었다. 자신의 말이 심히 궁색하다는 걸 그녀도 잘 알고 있었다. 설득할 방법이 딱히 없어서 급조한 것이니 그럴 수밖에 없었다. 말이 안 되는 것이긴 하지만, 그렇다고 손 놓고 회사가 망하는 꼴을 볼 수만도 없었던 그녀다.

그녀에게도 '프리스타일'은 자존심이다. 조부로부터 사업가 자질을 인정받은 유일무이한 사업체. 그녀가 이곳에 쏟아부은 열정은 말로는 다 표현할 수 없을 정도였다. 얼마나 기를 쓰고 여기까지 왔는데, 이대로 망하란 말인가. 절대 이렇게는 말아먹지 않을 것이다. 절대로.

"왜 대답을 못하니? 찔리는 거라도 있어?"

"찔릴 게 뭐가 있어. 난 떳떳해. 몰라? 이게 회사를 살릴 수 있는 유일한 대안이야. 난들 이러고 싶어서 이러는 줄 알아?"

"대안? 무엇에 대한 대안인데?"

현진의 입가에 싸늘한 비소가 떠올랐다.

'결혼.'

은지는 차마 입 밖으로 꺼낼 수 없는 답을 마음속으로 읊조렸다. 은지는 늙고 병들어 운신하기조차 힘들어 뵈던 조부를 떠올렸다. 조부가 했던 말들, 조부가 던진 미끼. 죽기 전 손녀가 혼인해서 잘사는 모습을 꼭 보고야 말겠다던 노기 띤 음성.

"선택해라. 내 뒤를 이를 만한 재목과 결혼을 하든지, 아니면 독립을 하든지. 둘 중에 하나를 선택해! 네가 독립을 하는 그 순간부터, 난 네게 투자한 돈을 모두 회수할 생각이니 그리 알고."

조부는 프리스타일의 막강한 자금줄이다. 처음부터 그랬고, 지금도 마찬가지다. 매년 적자를 기록하는 프리스타일의 숨통을 틔워주는 게 바로 조부의 투자금이었다. 셀피쉬의 성공 이후, 적자의 폭을 조금씩 좁혀가고는 있지만 여전히 조부의 투자금 없이는 새로운 것은 그 무엇도 시도할 수 없다. 아직도 개척해야 할 시장이 널려 있고, 음악적으로 시도해야 할 것이 천지인 회사 사정상 조부의 돈줄은 선택이 아닌 필수인 것이다.

그리고 암울한 것은, 늙고 병든 조부가 여전히 강하다는 것이다. 병석에서도 뭐든 할 수 있어 보였고, 실제로도 그러했다. 조부에게 프리스타일 같은 기획사 하나 망가뜨리는 일 따윈 일도 아니었다. 더욱 문제인 것은 그러한 조부가 모든 것을 알고 있다는 것이다. 은지가 얼마나 프리스타일에 애착을 갖고 있는지, 이번 셀피쉬의 미국진출 프로젝트가 밑 빠진 독처럼 얼마나 많은 돈이 들어가는지도. 언제나 그랬듯, 손녀에 대해선 모든 것을 알고 있었다.

단 하나, 그녀에게 프리스타일보다 더 사랑하는 남자가 있다는 것만 빼고.

"조만간……."

힘겹게 은지가 입을 열었다. 결혼만은 할 수 없다며 독립을 선언하던, 며칠 전 자신의 모습이 머릿속을 스쳐 지나갔다. 경악을 하던 조부의 얼굴, 깜짝 놀라 그를 부축하던 새할머니.

재떨이를 집어던지려는 조부를 새할머니는 겨우겨우 말렸었다. 그 이후, 은지는 조부와 연락을 끊었다. 비서로부터 전화가 걸려왔지만 받지 않았고, 새할머니가 그녀의 집까지 찾아와 부탁했으나 찾아가 뵙기를 거절했다. 조부가 주변사람들을 조종해서 손녀의 효심을 자극하려는 속셈임을 그녀는 아주 잘 알고 있었다. 하지만 다른 건 몰라도 이 문제만큼은 은지도 양보할 수 없었다.

사업에는 전혀 흥미가 없던 자신이 누구 때문에 이 일을 시작하게 됐는데. 음악사업에 대해서는 아무것도 모르는 생초보가 왜 이 힘든 길을 걷기 시작했는데. 누구 때문에 이 회사를 만들고 키워나가고 있는데. 모두 한 사람 때문이다. 사랑하는 사람. 생각하면 눈물만 나는 사람. 은지는 자신의 앞에 서 있는 남자를 물끄러미 바라보았다.

"할아버지께서 자금을 회수하실 거야."

"뭐?"

뜻밖의 말에 현진이 미간을 구겼다.

"앞으로 많이 힘들어질 것 같아. 정상에 복귀할 때까지 CM에 유통권을 넘기는 게 어쩌면 더 현명한 판단일 수도 있어."

"너, 결혼 안 한다고 했니?"

차분히 설명하는 은지를 향해 현진이 기분 나쁠 정도의 비난조로 쏘아붙였다. 지난번 통화로 현진은 대충의 사정을 알고 있었다. 돈줄이었던 은지의 조부가 은지에게 돈을 미끼로 결혼을 강요하고 있음을 그도 알고 있었다.

"왜? 왜 안 한다고 했어?"

"……."

"너 결혼 안 할 거야? 어차피 언제든 할 거잖아. 어차피 할 거, 회사를 위해서 지금 하면 안 되는 거냐?"

"현진 씨."

"다 필요 없고, 지금 당장 가서 말해. 결혼하겠다고."

냉정하게 잘라 말하는 현진의 표정은 그 어떤 감정도 들어 있지 않았다. 은지는 꾹 입을 다물고 꿋꿋이 그를 마주보았다. 그 눈빛에는 절대로 그가 시키는 대로 하지 않을 거라는 의지가 담겨 있었다.

똑똑.

살벌하고도 팽팽한 긴장감이 감도는 가운데, 노크 소리가 들려왔다. 기싸움을 벌이는 양 한치의 양보도 없던 현진의 시선이 날카롭게 문 쪽을 향해 움직였다.

"사장님, 기다리시던 손님이 오셨는데요……."

밝게 웃으며 문을 열던 비서가 얼굴을 굳히며 말끝을 흐린다. 은지와 현진 사이에 감도는 팽팽한 긴장감을 감지한 것이었다. 혹시라도 자신이 실수한 것은 아닌지, 타이밍 나쁘게 끼어든 것은 아닌지 걱정되는 듯 비서는 미친 듯이 눈동자를 이리저리 굴리며 눈치를 살폈다. 이를 눈치챈 은지는 태연한 척 미소까지 지으며 자리에서 여유 있게 일어났다.

"기다리던 손님이 오셨다니, 내가 빠져 줘야겠네."

"빠져나갈 생각 마. 어쨌든 난 이 프로젝트 반대니까."

"빠져나갈 생각 없어. 언제든지 이 토론, 다시 시작할 용의 있으니까 기다리던 사람과 중요한 얘기 마치고 나면, 다시 얘기해."

"다시 얘기할 필요 없어. 너만 마음 돌리면 다 끝나는 문제야."

"난 바꿀 생각 전혀 없거든. 그러니 내 생각을 바꾸고 싶다면, 바꿀 수 있도록 설득해 봐. 아니면 다른 대안을 내놓던지. 사장이 적절한 대안을 찾지 못하면 이 문제는 내 생각대로 갈 수밖에 없어."

"유 이사."

"손님 들어오시라고 해요. 내 용무는 끝났으니까."

묵직하게 떨어지는 경고성 호명을 싹 무시하고 은지는 비서를 향해 주문했다. 그리고는 사장의 집요하고 야멸찬 시선을 뒤로하고, 도도한 걸음으로 사장실을 나갔다. 현진은 은지가 나간 쪽을 뚫어져라 노려보며, 생전 안 피던 담배를 찾아 책상서랍을 뒤적였다. 안면이 무섭게 일그러지고 눈빛에 살벌한 기운이 도는 현진은 이미 평정심을 잃은 모습이었다. 비서는 긴장해 꼴깍, 침을 삼키며 고개를 수그리곤 뒤쪽에 서 있는 어린 아가씨를 돌아보았다.

화난 맹수의 우리에 던져지는 한 마리 고양이 같은 모습으로 여자는 멀뚱멀뚱 비서를 바라보며 서 있었다. 아무것도 모르는 저 순진한 얼굴을 어이할꼬.

임 비서는 쯧쯧, 혀를 차며 어린 아가씨를 향해 안으로 들어가라고 파닥파닥 손짓했다. 여자는 어리바리한 얼굴로 꾸벅 비서에게 인사를 하고는 공손한 자세로 사장실 안으로 들어갔다. 소리 없이 문을 닫고, 임 비서는 문 앞에서 대기를 탔다. 줄줄 눈물콧물 뽑으며 나올 게 빤한 고양이한테 티슈 한 장 건넬 사람 정도는 있어야 할 것 같아서.

"정현수 동생이라죠?"

대충 형식적인 인사를 나누고 난 후, 이현진이 맨 처음 물어온 질문이었다. 아마 현진은 자신의 가장 큰 돈줄인 셀피쉬, 그중에서도 한영재한테 들러붙은 웬 떨거지가 정현수의 동생이 분명하다는 것을 재차 확실히 확인받아 두고 싶었을 것이다. 진짜 떨거지가 아니라 정현수의 동생이고, 그랬기 때문에 셀피쉬의 도움을 받을 수 있었다고 믿고 싶은 것이다. 사장으로서는 매우 당연하다. 그의 입장에선 소속 가수인 한영재가 여자와 얽혀서 좋을 게 전혀 없을 터이니. 어쩌면 정현수의 동생이라는 사실 하나 때문에 서율이 여기까지 불려올 수 있었는지도 모른다. 그도 아니었다면 이런 만남은커녕, '너 꺼져, Get out' 한마디로 절단 났을 테지.

"현수. 내가 알기론 꽤 잘나가는 걸로 아는데. 저번에 한 드라마도 잘됐고 음반도 대박 터지고. 그렇죠?"

살피는 듯한 시선으로 꼼꼼히 서율을 훑어보며 현진이 물었다. 뭔가를 상대방 눈치채지 못하도록 슬쩍 떠보려는 듯한 기색이 역력하다. 그래, 사람을 여기까지 불러냈으면 뭔가 알아내고 싶은 게 있는 거겠지. 이름, 나이, 학력, 사는 곳, 그딴 시답잖은 간단 이력이 아닌 좀 더 통속적이고 실질적인 그 무엇. 예를 들면 '한영재한테 들러붙은 이유와 목적'과 같은.

서율은 알았다. 현진이 자신을 매우 부정적인 시선으로 바라보고 있다는 걸. 단순히 현수의 부탁을 받아 잠시 돌보아주고 있다는 영재의 말을 믿지 않고 있다는 걸. 뭔가 불순한 목적으로 영재에게 달라붙어 떨어지지 않는 거라 여기고 있을 것이다. 어쩌면 이 자리에서, 그는 서율의 자존심을 난도질해 땅바닥에다 패대기를 쳐버릴지도 몰랐다. 최소한의 자존심이 있다면 그만 한영재에게서 떨어져라, 협박할지도.

하지만 미안한 말씀인데요. 난 떨어지고 싶어도 떨어질 수가 없어요, 이현진 사장님. 한영재한테 빚을 졌거든요. 그 돈 갚을 때까지, 한영재가 날 놓아주지 않을 듯요.

서율은 찜찜한 표정을 지으며 퉁명스럽게, 그러나 순순히 대답을 내놓았다.

“그러겠죠. 특별히 연기에는 재능도 없어 보이던데, 순전히 꽃미남 대세 타고 성공한 케이스이죠. 기획사 서포트도 제대로 받아서, 그룹에서 제일 무능력한 게 인기는 제일 많고 일도 제일 많이 하는 것 같더구만요. 얼굴 잘생긴 거 하나로 대박 터진 거죠.”

“동생 맞아요? 오빠 재능에 대해 굉장히 회의적이네.”

“제가 원래 좀 솔직해서요. 드라마 페인이라 눈도 높고. 전 드라마도 명품 아니면 안 보거든요. 발연기 배우도 딱 질색이고요.”

“오빠한테는 도움이 되겠네요. 부족한 점을 제대로 짚어줄 테니.”

“그 인간 모니터링은 안 하는데요. 그 인간이랑 저랑, 연결 짓지 마세요. 달갑지 않습니다.”

“사이가 좋지 않는 모양이로군. 특별한 이유라도 있습니까?”

“제가 저희 집안일까지 다 일일이 말씀드려야 하나요? 묻고 싶으신 게 그거세요?”

“…….”

“뭔지 모르겠지만, 하고 싶은 질문이 있다면 돌려 말하지 말고 직접적으로 물어주세요. 이런 일에 머리 쓰는 거 싫거든요.”

“성격은 시원시원해서 좋군요. 좋습니다. 그러죠. 솔직해지는 게 피차간에 덜 피곤해지는 길일 것 같으니.”

“…….”

“난 현수가 꽤 유복한 가정에서 평탄하게 살아왔다고 들었어요. 현수 동생이라니, 정서율 씨도 똑같은 환경에서 똑같이 자랐겠거니 생각했죠. 한데 조사를 해보니 찜찜한 게 나오더군요. 아무리 꿰맞춰 보려 해도 맞아떨어지지 않는 퍼즐조각 하나가 있더라고요."

"우리 정민이 말씀하시는 건가요?"

"서정민 군이 현수 군과 아무런 접점이 없는 건, 아가씨도 인정하겠죠?"

"두 사람의 연결고리가 뭔지 알아내고 싶으신 건가요? 아니면, 정현수 동생인 내가 무슨 이유로 아무 접점 없는 정민일 데리고 사는지 물으시려는 건가요?"

"둘 다 알고 싶다는 게 솔직한 답이 되겠죠. 누가 들어도 이건 굉장히 흥미진진한 일이지 않습니까."

"죄송합니다만 지극히 개인적인 사정을 제가 왜 사장님께 얘기해야만 하는지, 전 잘 모르겠습니다."

"대답하길 거부하는 겁니까?"

"하기 싫은 대답, 굳이 해야 할 의무는 없잖아요?"

"아가씨와 아가씨 동생 서정민 군이 나도 몰래 비밀리, 내가 데리고 있는 아이들 숙소에 들락날락하고 있는 게 밝혀졌는데. 정말 내게 대답할 의무가 없다고 생각하는 건가요? 상식적으로 그런 일을 당하면 가족이나 친지, 잘 알고 지내는 사람들에게 도움을 청하지. 본 적도 없는 낯선 사람에게 신세를 지진 않습니다. 그쪽 협박하던 사람들이 우리 영재 이름을 언급했다고 하지만, 그건 엄연히 그쪽 주장이죠. 아무 증거도 없잖습니까?"

"그럼 저희가 거짓말을 하고 있다는 겁니까?"

“사실이란 증거가 없으니, 거짓말하고 있을 가능성도 있다는 거죠.”

“그런 거짓말을 저희가 왜 합니까? 무슨 영화를 보자고. 저도 그 자식들한테 한영재 씨와 무슨 사이냔 말 듣고 엄청 황당했거든요? 그 찌질이 같은 것들이 왜 우리 정민이한테 그딴 걸 물어봤는지는 모르겠지만. 저희도 이번 일은 억울하다는 입장이라고요. 마른하늘에 날벼락도 유분수지. 학교 잘 다니고 있는 애한테 갑자기 깡패 자식들이 나타나서 한영재랑 무슨 관계냐 난리난리 난리부르스를 추는데……!”

“연관이 있다고 쳐도.”

울컥 화가 나, 서율이 닫아두었던 말문을 열고 막 속사포를 쏘아대려는 찰나였다. 이현진이 그녀의 말을 가로막았다.

“영재의 호의를 덥석 받아들인 아가씨와 아가씨 동생의 태도를 이해할 수 없는 건 마찬가지입니다.”

“저희로선 어쩔 수 없었습니다. 그 상황에서 갈 데 없는 우리가, 도움을 주겠다고 자처하는 사람들을 어떻게 내칩니까? 지푸라기라도 잡고 싶은 심정이었는데.”

“갈 데가 없었다는 아가씨의 말. 내 귀엔 몹시 우습게 들린다는 거 알아요? 아버지가 멀쩡히 살아 있고 오빠인 정현수는 대한민국에서 가장 잘나가는 스타 중 한 명인데. 그런 사람에게서, 갈 데가 없다는 말이 나올 수는 없죠.”

“그러니까 사장님 말씀은, 저희가 한영재한테 사기를 쳤다는 거네요. 일부러 한영재한테 접근해서 불쌍한 척하고, 숙소에 동생

집어넣고, 들쩍지근하게 들러붙고 있다고 생각하시나 봐요.”

“아니라고 말할 수 있습니까?”

내 이럴 줄 알았지. 사람 꽃뱀 취급하면서 사기꾼으로 몰아갈 줄 알았어. 이 사람한테 셀피쉬는 돈을 벌어다줄 상품. 괜히 격에 안 맞는 여자랑 엮여서 소문 돌고 기사 뜨면, 상품에 흠집 나고 돈 줄 막히고, 도미노 현상처럼 줄줄이 다른 상품에도 영향 가는 건 시간문제 아니겠는가. 일이 터진 이후에 아차, 해봤자 소용없는 일이니 그런 비슷한 낌새가 느껴지는 순간부터 레이더 발동시켜 단속하고 무마하고 수습하려는 것이다. 소속사 사장이 하는 일이 란 다 그런 거지. 하지만 멀쩡한 사람을 사기꾼으로 모는 건 너무 한 거 아닌가? 진짜 사람을 뭘로 보고!

“설마 제가 직접 깡패 섭외해 동생 때려달라 사주했다고 생각 하시는 건 아니시겠죠?”

“…….”

“제 동생, 거의 일주일 가까이 매일 맞고 다녔어요. 한영재랑 무 슨 사이냐고 묻는데, 그거 불면 한영재 씨나 정현수한테 폐될까 봐 끝까지 입 다물고 맞고 다녔다고요. 저도 몰랐네요, 누난데. 먹 고사느라 애가 다쳤는지, 어디가 찢어져서 피가 났는지, 어디 한 군데 부러져서 절뚝거리고 다니는지, 전혀 모르고 왔다갔다 일만 다녔네요. 그 녀석, 제가 직접 맞는 꼴 보지 못했다면 지금까지도 맞고 다녔을 애예요. 그런데 한영재 다칠까 봐, 자기 때문에 한영 재까지 피 볼까 봐, 혼자 몸빵하고 맞았던 애를 어떻게 사기꾼으 로 매도하실 수가 있으세요? 그건 정말 저희한테 해서는 안 될 말 아닌가요? 한영재, 사장님 상품이잖아요. 사장님 돈줄이잖아요. 그걸 저희가 지켜준 거나 마찬가진데 이렇게 나오시면 안 되죠. 사람 도리가 그러면 안 되는 거죠."

"그러니까 아가씬 의도적으로 접근했던 게 아니다, 이거로군."

"당연히 아니죠. 제가 아무리 돈이 없어서 구질구질하게 사는 인생이라도 그런 짓은 안 합니다. 정윤우 씨가 자꾸 자기네 숙소가 가장 안전하다고, 정민일 자기네가 보호하고 있어야 마음이 놓인다고 하도 우기셔서, 어쩔 수 없이 거기 맡긴 거란 말입니다. 저, 그쪽에서 우기지만 않았어도 정민이 거기로 안 보냈어요. 사장님이야 뭐, 이런 얘기 귀에 들어오지도 않겠지만. 어쨌든 전 떳떳합니다."

"그렇다면, 내가 당장 숙소에서 나가라면 나갈 수도 있겠군요? 두 사람 지낼 곳 따로 알아봐 줄 테니 나가라면, 나갈 건가요?"

"나가라면 나가야죠. 제가 뭐라고, 사장님 말씀에 반기를 들겠습니까? 다만 저희 지낼 곳은 사장님이 알아봐 주실 필요 없으세요. 정민이, 제 동생입니다. 제가 책임지고 데리고 나갑니다. 아직 상황이 위험할 수 있으니 집으로 다시 돌아가는 건 무리이고. 함께 지낼 곳, 따로 알아볼 겁니다. 당장 나가긴 어렵겠지만 최대한 노력해서 일주일 내로 나가도록 하겠으니 너무 걱정 마세요. 뭐, 한영재 씨는 제가 눈앞에서 사라지면 돈 떼어먹지나 않을까 두 눈 부라리며 노발대발하겠지만. 어차피 날마다 주 5일제로 얼굴도장 찍으며 열심히 피 터지게 파출부 노릇하고 있으니……."

까지 주절거렸을 때다. 사장 앞에서 기죽지 않으려, 있는 허세 없는 허세 다 끌어모아 어깨에 힘 잔뜩 넣고 멋지게 한마디 한마디 날리고 있던 정서율. 일순 하던 말을 멈추고 딱 입을 벌리고 말았다.

"돈을 떼어먹는다고요?"

앗! 이런.

"주 5일제 얼굴도장 찍으며 파출부 노릇을 하고 있다고요?"

왕대박 실수!

"정서율 씨, 지금 숙소에서 아르바이트해요?"

눈치도 캡짱 빠르신 이현진 사장님. 서율이 몇 마디 생각 없이 주절거린 말을 듣고도 사건의 전모를 파악해 주시는 센스. 꽃뱀 아니라고, 사기꾼 아니라고, 그렇게~ 그렇게~ 주장해 놓고 이제 와서 한영재한테 돈도 꾸고 숙소에서 알바까지 하고 있다고 실토한 격. 내가 못 산다, 정서율. 넌 왜 그리 조심성이 없냐. 이 방정아!

"그, 그게⋯⋯."

"영재한테 돈도 빌리고?"

"현수 오, 오빠한테 빌리려고 했는데 어쩌다가⋯⋯."

흥, 코웃음이 날아왔다. 어쩌다가, 라는 그녀의 말을 절대로 못 믿는다는 듯 현진은 입가에 비릿한 웃음까지 머금고 있었다. 어쩌다가 이렇게 됐다는 말을 왜 못 믿는데? 정말 어쩌다가 이렇게까지 됐는데.

진짜 한영재와 엮이게 될 줄 꿈에도 몰랐었다. 심지어 한영재를 좋아하지도 않았던 그녀 아닌가. 안티질도 심심찮게 했던 그녀였다. 물론 여기서는 '였다'라는 게 중요하긴 하다. 안 좋아했다는 것도, 안티였다는 것도 모두 과거형이라는 거. 지금은 그녀의 마음이 한 치 앞도 내다볼 수 없는 안개 속이라는 거. 며칠 전까지만 해도 확고하게 한영재를 싫어했었는데 어쩌다 이렇게 되었는지 참말로 미쳐 버리겠다는 거!

한영재만 생각하면 한숨이 나온다. 머리가 깨질 것 같다. 마음이 답답하고 어지럽다. 피곤해서 아무것도 생각하기 싫은데, 미친 뇌는 또 끊임없이 한영재를 떠올리고 있으니 지치지 않을 수가 없다. 대체 왜 정서율의 뇌는 피곤해 죽을 것 같으면서도 미친 듯이 한영재만 생각하고 있는 것일까? 며칠 동안 죽어라 일만 해서 온몸이 피곤으로 절어 있는데도 어째서? 여자 애간장 녹이게 제대로 달콤했던 그 키스를 잊을 수 없어서? 그 격렬했던 순간, 그 뜨거웠던 손길, 그 타올랐던 자신의 심장, 흐느적거리면서도 더더를 외쳤던 자신의 몸을 너무나도 확실히 기억하고 있어서?

정답은, 세 가지 모두 다이다.

그녀는 한영재의 갑작스런 키스에 몸을 맡겼고, 그 순간을 미친 듯이 즐겼으며, 며칠이 지난 지금까지 잊지 못하고 있었다. 전에 했던 짧은 키스와는 차원이 다른, 섹시하고 탐미적이며 다분히 본능에 충실했던, 금욕적이면서도 야성적이고 게걸스러운 키스였다. 그의 말랐지만 커다랗고 힘찬 손이 엉덩이를 감싸고 천천히 자신의 몸에 가져다 댈 때에는 입에서 쾌감에 찬 신음이 흘러나왔다.

쾌감.

그렇다, 그건 완벽한 쾌감의 산물이었다. 그의 손길을 거부하기는커녕 더욱 그에게 달라붙어 그의 몸을 느끼고, 또 느끼려 하지 않았던가. 심지어 그의 차가운 손이 가슴을 쥐어왔을 때도 그녀는 거부하지 않았다. 그때 시후가 방에 들어오지 않았더라면 두 사람이 그 차가운 드레스룸 바닥에서 무슨 짓을 저질렀을지. 생각만 해도 끔찍했다. 하지만 더 끔찍한 것은 그날 이후 한영재와 마주치기만 해도 얼굴이 빨개진다는 거다.

미친. 민망한 짓은 자신뿐 아니라 한영재도 같이 저질렀는데, 민망하면 같이 민망한 거 아닌가? 왜 혼자만 부끄러워하고 난리? 그놈은 멀쩡한데, 왜 너만 부끄부끄 얼굴 빨개져 홍당무가 되는 거야?

게다가 심장은 왜 벌떡벌떡 발작을 일으키는데? 민망하고 부끄러운 건 그럴 수 있다 치지만 가슴은 왜 뛰는 거냐고? 왜, 좋아하기라도 할 셈이야? 한영재의 주술과도 같았던 '너 나 좋아하잖아'에 휘둘려 진짜로 그에게 네 마음 통째로 넘길 셈이야? 키스 한 번에 안티에 가까웠던 증오심이 샤르르— 없어지기라도 했어? 잘생긴 남자들은 지금도 혐오하잖아! 왜 한영재한테만 특별히 뛰는 건데?

'……'

매번 이 문제에 봉착하면 꿀 먹은 벙어리마냥 아무 답도 내놓을 수 없는 서율이다. 왜 그를 보면 가슴이 콩닥콩닥 뛰는 것인지, 잘못한 것도 없으면서 왜 자신은 자꾸만 그를 피하려고만 하는지, 아무리 생각을 해봐도 답을 내릴 수가 없었다.

그러한 가운데 이미 3일이 지났고, 서율은 이제 문제를 회피, 구렁이 담 넘어가듯 어물어물 덮고 넘어가는 작전을 구사하는 중이었다. 딱히 한영재 쪽에서도 이 일을 중요하게 여긴다거나, 태클 걸어 꼬투리 잡을 생각도 없는 것 같으니 그건 잘된 일이었다.

물론 서율도 사람이고 여자라, 키스까지 해놓고서 입 싹 씻는 한영재의 태도가 얄밉고 괘씸하단 생각도 일견 들었다. 하지만 어쨌든 이번 일은 조용히 묻고 넘어가는 게 상책이니, 한영재의 무매너가 자신을 구해주고 있는 셈이기도 했다. 서율로선 괜히 조용히 입 닫고 있는 영재를 들쑤실 이유가 전혀 없었다. 할 수만 있다면 백 투 더 퓨쳐. 과거로 되돌아가 문제의 사건을 아예 지워 없애버리고 싶은 심정이니까.

"좋습니다. 변명하지 않을게요. 저, 사장님 말씀대로 골치 아픈 애예요. 어느 날 갑자기 동생이 폭행사건에 연루되어 거액의 합의금을 물어줘야 했고, 가난뱅이 주제에 큰돈 구할 길이 없어 어쩔 수 없이 인연 끊고 사는 오빠한테 손 내밀었네요. 주접스러운 제 인생에 그나마 가장 부자에 믿을 만한 사람이라는 그 오빠, 도와주겠다며 보낸 사람이 매니저도 아니고 회사 관계자도 아니고, 가족은 더더욱 아닌, 슈퍼스타 한영재였습니다. 믿지 않으시겠지만 저도 썩 달갑지만은 않았습니다. 정현수랑은 별로 엮이고 싶지 않았거든요. 정현수 친구는 정현수와 동급. 정현수가 싫은 만큼 정현수 친구도 싫습니다, 저는. 근데도 어떻게, 이렇게 코가 꿰어서 한영재 씨 밑에서 일도 하고, 빚도 갚고, 동생까지 맡기게 되었네요."

"이봐요, 아가씨."

"돈 다 갚으면 한영재 씨 옆에서 얼쩡거릴 일 전혀 없을 겁니다. 근본적으로 전 그런 인간 엄청 싫어하거든요. 잘났다고 거들먹거리기나 하고, 돈도 많으면서 돈돈돈, 그놈의 돈 떼어먹을까 봐 안달복달. 그런 남자는 딱 질색이거든요."

"돈 때문에 영재 옆에 있는 거다?"

"그렇다니까요. 돈을 빼먹으려고, 사기 쳐먹으려고 얼씬거리는 게 아니라 돈을 갚기 위해서라고요. 우리 동생이 사고만 안 쳤으면 이런 일은 절대로 없었을 겁니다. 진짜예요. 믿어주셔야 해요, 그건. 안 그럼 제가 억울합니다."

"그래요? 동생 때문에, 이런 일이 생겼다는 거로군요?"

"네."

"동생이라……."

무슨 생각을 하는지. 이현진의 표정은 알 듯 모를 듯 알쏭달쏭하기만 하다. 자신의 말을 믿는다는 것인지, 못 믿는다는 것인지. 한영재 옆에 있어도 된다는 건지, 안 된다는 건지. 뭐든 좀 똑 부러지게 대답해 주면 안 되나? 솔직하게 까놓고 말하자던 사람이 누군데 이리 애매한 얼굴로 말끝 살살 늘여가며 옆구리 쿡쿡 찔러대는 거야? 그냥 단도직입적으로 말하시라고요. 하여튼 밥맛 없는 직원에, 그 사장.

속으로 종알거리며 사장을 노려보고 있는 그녀에게 날아온 첫 단도직입적인 질문.

"그 동생, 법적 보호자가 아가씨죠?"

"네?"

이게 웬 뜬금포냐 싶어, 서율은 콧잔등을 찌푸리며 고개를 갸웃, 움직였다. 하지만 이 우스꽝스럽고 난데없는 질문이 이현진은 아무렇지도 않은 모양이다. 너무나 태연한 얼굴로 그는 살포시 미소까지 곁들인 얼굴로 입을 열어 말하였다.

"서정민이라고 했던가? 고등학교 1학년 재학 중이고, 학교에서 주목받고 있는 우등생. 단순히 잘한다, 수준이 아니라 전교 1등에 학교 기대주라고 하던데."

"그걸 어떻게 아세요?"

"어떻게 알았을 것 같아요?"

"호, 혹시? 뒷조사?"

기가 막힌 얼굴로 서율이 입을 쩌억— 벌리며 버럭 큰소리로 물었다. 설마 진짜 이 몸을 꽃뱀인 줄 오인하고 사람을 붙인 건가? 아, 아니, 어떻게 이런 일이? 어떻게 이럴 수가 있어? 내, 내가 그런 사람으로 보였다니 진심 제정신임?

싸장님! 날 좀 보소, 날 좀 보소! 너무 길어버린 앞머리는 핀으로 질끈 고정하고, 일주일에 6일은 기본으로 주야장천 입어대는 야상에 청바지 차림. 화장은 스킨로션이 전부인 날 좀 보소! 아무리 나이 들어 눈이 어둡기로서니 나 같은 여자가 꽃뱀으로 보여요? 예?! 내가 유혹하면 한영재가 넘어갈까 봐? 그게 걱정되어서 사람 뒤를 밟았나요? 그 남자는 나랑 부둥부둥, 쭈압쭈압, 야한 키스를 하고도 안 넘어온 남자야! 나 이런 여자예요, 이거 왜 이래요?

차마 소리는 못 지르고 속에서 열불을 내며 조잘조잘 사장을 공격하고 있을 때였다. 그가 갑자기 턱, 두 팔꿈치를 책상에 꺾어 붙이더니 상체를 불쑥 앞으로 내밀어 공격적인 자세를 취했다.

"영재와는 돈 이외에 아무 관련이 없다고 강력히 주장하시니, 믿어보도록 하죠. 그 문제는 일단 접어두고. 본격적으로 우리, 다른 얘기를 좀 해볼까요?"

뭐라는 거야. 본격적으로 무슨 얘길 더? 한영재 옆에서 떨어지라는 말, 하려던 거 아니었어? 다른 문제로 날 여기까지 불렀던 거야? 한국 최고 엔터테인먼트 프리스타일의 사장, 이현진이 나 같은 애한테 무슨 볼 일이 있어서? 어린 아이돌그룹만 육성하신다는 이현진이 꺾어진 50살, 아이돌로 데뷔하긴 너무나 늦은 20대중반의 정서율한테 연예인 해보자 제안할 리도 없을 텐데.

"이거. 한 번 읽어보시죠."

책상 위에 놓여 있던 서류봉투를 현진이 스윽 서율 쪽으로 밀었다. 서율은 영문도 모른 채 천천히 손을 뻗어 봉투를 쥐었다. 그리곤 찝찝해 차마 열지 못하고 찌릿, 봉투를 노려보고 있는데. 현진이 불쑥 한마디 던져 왔다.

"계약서입니다."

헉! 이 사람이 진짜 나를?

서율은 두 눈 부릅뜨고 그를 올려다보았다.

♪　　　♫　　　♪

〈야. 사기 칠 사람이 없어서 너한테 사기를 치겠냐? 사기꾼들도 다 등쳐 먹을 건더기가 있는 사람한테 들러붙는 법이야. 너 같은 알거지한테 뽑아 먹을 육수가 어디 있다고 들러붙겠어? 그리고 거기, 그런 곳 아니거든. 믿을 만한 곳이라고. 우리나라에서도 손으로 꼽는 대형기획사가 뭐가 아쉬워서 너한테 그런 제안을 해? 진짜 싹이 보여서라면 모를까.〉

수화기 속에서 오주현은 아주아주 큰소리로 장담했다. 프리스타일에서 데뷔만 하면! 성공은 따놓은 당상이라고. 가요계의 마이더스라고 불리는 이현진이 버티고 있는 프리스타일이라면, 절대로 망할 일은 없다는 거다. 프리스타일이 대단하다는 건 진즉 알고 있었지만, 이현진이 마이더스라는 건 또 오늘 처음 알게 된 서율이었다. 가수 출신에다 아직 창창한 젊은 나이인지라 바지사장이겠거니 했는데. 음반 기획, 프로듀서, 매니지먼트, 인재관리 및 육성까지 그가 관여하지 않는 분야가 없다니, 대략 1인 기획사 체제나 다름이 없지 않는가 말이다. 이현진이 프리스타일이고, 프리스타일이 곧 이현진인 것이었다.

"내가 이상하게 여기는 게 그거야. 그 대단하신 가요계의 마이더스 이현진 씨가 대체 뭐 볼 게 있다고, 우리 정민이를 캐스팅하겠다는 거야?"

〈가수를 당장 시켜주겠다는 게 아니잖니, 이 맹꽁아. 오디션을 보자고 했다며. 오디션 보고 떨어지는 애들이 얼마나 많은데, 이리 상오버를 떨어? 설혹 오디션에 붙었다 쳐도 트레이닝 도중에

나가떨어지는 애들도 수두룩하거든? 연습생들끼리도 경쟁이 얼마나 센데. 데뷔하기 전에 데뷔하기 위한 경쟁이, 데뷔한 후 가요계에서 경쟁하는 것보다 더 치열하다잖아. 거긴 그런 데야. 오디션한 번 본다고 다 가수 데뷔하는 거 아니라고요.〉

"아무리 그래도, 얼굴 한 번 본 게 다잖아. 노래 들어본 적도 없으면서 무슨 오디션을 보라 마라야?"

〈그 얼굴이 인상 깊었나 보지. 네 동생 엄청나게 잘생겼냐?〉

"어, 뭐……. 못생기진 않았어."

라고 말하고, 서율은 미간을 찌푸렸다. 생각해 보니 정민이가 좀 심하게 예쁘게 생기긴 한 것도 같았다.

작은 얼굴, 큰 키. 새하얀 얼굴에 갸름한 턱 선. 표정 없이 서 있으면 우수에 젖어 보이기도 하는 눈. 딱 꼬집어 어디가 잘생겼다, 매력포인트다, 말할 수 없을 만큼 전체적으로 다 수려하다. 거기에 머리까지 좋아 공부도 잘하니, 또래 여자애들의 관심을 한 몸에 받고 있는 거 아니겠는가. 떠벌거리는 스타일이 아니라 말 안 해서 그렇지. 서율도 잘 알고 있었다. 정민이 학교 내에서뿐만 아니라 인근 근처 여자 중고등학생들의 대시를 여러 번 받은 적 있다는 걸. 밸런타인데이 즈음에는 늘 집안에 초콜릿이 굴러다니곤 했으니까.

〈어째 반응이 그러냐? 전혀 인정 못하는 사람처럼 심드렁하네. 너 혹시, 날마다 봐서 너무 익숙해진 거 아니냐? 솔직히 길거리 캐스팅, 아무나 되는 거 아니거든. 일단 비율이 좋아야 되고, 외모와는 별도로 사람을 잡아끄는 매력도 있어야 해. 거기에 개성도 필수지. 얼굴이야 두말하면 잔소리로 잘생겨야 하고. 뭐, 적어도 셀피쉬 정도는 되어야 연예인이다~ 하는 거 아니겠니? 그중에서도 한영재 정도 되면, 진짜 껌뻑 넘어가거든? 내가 진짜 한영재 실제로 본 적 있는데 우와~ 말이 안 나오더라.〉

"어……. 그래?"

〈진짜 짱! 대박! 대애애애박! 이— 뻐—〉

아, 예. 꽃미남들은 무조건 까고 보는 안티카페의 일원인 주제에, 아이돌그룹은 또 모조리 다 좋아하는 아이돌빠 오주현 씨. 하나 잡고 깊이 파는 건 자기 스타일이 아니라서 못한다며, 대신 가볍게 여러 취향에 맞는 아이돌을 각 팀에 한 명씩 두고는 사진 모으고, 영상 모으고, 팬사인회에 콘서트까지 뛰시는 빠질의 여왕님이시니 오죽하겠습니까? 셀피쉬도 딱히 팬이랄 만큼 열성적으로 좋아하는 건 아니지만 '잘생기고 노래 잘하고, 무대 좋으니까, 빠심을 충족시킬 수 있는 역량이 충분하니 고루고루 다 좋아해 준다' 고 말하는 그녀이니 당근 찬양모드이 겠지.

"남자한테 예쁘다는 표현은 또 뭐냐?"

〈예쁘니까. 내가 코앞에서 봤는데, 진심 내 얼굴한테 미안해지더라. 남자보다도 못한 내 얼굴, 눈 감아. 흑흑흑! 이랬다니까? 완전 좌절했다고.〉

"누군 코앞에서 안 봤나. 그 정돈까지 아니더구만, 별."

〈뭐?〉

"아, 아니야. 아무리 남자가 여자보다 더 예쁠까 싶어서."

〈아니라니까! 오죽하면 생영재쇼크란 말이 생겼겠냐. 남신 한영재, 실제로 보면 더 잘생겼다고 소문이 얼마나 자자한데. 내가 아이돌 수집만 어언 12년째다. 초등학교 때부터 덕질을 해온 나야. 내 눈을 믿어라. 한영재는 진심 걸조야, 걸조. 걸어 다니는 조각.〉

걸조 좋아하네. 걸똥이 낫겠다. 걸어 다니는 재수똥. 치잇—

〈아무튼 잔말 말고 내보내 봐. 정민이가 가수 되면 다 내 공인 줄이나 알고. 다른 거 필요 없으니까, 나한텐 셀피쉬 사인씨디나 갖다 바쳐. '애정하고 귀애하는 한영재의 여자에게' 라고 꼭 써달라고 하고.〉

"뭐? 한영재의 여자?"

〈어. 내 닉네임이야. 한영재 팬카페 '더 남신' 에 '한영재의 여자' 로 가입되어 있어. 회원들과 마스터한테 열라 눈총받고 있지만 꿋꿋이 버티고 있지. 내가 누구냐. 의지의 한국인 오주현이잖아.〉

"너 한영재 팬카페에도 가입되어 있냐?!"

이런 미친. 기도 안 차는 소리에 어처구니가 딱 없어져서 서율은 저도 모르게 버럭 소리 높여 고함을 질렀다. 오주현이 이 남자, 저 남자, 잘생긴 녀석들은 죄다 팬이라며 좋아하고 다니는 거야 진즉부터 알고 있었지만. 한영재라니. 한영재를 좋아하고 있었다니. 그 인간이 어디가 좋아서 팬카페까지 가입을 해? 한영재의 여자란 밑도 끝도 없이 오그라드는 닉네임까지 만들고?

"야, 너 당장 나와. 그 카페 탈퇴해! 너 내 카페에도 등록되어 있잖아. 꽃미남 테러 카페. 잘생긴 놈들이 이 지구상에서 다 사라질 때까지 안티질은 멈추지 않는다― 라는 모토 아래에 열심히 엽기 짤을 생산해 내고 있는 내 카페의 회원이잖아, 너. 근데 한영재 팬카페에는 왜 들어가고 난리인데?”

“꽃미남 테러 카페?”

너무 흥분해 저도 모르게 침까지 튀기며 열심히 소리치는 그 순간이었다. 이젠 어디서든 판별할 수 있는, 낮고 부드러운 음성이 소름 끼치도록 가까운 곳에서 들려왔다.

“네가 거기 운영자였냐?”

헐. 한영재다. 이 남자가 여기 웬일? 집에 있어야 할 사람이 대체 여긴 어인 일로 납신 거임? 깜짝 놀라 서율은 휙 거칠게 고개를 돌려 그와 마주…… 하려고 했지만, 어머나 세상에.

그가 너무 가까이 붙어 있다.

“히익!”

서율은 시야를 가득 메운 그의 아름다운 눈동자에 놀라, 펄쩍 뛰며 뒷걸음질을 쳤다.

“여, 여긴 어쩐 일로…….”

〈뭔 소리야? 옆에 누구 있어?〉

눈앞에 한영재가 있다. 네가 가입했다는 그 카페의 주인님. 생눈으로 보면 쇼크받아 몇 날 며칠은 끙끙 앓아야 한다는, 바로 그 생영재쇼크의 주인공. 바로 그 한영재가 내 눈앞에 있으시다.

“아, 아무것도 아니야.”

〈아니긴 뭐가 아니야. 나 아닌 다른 사람한테 말하는 것 같았는

데. 누구야? 누군데 그리 놀라?〉

"아무것도 아니라니까. 아니라는데 왜 자꾸 묻는데? 아, 아무튼 나 지금 차 타야 돼. 조금 있다가 다시 통화하자. 끊어!"

〈야, 정서율! 왜 이러는데? 너 왜 갑자기 서둘러서 전화를 끊으려는 건데? 옆에 누구 있는데 자꾸 아니라는 것도 이상하고. 갑자기 전화를 끊겠다는 것도 이상하고. 너 진짜 수상해. 누구야? 바른대로 말해. 내가 아는 사람이야?〉

응. 아는 사람 맞아.

—라는 대답은, 그녀가 통화종료버튼을 누른 후 혼자 고개 주억거리며 속으로 중얼거린 말. 절대로 지금은 자신이 그동안 주야장천 씹고 뜯고 까던 그 빚쟁이가 한영재라는 사실을 밝힐 수는 없었다. 자기가 그토록 하악거리는 한영재가 친구와 아는 사이라는 걸 알게 되면 아이돌 수집만 12년이라는 자칭 마니아 오주현이 가만히 있겠는가. 당장 여기 달려오겠다 생쇼를 할 것이다. 그리고 그 쪽팔림은 모두 나의 몫이 되겠지. 생각만 해도 골치가 아파온다. 으이그.

"네가 정말 꽃미남 테러 카페 주인장, '안티에이징' 님이란 말이지?"

이를 바득 갈며 휴대폰을 노려보는데 특유의 한영재의 목소리가 다시 날아왔다. 흠칫 놀라며 서율은 그를 휘릭 흘겨보았다. 아, 쪽팔려. 어쩌다가 안티질한 사실을 한영재한테 들키는 초유의 비상사태가 일어난 거냐. 안 그래도 그날 일 때문에 피하고 또 피하는 중인걸. 미치겠네, 진짜. 설마 이 일로 꼬투리 잡아 당장 돈 갚으라, 닦달하는 건 아니겠지?

"왜, 왜 웃어요?"

"글쎄. 수년간 내 안티질을 해온 안티팬의 정체를 알게 됐는데 왜 이렇게 웃음이 나는 걸까?"

히죽 양쪽으로 입꼬리를 끌어올리며 그가 느물거렸다. 표정은 딱 '약점 잡았다'였다. 자신이 우연찮게 주운 이 약점을 어떻게 이용해 먹을 것인지, 서율을 어떤 식으로 요리해 홀랑 벗겨먹을 것인지, 요리조리 머리 굴리며 구상하는 얼굴이시다.

"소, 솔직히 그거 별거 없었거든요? 그, 그냥 기사사진이나 잡지화보 같은 거 잘라서 장난질 좀 친 게 전부라고요. 그, 그런 건 팬들도 하는 장난이거든요? 갤러리 못 가봤어요? 셀갤도 보면 장난 아니던데요, 뭘. 자기 팬들도 겨털 사진이랑 캡쳐사진 뿌리면서 낄낄거리더구만. 얼마 전에 출연했던 일본 방송 캡쳐 사진, 한영재 멘붕 사진이라며 올린 곳도 우리 카페 아니고 셀피쉬 팬카페였다고요. 그, 근데 왜 자꾸 우리 카페만 가지고 난리래요?"

"멘붕 사진?"

"어떤 일본 연예인이 무슨 웃긴 흉내 요래요래 해보라고 시범 보여주는데, 그걸 보는 한영재 씨 얼굴이 '이걸 나더러 하라고?' 하는 표정이라서요. 다들 그거 보고 좋아라 웃고 난리 났었다고요. 얼음왕자 한영재가 저런 표정 짓는 건 오래간만이라면서. 하여튼 팬들은 별것도 아닌 걸로도 막 웃고 울어. 저번엔 콘서트표 30초 만에 매진됐다며, 셀피쉬의 위엄이라며, 유유유유. 아효~

호들갑스럽기는."

"그런 일도 있었어?"

"자기 팬사이트 안 들어가 봐요? 다른 곳은 몰라도 대표 팬카페 '더 남신' 정도는 들어가 볼 거 아니에요."

"뭐."

"솔직히 진짜 악질 안티들은, 우리처럼 캡처만 뜨지 않거든요? 거짓 후기에 루머 뿌리기는 기본이고, 인터넷기사 뜨면 제일 먼저 달려가서 마구마구 악플 달고. 심지어 스토킹까지 해가면서 안티질을 하는 애들이 얼마나 많은데요. 우린 그런 짓까진 안 해요. 그냥 우리끼리 웃긴 사진 돌려보고 말지. 연예인들의 인권은 존중해 줘야 한다고 생각하는 주의거든요, 제가."

"아하."

"그래서 다들 적정선은 절대로 넘지 않는다고요. 솔직히 우리가 뽀샤시 효과까지 넣어서 만드는 대두짤은 가끔 해당연예인 팬사이트에도 올라와요. 귀엽다고. 요즘 대세라는 한 짐승돌의 대두짤은 실제 그 연예인이 미투데이에 공개해서 기사도 났었어요. 오죽 귀엽게 잘 만들었으면 기사까지 났을까."

"아, 윤준효?"

"뭐, 덕분에 우리 카페 홍보도 되고 좋았지만. 일부 새로 가입하신 분들은 실제 팬들도 많아요. 사람들이 우리 카페를 팬카페로 착각한 거죠. 근데 윤준효를 어떻게 알아요?"

"왜 몰라? 아끼는 후배인데."

아, 참. 그렇지. 이 남자 연예인이지. 하도 자주 보니 이젠 그녀의 안면인식기능이 마비되고 있나 보다. 평생 얼굴 한 번 보기 힘든 게 연예인인데, 한영재는 이웃집 남자보다도 더 자주 보고 있으니 안면인식에 기능장애가 오는 것도 무리가 아니겠다. 조금만 덜 잘생겼더라면 진짜 동네 아저씨 취급할 뻔했지 싶다.

"아, 아무튼 그 문제는 미, 미……."

"……."

"미, 미안……. 컥!"

크헐. 미안하게 됐다는 말이 왜 이리 안 나와? 보이지 않는 손이 목덜미를 쥐고 짤짤 흔들고 있는 양 절로 숨이 막히고 켁켁거려지는 듯하다. 그렇다고 안면몰수, 철판 깔고 버티는 것도 유분수지. 안티질한 게 들통 났는데 이대로 유야무야 넘어간다는 것도 말이 안 되는데, 대체 어, 어쩔……?

"그만 실토하시지."

얼굴 근육 잔뜩 우그러뜨리고 잘근잘근 입술을 씹으며 고민하고 있을 때였다. 턱, 그의 팔이 서율의 어깨 위로 무겁게 내려앉았다. 서율은 휘청거리는 몸을 날름 수습하고는 확 그를 올려다보았다. '뭡니까?'의 의미로다가. 그러자 그가 나른하게 깔리는 시선으로 그녀를 스륵, 내려다보며 낮은 목소리로 뇌까렸다.

"너 실은 내 팬이었지?"

♪　　　　♫　　　　♪

해명 고등학교 정문 앞.

오늘도 진섭은 정문 근처 전봇대 구석에 몸을 숨긴 채 꼭 찾고 말겠다는 일념으로 하교 중인 학생들을 살피고 있었다. 수많은 학생들의 얼굴을 일일이 다 확인하는 건 불가능에 가까운 일이었지만, 그는 불굴의 정신으로 두 눈 부릅뜨고 지켜보는 중이었다. 반대편 구석엔 재원이, 후문 쪽은 윤석이 서서 그를 돕고 있었다.

"퉤."

가래가 끓어 침을 뱉고는 진섭은 잠시 입에서 빼놓고 있던 꽁초를 다시 물었다. 쭉, 힘껏 담배연기를 빨아들이며 삼삼오오 무리를 지어 나오기 시작하는 학생들을 지켜보는 진섭의 눈빛은 매섭게 번뜩이고 있었다. 늘 그랬듯이 즐거운 얼굴로 학교 다니는 학생들을 보고 있노라니 속에서 울화가 치밀고 분노가 솟구치는 것 같았다. 저것들을 보고 있으면 열등감, 몸속에 축척해 쌓아놓고 있었던 사회에 대한 불만과 피해의식이 한꺼번에 폭발하는 기분이 든다. 누군 부모 잘 만나 호의호식하면서 마음껏 공부하고 잘 사는데 누군 이런 짓이나 하며 살아야 한다니, 불공평해, 뭐 이런 기분이 든달까.

물론 그는 가족도 포기했을 정도로 엉망진창, 개망나니였다. 우발적인 사고로 인해 돌이킬 수 없는 잔인한 짓을 저지르고 어린 나이에 살인자라는 멍에를 뒤집어쓴. 원치 않았던 일로 가해자가 되었던 그 사건 이후로도, 그는 마음을 잡지 못하고 계속 엇나가기만 했었다. 집나가기를 밥 먹듯이 반복했고, 어쩌다 집에 들어와 생활할 때는 가족들이 불안에 떨 만큼 패악질도 서슴지 않았다. 그땐 그럴 수밖에 없었다. 자기 자신이 죽이고 싶을 만큼 미웠으니까. 모든 게 답답했고 무거웠으며 아팠으니까.

그런 그를 가족들도 보아 넘기기 힘들었을 것이다. 스스로 끝없는 나락으로 떨어지는, 구원되길 거부하는 듯 막가파로 행동했던 그를 감당하기 어려웠을 것이고, 끊임없는 폭력이 두렵고 견디기 힘들었을 것이다. 이해는 된다. 그들이 얼마나 고통스러웠을지는. 하지만 아무리 그렇다 할지라도 자식을 버리는 건 너무한 거 아닌가? 자식이 달리 자식인가. 가족이 달리 가족인가. 흠도 잘못도 다 보듬고 가는 게 가족이고 자식이 아닌가?

그런 줄 알았다, 진섭은. 자신이 무슨 짓을 해도 부모님만은 자신을 믿어주고, 기다려 줄 줄 알았다. 친구를 죽게 만든 악마 같은 자신이라도, 부모님만큼은 이해하고 보듬어줄 줄 알았었다. 그러나 그것은 진섭만의 착각이었을 뿐. 그가 습관처럼 집을 나갔다 들어오기를 반복하던 어느 날, 가족들은 아무 메시지도 없이 홀연히 종적을 감춰 버렸다. 그에게 새 주소도 남기지 않고 어딘가로 훌쩍 떠나 버린 것이었다.

그때부터였던 것 같다. 학교 앞을 떠돌며 학생들을 위협하고 괴롭히기 시작한 것은.

자신은 절대로 되돌아갈 수 없는 시절, 까맣게 먹칠이 되어버린 그 시간 속을 현재진행형으로 달리고 있는 아이들이 미웠다. 질투가 났다. 자신만이 이 세상에서 내버려진 것만 같아 누구라도 붙들고 괴롭혀 주고 싶었다. 혼자만 죽을 수 없다고 생각했다. 자신 혼자만 진창에서 뒹굴고 싶지 않았다. 자신이 구원받지 못하였으니 세상 모두를 진창에 빠뜨리고 다 같이 죽자 싶었다. 행복한 아이들. 즐거운 아이들. 단란한 가족. 보호받는 아이들. 이 모든 것들이 자신의 적이며, 목표물이며, 괴롭힘의 대상이었다.

서정민은 그중 가장 밥맛 없는 녀석이었다. 그는 잘생겨서 주위 여자들에게 인기가 많았고, 공부도 잘해 학교로부터 특별관리 대상으로 분류되고 있었다. 어머니는 죽고, 아버지는 빚쟁이에 쫓겨 도망 다니고 있으니 돌봐줄 가족이 전혀 없는 상태여야 마땅한데. 새어머니가 지극정성으로 뒷바라지하고 있었으며, 새어머니의 딸인 정서율은 새어머니가 죽은 이후에도 정민을 버리지 않았다. 자신과는 정반대의 상황이었다. 게다가 하필 그 녀석의 합의금을 내준 사람은 한영재.

한영재는 자신을 이 불구덩이 같은 인생길로 밀어 넣은 장본인, 죽은 그 아이가 유일하게 좋아했던 가수였다. 한영재처럼 되고 싶다며, 멋지게 연습실을 들어서던 그 녀석의 얼굴을 그는 잊을 수가 없었다. 날마다 꿈속에 나와 그를 괴롭히고 있으니, 잊을 수 있을 리가.

애초에 서정민과는 이런 악연들로 엮인 사이였기 때문에, 이번 일을 받아들이는 데엔 아무런 망설임이 없었다. 서정민을 이용해서 한영재를 무너뜨리고, 그 자리를 밟고 자신이 올라가는 것이니.

"얼굴 고치면 돼. 이름 바꾸고 성형하면, 네 범죄기록 같은 건 쉽게 세탁되는 거지. 요즘은 신비주의 가수들도 흔하니 충분히 데뷔해서 인기 끌 수 있다. 너희들이 이 일을 잘만 해내면, 그건 내가 다 알아서 해줄 거다. 그러니 너흰 신경 쓸 거 없이 시키는 일만 잘해."

어느 날 갑자기 찾아온 한 남자는 자신을 '백사'라 소개했다. 검은 양복에 흰 셔츠를 입고, 검은 구두에 흰 양말을 신은 그를 보자마자 진섭은 본능적으로 캐치했다. 그는 자신이 범접할 수도 없는 어떤 조직의 일원이라는 것을. 어느 파의 누구라고는 말하지 않았지만, 그의 광대뼈 근처에 나 있는 검은 칼자국이 이를 증명하고 있었다.

그리고 마치 그 흉터가 보증수표인 양, 이후 며칠 동안 진섭은 기를 쓰고 그가 주문한 일을 행하고 있었다. 서정민, 정서율과 한영재가 무슨 관계인지 알아오라는 밑도 끝도 없는 미션이 떨어졌지만, 토시 하나 붙이지 않고 따랐다. 그리고 일은 아주 잘 풀려가는 듯했다. 문제의 두 남매가 어느 날 갑자기 종적을 감춰 버리기 전까지는.

"아직도 실마리를 못 잡았다니 실망이다, 김진섭. 난 기회를 두 번 주는 사람이 아니야. 참을성이 많지 않은 사람이거든. 이런 일을 해줄 친구들은 너 말고도 쌔고 쌨어. 그런데도 네게 기회를 줬으면, 내게 그만큼의 보답을 해야지 않겠나?"

"……."

"기회를 줄 때 잡아, 애송이. 나중에 후회하지 말고."

진섭은 결코 무시할 수 없었던 백사의 읊조림을 머릿속에서 지워내며, 손가락 사이에 끼워두고 있던 담배꽁초를 바닥으로 튕겼다. 남은 불씨를 발끝으로 비벼 끄고 그는 다시 학교 정문을 주시하기 시작했다. 무슨 일이 있어도 이 기회를 놓치지 않겠다고 다짐하면서.

제14장

What in the world happened to you?

"내가 그쪽 팬이라니. 그 무슨 말도 안 되는······!"

"넌 내 팬사이트 이름도 알고, 거기에 무슨 사진이 올라와서 뭐가 화제가 되었는지도 다 알고 있잖아. 한국 방송도 아닌 일본 방송에서 내가 무슨 표정을 어떻게 지었는지까지 세세히 기억하고 있는 사람이 팬이 아니면 뭔데?"

"안티질도 정성이 있어야 하는 거거든요? 싫은 사람이니까. 안티질해야 하는 사람이니까. 그래서 팬카페에 가입도 하고······."

"아아— 팬카페에 가입도 하셨어?"

"그, 그게······ '더 남신'에만 가입했거든요? 다른 덴 안 했거든요!"

"아아— '더 남신'에만 가입했어? 거긴 내 개인 팬카페인데. 나만 좋아하고 나만 바라보는 한영재 팬카페. 하필 딱 거기에만 가입했단 말이지?”

“아, 아니······!”

“이상하긴 했어. 동생한테 하는 거 보면 성격은 좀 괴팍해도 심성이 나쁜 것 같진 않은데, 유독 나한테만 까칠하게 굴었으니까. 그 때문에 처음엔 진짜 날 싫어하나 보다, 생각하기도 했었지만 아무리 생각해도 납득이 안 되는 것들 투성이였거든.”

“무슨 말이 그래요? 내가 뭐, 일부러 관심 끌려고 싫어하는 척이라도 했단 말이에요, 뭐예요?”

“이해해. 내 관심을 끌려면 그런 짓 정도는 해야 했을 테지. 원래 나처럼 인기 많은 남자들은 특별한 여자한테 호기심을 느끼는 법이니, 특별하게 보이고 싶었겠지.”

“아, 이것 보세요. 제가 한영재 씨한테 못할 짓한 건 사실이지만. 그건 엄연히 싫어서, 잘생긴 남자들이 너무너무 혐오스러워서, 그래서 한 짓이거든요. 근데 어떻게 당신을 좋아할 수 있겠어요? 전에 말했잖아요. 난 기본적으로 잘생긴 남자들은 딱 질색이라고.”

“그렇다고 생각하는 것뿐이겠지. 어릴 때 불렀던 노래 중에 이런 게 있는데. 빨간 건 사과, 사과는 맛있어, 맛있는 건 바나나, 긴 건 기차, 기차는 빨라. 그런 이치 아닌가? 나쁜 건 정현수. 정현수는 잘생겼어. 잘생긴 건 한영재. 한영재도 나빠.”

“뭐라는 거야. 그게 그거랑 같아요?”

인상을 팍 쓰며 서율이 신경질적으로 쏘아붙여 왔다. 얼토당토 않는다는 반응이었지만 영재는 천연덕스럽게 어깨를 으쓱했다. 그게 그거랑 같은지 다른지 지금은 별로 중요하지 않았다. 그녀가 자신을 좋아하고 있다고 확신하기 때문에. 물론 그녀는 현재, 아니라고 바득바득 우겨대고 있긴 하다. 정현수란 존재가 떡하니 버티고 있으니, 스스로 한영재를 좋아한다고는 쉬이 인정할 수 없을 것이다. 그녀의 뇌는 이미 오래전부터 '정현수와 연관된 모든 것을 경계' 하는 법칙에 사로잡혀 있었을 터이니, 더 말해 뭣하리오.

하나 그녀의 본심은 이미 자신에게 기울어져 있다. 자신을 좋아하고 있다는 말이다. 확실하다. 좋아하고 있을 것이다. 좋아해야만 한다. 왜냐하면 바로 자신이 그녀를 원하니까. 그녀를 손에 넣고 싶으니까. 가져야만 직성이 풀릴 것 같으니까.

며칠 동안 그는 정서율에 대해 깊은 고찰을 쭉 이어오고 있었다. 그녀와 처음 만났을 때부터 지금까지, 자신이 그녀에게 무슨 짓을 했고 어떤 감정을 가져 왔는지 심히 객관적이고 섬세하게, 열심히, 생각해 보았다. 그리고 솔직하게 인정했다. 자신이 그녀를, 이성으로서 매우 심각하게 의식하고 있다는 사실을.

언제부터였는지는 정확하게 알 수가 없다. 그녀는 원체 그에게는 외계인 같은 이질적인 존재였고, 그게 그녀의 매력이었으며, 딱히 자신이 그 매력에 끌리지 않았다고는 단정하기 어려웠으니 어쩌면 처음부터 그녀에게 꽂혔는지도 모를 일이었다. 물론 결정적 한 방은 그놈의 감기약이었다. 까칠하기 이를 데 없던 정서율이 자신을 걱정하며 감기약을 사들고 와, 잘 챙겨 먹으라 말하고

횡 떠났을 때에 그가 느꼈던 감정은, 그야말로 대혼란. 너무나 복
잡하고 혼란스러워서 딱히 뭐라 정의하기도 힘들지만, 확실한 것
은 그 순간 자신이 흔들렸다는 사실이었다. 사정없이. 미친 듯. 제
대로 흔들렸었다. 아마도 그때 이성의 뿌리가 절반은 떨어져 나갔
을지도.

나머지 절반이 마저 떨어져 나간 것은 바로 엊그제였다. 충동적
으로 훔친 그녀의 입술을 맛본 이후 그는 3일 동안 잠도 제대로 못
자고 고민했다. 그 촌스러운 게, 그 무뚝뚝하고 까칠한 게, 그런
달콤한 입술을 갖고 있을 줄이야. 류민찬한테 갖다 바친 조공음식
만드느라 이틀을 꼬박 일만 하고 왔다는 그 정서율이 이렇게 미치
도록 갖고 싶어질 줄이야.

희한하게도 멈출 수가 없었다. 폭주기관차처럼, 그것도 고장
난.

그녀를 갖고, 또 갖고, 또 갖고 싶어 안달이 나 죽을 것 같았다.
그 순간만큼은 무언가에 홀린 것처럼 스스로를 자제하기가 힘들
었다. 그 감정은 오랫동안 여자를 만나지 않아서, 여자가 고프니
까, 연애 못한 갈증 때문에, 라고 치부하기엔 너무 강렬했다. 그리
고 그 감정은 이후, 그녀를 볼 때마다 똑같이 되살아나 그를 괴롭
혔다. 그녀가 무릎 꿇고 걸레질을 하거나, 작은 키로 펄쩍펄쩍 뛰
며 유리창을 닦거나, 얼굴에 밀가루를 묻힌 채 요리를 하거나, 대
중이 없었다. 심지어 뚫어뻥으로 화장실 청소를 하는 모습에도 그
의 아드레날린과 테스토스테론은 날뛰었다. 모든 감각이 그녀를
향해 아우성치는 듯해, 며칠간 그는 그녀에게서 뚝 떨어져 있어야

했다. 가계부도 위층에서 따로 전화를 이용해 보고받았으니 더 말해 뭣하겠는가.

어쨌든 그는 그녀를 원했다. 그녀의 입술뿐 아니라 그녀의 미소, 그녀의 칭찬, 그녀의 관심. 정서율의 모든 것을 다 갖길 원했다. 어차피 그녀의 지갑과 통장을 손에 쥐고 있는 지금, 그녀의 권리 대부분은 자신이 가지고 있다고는 생각한다. 하지만 그는 그녀를 더욱더 완벽하게 소유하길 바랐다. 좋아하면서 아닌 척하는 어정쩡한 관심 말고, 더 솔직하고 더 노골적이고 더 완벽한 애정. 다른 사람과 눈곱만큼도 나누고 싶지 않으니까, 온전히 자신에게만 쏟아지는 100퍼센트 순정순정純正純情을 말이다.

뭐 이게, 흔히들 말하는 콩깍지가 쓰였다거나 첫눈에 반했다거나, 것도 아니면 미운정이 들었다거나, 어쨌든 사랑이라 일컬어지는 수많은 표현들 중 하나인지는 그도 알 수가 없다. 그녀를 보면 뛰는 가슴이 단순히 욕정해서인지 사랑으로 벅차서인지도 모르는 판국에, 감정의 정확한 판별까지는 그로서도 무리였다. 그러니 지금은 단순히 그저 '갖고 싶다'의 감정으로 정의하는 것. 이게 남들이 말하는 '빠지면 헤어나올 수 없는 사랑의 늪'이라면 언젠가 자신도 깨달을 날이 오지 않겠나. 그때까지 사랑이란 단어는 보류, 금지어였다.

"그래, 그래. 네가 날 얼마나 좋아하는지는 이제 알겠다. 잘 알겠으니까, 이제 그만 틱틱거려라. 응? 너도 이 정도면 나름 성공한 인생이니 사회에 불만 있는 사람처럼 입 뚱 내밀고 투덜거리지 말란 말이다.”

“서, 성공이라뇨?”

“내 집에서 가정부 일을 하고 있으니, 성공이라면 성공이지. 내 옆에 하루 종일 붙어서 내 얼굴 실컷 쳐다보잖아.”

“헐. 아니, 그게 대체 무슨 말도 안 되는……!”

“게다가 나와 키스도 했고.”

“아핫! 참, 나! 헛! 기가 막혀서! 핫, 참! 헛헛헛!”

그녀가 두 눈을 나풀나풀 미친 듯이 깜빡거리며 숨을 헐떡거린다. 그가 그날의 일을 꺼냈다는 게 믿어지지 않는 듯, 왕창 당황한 얼굴로 정신없이 헛기침을 해댄다. 아마도 그 얘길 아무렇지도 않게 꺼낸 영재를 속으로 열렬히 저주하고 있을 것이다. ‘미친 놈!’이라고 욕하고 있겠지. 속으로 종알거리고 있을 그녀를 떠올리니 픽, 웃음이 나왔다.

“여자친구도 됐잖아.”

“헛헛! 누, 누가 들으면 진짜 우리가 사귀는 줄 알겠네? 엄연히 우, 우린…… 고, 고용관계이거든요? 돈 받고 여친 해주기로 한 거지, 진짜 여친이 아니란 말이죠. 입은 비뚤어졌어도 말은 바로 하자고요, 좀.”

“어쨌든. 지금 나와 가장 가까운 여자는 너다. 팬으로서 나와 가장 가까운 사이가 됐으니 성공한 거지.”

“아, 진짜. 팬 아니라니까요. 몇 번을 말해야 알아듣겠어요?”

격하게 숨을 몰아쉬며 그녀가 열심히 부인한다. 그의 여자친구는 절대로 되기 싫은 사람처럼 아주 극렬한 반응이었다. 물론 진심은 아닐 것이다. 아니어야 한다. 꼭. 영재는 미소를 띠고 있던 입가를 퉁명스럽게 비틀며 스윽, 그녀의 귓가에 자신의 입술을 가져다 대고 속삭이듯 중얼거렸다.

"아니면 내 눈앞에 얼씬거리질 말든가. 내가 가는 곳마다 따라다니는데, 어떻게 널 의심하지 않을 수 있겠냐?"

"여긴 사장님 뵈러 온 건데요. 한영재 씨 따라 온 거 아니라고요."

"사장님한테 네가 무슨 볼 일이 있어서?"

"그걸 꼭 말해야 되요? 그쪽이랑 전혀 상관없는 일인데."

"상관있는지 없는지는 내가 판단해. 넌 내가 묻는 말에 대답만 하면 된다. 무슨 일이냐?"

"그쪽이 물으면 난 뭐, 무조건 대답해야 해요? 아무리 이중삼중으로 고용된 관계라지만, 저도 하기 싫은 말 안 할 권리 정도는 있는 거잖아요. 이건 엄연히 제 개인적인 스케줄이니까 충분히 노코멘트할 수 있다고 봅니다."

"네 개인적인 스케줄이니 더더욱 내가 알 권리, 있다고 보는데. 기억 못하나 본데 난 네 남친이다. 민찬이와 은형 씨 신경전에 더 이상 내가 이용되지 않을 때까지 넌 내 여친이어야 해."

"그건 돈 받고 하기로 한 일이잖아요. 실제 남친도 아닌데, 어째서 제 개인적인 일에 대해 다 말해야 해요?"

서율은 잔뜩 볼멘소리로 말하고 가자미눈으로 찌릿 그를 째려보았다. 자꾸만 달라붙는 그의 숨결이 신경 쓰이다 못해 짜증이 나기 시작한 거다. 그의 따스한 숨이 느껴질 때마다 솜털이 쭈뼛

쭈뼛, 뒤통수가 찌릿, 척추를 타고 머리끝까지 짜릿짜릿해 숨이 막힐 것만 같았다. 당장 그를 밀어내고 저 멀리 그와 떨어지고 싶은 마음이 굴뚝처럼 솟구쳤지만, 그럼 분명 그는 자신을 비웃을 테니 그리할 수도 없었다. 꾹, 그저 그가 스스로 떨어져 나갈 때까지 참고 있는 수밖에. 하지만…….

"훈련은 실전처럼. 돈 받고 하는 일, 대충해서 들키게 되면 어떻게 되는 줄 알아?"

얼굴론 한국에서 둘째가라면 서러울 정도로 잘생긴 남자가 입술이 닿을 듯 말 듯, 코끝이 닿을 듯 말 듯, 가까이에 서서 어깨까지 두른 채로 그윽한 시선으로 자신을 내려다보며 '난 네 남친'이라는데. 멀쩡할 수 있는 여자가 대한민국에 과연 몇이나 될까?

서율이 제아무리 평소 철저한 자기검열을 통해 잘생긴 남자들은 다 여자의 적이라 규정하고 적대시해 왔다 한들, 지금의 이 상황을 마음대로 컨트롤할 수는 없었다. 절로 떠오르는 키스에 대한 기억과 그에 따라 차오르는 쾌락에의 기대감, 또 그녀의 뇌 한구석에 집요하게 따라 다니는 '나도 멋진 남자 보면 가슴이 뛰는 보통 여자야!'라는 강박관념들을 어찌 단번에 제압할 수 있으리.

서율의 가슴은 이미 제멋대로 미칠 듯 터지게 울려대고 있었다. 떨림을 멈추라는 대뇌의 명령에도 불구하고, 심장은 본능에 충실해 그를 향해 뛰고 또 뛰며 그녀를 충격의 도가니로 밀어 넣고 있었다. 멈추고 싶어도 멈출 수가 없었다. 이건 이성으로써는 도저히 제어불능이었다.

꿀꺽. 소리 없이 마른침을 삼키며 서율은 아랫입술을 핥았다. 그리곤 파르르 떨리는 두 눈을 간신히 감았다 뜨고는, 겨우겨우 입술을 열었다.

"어…… 떻게 되는데요?"

"궁금해?"

나직한 그의 목소리가 벨벳처럼 보드랍고 매혹적으로 귓전을 스치고 지나갔다. 그가 쥐고 있는 어깨 모서리 부분이 불에 덴 것처럼 뜨겁게 득시글거리고, 그가 지그시 내려다보고 있는 입술이 타질 듯 욱신거렸다. 그리고 귓가의 솜털을 간질이는 그의 숨결은 그녀를 점점 달아오르게 하는데…….

"진짜 내 여자가 되는 거다."

그 순간 그가 은밀히 서율의 귓속에 던진 말이다. 예민하게 달떠있던 그녀의 귓가는 냉큼 그의 얄랑얄랑 야릇하고 몰캉하며 느릿느릿 색기 충만한 음성을 흡수, 고막을 때리고 쪼르르 달팽이관으로 전달. 온몸 세포가 일시에 발광하듯 아우성치기 시작하자 서율은 거칠게 숨을 들이쉬며 두 눈을 둥그렇게 치떴다.

"크흡!"

"풋!"

그의 웃음이 바로 그때 터진 것은 어쩌면 그녀에겐 행운. 그는 그녀가 자신의 말에 너무 놀라 숨을 격하게 들이쉰 거라 생각한 듯 어깨에 올려두었던 손을 떼고 장난스럽게 킥킥거렸다. 그의 손이 떨어져 나가자 가파르게 치솟았던 맥박수도 발작이 의심되던

심장의 뜀박질 빠르기도, 완만한 곡선을 그리며 아래로 내려가기 시작. 서율은 안도하며 벌겋게 달아오른 두 볼을 손등으로 꾹 눌렀다. 그리곤 아무것도 아닌 척 연기 들어가 주셨다.

"뭐, 뭐예요? 진짠 줄 알았네."

아이처럼 킥킥 웃던 한영재는 서율을 돌아보더니, 덥석 그녀의 손을 잡았다. 그리곤 저벅저벅, 넓은 보폭으로 로비를 가로질러 가며 큰소리로 말했다.

"너무 크게 실망하진 마. 말이 씨가 된다고, 진짜 네가 내 여자가 될지 누가 알아?"

"무, 무슨 그런 심한 말씀을? 다른 여자들은 그런 말 들음 헬렐레해서 꼬랑지 살랑살랑 흔들며 애교 떨고, 그쪽 하자는 대로 다 하는지 어쩐지 모르겠지만. 전 아니거든요? 생각만 해도 끔찍하다고요. 제가 말했죠? 그쪽은 전혀 내 취향이……."

"아, 예. 취향이 아니죠. 잘 알아 모시겠습니다. 안티에이징 님."

"아씨. 됐거든요! 뭘 알아 모셔요? 아, 진짜! 어디 가는 거예요? 갈 때 가더라도 이 손은 좀 놓고 가자고요. 좀!"

버둥거리며 그녀는 그의 손에 잡힌 손을 빼려 안간힘을 썼다. 그와 손 따윈 절대로 잡고 싶지 않다는 티를 팍팍 내주면서 어지간히도 땍땍거렸으나 그는 그녀의 짱알거림은 신경도 안 쓰는 듯 쭉— 그 손을 잡고 로비를 벗어나 출입문까지 밀고 나왔다. 그리고 그사이 그녀의 손등과 함께 그녀의 애간장도 까맣게, 활활 타오르다 숯검정이 되어버렸다.

이쯤에서 묻는다.

그녀에게 대체 무슨 일이 일어나고 있는 것일까.

♪　　　♬　　　♪

"어디긴 어디야? 집이지."

〈집? 지금 이 시간에 집이라고?〉

"요즘 나 백수라는 거 모르냐? 일하던 집에서 잘렸잖아."

〈잘린 지 일주일이 다 되는 것 같은데. 그동안 일자리 안 구하고, 계속 놀고 있단 말이야? 네가? 천하의 자린고비, 돈이 최고, 하루에 알바를 세 개씩 뛰는 억척순이, 정서율이가?〉

"천하의 자린고비도 쉬고 싶을 때가 있는 거거든? 아무리 돈이 최고라지만 사람이 일단 살고 봐야지. 요즘 너무 힘들어서 체력 떨어지고 얼굴 반쪽 됐어. 일자리를 알아보더라도 일단 보름 정도는 푹 쉬고, 그사이에 보신 좀 해서 몸 적당히 추스른 다음에 알아 보려고. 지금은…… 너무 피곤해서 일 못하겠어."

〈너, 영재한테 돈 꿨다며. 한영재한테 돈 갚으려면 죽기 살기로 일해야 하는 거 아니었어? 너 원래 빚지는 거에 결벽증 있잖아. 서 정민 아버지가 빚쟁이한테 쫓겨 도망 다니는 게 벌써 몇 년 째라 면서, 넌 죽어도 남한테 빚지고는 안 산다며. 그래서 나한테도 절 대로 도움받지 않겠다, 버틴 거였잖아. 근데 영재한텐 빚지고도 잘살아지는 모양이다? 느긋하게 쉬고 있는 걸 보면.〉

"아, 뭐. 그래서 힘들어 죽겠는데도 참고 일하란 말이야? 그러

다 큰 병 걸리면 네가 책임질래? 나 무지 힘들거든? 아파. 몸 무거
워서 일 못해. 며칠 푹 쉬어야 살 것 같아. 그래서 쉬는 건데, 뭐
어쩌라고!"

〈그래서 지금 넌 집에 있는 거라고?〉

"쉬니까 집에 있지. 천하의 둘도 없는 개털신세인 내가 뭐, 별
다섯 개짜리 호텔에라도 가 있을까 봐?"

〈혼자?〉

"……."

〈집에?〉

"그래, 집이라니까! 집이야, 집! 집이라고. 집이라는데 왜 자꾸
묻는 건데? 지금 내가 집도 아닌데, 집이라고 뻥 치는 것 같냐?"

말꼬리 물고 사람 귀찮게 하는 건 예나 지금이나 어찌나 같은
지. 마치 바람난 마누라 닦달하듯 꼬치꼬치 캐묻고 추궁하는 정
현수가 너무 짜증이 나 서율은, 자신이 어디에서 뭘 하고 있는지
홀랑 까먹고 버럭 고함을 싸질렀다. 하지만 곧바로 급急후회. 앞
자리 운전석에 앉아 운전대를 잡고 있던 택시기사 아저씨가 룸미
러 안에서 히쭉 웃는 모습이 눈에 콕 들어왔다. 따끔따끔 피부를
뚫고 들어올 것처럼 강렬하게 빤히 바라보는 한영재의 시선도 플
러스.

그렇다. 여긴 집이 아니라, 택시 안인 것이다. 그녀는 뒤늦은
출근을 하기 위해 숙소로 향하는 중이고, 굳이 자신의 차를 두고
함께 택시를 타고 가겠다는 한영재 때문에 이렇게 그와 함께 일
반 택시에 몸을 싣는 불상사를 겪고 있는 것이다. 그러니까 이건

오로지 한영재 탓. 현수가 우연히 영재에게 전화를 걸어왔고, 그가 고막에 최첨단 음성인식기를 장착한 듯 재빠르게 서율의 음성을 알아듣고, 극구 서율과 함께 있는 게 아니라 부인하는 영재는 그냥 두고 이렇듯 제 동생한테 전화를 해 추궁하고 닦달하고 있었으니. 이게 다 사태의 원인제공자인 한영재, 그의 탓인 것이다.

생각해 보면 참 웃기지도 않은 일이다. 노예 감시하는 것도 아니고 말이지. 다른 데로 안 새고 곧바로 가겠다고, 그렇게나~ 강조해서 말하는데 왜 사람 말을 안 믿어줘? 왜 굳이 옆에 붙어 함께 가겠다는 건데? 스타께서, 지나가면 사람들이 다 얼굴 알아보는 대한민국 대표 셀러브리티께서, 촌스럽고 못생긴 가정부랑 왜 같이 귀가하려 하는 건데? 누가 보면 어쩌려고…… 는 개뿔. 이미 기사님이 보셨단 말입니다.

〈아니면 아닌 거지 왜 그렇게 발끈해? 그러니까 더 수상하잖아.〉

"발끈한 게 아니라, 진짜 집인데 자꾸 안 믿고 태클을 거니까 그렇지. 내가 누구처럼 만날 거짓말에 뻥만 치고 사는 사람인 줄 알아?"

"풉."

한영재의 입술에서 비웃음이 흘러나왔다. 이보다도 더 웃긴 코미디는 없다는 표정으로 그녀를 빤히 바라본 채. 서율은 그의 목소리 한 자락이라도 핸드폰 속으로 흘러들어 갈세라, 서둘러 냉큼 손으로 그의 입술을 틀어막았다. 그리곤 두 눈 부릅뜨고 이를 악물며 눈동자를 휘휘 내돌려 소리 없이 협박했다.

입 한 번 잘못 놀렸다간 알아서 해요. 가만 안 둬, 내가!

〈그럼 어젠 왜 연락 안 했어?〉

"뭐?"

〈아니~ 날마다 집에서 쉬고 있다면서. 그런데 어제는 왜 전화 안 했냐고. 너 요새, 날마다 나한테 전화하잖아.〉

망설이는 기색도 없이 단도직입적으로 물어오는 정현수 되시겠다. 뭐가 이리 당당해? 그놈의 전화, 내가 꼭 해야 한다는 법이라도 있나? 정 소식이 궁금하면 지가 먼저 할 수도 있는 거 아닌가? 바빠서 시간이 없으면 문자메시지를 보내면 되잖아. 꼭 내가, 이쪽에서 먼저 연락을 해야 하는 이유가 뭔데? 누군 시간 남아돌아서 연락하고 전화하는 줄 아나? 솔직히 우정을 목숨처럼 여기시는 잘난 한영재가 아니었으면 너님한테 날마다 전화할 일은 죽었다 깨어나도 없었을 걸? 쳇!

"넌 손이 없냐, 발이 없냐? 궁금하면 네가 하면 되잖아."

〈뭐 딱히 궁금하진 않았다. 전날까지 계속 연락했었으니까. 뭐든 혼자서도 잘하는 녀석이니 어련히 잘하고 있을까, 생각했지. 혹시 무슨 일이 생기면 이쪽으로 연락이 오도록 조치를 취해놨으니까 안심하고 있었던 측면도 있고. 근데 방금, 갑자기 생각이 달라졌다. 안심해도 좋겠다고 여겼던 연락통, 거기에 문제가 생겼을 수도 있겠다 싶었어.〉

"그 연락통이 누군데?"

〈한영재.〉

"뭐?"

정현수가 내놓은 대답 좀 보시오. 연락통이 한영재라고? 서율은 저도 모르게 휘릭 눈동자를 굴려 옆자리에 느긋이 앉아 있는 한영재를 돌아보았다. 지금 이 인간이, 정현수랑 따로 몰래 연락하고 있었다는 거? 뭔 얘길 어떻게 했다는 거야? 서, 설마 가정부 알바, 여친 알바까지 다 일러 바친 건 아니겠지?

라고 의심해 보았지만, 생각해 보니 아직 현수는 아무것도 모르는 듯하다. 안다면 절대로 이렇게 가만히 있진 않았을 것이다. 다른 건 몰라도 한영재 말대로 정현수는, 제 동생이라면 끔찍이도 아끼고 생각하긴 하니까. 그게 '척' 인지 진심인지는 모르겠지만 어쨌든 그는 서율이 남의 집 식모살이를, 그것도 자신의 친구인 한영재 집에서 하고 있는 걸 알고도 가만히 있을 위인은 아니었다. 당장 무슨 사단을 내고 말지, 그 성격에. 여친 알바는 두말하면 잔소리이고.

〈이제야 밝히는 거지만, 영재한테 널 좀 부탁했었어. 혹시라도 무슨 일 생기면 꼭 좀 도와달라고.〉

"그딴 걸 왜 해? 내가 알아서 잘 처리하고 살 거구만."

〈잘하고 산 게 그거냐? 그새 까먹었어? 서정민 합의금 마련하기 위해선 집을 팔아야 할 것 같다며. 어머니와 함께 살았던 집, 그 집 아니면 목돈 나올 구멍 없는데 그 집은 어머니와의 추억이 너무 많아 절대로 팔고 싶지 않다며. 네 손으로 직접 나한테 연락했어, 안 했어?〉

"그 얘긴 왜 또 해? 다 지나간 일을."

〈그런 일 또 생기지 말란 법, 없다는 말이다. 네가 그 화약고 같은 서정민 녀석을 끼고 돌아서 손해 보고 있는 게 얼마인지 알아? 나 아니었으면 지금 어떤 일이 벌어지고 있을 것 같아? 서정민 녀석 감방에서 빼내려면 그 집을 팔아야 했을 텐데. 어머니와의 추억이 있는 집을 팔고, 네 마음이 편했을 것 같아?〉

"지금 너, 내 앞에서 생색내는 거야?"

〈그게 아니라…….〉

"미안한데 그때 날 도와준 건 네가 아니었어. 내 대신 합의도 해주고, 돈도 꿔준 사람은 네가 아니었단 말이야. 날 구해준 사람은! 내 은인은! 네가 아니라 한영재였어. 한, 영, 재! 제발 착각하지 말자. 내가 그 일로 마음 편해져서 너한테 감사한 마음을 갖고 있다거나, 네가 하자는 대로 정민이 버리고 너랑 같이 살 거라고 생각한다면 큰 오산이야. 알겠냐?"

핏대 파팍 올리며 허공에 현수가 있는 듯 째려보며 쏘아붙이고 있는 서율은, 너무 짜증이 난 나머지 바로 옆자리에 문제의 한영재가 자신을 빤히 지켜보고 있다는 사실마저 까맣게 모르고 있었다. 운전기사 아저씨의 눈이 영재를 향하고 있다는 사실도 물론.

〈정서율.〉

"왜? 정현수!"

〈너 정말.〉

"할 말 없으면 이만 끊으시지. 나 피곤해서 잠이나 더 자야겠으니까."

〈…….〉

"아무 일 없어. 난 지금 집이고 혼자야. 옆에 아무도 없다고. 무슨 일 생기면, 너님 원하는 대로 연락통 한영재한테 도움 청할 거니까 마음 푹 놓으세요. 그러려고 연락통 붙인 거 아니야? 솔직히 말해서 너 내가 귀찮잖아. 돈 버느라 바빠 죽겠는데, 허구한 날 전화해서 귀찮게 하니 짜증나 죽겠잖아. 그래서 한영재 붙여놓은 거잖아."

〈…….〉

"그날 경찰서에 한영재 보낸 것도 그 때문이었잖아. 요즘 같은 세상에 아무리 해외에 있어도 송금하려고만 하면 왜 못해? 도와달라고 그렇게나 사정했는데 할 수만 있다면 그렇게 했을 테지. 그런데 직접 도와줄 생각은 안 하고, 다른 사람 보내서 해결했잖아. 그거 그냥 나랑 엮이기 싫으니까 그런 거잖아. 안 그래?"

〈귀찮은 일에, 엮이고 싶지 않은 일에, 보낼 사람이 없어서 한영재를 보내냐?〉

내내 입 다물고 침묵하던 현수가 불쑥 무뚝뚝하게, 그러나 살벌할 정도로 나직이 중얼거렸다. 전에 없이 진지하고 경직된 현수의 어투에 서율은 순간 당황했다. 욱한 마음에 아무 말이나 지껄였는데, 생각해 보니 자신의 말엔 수많은 모순이 자리하고 있었다. 그중 가장 히트는 한영재. 한영재가 남의 귀찮은 일이나 처리해 주고 다니는 쩌리인생이 아니라는 것은 정현수가 제일 잘 알고 있을 터이니, 서율의 말은 근거 없는 억지에 불과한 것이었다. 서율은 말실수를 저지른 제 입술을 지그시 깨물었다.

〈어쨌든 아무 일도 없다니 다행이다. 무슨 일 생기면, 영재한테 전화해. 처리해 줄 거야.〉

"……."

〈그리고…… 내일 또 전화해…… 줄 거지?〉

잔뜩 뜸을 들이고 겨우겨우 입을 연 현수의 물음. 평소 현수 말투와는 너무나 다른, 자신감 제로에 소극적이기 그지없는 목소리였다. 왠지 모르게 가슴 한 구석이 싸해지는. 이씨, 이런 기분 가지면 안 되는데.

서율은 요상야리꾸리하게 찡하니 아파오는 갈비뼈 근처 뱃가죽에 꾹 힘을 주며, 인상을 찌푸렸다. 그리고 퉁퉁 불은 목소리로 불친절함의 극치를 달리는 딱딱한 어조로 톡 쏘아붙였다.

"그건 내 마음이거든."

이건 아닌데.

아아아— 이렇게 말할 생각은 없었는데 또!!

〈그래. 네 마음이지. 그 마음 변하지 않기만 고대해야겠다, 나는.〉

"……."

〈혹시 돈 필요하면 말해. 내가 도와줄 수 있으니까.〉

"……."

〈그럴 리는 없겠지만, 영재가 빚 독촉을 한다거나…….〉

"그 빚은 내 빚이야. 그걸 왜 네가 갚아? 네가 정민이랑 무슨 상관있다고. 갚아도 내가 갚을 돈이니까 넌 신경 꺼."

〈서정민과는 상관없는 사이이지만 정서율과는 아니지. 너. 내

동생이야, 인마.〉

"살 맞대고 같이 산 적도 없는 동생이 무슨 동생이야. 나처럼 거지 같은 동생, 어차피 너한테 거추장스러울 뿐이잖아. 도움도 안 되는 그딴 동생, 뭐 하러 자꾸 신경 써? 그냥 모르는 척 놔두지."

〈얌마, 너!〉

"됐어, 됐어! 끊어. 돈이나 많이 벌어. 난 내가 알아서 잘살 거니까 내 걱정 말고. 니가 붙여준 은인 때문에, 내가 직장도 얻고 빚도 갚고, 잘하면 연예인 누나도 될 것 같으니까."

〈연예인 누나? 그건 또 무슨……?〉

"아, 거기까지! 다음 얘긴 내일 또. 투비컨티뉴야."

〈야! 정서율! 무슨 얘길 하다 말고……!〉

현수가 얘길 하다 말고 끊는 법은 없다며 버럭 고함을 내지르는 찰나였다. 그녀는 가차 없이, 더 들을 이유 없다는 듯 뚝 전화를 끊고는 아무 일 없었던 사람처럼 태연히 정면만을 노려보기 시작했다. 입에 자물쇠 채운 사람마냥 살벌하게 침묵하면서.

영재는 스륵, 유령처럼 소리 없이 고개를 돌려 그녀를 내려다보았다.

"……."

덜컹덜컹. 택시가 뻥 뚫린 도로를 질주하는 소리만 들릴 뿐, 좁은 공간 안에서는 그 어떠한 소리도 없었다. 차분한 고요를 뚫고 이윽고 입을 연 사람은 택시 기사 아저씨였다.

"아가씨 집이 참 좁네?"

"네? 아, 네……. 거짓말을 제가 좀 심하게 했죠……?"

“무슨 사연이 있나 봐?”

“뭐, 좀.”

“근데 아가씨. 아까 한영재라고 하던데. 옆에 총각이 한영재 씨인가?”

“예?”

“아니. 우리 딸래미가 셀피쉬 팬이거든. 고 녀석 방에 들어가면 벽에 셀피쉬 포스터가 덕지덕지 붙어 있어. 책상 위에 사진 올려놓은 것만도 다섯 개나 되고. 셀피쉬가 뭐 그리 잘생겼냐고 아무리 핀잔을 줘도, 굴하지 않는 의지의 한국인이지. 근데 가만히 보니까 저 총각이 좀 많이 닮아서 말이야. 한영재, 셀피쉬 아닌가? 그 한영재…… 맞나 해서.”

헉. 서율은 두 눈을 크게 뜨고 천천히 한영재를 돌아보았다. 그는 느긋하게 팔짱을 낀 채 서율을 지그시 내려다보고 있었다. 섹시가 뚝뚝 떨어지는 입술 근처에는 장난기 가득한 미소가 피식 떠올라 있었고, 여자 여럿 죽일 짙고 푸르른, 은밀함의 결정체인 눈동자에는 ‘이제 어떡하실 건가?’ 라는 물음과 함께 즐거움과 호기심이 뭉게뭉게 피어올라 있다. 모든 걸 그녀의 선택에 맡기겠다는 의지의 표명.

가, 가만 있자. 이 상황에선 대체 어, 어떻게 해야 하는 거지? 마, 말해도 되는 건가? 한영재라고 말하면? 맞다고 하면, 방금 내가 떠벌거린 말들은 다 어떻게 되는 거지? 아놔, 방금 난 뭐라고 주절거린 거야?

“한영재 닮았다는 얘기 많이 듣습니다.”

얼어붙어 어찌해야 할 바를 몰라 멍 때리고 있는 그녀를 대신해, 그가 입을 연 것은 그때였다. 그는 기사 아저씨 쪽으로 몸을 숙여 더 자세히 얼굴을 보여주는 대담함을 보였다. 커헙, 기겁한 채로 서율은 한영재의 뒤통수를 노려보았다. 드, 들키면 어쩌려고 이 남자가?!

"아, 그래요? 그럼 아니시라는……?"

"셀피쉬의 한영재 같은 스타가 택시를 타고 움직일 리 없겠죠. 특히, 이런 못생기고 촌스런 여자애랑 같이는."

"아하, 뭐 그렇긴 하네요."

뭐야, 이 이상한 분위기는? 스타가 왜 택시를 안 타? 탈 수도 있지. 그리고 못생기고 촌스럽다니. 내가 왜? 나 어딜 가도 못생겼단 소리 들어본 적 없는 사람이거든? 내가 이래 봬도 정현수와 유전자DNA를 공유하는 뇨자야. 이거 왜 이래? 맨날 못생기고 촌스럽다는 말, 그냥저냥 수긍하고 받아주니까 내가 진짜 못생기고 촌스러운 줄 아나?

"근데 정말 닮으셨네요. 오해 많이 받으셨겠습니다."

"그렇긴 한데, 사실 제 주위에 셀피쉬 닮은 사람 많아요. 그래서 별로."

"아, 그래요? 주위에 훈남들만 있나 봅니다. 허허!"

이러고들 있다. 뭐, 주위에 셀피쉬 닮은 남자들이 많긴 많지. 한영재가 한영재를 닮았으면 정윤우는 정윤우를 닮았고, 김시후는 김시후를 닮았고, 류민찬은 류민찬 닮은 것이니. 뭐 이런 경우가 다 있어?

뭔가 많이 짜증스러운 상황에 서율은 바짝 미간을 모으곤 뚱한 얼굴로 기사 아저씨와 한영재를 뚫어져라 노려보았다. 하하호호, 잘도 대화를 이어나가는 한영재를 보고 있자니 속이 뒤틀리는 것 같다가도 정현수와의 대화를 생각하면 또 가슴 한구석이 찡해지고. 얄밉다가도 고마워지고, 고맙다가도 짜증스러워지고, 그러다가 또 미안해지니 이게 다 무슨 일인지 모르겠다. 한 가지만 하자, 한 가지만. 미워하거나 좋아하거나, 둘 중 하나만 하자고. 이러다가 정신분열증 생기겠다, 정서율!

복잡한 머리, 복잡한 심경. 당장이라도 두 손으로 머리를 쥐어뜯고 싶은 마음으로 오만상을 찡그리고 있을 때였다. 손에 꽉 쥐고 있던 핸드폰으로 메시지 하나가 날아왔다.

〈정민이 누님. 요즘 정민이가 학원에 안 나오고 있습니다. 혹시 아시는지 궁금해서요. 정민이는 전화를 해도 안 받고, 걱정이 되어서 누님께 메시지 보냅니다. 연락 기다리겠습니다.〉

"그 녀석이 미친 거예요. 제정신으로는 절대로 이런 짓 못 하죠. 지금이 어느 땐데. 얼마나 중요한 시긴데. 시험 성적 하나하나에 대학교 이름이 달라지는 때에 학원을 관두고 알바를 뛰어? 아니, 학생이 무슨 알바야? 대학생도 아니고, 겨우 조그만 고등학생 주제에. 편의점 알바하다가 점주 눈에 띄어서 점주 딸 과외까지 하고 있다니. 이게 말이나 되는 일이냐고요! 아, 내가 미쳐! 내가 이 녀석을 가만둔 게 잘못이었어요. 깡패들이랑 싸움이나 하고 다닐 때, 뒤지게 패서 정신 차리게 하는 건데. 이걸 그냥 둬서 이런 문제가 생긴 거라고요. 어우— 내 이 녀석을 그냥!"

"혼내는 것만이 능사는 아니지. 사태가 왜 거기까지 갔는지, 정민이 입장에서 생각해 보는 게 우선 아니야?"

"그게 지금 한영재 씨가 저한테 할 소리예요? 일이 누구 때문에 이렇게 됐는데요."

"나 때문이었다고 말하고 싶은 거냐?"

아까부터 이리저리 집 안을 돌아다니며 허공에 미친 듯 주먹질을 하는 서율의 모습을, TV예능프로그램 시청하는 기분으로 느긋이 바라보고 있던 영재는 난데없이 자신 쪽으로 날아오는 화살을 척 받아들고 핏 웃으며 물었다. 물론 떫은 감 씹은 사람의 것마냥 잔뜩 찌그러진 미소다.

"아니라곤 말 못할 텐데요. 양심이 있으면. 돌아올 거라고 그쪽이 말했었잖아요. 가만히 있으면 다시 제자리로 돌아올 거라고, 믿고 기다리라고. 했어요, 안 했어요? 근데 이게 뭐예요? 돌아오기는커녕 더 멀리 엇나가기만 하잖아요. 아— 내가 누굴 탓해. 잘 알지도 못하는 사람 말이나 믿고, 동생을 그냥 방치한 내 잘못이지. 내 탓이요, 내 탓이요. 내 큰 탓이로다~ 그 녀석이 고삐 풀린 망아지 꼴이래도 할 말이 없지. 내가 왜 그랬을까? 반항한다고 대들 때 머리 깎아 방에 들여 앉혀놓고 죽어라 공부만 시키는 건데. 내가 왜 녀석 배려한답시고 가만히 지켜보기만 했을까? 이제 이걸 어쩔 거야. 어떻게 혼을 내서, 어떻게 마음잡게 해줄 거야. 아—

머리 아파. 엄마— 나 어떡하면 좋아.”

“그 녀석도 생각이 있어서 그런 거겠지.”

“뭐라고요?”

“아무 생각 없이 충동적으로 엇나갈 녀석은 아니라고 생각하는
데.”

“아— 충동적으로 엇나갈 녀석이 아니라서, 잘 다니던 학원도
관뒀구나. 충동적으로 엇나갈 녀석이 아니라서, 저 때문에 힘들게
일하느라 처녀로 늙어 죽을 판인 누나 속이고 제멋대로 알바나 뛰
고 다니는구나. 충동적으로 엇나갈 녀석이 아니라서, 저 때문에
한영재 씨네 집에서 현대판 신종노예 짓이나 하고 있는 누나 속을
이렇게나 썩이고 있구나. 그렇구나. 그런 거구나!!”

생각하면 할수록 열불이 터지는지 그녀는 영재 앞에 우뚝 서서
두 눈을 부라렸다. 어찌나 큰 소리로 버럭거리는지 앉아서 그녀를
올려다보는 한영재의 눈이 찔끔 감겨지기까지. 아까부터 심기가
그다지 편하지 못했던 영재로는 고막을 신경질적으로 자극해 오
는 그녀의 음성에 움찔 미간을 찌푸렸다. 이놈의 푸념을 대체 언
제까지 듣고 있어야 하는 거지?

“난요, 그 녀석 때문에 학교 공부도 포기한 사람이에요. 나름 공
부도 잘했고, 진학한 학교도 남부럽지 않은 곳이었고, 전공도 적
성에 맞아서 아무 문제 없었는데. 그 녀석이 영재라고, 특별 관리
들어갔다면서 공부에 집중하도록 집에서도 협조 부탁드린다는 학
교공문을 보고, 그날로 휴학계 낸 사람이 바로 저란 말이에요. 내
인생 포기하면서까지 동생 뒷바라지하는 데에 이 한 몸 바치기로

한 사람이 저라고요. 알겠어요? 그리 뒷바라지에 힘을 쏟았는데 결과가 이렇게 나왔을 때, 내 심정이 어떨 것 같아요? 내 맘이 어떨지 당신이 짐작이나 할 수 있겠어요?”

“……”

“아, 미안요. 내가 괜한 걸 물었네요. 당신이 그딴 걸 알 리가 없지. 좋은 집안에서 넉넉하게, 아무 근심 없이 살아온 당신 같은 사람이 내 절박한 마음을, 우리 집의 처절한 생존방식을 이해할 수 있을 리가 없죠.”

그의 안 좋은 심기가 방금, 2단계 더 다운되었다. 얌전히 숨겨져 있던 심술이 덕지덕지 꿈틀거리며 튀어나올 준비를 하고 있는 듯 기분이 급격히 나빠졌다. 지금까지도 충분히 불쾌하고 짜증나는데, 더더욱 배알이 뒤틀리고 화딱지가 나려 했다. 물론 얼굴에는 전혀 드러내진 않았다. 언제나처럼 표정은 태연하다. 서율에겐 이런 거지 같은 기분 따위 들키고 싶지 않은 만큼, 앞으로도 최대한 겉으로 티내진 않을 것이다.

“너의 그 선택이 정민이에게는 오히려 큰 걸림돌이 되었다는 생각 안 들어? 누군가가 나 때문에 소중한 무언가를 포기했다면 그것만으로도 엄청난 부담감이 될 텐데.”

“걘 공부만 하면 되는 애예요. 공부를 제일 잘하고 공부하는 걸 좋아하는 애라고요. 그걸 할 수 있도록 도와주겠다는데, 부담 감은 무슨! 호강에 초를 쳐도 유분수지. 하고 싶어도 못하는 애들이 얼마나 많은데. 잘하고 싶어도 머리가 안 따라줘서, 아무리 해도 성적이 안 올라서 못하는 애들이 태반이에요. 자기처럼 공부하는 족족 성적으로 가고, 하나를 가르쳐 주면 둘, 셋을 알아듣는 애가 어디 흔한 줄 알아요? 아무나 영재 소리 듣는 줄 아느냐고 요."

"영재는 내 이름이다만."

"지금 농담이 나와요? 우리 정민이가 공부는 뒷전이고 딴짓만 하고 다닌다잖아요. 것도 이 누나 몰래. 사람 속 타 죽겠는데 불난 집에 부채질하는 것도 아니고."

"머리 좋다고 공부만 시키겠다는 거, 구시대적인 발상 아니냐? 아무리 머리 좋고 공부 잘한다 해도 본인이 싫다면 별수 없는 거지. 머리 좋은 애일수록, 뭐든 억지로 시킬 생각은 안 하는 게 좋다. 역효과야."

"내가 당신 말 또 들을 성싶어요? 안 그래도 오늘 이현진 씨한테 이상한 말까지 들어서, 기분이 개떡이구만. 나 지금 되게되게 참고 있거든요? 폭발할 것 같은데 꾹꾹 눌러서 꾸역꾸역 참고 있으니까, 웬만하면 입 다무시죠?"

"사장님이 너한테 뭐라고 했는데?"

"정민이를 스카우트……. 아아, 말해 뭣해. 몰라요, 몰라. 어차피 안 할 거니까 그딴 말 다 관둬요, 관둬."

손을 허공에서 열심히 내젓더니 서율이 휙 뒤를 돌아 저만치로 걸어 가버린다. 아까 현수와 통화할 때 '연예인 누나' 어쩌고 하더니, 설마? 라고 물음표를 붙여보았지만. 실은 이미 영재의 머릿속엔 모든 퍼즐들이 제자리를 찾아 상황을 완성해 나아가는 중이었다. 이현진 사장이 오늘 웬일로 서율을 찾은 건가 싶었더니만, 정민이를 눈독 들이고 있었던 거로군.

이현진다운 발상이다. 아무리 머리 좋고 타방면에 뛰어난 인재라 할지라도, 얼굴이 잘생기면 결국 연예인이 되어야 한다는 게 이현진의 생각이 아니었던가. 뛰어난 미모는 모든 사람과 공유해야 한다는 그 철칙에 따라, 공부시키겠다는 부모의 반대에도 불구하고 삼고초려 부단히 설득해 최종적으론 기어코 데뷔를 시키고 마는 위인이 이현진이다. 그렇게 해서 가수가 된 케이스도 솔직히 여러 번 봤던 영재로서는 이번 일이 그다지 놀랍진 않았다. 솔직히 서정민이 유난히 잘생겼고, 도서관에만 꽂아두기엔 너무 아까운 인물인 것만은 사실이니까.

"안 하는 걸로 확실히 결정된 건가? 사장님이 그리 쉽게 물러날 분이 아닌데."

"안 물러나면 어쩔 건데요. 내가 안 시킬 건데."

"네 생각보단 정민이 생각이 우선이지. 정민이가 한다면, 하는 거 아니야?"

"웃기지 마세요. 내가 안 된다면 못하는 거지, 지가 뭘 알아서 지 인생을 결정해요? 그 녀석 아직 열일곱이에요. 뭐가 중요한지, 어떤 게 올바른 결정인지 아무것도 모를 나이라고요. 제대로 된 결정을 내리기 위해선 어른들이 옆에서 조언하고 컨트롤해 줘야 해요. 정민이 옆에는 내가 있어야 한다, 이 말이에요."

강력하게 말하면서도 입이 바싹바싹 타는지 그녀는 냉장고에서 물 한 통을 들고 나와 척, 탁자에 내려놓고 컵에 벌컥벌컥 따르기 시작했다. 잔뜩 찡그린 얼굴. 검게 드리운 다크서클. 거무죽죽한 피부. 아무렇게나 헝클어진 머리카락. 몸의 라인이라곤 찾아볼 수가 없는 야상점퍼. 포대자루 같은 저 옷은 대체 언제까지 입고 다닐 거람? 병자 같은 얼굴을 하고 동생 걱정만 주야장천하고 있는 꼬라지를 좀 보라지.

누굴 위해? 무엇을 위해? 무엇 때문에 자신을 돌보는 걸 포기하고, 남을 위해서 죽어라 몸이 가루가 되도록 일만 하며 사는 것이냐? 그는 도무지 알 수가 없었다. 동생이 자기 인생을 대신 살아주는 것도 아니다. 돈 벌어서 동생 뒷바라지만 하다가 청춘 다 보내고 늙어 죽으면 누가 잘했다고 비碑라도 세워줄까. 미련한 것 같으니. 그는 못마땅한 시선으로 그녀를 쭉 야려보고는 차갑고 냉정하게 말했다.

"열일곱 살이면 자기 인생 자기가 선택할 자격 충분해."

"그게 무슨 소리예요? 그럼 정민이가 연예인 하겠다고 하면 난 허락을 해줘야 한다, 그런 말씀이세요?"

"정민이가 그러길 원한다면 그렇게 하도록 해야겠지. 자신의 인생, 자신이 선택해서 간다는데 그걸 네가 무슨 권리로 말려?"

"무슨 권리로 말리냐니요? 난 걔 누나예요. 동생이 잘못된 길로 가면 누나가 당연히 말려야죠. 그냥 보고만 있어요? 사지로 걸어가는데, 그래, 네 선택이다. 네가 결정한 일이니 네가 알아서 해라, 하고 그냥 내버려 두고 봐요? 그게 가족으로서, 누나로서 할 짓이에요? 어른이면 어른답게 애들을 가르치고 보살펴야죠. 이게 아니다 싶으면 어떻게 해서든 막아야죠. 어떻게 그냥 놔둬요?"

"네가 정민이 인생을 대신 살아줄 거냐? 정민이가 싫다는 길, 네가 억지로 가게 해서 나중에 후회하면 어떡할 거냐? 그때도 네가 누나로서, 가족으로서 책임져 줄 거야? 넌 네 인생 없어? 남의 인생 재단할 시간에, 네 인생이나 신경 쓰고 제대로 살아라. 다 큰 동생, 일일이 체크하고 간섭해서 사람 질리게 만들지 말고. 너 이러는 거 보니까 정민이가 왜 밖으로 나돌며 딴짓하는지, 그 심정을 알겠다."

"뭐, 뭐라고요? 지, 질려요? 헛헛! 기가 막혀. 당신이야말로 뭔데, 나한테 이런 소릴 하는 거예요? 당신이 내 뭐예요? 정민이한테 뭔데요? 뭔데 자꾸, 우리 남매 일에 끼어들어서 이 난리인 건데요?"

"뭐긴 뭐냐. 남자친구지."

"그놈의 돈으로 산 남친. 두 번 고용했다간 아주 사람 주인 노릇 하시겠네. 됐고요. 내 집 일이에요. 내 동생 일이라고요. 내가 알아서 할 거니까 신경 좀 꺼주세요. 네? 바쁘신 톱스타 씨."

"말은 바로 하지. 간섭은 내가 아니라 네 전공이지. 난 남의 인생 신경 쓰는 거 딱 질색인 사람이다."

"뭐요? 헛! 지나가는 개가 다 웃을 소릴 하시네. 웃겨, 진짜. 그럼 이건 뭔데요? 당신도 나한테 이래라 저래라 막 하고 있잖아. 남의 인생 신경 쓰는 거 딱 질색인 사람이 왜 내 일에는 선생질인데요? 내가 우스워요? 내가 만만해 보여요? 왜 나만 갖고 이래요?"

얼굴이 시뻘게진 채로 그녀가 또 버럭 고함을 지른다. 아무래도 정서율은 말싸움에 약한 모양. 조금만 화가 나도 성질 조절 못하고 버럭버럭 원래부터 다혈질인 건 알았지만, 오늘은 더더욱 자제가 힘든 것 같다. 정민이 일이 그녀에게 그만큼 중요하다는 증거겠지.

못마땅하다. 그녀가 무언가에 이토록 빠져 있다는 사실이. 무언가에 얽매어 헤어나오질 못하고 있는 사실이. 자신이 아닌 다른 누군가에 온 에너지를 다 쏟아, 쭉쭉 기 빨려 살아가고 있다는 사실이 몹시도 짜증스럽다. 못마땅하고 짜증스러우니 좋은 말이 나올 수가 없다. 얼굴 딱 굳히고 고압적인 어조로, 그는 열받아 헉헉거리며 이쪽을 노려보고 서 있는 정서율을 향해 퉁명스럽게 대답해주었다.

"한심해서 그런다. 너 그렇게 잔소리하는 거, 꼴사나워서 봐줄 수가 없어. 그 잔소리 다 듣고 자랐을 정민이가 불쌍할 지경이야. 애를 왜 그렇게 괴롭히는 거냐? 왜 숨통 틀어쥐고 못 죽여 안달이야?"

"주, 죽이다니요? 그거 다 정민이 위해서 하는 소리거든요. 걱정되니까, 뭘 해도 안심이 안 되니까. 그래서 따라다니면서 잔소리도 하는 거죠. 애정이 없으면 그딴 짓 내가 왜 해요? 내가 그리 한가한 사람도 아니고. 정민이 일 아니면, 나도 이렇게 신경 안 쓴다고요."

"핑계대지 마. 잔소리는 잔소리일 뿐, 절대로 애정의 척도가 될 순 없으니까. 괜히 우기지 말고 조용히 인정하라고. 그렇게 거창한 의미 갖다 붙인다고, 정민이한테 집중 발사된 잔소리와 과잉애정이 정당해지는 건 아니잖아. 네 히스테리와 욕구불만 때문에 정민이가 당한 고통을 생각해야지."

"뭐라고요? 히스테리와 욕구불만?"

"너. 요 몇 해 동안 연애다운 연애 해본 적 없지? 돈 벌어서 정민이 뒷바라지만 하느라 화장품 하나, 가방 하나 제대로 산 적 없지? 옷 한 벌 번듯한 거 산 적은? 여행은 가봤냐? 휴가는 갔다 온 적 있어?"

"……."

"없겠지. 오로지 돈 벌어 동생 학원비에, 책값, 용돈 대주느라 너 자신한테는 일 원 한 닢 쓴 적 없을 거다."

"그, 그게 뭐 어때서요? 내 돈 갖고 내 동생한테 쓴다는데……!"

"그만해라, 이제. 네 동생 지긋지긋해하는 거, 못 느끼겠냐? 정민이가 어떤 스트레스를 갖고 어떻게 살아오고 있는지 모르겠어? 너만 마음 편하면 좋아? 왜 네 기대에 부응해야만 하는 정민이 마음은 못 헤아려? 네 잔소리에 짓눌려서 뭐 하나 마음대로 못하고 살아온 그 녀석 생각은, 왜 못 해주냐?"

"지, 지긋지긋이라고요?"

"그래, 지긋지긋. 누군가 나한테 날 위한다는 명목으로 너처럼 군다면, 난 아마 하루도 못 살 거다. 지긋지긋해서. 생각만 해도 아주 끔찍해."

너무 심했나. 영재는 당장이라도 폭발할 것 같은 얼굴로 숨만 거칠게 씩쌕씩쌕 토해냈다 들이쉬기를 열심히 반복하고 있는 서율을 싸늘히 바라보며 슬쩍 눈살을 찌푸렸다. 딱히 그녀의 잔소리를 들어본 적도 없고, 누군가의 잔소리를 듣고 짜증내 본 적도 없는 영재로서는 살짝 찔리는 순간. 어딘지 모르게 상처받은 듯한 그녀의 표정에는 미안함까지 들었다. 하지만…….

"이 사람이 진짜! 당신은 엄마한테도 그딴 식으로 말해요? 아들 생각해서 보양식 철철이 해다 주시고, 주마다 반찬 챙겨다놓으시고, 아들 아프면 하던 일까지 다 접고 달려와서 밤새서 간병하시고. 자나 깨나 아들 걱정만 하는 당신 엄마, 아빠한테도 이렇게 지긋지긋하다고 말하느냐고요!"

잠시 들었던 미안함은 언제 존재했었던가 싶을 정도로 빠르게, 사라져 버렸다. 살짝 접혔던 그의 미간은 더 깊게, 히스테릭한 주름을 길게 잡으며 파였다. 눈빛은 오싹할 정도로 싸늘하게 변해 그녀를 차갑게 올려다보았고, 입술이 시니컬하게 비틀렸다.

"아니. 내 어머닌 그런 잔소리 안 하셔."

냉랭히 떨어지는 그의 목소리.

뭔가 섬뜩하단 생각에, 울컥한 얼굴로 그를 마주하고 서 있던 서율은 당황했다. 왜, 왜 저래? 갑자기? 훅 쫄아 그녀는 두 눈을 감았다 떴다 펄럭펄럭 나풀거리다, 입술을 오물오물 움찔움찔 주저주저하며 기어들어 가는 목소리로 중얼거렸다.

"거짓말. 아들한테 잔소리 안 하는 엄마가 어디 있다고."

"너한테 그딴 거짓말을 내가 왜 해?"

"저번에 말했잖아요, 그쪽이. 반찬도 자주 해오시고, 보약도 철철이……."

"그건 이미 민찬이 어머님이라고 말했을 텐데. 너 내 말은 귓등으로도 안 듣는구나?"

"아무리 그래도 아들이 아플 때 간병은 해줄 거 아니에요."

"안 하시는데. 우리 어머니, 내가 아프단 말에도 아랑곳 않고 유럽으로 출장 떠나신 분이야."

"에?"

뭐야. 무슨 그런 엄마가 다 있어. 거짓말도 웬만큼 해야 믿지. 부르르 짜증을 내려는 순간, 서율은 깨달았다. 그가 진실을 말하고 있음을. 그의 표정이, 자기 말이 사실이라고 말하고 있었다. 그는 진짜 손톱만큼의 잔소리도 듣지 않고 살아왔던 것이다. 대, 대단하다. 한영재 어머니도 대단하고, 한영재도 대단하다. 어찌 자식이 아프다는데 해외 출장을 떠날 수가 있을까나. 난 진짜 정민이가 아프다고 하면, 아무리 급한 일이 있어도 다 제쳐 놓고 달려오는데.

"이제 알겠냐? 내가 왜 널 이해 못하는지. 정민이를 불쌍히 여기는지. 난 누군가의 간섭을 받으며 살아온 적이 거의 없다. 모든 걸 내 의지로, 내가 원하는 일만 하면서 살아왔어. 내가 선택한 것에 대한 의무와 책임도 함께 지면서. 누구의 개입도, 입김도 없이 내 스스로 여기까지 왔다는 말이다. 당연히 잔소리도 들을 이유 없었지."

"지 멋대로 살아왔다, 이거네요."

서율은 잔뜩 티꺼운 말투로 대꾸했다. 자신이 영재의 어머니였다면 절대로 가만히 두고 보지 않았을 거라고 생각하면서.

가수라는 게 그냥 얼굴 좀 생기고 노래 좀 괜찮게 하면 되는 게 아니질 않은가. 요즘 아이돌은 어릴 때부터 체계적인 트레이닝을 받으며 죽어라 미친 듯 연습하고 노력해서, 그 무서운 육성시스템을 통과한 인물만이 데뷔가 된다는데. 그리고 셀피쉬도 고교생그룹으로 시작했으니, 당연히 그 힘든 트레이닝을 모두 받아 통과가 되었던 것일 텐데. 한창 공부할 나이에 학교 빠지고, 허구한 날 노래하고 춤추고. 그게 뭔 짓? 아무리 가수도 좋고, 연예인 되는 것도 좋지만 학창시절엔 공부를 해야지. 고교시절이 두 번 오는 것도 아니고. 공부라는 건 다 때가 있는 법인데.

"주체적인 삶을 살아왔다는 말이다. 너처럼 남을 위해 자신의 인생 따위 헌신짝처럼 내다버리는 녀석한테, 충고나 잔소리를 들을 이유 전혀 없다는 소리."

"내 인생을 누가 헌신짝처럼 버렸대요? 난 그런 적 없거든요? 나도 로레알 내 인생 소중한 사람입니다. 나에 대해서 뭘 얼마나 잘 안다고 그딴 소리 함부로 하십니까? 그리고요. 내가 보기엔 한영재 씨, 충고와 잔소리 들을 이유 엄~ 청 많아 보이거든요. 자만은 금물이라고 생각합니다만."

"네 눈에 거슬리는 게 많나 본데, 그건 네 사정이고. 너도 아까 말했잖아. 내가 너한테 이래라 저래라 할 권리 없다고. 그건 너도 마찬가지 아니겠냐?"

"남자친구로서 끼어들 권리 있다면서요. 그 권리 믿고 이렇게 지금 절 비난하시는 거 아닙니까? 그럼 당연히 저도 잔소리할 권리 있죠. 여자친구로서."

"고용된 주제에 여자친구로서의 권리를 찾으시겠다?"

"고용되었어도 여자친구는 여자친구니까요. 티꺼우세요? 싫으시면 지금이라도 고용계약 파하고요. 당장 민찬 씨한테 가서 얘기해 드릴게요."

"협박하는 거냐?"

기분이 매우 나쁜 얼굴로 그녀를 째려보며 영재가 중얼거렸다. 썩을 것처럼 표정 구린 그의 모습을 보니 온몸이 짜릿짜릿, 통쾌함이 밀려왔다. 오호! 이거 꽤 재미있는데. 뭐 하나 아쉬울 것 없어 보이던 한영재한테 이런 약점이 있었다니. 이런 흥미진진한 일이 있었다니!

어째 슬슬 이 남자를 더더더더더, 괴롭혀 주고 싶다는 생각이 들기 시작한다. 할 수만 있다면 무릎 꿇고 자신에게 매달리게 만들고 싶다는, 되도 않는 생각까지. 뭐, 그 정도까진 아니어도 그 비슷한 상황까지는 몰아갈 수 있지 않을까. 서율은 '제발 나에게 잔소리 좀 그만~' 을 외치며 자신의 바짓가랑이를 붙들고 울며불며 매달리는 한영재의 모습을 떠올리고는, 씩— 미소를 지었다. 그리곤 한 번도 내본 적 없는 콧소리를 흥흥거리며 얄랑얄랑 봄바람 같은 애교철철의 목소리로 말했다.

"무슨 그런 섭섭한 말씀을 하세요~ 아무리 그래도 제가 영재 씨 여친인데, 협박 같은 무서운 짓을 어떻게 해요~"

"뭐하는 짓이냐."

정색한 얼굴로 영재가 대꾸했지만 이미 계획이 다 세워진 서율의 눈에 그딴 게 들어올 리가. 그녀의 머릿속엔 온통 하늘빛 푸르른 미래가 설계되어 있었다. 그녀는 두 손을 얌전히 모으고 두 눈을 깜빡깜빡 예쁘고 사랑스럽게 나풀거리며 꿀 바른 듯 끈적끈적한 목소리로 대답해주었다.

"앞으로 기대해영. 자기한테 그 어떤 여친보다도 살벌한 잔소리 신공을 펼쳐줄 테니까~ 영."

그리고 척 손바닥을 내밀며 하는 말.

"그럼, 일단 요금 먼저 내시고 시작하져? 아까 잡은 손 3만 원, 어깨 5만 원, 합이 8만 원이요."

♪　　　♫　　　♪

정민은 언덕처럼 가파른 골목길을 오르던 발길을 잠시 멈추고, 손목에 걸린 시계를 확인했다. 이상한 기분이 아까부터 지속적으로 신경을 자극하고 있었다. 마치 누군가가 자신의 뒤를 밟고 있는 듯한, 찜찜하고도 불안한 느낌 때문에 그는 자꾸만 걸음을 멈추어야 했다. 마음 같아선 뒤를 돌아 이 찜찜함의 정체를 두 눈으로 확인하고 싶었지만, 빌어먹게도 그럴 용기까진 나지 않았다. 뒤를 돌면 진짜 무슨 일이든 일어날 것만 같아서.

잠시 멈춰 서 있던 정민은 다시 속도를 내 걸었다. 저벅, 저벅, 저벅…….

어둠 속에서 정민의 발자국이 무겁게 울렸다. 정민은 등짝으로 끈질기게 달라붙는 불쾌한 느낌을 떨치기 위해 더 빨리 걸어 큰 골목길을 향해 코너를 돌았다. 이 골목 끝까지 가서 더 작은 골목의 코너를 돌면 곧바로 집이었다. 정민은 무언가 쫓기는 기분으로 서둘러, 손에 쥐고 있던 휴대폰의 락을 풀었다. 휴대폰 액정에 불이 환하게 들어왔다.

바로 그때다.

등 뒤쪽으로 자동차 헤드라이트가 달려오는 것이 감지되었다. 서율에게 전화를 걸려던 정민의 손가락이 순간 행동을 멈추고 얼어붙었다. 뒤를 돌아 확인해 보지 않아도, 헤드라이트의 불빛이 빠른 속도로 가까워지고 있음은 본능적으로 느낄 수 있었다. 일순 뒤도 돌아보지 않고, 정민은 정신없이 달리기 시작했다.

사정없이 흔들리는 시야로 골목길 코너가 들어왔다. 폭이 너무 좁아 자동차는 절대로 진입할 수 없는 골목. 정민은 숨통을 조이는 공포감을 깨치며 전속력으로 뛰었다. 저 골목길까지만 무사히 갈 수 있길, 마음속으로 미친 듯이 빌고 있었다. 저기까지만 도달하면, 그렇다면 자동차에 덮쳐지는 불상사만은 피할 수 있을 것이다. 누군지 모르지만, 정민을 공격하기 위해선 자동차 바깥으로 나와야 할 것이다.

골목길까지는 대략 100m.

80m.

50m.

30m.

손을 뻗으면 닿을 듯 집 가까이까지 그는 한달음에 달렸다. 실로 엄청난 속도였고 초인적인 힘을 발휘하고 있었다. 그래서였을까. 평소라면 절대 저지르지 않았을 실수를 그는 하필 그 순간, 저지르고 말았다.

"으……."

보도블록에 걸려 길바닥에 널브러진 정민은 무릎을 두 손으로 붙들고 바닥을 뒹굴었다. 무릎으로 뼈가 갈릴 듯한 통증이 밀려들었다. 그 와중에, 골목 끄트머리를 환하게 밝히는 헤드라이트 불빛이 훅, 촛불 사라지듯 단숨에 꺼졌고. 이윽고 덜컹, 차 문 열리는 소리가 들려왔다.

누군가 차에서 나와 이쪽으로 오고 있다는 걸 느끼면서도 정민은 꼼짝할 수가 없었다. 허리를 들고 팔꿈치를 지렛대 삼아 몸을 밀어보았지만 역부족. 공포감에 사로잡혀 버르적거리는 그를 향해 검은 그림자는 어김없이 한 걸음, 한 걸음 다가왔다.

"젠장."

그 녀석들이 분명했다. 집 앞을 지키고 있었거나, 그의 뒤를 미행한 것이다. 아까부터 예민하게 느껴지던 시선, 누군가로부터 감시당하고 있는 것 같은 불쾌한 기분은 모두 그들 때문이었던 것이 확실했다.

저벅, 저벅.

신발 소리가 빠르게 났다. 어두운 골목길에 유일한 빛줄기는 집 앞에 있는 가로등이었다. 정민은 어슴푸레 쏟아지는 빛을 한 손으로 가리며 숨을 헐떡였다. 상대는 다소 느려진 걸음으로 천천히 정민에게 다가오고 있었다. 검은 그림자에 불과했지만 상대가 남자라는 걸 느낄 수 있었다. 키가 크고 머리는 짧았다. 정민은 한 손으로 눈가를 문지르며 검은 그림자를 강렬하게 쏘아보았다.

"너 혹시……."

그림자가 입을 열었다. 정민은 아픈 무릎을 한 손으로 끌어당기며 허리를 더욱 바짝 세웠다. 독기마저 품은 그의 눈동자를 발견한 듯 상대가 움찔하며 섰다.

"서정민?"

그가 물었다. 순간 정민의 한쪽 눈가가 씰룩 움직였다.

이 목소리는……?

2권으로……